Fallen Courts
Conquer

Tine Bätcke wurde in Braunschweig geboren und absolvierte ein Lehramtsstudium in Braunschweig und Köln. Wenn sie nicht gerade dabei ist, der Sonne in dieser Welt hinterherzureisen, lebt sie mit den letzten Familienmitgliedern, die noch nicht flügge geworden sind, in einem winzigen Dorf in der ›Toskana Südostniedersachsens‹ mit ganz viel Blick auf freies Feld und ganz viel Ruhe – die perfekte Umgebung, um den Geschichten im Kopf genügend Raum zum Wachsen zu geben.

Weitere Bücher der Autorin:

Bd. 1 – Zwischen Himmelglanz und Höllenfeuer

Bd. 2 – Zwischen Dämonenherz und Engelstränen

Bd. 3 – Zwischen Todeskuss und Seelenleuchten

Für mehr Informationen über Tine Bätcke und ihre Bücher folgt der Autorin auf **Instagram** und **TikTok @tine_baetcke**

Mehr über Loomlight und unsere Autor:innen unter:
www.thienemann.de/unsere-verlage/loomlight und
auf **Instagram @thienemann_booklove** und
auf **TikTok @thienemannverlag**

Direkt zu unseren Events und Lesungen:
www.thienemann.de/events-lesungen

TINE
BÄTCKE

FALLEN COURTS

CONQUER

LOOMLIGHT

Liebe Leser:innen,

dieser Roman enthält potenziell triggernde Inhalte.
Auf der vorletzten Seite findest du eine Themenübersicht,
die Spoiler für die Geschichte beinhaltet.
Entscheide bitte für dich selbst, ob du diese
Warnung liest.
Wir wünschen dir das bestmögliche Leseerlebnis!

Tine Bätcke und das Loomlight-Team

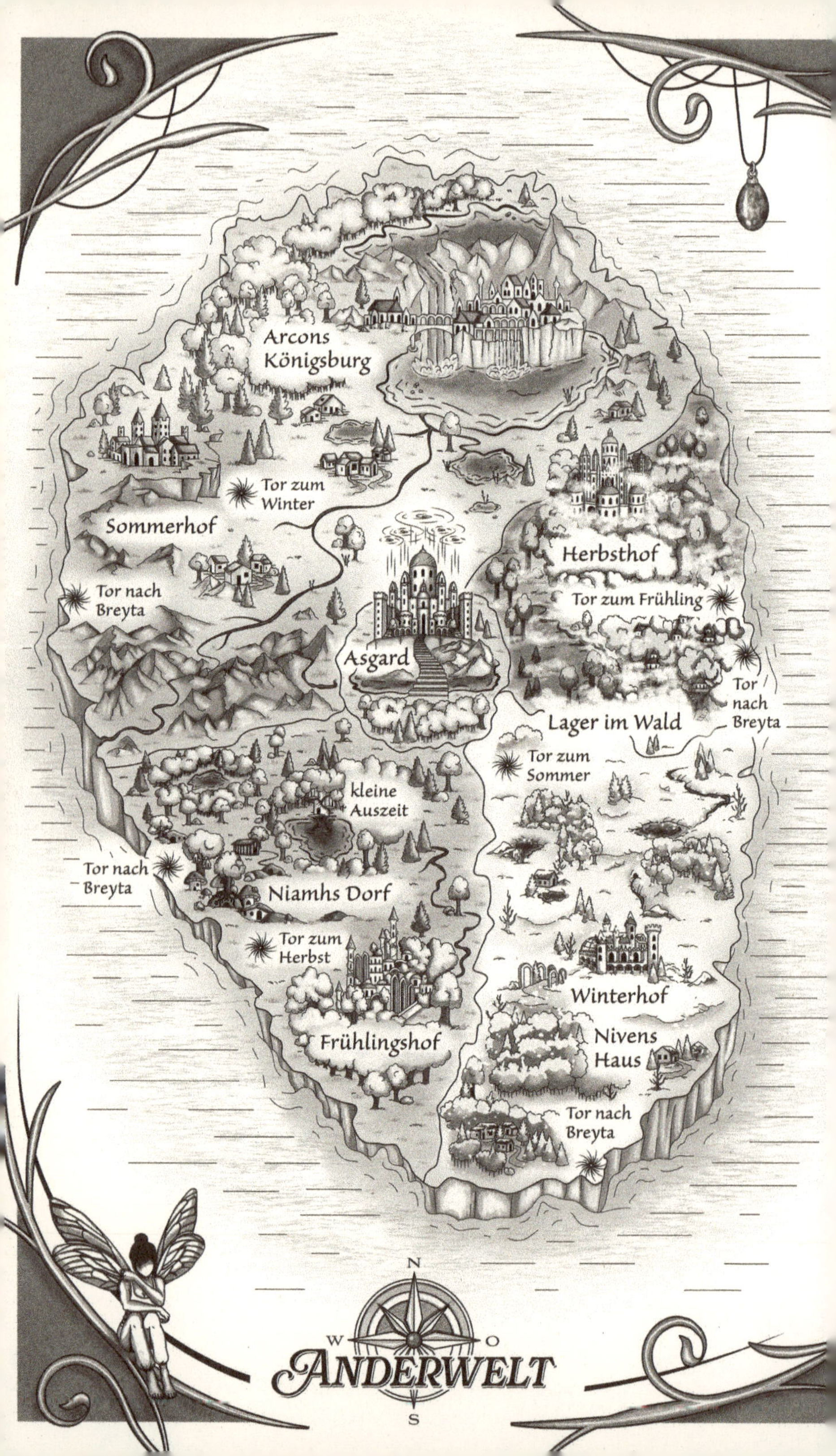
Arcons Königsburg
Tor zum Winter
Sommerhof
Tor nach Breyta
Herbsthof
Tor zum Frühling
Asgard
Tor nach Breyta
Lager im Wald
Tor zum Sommer
kleine Auszeit
Tor nach Breyta
Niamhs Dorf
Tor zum Herbst
Winterhof
Nivens Haus
Frühlingshof
Tor nach Breyta
N
W
O
S
ANDERWELT

VANNA
Dream Village
Star City
Rebellenlager
Unter-
wasser-
stadt
Hopetown
Tarmos Haus
Kails Haus
Crinna-Gebirge
Tor
zur
Erde
Pak
N
W
O
S
BREYTA

1

Der Tag gehört eindeutig in die Kategorie ›beschissen‹. Aber immerhin neigt er sich jetzt dem Ende zu. Ich schließe die Augen, lehne mich an die stabile Folie des Planwagens, der uns über die unbefestigte Sandpiste zur Stadtgrenze bringt, und versuche, die Gesichter der sechs jungen Rebellen aus meinem Kopf zu verbannen, die wir heute erwischt haben. Die Überraschung darin, den Unglauben – und ihre allumfassende Wut.

Sie gilt den Fae, ihren Regeln und den damit einhergehenden Einschränkungen, deren Sinn sie auch nach über dreißig Jahren nicht bereit sind anzuerkennen. Aber selbst wenn ihr Hass nicht gegen uns persönlich gerichtet ist, sind wir dennoch diejenigen, die ihn abbekommen.

Es gibt Tage, an denen mir das nichts ausmacht, und das sind zum Glück die meisten. Heute ist leider keiner davon. Heute zermürben mich ihre Gesichter und ich weiß schon jetzt, dass die Nacht ebenso beschissen wird wie der Tag.

Erschöpft lehne ich mich an Jadens Schulter und versuche, aus seiner Nähe ein wenig Kraft zu schöpfen. Abwesend legt er einen Arm um mich und gibt mir einen Kuss auf die Schläfe.

»Ich liebe dich«, höre ich ihn leise nuscheln, aber die drei Worte klingen unbeteiligt, einstudiert, als hätte er sie schon zu oft gesagt. Zu allem Überfluss wird mir ausgerechnet jetzt ein wenig übel. Ich sollte dringend etwas trinken, aber die Flaschen in meinem Rucksack sind leer.

Also atme ich ein paarmal tief durch, verdränge die komischen Gefühle und schiebe sie auf unsere Müdigkeit. Wir waren zehn Stunden auf Patrouille. So richtig viel Platz ist da nicht übrig für große Emotionen. »Ich dich auch«, flüstere ich und nutze die verbliebenen Minuten Fahrt, um ein erstes Nickerchen zu halten.

Ich erwache abrupt, als das vertraute Ruckeln des Wagens stoppt und er zum Stehen kommt. Mit geübten Griffen löse ich die Waffen aus meiner Montur und klettere hinaus in die immer noch schwüle Luft des Tages. Es ist früher Abend und die Gewitterluft ist nicht das Einzige, das sich heute aufgestaut hat.

An der Schleuse angekommen, gebe ich die Dolche und Schusswaffen ab und trete in den feuchtwarmen Container, der zu den notwendigen Übeln meines Lebens gehört. Akribisch wasche ich mir die Hände, um anschließend in den sprühenden Nebel des Desinfektionsmittels zu treten, dessen Geruch mir so vertraut ist wie der meines Kopfkissens.

Nachdem ich in Gedanken bis zehn gezählt habe, bin ich erlöst und verlasse die Schleuse. An einem Tisch aus Edelstahl warten bereits die provisorisch gereinigten Waffen auf mich. Mit einem leicht süffisanten Lächeln nehme ich sie entgegen. »Hey Rylan, danke fürs Putzen. Wenn dir nach Feierabend langweilig ist, kannst du gerne bei mir zu Hause weitermachen.«

»Sooo witzig, Bones. Habe ich heute noch nicht ein einziges Mal gehört«, erwidert er zynisch und ich kann mich im letzten Moment unter seiner Hand wegducken, die mir einen Schlag in den Nacken verpassen wollte. Ich werfe ihm eine Kusshand zu und geselle mich zu den anderen. Nachdem wir endlich alle zwölf die Schleuse passiert haben, begeben wir uns zu dem Seiteneingang der Metro-Station, der ausschließlich uns Wächtern vorbehalten ist.

Applaus brandet auf, als die gläsernen Schiebetüren sich öffnen und wir die große Bahnhofshalle betreten. Ich ringe mir ein erschöpftes Lächeln ab und hebe die Hand zum Gruß. Ich mag diesen Moment. So richtig. Die Dankbarkeit und die unterschwellige Bewunderung der Stadtbewohner, die sie uns nach jeder Schicht mit ihrem Applaus entgegenbringen.

Manchmal überlege ich, ob ich nur wegen des Ruhms eine Wächterin geworden bin, aber eigentlich muss ich mir die Frage nicht stellen. Es gab bessere Gründe als den Applaus, wichtigere. Und sie alle zählen heute genauso wie vor sieben Jahren. Es darf nie wieder passieren. Wir können nicht zulassen, dass die Rebellen uns noch einmal dermaßen überrollen, dass sie Tote auf unserer Seite fordern. Nie wieder dürfen sie ein paar unschuldigen Kindern ihre Eltern nehmen. Deswegen bin ich hier.

Aus dem Augenwinkel sehe ich die schmale Gestalt, die sich mir nähert, und öffne meine Arme, um sie in Empfang zu nehmen. Die dünnen Gliedmaßen meines kleinen Bruders umschlingen meinen Hals und zwingen mich für ein paar Sekunden, meine Kameraden ziehen zu lassen.

Für gewöhnlich sind wir unantastbar. Niemand würde es wagen, uns zu berühren. Wächter sind wie Popstars, man bewundert uns, man tuschelt über uns, aber man fasst uns nicht an. Die einzige Ausnahme sind unsere Familien und unsere Partner. Fast jeder von uns wird nach der Schicht erwartet, es gibt immer einen, der sich sorgt, der Angst um dein Leben hat.

Bei mir ist es Luke. Seine Umarmung am Ende des Tages ist der Grund, weshalb ich das hier mache. Für ihn nehme ich die Strapazen, den Hass und die Gesichter, die mich in meinen Träumen verfolgen, auf mich. Ihn gilt es zu beschützen, auch wenn er inzwischen schon dreizehn ist und ganz gut für sich selbst sorgen kann.

Langsam löse ich mich aus seinen Fängen und zwinkere ihm zu. »Tut mir leid, Großer. Bin heile wieder zurück. Leider keine sturmfreie Bude heute Abend.«

Lachend zeigt er mir den Mittelfinger und nimmt mir den Rucksack ab. Er müsste das nicht, denn am Ende des Tages wiegt er ohnehin nichts mehr, aber Luke liebt es, mir diesen Gefallen zu tun. Noch mehr liebt er nur den Stolz. ›Hey‹, scheint er die Menschen am Bahnsteig anzubrüllen, ›das ist meine große Schwester.‹

Ich gehe auf Zehenspitzen und gebe ihm einen Kuss auf seinen Scheitel, nicht wissend, wie lange das noch möglich ist. Zum einen, weil er mich inzwischen um ein paar Zentimeter überragt, zum anderen, weil es jeden Tag so weit sein könnte, dass es ihm peinlich wird.

Es dauert nicht lange, bis die nächste Bahn kreischend zum Stehen kommt und ihre Türen sich automatisch öffnen. Wie immer bin ich dankbar für den Luxus eines eigenen Waggons, der nur uns Wächtern und unseren Angehörigen vorbehalten ist. Die anderen Wagen sind gerammelt voll, die Menschen drängen sich in die Bahn, die als einziges Verkehrsmittel in Hopetown noch existiert. Einen Sitzplatz ergattern nur die wenigsten.

Wir hingegen lassen uns erschöpft auf die harten Bänke plumpsen und die meisten von uns schließen sofort die Augen. Ich selbst wuschele meinem Bruder noch einmal durch seine blonden Haare und sehe ihn fragend an. »Alles okay bei dir?«

Er nickt zur Antwort. Dann deutet er mit dem Finger auf seinen Oberarm und zeigt mir danach die Zahl fünfzig an, nicht ohne ein breites Grinsen auf seinem Gesicht erscheinen zu lassen.

»Hey, Glückwunsch«, strahle ich zurück. »Du hast die magische Zahl geknackt.«

Ein paar Sekunden lang lasse ich meinen Blick über seinen schmächtigen Körper gleiten und muss mir eingestehen, dass er gar nicht mehr so schlaksig ist, wie ich mir immer einrede. Fünfzig Liegestütze schafft man nicht ohne Muskeln. Mein Bruder wird groß.

Ich schenke ihm ein Lächeln. »Vielleicht wird ja doch noch mal etwas anderes aus dir als eine Bohnenstange«, foppe ich ihn und handele mir augenblicklich einen schmerzhaften Faustschlag auf den rechten Oberarm ein, bei dem ich theatralisch das Gesicht verziehe.

Schließlich zeigt er jedoch mit ernstem Blick auf mich und bedeutet mir mit den Händen, dass ich schlafen soll. Ich nehme ihn noch einmal in den Arm, gebe ihm einen Kuss auf seine Stirn und schließe dankbar die Augen. Er weiß, wie müde ich immer bin und die Fahrt bis zur Akademie dauert eine knappe halbe Stunde. Es wäre dumm, sie nicht zu nutzen.

Als ich wieder aufwache, ist Lu längst nicht mehr neben mir. Er fährt immer nur die ersten vier Stationen mit, dann steigt er aus und geht in unsere Wohnung, um Dingen nachzugehen, die Dreizehnjährige so tun. Trainieren, Löcher in die Luft starren, Serien gucken. Seit die Verbindung zur Erde vor dreißig Jahren von den Fae gekappt wurde, haben wir leider keinen Zugriff mehr auf ihre aktuellen Filme und Serien. Ab und zu gibt es zum Glück auch Fae, die das mediale Angebot der Menschen lieben und so gelangen immer wieder auf nicht ganz legalem Weg neue Blockbuster oder die eine oder andere neue Staffel einer Serie zu uns. Grundsätzlich hängen wir aber in den Neunzigern fest. Doch zum Glück ist das Archiv der Stadt riesig, und so können wir uns alle rückwärts durch die vergangenen Jahrzehnte durchsuchen. Es könnte allerdings sein, dass Luke bei seinen Serien inzwischen sogar in den Sechzigerjahren angekommen ist.

Manchmal bereitet er auch etwas zu essen für uns vor, aber ich möchte es ihm nicht immer aufdrücken, sich darum zu kümmern. Mein schlechtes Gewissen ist schon so groß genug, weil ich ihn die meiste Zeit des Tages allein lasse, da muss er nicht auch noch den Haushalt schmeißen.

Als die Bahn langsamer wird, erheben wir uns und begeben uns zur Tür. Auf einen Knopfdruck hin öffnet sie sich und wir betreten den Bahnsteig. Da sich an dieser Station mehrere Züge kreuzen, müssen wir erst ein paar Treppen hoch, bis wir in die pompöse Halle gelangen, in der uns zum zweiten Mal an diesem Tag Applaus entgegenschallt. Doch obwohl hier ebenso viele Menschen stehen, wie bei unserem Einstieg, ist ihr Applaus verhaltener, gesitteter.

Bei ihnen ist die Würdigung unseres Jobs eine Pflicht, kein ehrlicher Dank. Die Leute hier haben keinen Kontakt zur Gefahr, sie alle sind noch nie einem Rebellen begegnet. In den Grenzgebieten am Rande der Stadt sieht das anders aus. Die Bewohner dort wissen sehr genau, wovor wir sie beschützen.

Nichtsdestotrotz grüßen wir auch hier und schenken den Anwesenden ein braves Lächeln, denn immerhin finanzieren sie mit ihren Steuern einen Teil unseres Lohns. Jaden greift nach meiner Taille und gibt mir einen flüchtigen Kuss. »Kommst du nachher noch vorbei?«

Seit ein paar Wochen hasse ich diese Frage, denn ich weiß, worauf sie immer öfter hinausläuft. »Ich denke nicht, Jaden. Ich muss mich noch um die Wäsche kümmern und ehrlich gesagt schreit unser Kühlschrank nach einem Einkauf. Ich werde es nicht schaffen.«

Nicht zum ersten Mal sehne ich mich danach, dass auch in unserer Welt endlich mal ein Lieferservice Einzug hält, aber an die Hoffnung sollte ich mich besser nicht klammern. So einen Luxus werden wir in absehbarer Zeit nicht bekommen. Die Arbeitskraft der wenigen Menschen, die nach dem *Ouster* in den drei sicheren Städten Breytas überlebt haben, wird definitiv für wichtigere Dinge benötigt als für diverse Lieferservices. Ebenso wie die Handvoll Drohnen, die den Weg in unsere Welt gefunden haben.

»Hey, warum macht Luke nicht die Wäsche?«, reißt Jaden mich aus meinen Wunschträumen. »Er wird ja wohl in der Lage sein, zwei Knöpfe zu drücken, oder?«

Ich nicke, ich habe keine Lust auf die Diskussion, welche Aufgaben mein Bruder in seinen Augen übernehmen soll.

»Ach komm schon, Baby, dann bleibt die Wäsche halt noch einen Tag liegen.« Seine Hand umfasst meinen Hintern und seine Lippen wandern an meinem Hals entlang. »Wir hatten schon viel zu lange keinen Spaß mehr«, raunt er mir ins Ohr.

Ich seufze, hebe das linke Handgelenk und halte meinen Tracker an den Scanner, der uns in den unterirdischen Gang zur Akademie Einlass gewährt. »Jaden, bitte. Ich fand den Tag echt scheiße und ich bin wirklich müde. Und außerdem wartet die Wäsche schon ziemlich lange. Könnte sein, dass ich bald keine Höschen mehr habe, wenn ich mich nicht darum kümmere«, necke ich ihn, um ihn nicht allzu sehr zurückzuweisen.

»Damit kann ich hervorragend leben«, flüstert er rau. »Also abgemacht? Du kommst vorbei?«

Ich stöhne innerlich auf. »Nein, Jaden. Nicht abgemacht. Nicht heute, okay? Außerdem muss ich endlich mit Luke über die Schule reden. Ich habe das ungute Gefühl, dass Liegestütze im Moment wichtiger für ihn sind als Mathe oder Geschichte.«

»Hey, er ist dreizehn. Da sind Liegestütze für alle wichtiger. Du bist nicht seine Mutter, die Gespräche können andere führen.«

»Jaden, hör auf. Du weißt genau, dass das nicht stimmt. Es gibt niemanden, der sie führen kann.«

»Seine Lehrerin sollte das tun«, brummt er und ich merke, wie bei ihm schlechte Laune aufkommt. »Und du solltest aufhören, ihn so zu verhätscheln. Er muss endlich lernen, allein klarzukommen.«

»Sagt der, der im Hotel Mama wohnt und von vorne bis hinten den Arsch gepudert bekommt«, fahre ich ihn wütend an. »Du kannst gerne mal zwei Wochen bei uns einziehen, vielleicht lernst *du* dann ja mal, was es heißt, allein klarzukommen.«

Ich winde mich aus seinen Armen und bin froh, das Ende des Ganges erreicht zu haben. Wütend stapfe ich zu einer der Kameras, die unsere Gesichter scannen, bevor wir endgültig in die Eingangshalle der Akademie eintreten dürfen. Dieses Gebäude ist neben dem Stadtpalast tatsächlich das einzige der ganzen Stadt, das mit moderner Technik ausgestattet ist. Eigentlich halten die Fae nicht besonders viel von Fortschritt. Und von Technik im Speziellen schon mal gar nichts. Aber ihre eigene Sicherheit und die ihrer Wächter scheint es ihnen doch wert zu sein, sich ein paar Neuerungen von der Erde zu gönnen. Die schwere Metalltür schiebt sich auf und ich bin froh, dass immer nur eine Person hindurchgehen kann. So bekomme ich einige Sekunden geschenkt, bis Jaden mir folgen kann. In der weitläufigen Halle herrscht reges Treiben und niemand schenkt mir besondere Beachtung. Warum auch? Hier sind wir unter unseresgleichen, wir machen alle den gleichen Job, da muss man sich nicht ständig gegenseitig auf die Schultern klopfen. Und die Fae interessieren sich ohnehin nur in absoluten Ausnahmefällen für uns Menschen.

Ich senke meinen Blick, um niemandem zu begegnen, den ich kenne und der mich mit einem Gespräch aufhalten könnte. Dann biege ich mit schnellen Schritten nach rechts ab zu den Duschen. Tatsächlich schaffe ich es, sie zu erreichen, bevor Jaden mich noch einmal erwischen kann.

Im Vorraum lege ich meine Waffen in eine mit meinem Namen beschriftete Kiste und stelle sie auf den bereitstehenden Rollwagen. Er wird später abgeholt und sämtliche Waffen werden wie jeden Abend akribisch überprüft und gereinigt. Das, was Rylan vorhin gemacht hat, war – ebenso wie die kurze Desinfektionsdusche – nur ein erstes Abwischen. Ein Job, den jeder von uns mal machen muss, und ich kenne keinen, der ihn nicht ätzend findet. Ich pule mich aus meinen staubigen und verschwitzten Klamotten und werfe sie in den Wäscheschacht. Immerhin muss ich die Wächtermontur nicht auch noch selbst waschen.

Ich bin froh, dass ich mich heute beeilt habe, denn so muss ich nicht anstehen und ergattere direkt eine der freien Duschen, die jetzt erfreulicherweise sogar noch heiß ist. Viel zu lange lasse ich den kräftigen Strahl einfach nur über mich strömen und meine geschundenen Muskeln entspannen, bevor ich mir Duschgel aus dem Spender nehme und mich gründlich einseife.

Der frische Geruch von Kräutern steigt mir in die Nase und genau wie gestern bin ich froh, dass ein neuer Monat angefangen hat. Im August war Himbeerduschgel im Programm und ich habe einen kompletten Monat lang ernsthaft in Erwägung gezogen, auf die Dusche zu verzichten. Ich meine hey, hier waschen sich Wächterinnen und keine kleinen Mädchen. Niemand mag Himbeere. Leider war der eigene Schweißgeruch aber so überzeugend, dass die Himbeere jeden Tag aufs Neue gewonnen hat.

Frische Kräuter hingegen sind genau nach meinem Geschmack und so verteile ich den wohltuenden Schaum großzügig auf meiner Haut. Als die ersten Mädchen schlotternd Schlange stehen, weist mich mein schlechtes Gewissen in die Schranken und ich stelle das Wasser widerwillig ab.

Triefend nass begebe ich mich zur nächsten Tür. Als das Licht rechts daneben auf Grün springt, schiebt sie sich auf und lässt mich in den winzigen, aber grell erleuchteten Raum. Lautlos schließt sich die Tür wieder und in dem Moment, in dem sie sich an die Gummidichtungen ansaugt und mich hermetisch abriegelt, erklingt ein Signalton und ich höre die vertraute Computerstimme. »Bitte schliessen Sie Ihre Augen. Bei Augenkontakt besteht die Gefahr von Verätzungen der Hornhaut und der Iris. Als Folge können Einschränkungen des Sehvermögens bis hin zu dauerhafter Erblindung auftreten. Öffnen Sie die Augen erst wieder, wenn der zweite Signalton ertönt.

Atmen Sie tief ein und halten Sie die Luft an. Bei Eindringen in Nase oder Mund können Verätzungen der Schleimhäute auftreten, die zu Atemnot, Geschmacksverlust und Ersticken führen können. Atmen Sie erst wieder, wenn der zweite Signalton ertönt.«

Natürlich. Nichts anderes hatte ich vor. Schließlich bin ich nicht lebensmüde. Abgesehen davon habe ich die Ansage inzwischen ungefähr fünfhundertmal gehört. Wie so oft denke ich, dass das Ganze hier deutlich schneller gehen würde, wenn die ihren Text mal kürzen würden. Oder es nett wäre, wenn er genau wie das Duschgel jeden Monat wechseln würde. Oder ... dass man diesen überflüssigen Scheiß einfach mal lassen kann. Die Fae beteuern, dass sie uns Wächter mit ihrem Desinfektionswahn vor ansteckenden Krankheiten schützen wollen. Ich selbst bin der Meinung, dass ihre Maßnahmen ziemlich drüber sind. Natürlich ist ihr Argument gerechtfertigt, dass wir die Einzigen sind, die direkten Kontakt mit den Rebellen haben. Und es besteht durchaus die Möglichkeit, dass unter ihnen noch Verbannte leben. Verstoßene, die im Zuge des *Ouster* über Breyta hergefallen sind wie die Heuschrecken, und die vorher sehr lange auf der Erde gelebt haben. Und ja, dort gibt es eine Menge ansteckender Krankheiten. Aber wir Menschen hier in der Zwischenwelt sind die letzten Jahrtausende weitestgehend immun gegen ihre Viren gewesen, warum sollte sich das in den vergangenen dreißig Jahren geändert haben? Ich seufze. Immerhin passt die Paranoia der Fae ziemlich gut zu dem letzten Präsidenten, den Breyta hatte.

›Es sind nur zehn Sekunden‹, ermahne ich mich im Stillen, während ich tief Luft hole und den Anordnungen Folge leiste. Dann kommt der kalte Nebel. Ich habe keine Ahnung, warum sie es nicht schaffen, das beschissene Desinfektionsmittel wenigstens mal auf Körpertemperatur anzuwärmen. Eigentlich sollte man meinen, dass es dafür echt genug kluge Köpfe in der Zentrale gibt. Aber wahrscheinlich sind die Fae der Meinung, dass der eisige Sprühnebel zu unserer Abhärtung beiträgt.

Bevor ich deshalb ernsthaft sauer werden kann, ertönt der heiß ersehnte zweite Signalton und die nächste Tür öffnet sich. Ich nehme einen tiefen Atemzug nicht-kontaminierter Luft und greife nach einem frischen Handtuch vom Stapel. Nachdem ich mich darin eingewickelt habe, schnappe ich mir noch ein zweites, um meine langen dunklen Haare unter einem Turban zu begraben. Dann gehe ich in die Umkleide.

Kaum habe ich meinen Spind geöffnet, kommt Jaden zu mir und ich kann mir gerade noch ein Stöhnen verkneifen. Die Duschen sind leider der einzige Bereich, den wir Mädels für uns haben, ansonsten wird hier auf Geschlechtertrennung mal so gar keinen Wert gelegt.

»Hey Key, du hier?«, ruft er gespielt überrascht. »Hast du deinen Schlüssel vergessen, oder warum hat das so lange gedauert?« Vereinzelte Lacher sind zu hören, aber die müssen einer nicht zu erklärenden Höflichkeit entspringen, denn lachen kann über diesen Witz seit Jahren niemand mehr.

Keine Ahnung, was meine Eltern sich bei meiner Namenswahl gedacht haben. Wenn mein Bruder wenigstens Hole heißen würde, würde das Ganze immerhin auf eine absurde Art Sinn ergeben. Aber mein Bruder ist in den Genuss eines völlig normalen Namens gekommen. Ich hingegen habe für den Rest meines Lebens den Schlüsselwitz geerbt. Vielen Dank dafür.

»Ha. Ha. Ha«, gebe ich genervt zurück. »Schon mal überlegt, ob ich mir extra viel Zeit gelassen habe, weil ich gehofft habe, dass du dann schon weg bist?« Ich greife nach der Flasche mit der Bodylotion und atme tief durch.

Ich sollte nicht so gemein zu ihm sein, aber ich kann ihm die ätzenden Diskussionen, die wir ständig über meinen Bruder führen, nicht mehr verzeihen. Ja, es stimmt, ich habe es in dem Alter allein geschafft. Aber ich hatte auch keine Wahl. Luke hingegen hat mich. Er kann es besser haben als ich. Und das möchte ich ihm nicht nehmen.

Außerdem denke ich, dass Jaden kein Recht hat, sich ein Urteil über unsere Situation zu erlauben. Er musste noch nie alleine klarkommen. Die Tatsache an sich kann ich ihm natürlich nicht zum Vorwurf machen, aber sehr wohl den Fakt, dass er uns nie besuchen kommt. Er weiß nicht, wie es bei uns läuft.

Wütend lasse ich mein Handtuch fallen und beginne, mich einzucremen. Jeder von uns tut das, sogar die Jungs. Würden wir es nicht machen, würden wir erstens alle den beißenden

Geruch des Desinfektionsmittels mit ins Bett nehmen und zweitens würde unsere Haut nach spätestens einer Woche trocken wie Schmirgelpapier werden. Und ganz abgesehen davon gehört die Bodylotion uns selbst, was im Klartext heißt, dass man sich den Geruch aussuchen kann.

Meine riecht nach Rosmarin und Ingwer. Zugegebenermaßen ist das nicht unbedingt ein Duft, der bei Frauen weit verbreitet ist, aber ich liebe die Mischung.

Als ich fertig bin, wühle ich Slip und BH aus dem Spind, doch bevor ich dazu komme die Sachen anzuziehen, überrascht mich ein kräftiger Schlag auf meinen Hintern und Jaden grinst mich lüstern an. »Ich denke, die Anzahl deiner Höschen ist knapp«, erinnert er mich voller Ironie. »Vielleicht solltest du besser drauf verzichten.«

Okay, dieses Mal hat er ehrliche Lacher auf seiner Seite – und meine endgültig voll entfachte Wut. Ich habe keine Ahnung, wann die Spannung zwischen uns beiden so eskaliert ist, aber vielleicht war nicht nur *mein* Tag beschissen. Allerdings sind mir die Gründe spontan auch völlig egal.

Ich hätte über seinen Spruch lachen können, wenn es ein Spaß gewesen wäre. Der Umgangston unter den Wächtern ist oft ziemlich derb und anzügliche Wortspiele bei uns allen an der Tagesordnung. Vermutlich ist das unsere ganz spezielle Form der Psychohygiene, um den Frust abzubauen. Aber weder war es ein Spaß, noch ist er irgendein Wächter. Er ist mein Freund. Und er hat das getan, um mich bloßzustellen, nur weil ich heute keine Zeit für ihn habe.

Zwischen meinen Schulterblättern beginnt es unangenehm zu kribbeln, wie so oft, wenn ich besonders wütend bin. Und dieses Gefühl nervt dermaßen, dass es mich zusätzlich anstachelt. Mit beiden Händen stoße ich ihn vor die Brust und er kracht rückwärts gegen den nächsten Spind.

Schnell rappelt er sich wieder auf. »Da hat wohl jemand seine Tage, oder wie soll ich mir sonst das Sensibelchen erklären?«, säuselt er sarkastisch.

»Habe ich«, bestätige ich mit fester Stimme. Schließlich stehe ich hier splitterfasernackt in einer Gemeinschaftsumkleide und streite mich, da sollte wenigstens die Stimme überzeugend sein. »Und wenn du deine Drecksfinger nicht für den Rest des Tages bei dir behältst, kriegst du sie auch, und ich schwöre dir, dann wirst du nicht nur aus einem Loch bluten.«

Für ungefähr drei Sekunden liefern wir uns ein Blickduell, dann wende ich mich ab und ziehe meine Unterwäsche an. Kaum habe ich sie übergestreift, packt er mich am Ellenbogen. »Fick dich, Nummer zwei.«

Oh, wow. Da sind wir seit dem ›Ich liebe dich‹ in der letzten Stunde aber weit vom Weg abgekommen. Eindeutig zu weit.

»Ganz bestimmt«, erwidere ich ruhig. Meine Entscheidung steht so was von fest, dass ich mich nicht mehr aufregen muss. »Denn mit *dir* tue ich es sicher nicht wieder.«

In seinem Blick ist so viel Wut, dass ich mich nicht wundern würde, wenn er jetzt auf mich losgeht. Aber zum Glück schiebt sich Mace zwischen uns und nimmt Jaden zur Seite. »Lass sie in Ruhe, Alter. Du weißt doch, das Hirn setzt aus, wenn sie ihre Tage haben«, redet er beruhigend auf ihn ein.

Für den Spruch hätte ich jedem anderen sofort gezeigt, zu was mein Hirn alles in der Lage ist, aber ihm nicht. Mace ist schwer in Ordnung, ich mag ihn wirklich gerne. Und er ist gerissen. Er erwischt Jaden auf der einzigen Wellenlänge, die gerade auf Empfang ist, und nimmt ihn so aus der Schusslinie. Und so ganz nebenbei bewahrt er mich damit vor einem episch peinlichen Moment meines Lebens – einem öffentlichen Streit in Unterwäsche.

Ich wende mich wieder dem Spind zu und frage mich, was

mit mir los ist. Okay, es gibt ein paar wenige Dinge auf der Welt, die mich massiv reizen, aber abgesehen davon würde ich mich durchaus als ausgeglichenen Menschen bezeichnen. Heute ist es allerdings möglich, dass es ohne das Eingreifen von Mace zu einer echt bescheuerten Auseinandersetzung gekommen wäre. Jadens Nummer-zwei-Bemerkung hat seit Langem mal wieder den gewünschten Effekt gehabt. Und sie war eindeutig unter der Gürtellinie, genau wie alles andere, was er von sich gegeben hat.

Eigentlich dachte ich, dass ich den beschissensten Tag in meinen sechs Jahren Wächterausbildung inzwischen bewältigt habe, aber das war wohl ein Irrtum. Ich bin nur die Nummer zwei und der Stachel sitzt doch weitaus tiefer als angenommen. Die Fae küren jedes Jahr die beiden Besten des Abschlussjahrgangs, einen männlichen und einen weiblichen Wächter. Die Sieger bleiben nicht in Hopetown, sie haben das Glück, einen Job an der Akademie in Star City zu bekommen, unserer Hauptstadt. Und Überraschung: Jeder, wirklich *jeder* will dahin, und zwar nicht nur, weil sie am Meer liegt.

Unsere Ausbildung beginnt mit zwölf und endet sechs Jahre später in dem Jahr, in dem wir volljährig werden. Ich war sechs Jahre lang die Beste. Zugegebenermaßen war Megan dicht dran und vielleicht mochte ich die attraktive, aber überaus arrogante, Zicke deshalb nie besonders. Sie war sechs Jahre lang meine Konkurrentin und hat mir das Leben schwer gemacht, doch sie hat mich nie eingeholt. Bis zum Tag unserer Prüfung.

Ich weiß bis heute nicht, was an diesem Tag schiefgelaufen ist, aber ihr überhebliches Grinsen hat sich sehr tief in mein Gedächtnis eingebrannt.

Schnell schlüpfe ich in schwarze Leggings, ein dunkelgrünes Tanktop, das mir mindestens fünf Nummern zu groß ist, und ziehe meine schweren Boots an. Es wurmt mich, dass ihr Sieg mich auch nach mehr als einem Jahr noch so wütend macht. Sie sollte nicht so viel Macht über mich haben. Die Tür meines Spinds knallt eindeutig zu laut und ich beeile mich, die Umkleide so schnell wie möglich zu verlassen.

Draußen erwartet mich Rylan in einem dermaßen zerschlissenen T-Shirt, dass ich sicher bin, es ist älter als er selbst. Lächelnd gehe ich ihm entgegen und registriere nicht zum ersten Mal, wie schmal er zwischen all den muskelbepackten Wächtern wirkt. Keine Ahnung, warum er als Einziger nicht so aufgepumpt ist, aber aus unerfindlichen Gründen funktioniert Wachstum bei ihm nur in die Höhe und nicht in die Breite. Was dazu führt, dass er größenmäßig mit den hünenhaften Fae mithalten kann.

Ich weiß, dass er auf mich gewartet hat, denn die Umkleide hat er lange vor mir verlassen, da war ich noch in Unterwäsche. »Hey, Bones. Alles okay?«

Meine Gesichtszüge entgleisen zu einem Nicht-Dein-Ernst-Blick. »Ja, total. Alles gut«, antworte ich brav und viel zu ironisch.

»Netter Versuch.« Er grinst schief und fährt sich durch seine noch nassen, dunklen Haare, was mir einen Blick auf seine dunkelblauen Augen gewährt. »Jetzt die Wahrheit.«

Ich schüttele lachend den Kopf. »Ich weiß nicht, was da heute in Jadens Hirn passiert ist, aber was auch immer es war, es hat einen riesigen roten Alarmknopf bei mir gedrückt. Ich konnte diesen Scheißkerl plötzlich nicht eine Sekunde länger in meiner Nähe ertragen.« Für einen winzigen Moment schließe ich die Augen und versuche, meinen Ausbruch in der Umkleide zu verdrängen. »Ja, ich gebe zu, dass ich dabei etwas die Kontrolle verloren habe. Aber hey, manchmal ballern selbst meine Emotionen wie Rambo durch die Gegend. Und nein, ich habe *nicht* meine Tage.« Okay, das musste raus. Und Rylan hat große Ohren. Also nicht wirklich, aber im übertragenen Sinn.

Es gibt nicht viele Wächter, die sich ernsthaft dafür interessieren, wie es ihren Kollegen geht. Die meisten sind oberflächlich und gehören zu den ganz Harten, aber das ist auch gut so. Wenn wir uns alle ständig Gedanken darüber machen würden, was den anderen wohl gerade bewegt und wie er sich fühlt, hätten wir ein echtes Problem.

Irgendeiner von uns erlebt immer irgendeine Scheiße und wir haben genug mit der Entsorgung unserer eigenen zu tun. Fremde Scheiße kann also gerne bleiben, wo sie ist. Aber bei Rylan und mir ist es anders. Wir können ganz hervorragend unseren Müll beim jeweils anderen abladen. Konnten wir schon immer.

Er war fünfzehn, als ich an die Akademie gekommen bin, und bereits drei Jahre dabei. Und aus irgendeinem völlig unerklärlichen Grund hat der damals noch schlaksige Kerl an dem zwölfjährigen Mädchen einen Narren gefressen. Seitdem ist es so geblieben. Rylan ist mein großer Bruder, mein Mülleimer und mein Motivator. Und der einzige richtige Freund, den ich habe. Was aber mindestens genauso wertvoll ist, ist die Tatsache, dass dieser Mülleimer immer die passenden Worte findet.

»Okay, was in dem Hirn dieses Idioten passiert ist, weiß ich auch nicht. Aber viel kann es nicht sein, nicht umsonst hat eine Erbse noch nie einen Nobelpreis gewonnen.« Schmunzelnd legt er seinen Arm um meine Schultern. »Bones, wenn so ein Arschloch meinen Weg kreuzen würde, hätte ich weitaus mehr getan, als ihn bloß zu schubsen. Also untersteh dich, auch nur eine Sekunde zu überlegen, ob du überreagiert hast. Ich selbst hätte eher noch Rambos großen Bruder hinzugezogen, um dem Pisser zu zeigen, wo sein Platz ist.« Aus seinem Schmunzeln wird ein breites Grinsen. »Also herzlichen Glückwunsch und willkommen zurück in der Welt der Singles. Ich will ja nicht in belanglose Floskeln abdriften, aber auch andere Mütter haben hübsche Kinder. Such dir einfach eins aus.«

Ich presse mir die Handballen auf die Augen und stöhne. »Rylan?«

»Hm?«

»Habe ich dir schon mal gesagt, dass ich dich liebe?«

»Höchstens tausend Mal, Bones.« Ich bekomme einen fetten Schmatzer auf die Stirn und in seinen Augen erscheint ein übermütiges Funkeln, das wie so oft den winzigen hellblauen Fleck in seiner linken Iris aufleuchten lässt. »Aber ich höre es immer wieder gern.«

Mit einem treuen Hundeblick sehe ich ihn an. Er ist der Einzige, der meinen alten Spitznamen noch benutzen darf. Als ich die Ausbildung bei den Wächtern begonnen habe, war ich völlig abgemagert und außer Knochen gab es bei mir nicht viel zu holen. Ich hatte meinen Bruder und mich fast zwei Jahre lang allein auf der Straße durchgebracht und nicht einen einzigen Tag in all den Monaten wollte ich ein Kleinkind hungern sehen. Lieber habe ich es selbst getan.

Von dem damaligen Zustand bin ich jetzt, mit neunzehn, meilenweit entfernt. Die Fae haben gut für meinen Bruder und mich gesorgt. Seit dem ersten Tag der Ausbildung haben wir weder Hunger gelitten, noch mussten wir weiter auf der Straße leben. Heute bestehe ich aus nichts als Muskeln, die sich unter meiner braunen makellosen Haut abzeichnen und an der einen oder anderen Stelle für optimale Rundungen sorgen.

Aus diesem Grund habe ich meinen Kollegen schon vor geraumer Zeit abgewöhnt, mich noch so zu nennen. Aber bei Rylan klingt der Name so liebevoll, dass ich mich nicht davon trennen mag.

Ich gebe ihm ebenfalls einen schnellen Kuss auf seine ausnahmsweise glatt rasierte Wange. »Das freut mich sehr«, entgegne ich mit einem breiten Grinsen. »Denn ich fürchte, ich werde es dir noch tausend Mal sagen.«

Dann geht die Sirene los.

Rylan und ich wechseln einen kurzen Blick und rennen sofort an den Umkleiden vorbei zur Waffenkammer. Unsere eigenen Waffen sind noch nicht wieder einsatzbereit, also müssen wir uns mit denen begnügen, die in solchen Fällen für alle zur Verfügung stehen. Ich schnappe mir zwei Dolche und eine Schnellfeuerwaffe, dazu zwei Magazine mit Munition. Wobei ›Munition‹ seit geraumer Zeit übertrieben ist. Der neue Statthalter, der inzwischen etwas über ein Jahr im Amt ist, hat scharfe Ladung verboten. Er will die Rebellen lebend, also arbeiten wir nur noch mit Betäubungswaffen.

Während wir die kugelsicheren Westen überstreifen, erreicht uns die notwendige Information auf unseren Trackern. Rebellenangriff Metro-Station ›Square of Glory‹, ca. zehn Abtrünnige, Handfeuerwaffen im Einsatz, zwei Tote, läuft der leuchtende Schriftzug in Dauerschleife über das Display.

»Scheiße«, fasst Rylan die Sache kurz und bündig zusammen. Und damit hat er verdammt recht.

Sie sind hier, mitten im Zentrum, direkt vor unserer Nase. Das gab es noch nie.

2

Anstatt zum Haupteingang laufen wir auf den unterirdischen Gang zu, durch den wir vor nicht mal einer halben Stunde gekommen sind. Raus kommt man deutlich leichter als rein und so haben sich in kürzester Zeit etwa zwanzig Wächter in dem Gang versammelt. Im Laufschritt durchqueren wir ihn und halten vor dem großen Schiebetor an. Wir alle sind im absoluten Kampfmodus, denn in dem Moment, in dem sich das Tor öffnet, werden die Rebellen auf uns schießen. Zumindest gehen wir davon aus.

Als ich mich in unserer Truppe umsehe, stelle ich überrascht fest, dass Jaden nicht unter den Anwesenden ist. Normalerweise lässt er sich keine Gelegenheit entgehen, zusätzlich ein paar Lorbeeren einzuheimsen, aber offensichtlich ist Beleidigtsein im Moment wichtiger als Ehrgeiz.

Mit wenigen Absprachen teilen wir die Gruppe auf und weisen den einzelnen Teams Abschnitte der Station zu. Rylan und ich sollen als Einzige bis nach unten auf den Bahnsteig vordringen. Wir beide haben trotz meiner Nummer-zwei-Geschichte den Ruf, das beste Team von ganz Breyta zu sein. Und es würde nie im Leben auch nur irgendjemand auf den Gedanken verfallen, uns zu trennen. Das tun nicht mal die Fae. Und so sind wir diejenigen, denen sie zutrauen, am weitesten zu kommen. Also sind wir Team ›Basement‹.

Langsam dehne ich meinen Kopf nach links und rechts und bringe damit unfreiwillig ein paar Nackenwirbel zum Knacken, dann öffnet sich das Tor. Graue Schwaden durchziehen die gesamte Halle und erschweren uns den Blick. Die Rebellen müssen Rauchbomben geworfen haben, denn es riecht nicht nach Feuer. Mit der rechten Hand umfasse ich meine Waffe fester, während ich mir mit der linken das Shirt über Nase und Mund ziehe. Dann laufen wir los.

Hustend durchqueren wir in geduckter Haltung die riesige Halle, wobei uns die großen Infowände etwas Deckung geben. In den Schreien der rennenden Menschen erkenne ich Panik, aber es sind keine Schmerzensschreie. Das macht es nicht unbedingt besser, aber da sich auch uns gegenüber noch kein einziger Schuss gelöst hat, bestätigt es offensichtlich, dass die Rebellen nicht völlig unkontrolliert mit Schnellfeuerwaffen um sich schießen. Was ich ausnahmsweise mal sehr löblich finde.

Wir weichen den Flüchtenden geschickt aus und gelangen unbehelligt zu den Stufen, die ins Untergeschoss führen. Hier ist es bereits nahezu menschenleer, dennoch ist es mit der Ungestörtheit nun leider vorbei. Vom Fuß der Treppe werden Schüsse auf uns abgefeuert und Rylan reißt mich am Oberarm zurück, um hinter einer der uralten Werbetafeln Schutz zu suchen.

Konzentriert warten wir das Ende der Serie ab, bevor wir unsere Deckung verlassen und in die entgegengesetzte Richtung feuern, wobei wir einmal mehr beweisen, wozu eine professionelle Ausbildung gut ist. Nach lediglich zwei Schüssen verrät uns ein lauter Fluch, dass wir getroffen haben. Wir ziehen uns zurück hinter die vergilbte Sonnenmilch-Werbung und warten eine Weile, bis die Betäubungskugel bei unserem Angreifer ihre Wirkung getan hat. Nach einem kurzen Blick auf den Tracker nickt Rylan mir schließlich zu. Die Pistolen mit beiden Händen umfassend, machen wir uns noch immer geduckt auf den Weg nach unten zum Bahnsteig.

Am Fuß der Treppe entwaffne ich den getroffenen und jetzt schlummernden Rebellen und mein Partner kettet ihn mit seinen Handschellen an die Stange einer Anzeigetafel. Mit einem einzigen Blick verständigen wir uns und teilen uns auf. Rylan rechts, ich links. Hier unten hat sich der Dunst fast verzogen, die Rauchmelder haben ihren Dienst getan und feiner Sprühregen ergießt sich aus der Sprinkleranlage über den gesamten Bahnsteig. Na super, wie viele Duschen denn noch heute?

Immerhin habe ich so freie Sicht über die Plattform, die völlig verlassen ist, mir aber unangenehmerweise auch die beiden erwähnten Leichen präsentiert. Es sind zwei Männer mittleren Alters, einer mit einer Schusswunde mitten auf der Stirn, der andere liegt auf dem Bauch und ich entdecke mehrere Einschussstellen am Rücken. Blut breitet sich um ihn herum aus und ich wende meinen Blick schnell ab. Weder tut es mir gut, die beiden näher zu betrachten, noch habe ich die Zeit dazu. Es ist nicht unwahrscheinlich, dass weitere Rebellen hier unten sind, und offensichtlich können ein paar von denen deutlich besser zielen als ihr Kollege an der Treppe.

Ich kneife die Augen zusammen und scanne aufmerksam meine Umgebung, doch niemand von ihnen lässt sich blicken. Sind sie bereits alle nach oben gelangt? War der eine am Fuß der Treppe wider Erwarten der Letzte hier unten? Mit dem Rücken zur Wand gehe ich Schritt für Schritt weiter zum Ende des Bahnsteigs Richtung Tunnel. Jede Faser meines Körpers steht unter Spannung, sodass ich die winzige Bewegung in der Dunkelheit sofort bemerke – und doch zu spät.

In dem Moment, in dem ich schieße, explodiert seine Handgranate bereits auf den Schienen. Die Detonation lässt mich mehrere Meter zur Seite fliegen und ich krache mit der linken Flanke in eine der hölzernen Sitzbänke. Schmerz schießt durch meine Rippen und mein Bein und lässt mich aufkeuchen. Dann verlässt ein wenig damenhafter Fluch meine Lippen, weil ich bei der Aktion die Waffe verloren habe.

Schnell rappele ich mich wieder auf, atme tief ein, um den Schmerz in seine Schranken zu weisen, und ziehe einen der Dolche aus dem Holster an meinem rechten Oberschenkel. Ich mag Messer ohnehin lieber als Schusswaffen. Aufmerksam sehe ich mich um. Als der Rauch der Explosion sich langsam verzieht, erkenne ich Rylan, der von rechts auf mich zukommt und mir ein Okay-Zeichen gibt. Seine Hälfte des Bahnsteigs ist offensichtlich sauber. Wunderbar, so müssen wir uns nur noch auf den linken Bereich konzentrieren.

Ich gebe ihm mit einem Daumenhoch das Signal, dass bei mir alles okay ist, und mache mich wieder auf den Weg. Von oben höre ich gedämpfte Schreie und Kampfgeräusche, aber hier unten ist es inzwischen gespenstisch still geworden. In dem Wissen, dass mein bester Freund mir Rückendeckung gibt, wende ich mich erneut dem Tunnel zu, doch auch von dort gelangt kein Laut mehr zu mir.

Langsam nähere ich mich den Schienen und springe nahezu geräuschlos in den Schacht hinab, nicht ohne eine Sekunde die Dunkelheit aus den Augen zu lassen. Und da ist er. Zusammengekauert hinter einem kleinen Schild entdecke ich einen Blondschopf.

»Hände hoch und rauskommen«, brülle ich ihn an, doch er rührt sich nicht.

Rylan ist inzwischen bei mir und erfreulicherweise noch im Besitz seiner Waffe. Nebeneinander gehen wir in Zeitlupe weiter in den Tunnel, wobei unsere Augen sich schnell an die Dunkelheit gewöhnen.

»Komm raus und du bleibst am Leben«, versucht nun auch

er sein Glück. »Da wir ja einen so wunderbar gnädigen und toleranten Statthalter haben, bekommst du eine fürsorgliche Eskorte aus der Stadt und kannst deinem armseligen Leben weiter nachgehen.« Der ganze Bahnhof trieft vor Ironie, doch erstaunlicherweise bewegt sich der Rebell.

Unendlich langsam verlässt er seine Deckung und hebt die Arme neben dem Körper in die Höhe. »Komm näher«, blafft mein Partner ihn jetzt wieder schärfer an. »Und immer schön die Patschehändchen oben halten.«

Der junge Mann zögert noch einen Moment, bevor er sich uns nähert. Endlose Sekunden später hat er die Distanz überwunden und Rylan schnappt mit einer einzigen Bewegung seine Hände, um sie auf den Rücken zu drehen. Erleichtert atme ich auf und wende mich um, nur um in zehn Metern Entfernung einen weiteren Scheißkerl zu entdecken, der sich hinter einem Pfeiler vorschiebt. Verdammt, warum hat Rylan den übersehen?

Mein Dolch fliegt schon, bevor sein Schuss sich löst, und ich schmeiße mich auf die Schienen. Mit großer Zufriedenheit höre ich, wie die Waffe des Rebellen nur einen Wimpernschlag später auf den Boden fällt und er auf die Knie geht. Der Dolch steckt in seinem Unterarm. Ein paar Sekunden lang herrscht Totenstille auf dem Bahnsteig, dann flackert sein Blick und er kippt vorneüber.

Irritiert sehe ich zu Rylan, der hinter mir steht und seine Waffe sinken lässt. Es war nicht der Schuss des Rebellen, der sich gelöst hat, es war der meines Freundes. Wir atmen beide tief durch und sehen uns um. Doch so intensiv wir auch gucken, wir können keine weiteren Angreifer ausmachen.

Ich packe den Rebellen, der noch bei Bewusstsein ist, hinter seinen Kieferknochen und grabe meine Finger in seinen Hals. »Wie viele wart ihr?«, will ich wissen.

Er deutet ein Kopfschütteln an und mein Griff wird fester, was ihm ein erstes Stöhnen entlockt. »Wie viele?«

»Acht«, flüstert er, da seine Luft bereits ein wenig knapp wird.

»Sicher?«, frage ich freundlich nach, wobei meine Hand eher unhöflich agiert und unschön Richtung Kehlkopf wandert.

»Zehn«, röchelt er schnell. »Wir waren zehn.«

»Ganz sicher?«

Ein Nicken ist seine einzige Antwort und ich lockere meinen Griff. »Na, dann wollen wir mal nachzählen.«

Rylan nimmt über seinen Tracker bereits Kontakt zu unseren Kollegen auf und innerhalb einer Minute ist geklärt, dass alle von ihnen überwältigt wurden. Wenn es denn wirklich zehn waren.

Ich übernehme den Blondschopf, der noch immer ein wenig schwer atmet, und zerre ihn auf den Bahnsteig zurück. Rylan kümmert sich derweil um den bewusstlosen und leider riesigen Kerl und hievt ihn ebenfalls auf den Beton des Wartebereichs. Mit ein paar geschickten Griffen fesseln wir die beiden zunächst aneinander und dann an den Pfeiler einer leicht lädierten Infotafel. Anschließend setzen wir uns auf den Fußboden neben die in die Jahre gekommenen Wartebänke, lehnen unsere Rücken gegen die Wand und warten auf die Fae, die die Rebellen einsammeln und zu Rook bringen.

Für ein paar Sekunden starren wir reglos auf die verwaisten Gleise, dann wenden wir unsere Köpfe zueinander und grinsen. »Ach Bones, mit dir kämpfe ich doch immer noch am liebsten«, gesteht Rylan schmunzelnd. »Wehe, du verlässt mich eines Tages.«

»Mach dir bloß keine falschen Hoffnungen«, erwidere ich

ironisch. »Mich hast du bis ans Ende deiner Tage an der Backe.«

Lachend greift Rylan in seine Hosentasche und zieht eine völlig lädierte Packung Zigaretten hervor. Er fingert ein geknicktes Exemplar heraus, streicht es liebevoll glatt und zündet es an. Genüsslich inhaliert er den schweren Rauch und atmet ihn in kunstvollen Kringeln wieder aus. Dann lehnt er seinen Kopf gegen die Wand und schließt die Augen.

Wie immer, wenn er das tut, lächele ich kopfschüttelnd. Rylan ist der einzige Mensch in ganz Hopetown, der noch raucht, und es würde mich nicht wundern, wenn er der einzige Mensch in ganz Breyta ist. Ich habe ihn nie gefragt, wo er die Zigaretten herbekommt, aber da Rauchen nicht erst seit den Fae immer und überall verboten ist, muss es definitiv eine illegale Quelle sein und darüber möchte ich lieber keine Informationen haben.

Nachdenklich schaue ich auf die beiden Rebellen. Nicht zum ersten Mal frage ich mich, warum sie diesen Kampf ausfechten. Was bewegt sie dazu? Wieso ticken sie so krank, dass sie die Stadt, die sie freiwillig verlassen haben, für sich zurückerobern wollen? Die Herrschaft der Fae schränkt uns ein, das ist nicht zu leugnen. Aber sie erlaubt uns immerhin ein sicheres Leben innerhalb der letzten drei Städte, die dem *Ouster* nicht zum Opfer gefallen sind.

Das Leben hier in Breyta, der kleinen Zwischenwelt, die den Übergang von der Anderwelt zur Erde bildet, war von Anbeginn friedlich. Und es unterlag nur einer ganz klaren Regel: Wer gegen das Gesetz verstößt, wird auf die Erde verbannt – für den Rest seines Lebens. Wobei das bei uns Menschen aus Breyta durchaus um die hundertfünfzig Jahre bedeuten kann. Wir werden sehr viel älter als unsere Verwandten auf der Erde.

Das Exil hat aber seit jeher lediglich die ganz fiesen Verbrecher getroffen. Wegen eines geklauten Kaugummis oder Schwarzfahrens in der U-Bahn musste niemand gehen. Wegen eines Mordes, schwerer Brandstiftung oder Drogenhandels hingegen schon. Jahrtausende hat diese Regel funktioniert und wurde von allen akzeptiert. Bis Harold Rodan zum Präsidenten gewählt wurde. Von da an wurde es kompliziert.

Rodan stammte aus einer uralten Herrscherfamilie, mehrere seiner Ahnen hatten in den letzten Jahrhunderten, als es noch Könige in unserer Welt gab, den Thron inne. Und das scheint ihm irgendwie zu Kopf gestiegen zu sein. Über zwanzig Jahre hat er Breyta regiert und wenn man den Erzählungen der Älteren glaubt, war keins davon gut. Der Präsident hat die Regeln härter ausgelegt als jeder Herrscher vor ihm. Er *hat* Schwarzfahrer aus dem Land verbannt. Er hat sogar Kinder fortgeschickt, die einen Bonbon haben mitgehen lassen. Er war so versessen darauf, die Zwischenwelt zu einem friedlichen und gesetzestreuen Ort zu machen, dass er jedes Gespür für Gerechtigkeit und Gnade verloren hat. Und damit hat er schlussendlich einen Krieg heraufbeschworen.

Zweiundzwanzig Jahre hat es gedauert, dann haben die Verbannten zurückgeschlagen. Sie haben das Tor genutzt, das ganz im Süden unseres Landes liegt, im Crinna-Gebirge. Durch dieses Tor sind die Ausgestoßenen über Breyta hergefallen wie die Heuschrecken. Vier Jahre lang haben sie versucht, sich ihre Heimat wieder zurückzuerobern, und haben dabei nichts als Zerstörung zurückgelassen. Unsere wunderschöne Zwischenwelt wurde Stück für Stück vernichtet. Heute nennen wir diesen Krieg den *Ouster*, die Vertreibung.

Nach vier Jahren voller Kampf, Leid und Tod wurde der Präsident bei einem Angriff auf die Hauptstadt getötet. Die noch lebenden Bewohner von Breyta hatten sich zu diesem

Zeitpunkt bereits in den drei letzten intakten Städten verschanzt, in denen die anderen Tore zur Erde lagen: Karpas, Wahda und die Hauptstadt Eteni. Und sie alle dachten, dass nach dem Tod Rodans die Verbannten endgültig die Oberhand gewinnen würden. Bis zu dem Tag, an dem die Fae in unsere Welt kamen. Sie haben uns vor dem Untergang bewahrt.

Aber sie haben Breyta auch verändert. Um einen Neuanfang zu demonstrieren, haben sie alle unter ihrem Schutz stehenden Siedlungen umbenannt. Dream Village, Hopetown und Star City. Ich selbst habe die Städte mein Leben lang nur unter diesem Namen gekannt und da alle Tore unserer Welt in englischsprachige Länder der Erde führen, fühlt es sich sogar irgendwie richtig an, dass sie so heißen. Selbst wenn die Namen völlig drüber sind und ich mich noch immer nicht entscheiden kann, ob ich sie pathetisch oder peinlich finde. Da meine Meinung in diesem Fall aber ohnehin nicht von Belang ist, nehme ich Hopetown einfach so hin, wie es ist. Meine Aufreger spare ich mir für wichtigere Dinge. Allerdings bin ich mit dieser Einstellung ziemlich allein. Denn obwohl auch die meisten Menschen hier ihren Kindern seit Jahrzehnten englische Namen geben, sind die Älteren unter uns gar nicht glücklich mit dieser Veränderung.

Doch völlig unabhängig von den Namen, ist nicht zu leugnen, dass die Fae die drei Städte und ihre Einwohner gesichert haben. Leider bedeutet das, dass unser letzter verbliebener Lebensraum von hohen Zäunen umschlossen ist. In den ersten Jahren haben unsere Retter diese Zäune selbst verteidigt, danach haben die Wächter übernommen. In jeder Stadt gibt es eine Akademie, in der wir von den Fae ausgebildet werden. Perfekte Kämpfer, nur darauf trainiert, unseren Lebensraum und die Menschen darin zu verteidigen. Um uns noch stärker und schneller zu machen, bekommen wir zweimal im

Jahr das Blut der Fae zu trinken. Das mag eklig klingen, aber genau das ist es, was uns besser macht. Die Fae sind unsterblich, haben phänomenale Reflexe und sind unendlich stark. Ihr Blut ist so etwas wie unser Doping. Und das können wir seit ein paar Jahren gut gebrauchen.

Wachsam wandert mein Blick zu den beiden angeketteten Aufständischen, als ob ich damit herausfinden könnte, zu welchem Lager sie gehören. Aber alles, was ich erkenne, sind vernichtende Blicke, die mir der Blondschopf zuwirft. Seufzend wende ich meine Aufmerksamkeit wieder den Schienen zu. Die Rebellen, mit denen wir es inzwischen zu tun haben, sind längst nicht mehr nur die Verbannten, die damals den *Ouster* über uns gebracht haben. Es sind Menschen aus unseren eigenen Reihen, die gegen das Leben unter den Fae aufbegehren.

Als die Fae nach Breyta kamen, haben sie die Tore, die nach Australien, Großbritannien und in die USA führen, für uns Menschen geschlossen, ebenso wie das Tor im Süden Breytas. Niemand kann jetzt von der Erde in unsere Welt gelangen und wir kommen auch nicht mehr hinaus. Die enge Verbindung, die unser Volk seit Jahrtausenden zu den Menschen auf der Erde hatte, ist gekappt. Und mit ihr der Handel, der Fortschritt und der Informationsfluss. Wir leben mittlerweile dreißig Jahre in völliger Isolation. Ab und zu schaffen es Nachrichten oder Errungenschaften von der Erde zu uns, aber die Fae entscheiden, was hierher gelangt und was nicht. Unter diesen Umständen hat es natürlich nicht lange gedauert, bis die ersten Bewohner gegen unsere Beschützer rebelliert haben. Inzwischen weiß eigentlich niemand mehr so genau, gegen wen wir unsere Städte verteidigen – Rebellen oder Verbannte. Aber vermutlich sind sie ohnehin längst zu einem großen Gegner verschmolzen. Immerhin hatten sie über zwei

Jahrzehnte Zeit, sich zusammenzutun. Und sie haben eine große Gemeinsamkeit: Sie hassen uns.

Mein Blick wandert noch einmal verstohlen zu den beiden jungen Männern. Ich möchte jetzt definitiv nicht in ihrer Haut stecken. Die Fae sind unsere Retter und Beschützer, aber sie können extrem grausam sein. Wer ihre Regeln bricht, wird gnadenlos bestraft und das gerne am Pranger, direkt vor den Augen der Stadtbewohner. Wer als Aufrührer entlarvt wird, muss um sein Leben fürchten.

Bis vor einem Jahr wurden gefangen genommene Rebellen in das Gefängnis außerhalb der Stadt gebracht und niemand von uns weiß, was dort hinter hohen Mauern geschieht. Dennoch hält sich mein Mitleid in Grenzen, schließlich hat es jeder selbst in der Hand, sich an ihre Regeln zu halten oder nicht. Nach drei Jahrzehnten der Fae-Herrschaft ist letztes Jahr überraschenderweise zum ersten Mal wieder ein Mensch von ihnen als Statthalter eingesetzt worden, aber davon merkt man nicht viel.

Tarmo Rook. Er scheint seine nicht vorhandene Unsterblichkeit durch Grausamkeit ausgleichen zu wollen, als ob er allen beweisen muss, dass er den Fae in nichts nachsteht. Härter als jeder andere vor ihm verfolgt er die Rebellen und durchkämmt die Stadt nach Abtrünnigen. Da ändert es auch nichts, dass wir sie nicht mehr töten sollen, oder dass er Regeln für den Pranger erlassen hat. Statt sie wie bisher ins Gefängnis bringen zu lassen, setzt er die Rebellen jetzt jenseits der Stadtgrenze der endlosen Weite der Wüste aus und übernimmt diesen Job meistens sogar mit Freuden selbst.

In meinen Augen ist das nicht weniger schlimm als das Gefängnis. Die Verbannten haben von Breyta nicht viel übrig gelassen, als sie über das Land hergefallen sind. Außerhalb der drei letzten Städte gibt es keinen Ort mehr, an dem man dauerhaft überleben kann. Auch Rook setzt die Rebellen also letztendlich zum Sterben aus, denn die Wahrscheinlichkeit, dass sie es zu Fuß unter der sengenden Sonne irgendwann bis in eines ihrer Lager schaffen, geht gegen null.

Ich zucke zusammen, als Rylan mich mit dem Ellenbogen anstupst. Die Fae sind da. Der Tag war entschieden zu lang und meine Aufmerksamkeit leidet langsam, trotzdem ärgere ich mich darüber, dass ich sie vor lauter Grübeleien nicht bemerkt habe.

»Scott, löschen Sie sofort die Zigarette!«, lautet ihre liebevolle Begrüßung. Arschlöcher. Ich habe die starke Vermutung, dass das Wort Danke in ihrem Wortschatz nicht existiert, jedenfalls habe ich es noch nie von ihnen gehört.

»Das werde ich ganz sicher nicht«, erwidert Rylan selbstsicher. Er weiß, dass sie auf einen so guten Wächter wie ihn nicht verzichten können, sie werden ihn kaum wegen einer Zigarette feuern. »Die war teuer, also werde ich sie bis zum letzten Tarin auskosten.«

Nicht, dass ein Tarin viel wert wäre ... Mein Blick auf den Stummel in seiner Hand zeigt mir aber ohnehin, dass der letzte Tarin bereits vor drei Zügen erreicht war. Doch mein Freund liebt diese kleinen Auseinandersetzungen viel zu sehr, als dass er nachgeben würde. Der groß gewachsene Fae schnaubt, aber er lässt ihn gewähren und ich kann mir ein Grinsen nur schwer verkneifen. Rylan gewinnt diese Duelle immer.

»Sir«, schalte ich mich ein, denn wie so oft kenne ich die Namen der eingetroffenen Fae nicht. Sie verraten sie uns nur in Ausnahmefällen. »Melde drei gefangene Rebellen, einer von ihnen hinten bei der Treppe, die anderen beiden hier. Nur einer ist bei Bewusstsein.«

»Verstöße?«, lautet die knappe Nachfrage.

»Besitz von Handfeuerwaffen, Zünden einer Handgranate und Angriff auf unbewaffnete Passanten.« Kurz sehe ich mich auf dem Bahnsteig um, wo eindeutig nicht mehr jeder Stein und jede Projektionsfläche da ist, wo sie hingehören. »Und vermutlich irgend so was wie Zerstörung öffentlichen Eigentums ...«, schiebe ich murmelnd hinterher.

Während einer der beiden sich an den Fesseln der Gefangenen zu schaffen macht, nickt der andere uns kurz zu, was einem Danke ungefähr so nahe kommt, wie der Weihnachtsmann dem Kamin. »Wegtreten. Begeben Sie sich unverzüglich zur Desinfektion und anschließend nach Hause. Der Vorfall wird morgen in der Frühbesprechung analysiert.« Yeah, sie sind so großartige Arbeitgeber, dass ich jedes Mal vor Dankbarkeit ihre Füße küssen könnte.

Ich habe heute Morgen um sieben meinen Dienst angetreten, habe seitdem ein Briefing, zehn Stunden Patrouille, insgesamt eineinhalb Stunden Fahrt und drei Desinfektionsduschen hinter mir und mal eben einen Kampf gegen Rebellen drangehängt. Jetzt ist es neun Uhr abends und ich habe die vierte Desinfektionsdusche und die Fahrt nach Hause noch vor mir. Ich würde spontan für den Rest meines Lebens auf jedes Danke verzichten, wenn ich morgen nur einmal ausschlafen könnte. Aber nein, die Fae benötigen nahezu keinen Schlaf, warum also sollten wir welchen brauchen?

»Natürlich, Sir«, antworten wir beide brav und ich muss mich mächtig zusammenreißen, um ihm nicht den Mittelfinger zu zeigen, auch wenn eine kleine Stimme in meinem Inneren mich dazu anfeuert. Rylan ahnt offenbar, in welcher Stimmung ich bin und zieht mich – inzwischen ohne Zigarette – aus der Schusslinie zurück Richtung Akademie.

Als wir an den beiden Rebellen vorbeigehen, schaffe ich

es nicht, meinen Blick von ihnen abzuwenden. Zu sehr interessiert mich, wie es in ihrem Inneren aussieht. Derjenige, den Rylan erwischt hat, kommt gerade wieder zu sich und zieht unwirsch an seinen Fesseln. Kurz wundere ich mich, wie die Betäubung so schnell nachlassen konnte. Doch ich führe den Gedanken nicht weiter, denn der dunkelblonde Strubbelkopf starrt mich unverhohlen aus seinen dunklen Augen an und löst damit das unangenehme Kribbeln an meinem Rücken aus. Am liebsten würde ich den Blick abwenden, aber es gelingt mir nicht. Denn plötzlich flammt um das dunkle Zentrum seiner Iriden ein hellblauer Ring auf. Fae-Augen.

Eine knappe Stunde später komme ich über Umwege zu Hause an, denn natürlich konnte die Bahn vom Square of Glory nach der Explosion nicht mehr fahren. Und leider konnte ich auf dem Rückweg auch nicht schlafen, weil ich nicht nur erfolglos versucht habe, Luke zu erreichen, sondern ebenfalls über abtrünnige Fae nachgedacht habe.

Mein Verstand hat nicht mal den Ansatz einer schlüssigen Antwort auf die Frage, warum ein Fae unter den Rebellen ist und seine eigenen Leute bekämpft. Leider haben das die diversen Stimmen, die meinen Kopf ihr Zuhause nennen, zum Anlass genommen, eine lebhafte Diskussion anzustoßen. Und ich kann nicht behaupten, dass sie dabei unkreativ gewesen wären.

Es gibt Momente, da kann ich über die Stimmen in meinem Kopf schmunzeln oder mich in ihren Dialog mit einklinken, aber heute nerven sie mich kolossal. Mühsam versuche ich, sie auf den letzten Metern vom Bahnsteig bis zu unserem Wohnblock zum Schweigen zu bringen und mich auf meinen Bruder zu konzentrieren.

Das einzige Anzeichen, dass der neue Statthalter ein Mensch ist, ist die Tatsache, dass er im Gegensatz zu den Fae offensichtlich auf moderne Technik steht. Unter seiner Führung wurde jeder Bewohner von Hopetown mit einem Tracker ausgestattet. Seine Motivation dahinter war definitiv, Abtrünnige besser verfolgen zu können. Mein persönlicher Benefit ist eher, dass ich so auch in meiner Abwesenheit nach Lu schauen kann. Der schwarze Metallreif zeigt mir, dass mein Bruder zu Hause ist und die Tatsache, dass er mir überhaupt angezeigt wird, bedeutet, dass er lebt. Sonst wäre die Meldung eine andere. Dennoch hat er auf meine Kontaktversuche nicht reagiert. Aber da wir keine Information bekommen haben, dass es noch weitere Angriffe in der Stadt gab, sollte ich vielleicht einfach ruhig bleiben und abwarten. Ich könnte darauf hoffen, dass er bereits schläft. Aber das wäre das erste Mal.

Nach all den Jahren sollte ich aufhören, mir so viele Gedanken über ihn zu machen, schließlich ist er kein Kleinkind mehr, aber es gelingt mir nicht. Lu ist *anders*, deshalb sind auch meine Sorgen andere. Im Fahrstuhl versuche ich ein letztes Mal meine Muskeln an Schultern und Nacken zu lockern, dann schließe ich unsere Wohnungstür auf und gehe hinein.

Als Erstes schleicht sich ein Lächeln in meine Mundwinkel. Es riecht nach Essen. Auf dem Küchentisch entdecke ich einen Teller mit Nudeln und augenblicklich knurrt mein Magen. Luke mag anders sein, aber er ist der beste kleine Bruder der Welt. Wann immer er mitkriegt, dass ich länger arbeiten muss, kümmert er sich ums Essen. Was er fabriziert, ist zwar noch nicht unbedingt furchtbar lecker, aber es ist da. Das ist alles, was zählt. Ich vertröste meinen Magen für einen Moment und gehe zu unserem Schlafzimmer. Leise öffne ich die Tür.

Wie immer brennt das winzige Nachtlicht in der Steckdose, ohne das wir beide nicht schlafen mögen. Wir könnten das Licht in dem Moment, in dem wir aufwachen, einfach anschalten, aber manchmal ist das schon zu spät. Es muss bereits an sein, wenn wir wach werden.

Vorsichtig setze ich mich auf die Bettkante und sehe ihn an. Lukes Gesichtszüge sind angespannt und seine Augen wandern unruhig umher, bis sie sich trauen, mich anzusehen. »Hey, ich bin in Ordnung«, versichere ich ihm leise. »Es geht mir gut.«

Erfolglos streiche ich ihm ein paar seiner blondgelockten Strähnen aus dem Gesicht. Sie führen schon immer ein Eigenleben und lassen sich nicht bändigen. »Warum hast du mir nicht geantwortet?«, frage ich sanft. Es ist kein Vorwurf, nur der Versuch, ihn zu verstehen.

Er zeigt mir sein blankes Handgelenk und hält sich dann die Hände vor die Augen. Im Gegensatz zu mir kann er seinen Tracker abnehmen und erhält dann keine Nachrichten mehr. Ich habe keine Ahnung, woher das Ding trotzdem weiß, dass er lebt, aber das ist mir auch egal. Was mir nicht egal ist, ist der Grund, weshalb er ihn abgenommen hat. Er hat Angst vor den Nachrichten, die dort erscheinen könnten. Deshalb legt er ihn zur Seite. Noch immer.

Es ist inzwischen neun Jahre her, dass wir unsere Eltern bei einem Rebellenangriff verloren haben, aber es gibt keinen einzigen Tag, an dem Luke mich nicht an diesen Vorfall erinnert. Nicht bewusst, einfach nur durch sein Dasein. Er war nicht immer so wie jetzt. Er war ein quirliges und fröhliches Kleinkind, das den ganzen langen Tag vor sich hin geplappert hat. Er hat die Welt bestaunt und mit seiner schier grenzenlosen Neugier erkundet. Bis zu dem Tag, an dem unsere Eltern gebrannt haben.

Seitdem ist er verstummt. Er kann theoretisch sprechen, hier zu Hause schafft er es, mir gegenüber einzelne Worte zu formen. Sobald andere Menschen anwesend sind, nicht mehr. Es macht mir nichts aus, wir beide verstehen uns auch so. Doch der Grund dahinter macht mich wütend. Bis heute kann ich nicht nachvollziehen, warum die Rebellen eine Wohnsiedlung angegriffen haben, in der Menschen lebten, die nicht am geltenden System schuld sind, die sich den Regeln der Fae zwar beugen, sie aber nicht gemacht haben. Menschen, die nichts weiter getan haben, als unter einer Regierung zu leben, die sie vor Angriffen, vielleicht sogar vor dem Tod bewahrt. Unschuldige Familien. Kinder.

Luke ist seitdem nicht nur verstummt. Er ist ernster geworden, sieht die Welt nicht mehr voller Neugier an, sondern voller Angst. Jeder Tag ist für ihn eine Herausforderung, jede Nacht muss er bei mir Kraft tanken, um am nächsten Morgen weiterzumachen. Und der Gedanke, durch einen Angriff auch den letzten Menschen an seiner Seite zu verlieren, lässt ihn manchmal völlig handlungsunfähig werden.

Dennoch schiebt sich jetzt ein kleines Lächeln in sein Gesicht, als er die Hand hebt und mir sacht auf die Brust tippt. »Key ... schlafen«, schenkt er mir flüsternd zwei seiner seltenen Worte. »Komm.«

Meine Gedanken wandern kurz zu den Nudeln in der Küche, dann streife ich mir entschlossen meine schweren Boots von den Füßen und lege mich zu ihm. Augenblicklich schließt sich seine warme Hand um meine und ich weiß, dass es weder Nudeln noch Wäsche noch Kühlschrank wert sind, noch einmal aufzustehen. Wichtig ist nur, dass ich wieder bei ihm bin. Ein letztes Mal streiche ich ihm über seine Wange.

»Schlaf jetzt, Luke. Ich bin bei dir.«

Mit großen Augen sieht mein Bruder mich an und zeigt auf seinen Bauch.

»Ich weiß, Lu. Ich auch. Wir werden gleich was finden, versprochen.«

Langsam nähern wir uns der Rückseite der kleinen Pizzeria, an der nicht nur die Mülltonnen stehen, sondern auch der Auszubildende regelmäßig seine Pause einlegt. Im Moment ist er jedoch nicht zu sehen, also widme ich mich angewidert den Abfallbehältern, während Luke hinter mir wartet.

»Salamipizza?«, flüstert er mir leise zu.

Ein Wort. Jedes Mal, wenn er es schafft, einen Wunsch in ein Wort zu formen, habe ich ein besonders schlechtes Gewissen, dass ich ihn nicht erfüllen kann. Er hat sich so viel Mühe gegeben, aber was ich finde, ist leider nur sehr selten das, was seinen Wünschen entspricht.

»Bestimmt«, erwidere ich dennoch, was soll ich ihm auch sonst sagen?

Mir ist kalt, doch solange wir nichts gegessen haben, brauche ich nicht an eine warme Decke denken. Ich steige auf eine alte Kiste, um besser in die Tonne sehen zu können, und ignoriere die beißenden Schmerzen in meinem Bauch. Er ist seit drei Tagen leer. Jetzt, wo der Sommer vorbei ist, gehen die Menschen nicht mehr so oft essen, sie kuscheln sich lieber zu Hause aufs Sofa, das macht sich bei der Suche bemerkbar.

Bislang konnte ich verhindern, dass auch Lukes Bauch leer bleibt, aber heute stehen die Chancen verdammt schlecht. Es ist der letzte Ort unserer allabendlichen Tour und noch immer habe ich nichts Brauchbares gefunden.

Ich zucke zusammen, als sich die Hintertür des Restaurants öffnet, springe von der Kiste und schiebe meinen Bruder hinter mich.

»Hey Funkenmädchen. Du bist spät heute«, begrüßt mich der Junge mit der wunderschönen dunklen Haut mit einem Zwinkern.

Ich entspanne mich ein wenig. »Ich weiß, mein Bruder ist müde. Wir waren heute ein bisschen langsam.«

»Dann wirst du dich umso mehr freuen, dass ich etwas für euch habe, hm?«

Ich nicke hoffnungsvoll, traue mich noch nicht, mich zu freuen. Manchmal ist es nur ein Keks oder eine einzelne Scheibe Brot, die er vor dem Mülleimer retten kann. Davon werden wir nicht beide satt. Doch heute ist es anders.

Lächelnd zieht er eine halbe Salamipizza hinter seinem Rücken hervor und ich glaube, direkt im Himmel angekommen zu sein. »Nimm sie dir«, fordert er mich auf.

Als ich danach greife, hält er die Hand höher. Ich gehe auf Zehenspitzen, um sie zu erreichen, aber er hebt seinen Arm immer weiter, wird immer größer. Während ich mich recke und nach dem rettenden Essen angele, wachsen ihm Flügel aus seinem Rücken.

»Bitte«, flehe ich ihn an. »Nur ein Stück. Wenigstens für Luke. Für meinen Bruder.«

Aber er kennt keine Gnade. Er beugt sich zu mir hinunter und ich erkenne die zweifarbigen Iriden seiner Augen. Ein Fae. »Nein, Funkenmädchen«, verhöhnt er mich. »Keine Pizza für Menschen.«

Gehässig lachend steigt er in den Himmel. Unsere Rettung für diesen Abend ist verloren. Tränen steigen in meine Augen. Mein Magen krampft und meine Beine zittern und als er nicht mehr zu sehen ist, knie ich mich zu meinem Bruder, um ihn zu trösten.

Doch ich komme nicht mehr dazu, denn Luke steht bereits in Flammen.

Ich schrecke hoch und habe Mühe, mein Keuchen unter Kontrolle zu bringen. Eine Weile presse ich die Handballen an die Schläfen, als ob ich mir den Traum damit aus dem Schädel quetschen könnte. Aufmerksam sehe ich mich im schwach erleuchteten Zimmer um und versuche, mich auf irgendeinen

Gegenstand zu fokussieren. Ich darf die Augen nicht schließen, sonst kommen die Bilder zurück.

Nachdem ich minutenlang den Türgriff angestarrt habe und mein Atem endlich wieder in seinen Rhythmus findet, merke ich, dass der beißende Hunger das Einzige ist, was es vom Traum in die Realität geschafft hat. Leise stehe ich auf und gehe ins Bad. Ein Blick in den Spiegel verrät mir, dass ich schon bessere Momente in meinem Leben hatte, dennoch kann ich die Augen lange nicht von mir selbst abwenden.

Nicht nur die Fae haben zweifarbige Iriden. Ich habe sie leider auch. Bei ihnen ist das Zentrum ihrer Augen immer dunkel, bei manchen fast schwarz. Darum legt sich ein farbiger Rand, der bei jedem unterschiedlich ist. Ich selbst habe keine Fae-Augen. Trotzdem haben sie den Menschen schon immer Angst gemacht.

Sie sind dunkelbraun und mit Dutzenden kleiner, leuchtend grüner Sprenkel versetzt. Ich selbst denke manchmal, dass ich sie eigentlich wunderschön finde, viel schöner als meine zu breit geratene Nase und meinen großen Mund. An guten Tagen sage ich mir, dass sie wie ein Sternenhimmel aussehen.

Aber die Menschen machen es mir schwer, in Bezug auf meine Augen viele gute Tage zu haben. Wenn ich Glück habe, sehen sie mich nur verstört an und gehen auf Abstand. Wenn es schlecht läuft, kreuzen sie ihre Finger und verfluchen mich als Ausgeburt des Bösen. Man sollte nicht glauben, dass Menschen, die im Gegensatz zu den Bewohnern der Erde mit der Existenz der Anderwelt vertraut sind, ein Problem mit ein paar seltsamen Augen haben. Aber scheinbar führt das Wissen über Fae, Elfen und Götter eher dazu, dass Aberglaube ganz hoch im Kurs steht.

Im Endeffekt tragen meine Augen die Schuld daran, dass

uns nach dem Tod unserer Eltern keiner geholfen hat. Niemand war bereit, ein Mädchen bei sich aufzunehmen, das möglicherweise von Dämonen besessen ist. Doch den kleinen Jungen gab es nur im Doppelpack mit dem unheimlichen Mädchen. Er wollte sie um keinen Preis der Welt verlassen.

Ich drehe den Wasserhahn auf und lasse mir eiskaltes Wasser in die Hände laufen, um es anschließend in meinem Gesicht zu verteilen. Kälte hilft. Kälte lähmt mein Gehirn, das tut sie immer. Ich greife nach der Zahnbürste, wenigstens den Geschmack in meinem Mund kann ich leicht in etwas Besseres umwandeln. Als ich fertig bin, schnappe ich mir einen Pulli aus der dreckigen Wäsche, ziehe ihn an und gehe in die Küche. Trotz der Wut über die Ungerechtigkeit der Menschen, die noch nicht ganz verschwunden ist, muss ich lächeln. Kalte Nudeln sind super.

Gierig mache ich mich darüber her. Meine letzte Mahlzeit war gestern Mittag und ein Blick auf den Tracker verrät mir, dass dies hier bereits wieder Frühstück ist. Als ich aufgegessen und zwei Gläser Wasser getrunken habe, stütze ich den Kopf in die Hände. Ob die Träume jemals aufhören werden? Manchmal habe ich das Gefühl, dass sie eher mehr werden. Zu den Bildern meiner Vergangenheit, die sich seit ein paar Jahren vermischen und sich gerne alle gemeinsam in einem Traum vereinen, kommen immer öfter neue hinzu.

Eigentlich hatte ich heute Nacht mit einem aktuellen Traum gerechnet. Die sechs Rebellen gestern während der Patrouille, die drei in der Metro und die beiden Leichen wären in meinen Augen genug Potenzial für einen Albtraum gewesen. Aber mein Kopf hat seinen eigenen Willen und dem kann ich nur selten folgen.

Im Moment ist sein Wille jedoch selbst für mich nachvollziehbar. Er möchte nicht länger aufrecht zwischen meinen

Schultern sitzen. Ich beschließe, dass sich der Weg ins Bett nicht mehr lohnt, schiebe den Teller beiseite und lege den Kopf auf den Unterarmen ab. Sieben Jahre an der Akademie haben immerhin einen entscheidenden Vorteil. Ich kann immer und überall schlafen.

3

»Jetzt gib den verdammten Ball her, Bones.«

»Damit ihr noch zehn Punkte machen könnt? Never ever«, entgegne ich grinsend. »Einmal im Leben Zweite sein reicht, den Sieg hier gebe ich heute nicht mehr aus der Hand.«

Als Mace und Rylan sich verschwörerisch mit Blicken austauschen, weiß ich, was sie vorhaben, und setze mich schnell in Bewegung. Leider sind meine Beine deutlich kürzer als die der beiden und außerdem muss ich aufpassen, den Ball nicht zu verlieren. Ich komme genau zehn Meter weit, bis sie mich eingeholt haben und mich zu Boden reißen. Lachend lande ich im warmen Sand und umfasse meinen Schatz noch fester.

»Sie schummeln, Miss Baxton«, weist mich Mace auf das Offensichtliche hin und nimmt auf meinen Hüften Platz. »Seit wann haben wir es denn hier mit einer so schlechten Verliererin zu tun?«

Dummerweise beginnt er während seiner Frage, mich zu kitzeln. Ich hasse Kitzeln. Kreischend winde ich mich unter seinen Händen und der warme Sand des Strandes verteilt sich großzügig in meinen Haaren. Ich schnappe nach Luft und beginne stammelnd zu betteln. »Bitte … aufhören … hör auf … stopp.«

Erbärmlich, aber Kitzeln ist pure Folter und leider kennt Mace keine Gnade. Als ich glaube, vor lauter Lachen und Japsen zu ersticken, spüre ich, wie der Ball nur allzu schnell meine Arme verlässt. Mit ihm verschwinden zu meinem großen Glück auch Mace’ Hände. Er tauscht einen selbstgefälligen Blick mit Rylan, erhebt sich und wirft den Ball meinem Bruder zu, der das Ganze grinsend verfolgt hat. Verräter.

Ich bleibe noch eine Weile schwer atmend im Sand liegen und warte, bis mein Herzschlag wieder auf Normalmaß runterkommt. Dann setze ich mich auf und versuche, zumindest die erste Tonne Sand aus meinen Haaren zu schütteln. Dabei werfe ich Sally und Liz böse Blicke zu. »Helfen wäre 'ne gute Idee gewesen, ihr zwei Feiglinge.«

»Um dann so zu versanden wie du?«, erwidert Liz lachend. »Kein Sieg der Welt ist das wert.«

Ich rolle mit den Augen und rappele mich hoch. »Mädchen«, kommentiere ich spöttisch.

Rylan kommt zu mir und wuschelt durch meine nicht mehr existierende Frisur. »Nimm's dir nicht so zu Herzen«, säuselt er ironisch. »Ich mag Verlierer.«

Ich bedenke ihn mit einen vernichtenden Blick und gehe zum Wasser. Leider nehme ich dabei wahr, dass die Sonne ihren höchsten Punkt längst überschritten hat und sich unaufhaltsam dem Horizont nähert. Ich ignoriere das Zeichen und wate ein paar Schritte ins Wasser. Das kühle Nass umspielt meine Beine und Hüften und beschert mir eine leichte Gänsehaut. Nachdem meine verschwitzte Haut sich an die Temperatur gewöhnt hat, gehe ich in die Hocke und lasse mich von einer Welle überspülen.

Als ich wieder auftauche, steht Mace neben mir und sieht auf die untergehende Sonne, deren letzte Strahlen rote Reflexionen auf dem Wasser hinterlassen. »Es ist spät, Key. Wir sollten langsam zusammenpacken.«

Verdammt. Ich hasse den Sonnenuntergang. Er läutet die letzten zehn Minuten ein und fühlt sich jedes Mal an, als würde jemand einen Eimer Eis über uns ausschütten. In meinen Augen könnten die verfluchten Betreiber es sich sparen, das Ende der Session mit einem Sonnenuntergang anzukündigen, weil ohnehin keiner mehr Lust hat, die letzten Minuten zu nutzen, sobald die Sonne beginnt sich zu verfärben. Was scheiße ist, denn wenn die Reflexion ihrer Strahlen auf dem Meer in Wirklichkeit so aussieht, sollten wir verdammt noch mal jede Sekunde dieses Schauspiels genießen. Da wir es aber nun mal nicht tun, könnten sie es von mir aus auch einfach dunkel werden lassen. Da die Stimmung jetzt eh ruiniert ist, nicke ich Mace nur kurz zu und tauche noch einmal unter, bis meine Lunge brennt und ich nicht länger vermeiden kann, mich der Realität wieder zu stellen.

Langsam gehe ich aus dem Wasser und zurück zu den anderen, die bereits ihre Sachen einpacken und deren mürrische Gesichtsausdrücke meinem in nichts nachstehen. Ich schultere meinen Rucksack und ein paar Atemzüge später sind die Sonne und der endlose Horizont verschwunden und werden durch grelle Scheinwerfer ersetzt, die einen Streifen Sand und ein Wasserbecken beleuchten.

Unwillig stapfe ich die letzten Schritte durch den weichen Untergrund und öffne die Tür zu den Umkleiden. Die *Breakout Area* ist eine Errungenschaft, für die ich Rook ganz ehrlich und aus tiefstem Herzen dankbar bin. Die riesigen Hallen sind von einer gigantischen Projektionsfläche umgeben, die eine kleine realistisch nachgebaute Landschaft oder einen Ort endlos wirken lassen. Momentan gibt es eine Kletterhalle, in der das Crinna-Gebirge aus dem Süden Breytas nachgestellt wird, Waldwanderwege, deren Länge einem Untergrund geschuldet sind, der aus einer rotierenden Scheibe besteht, kleine Ortschaften mit winzigen Cafés und Bars und eben unseren Strand. Dass Rook diese Hallen in Hopetown etabliert hat, sollte uns vielleicht Hoffnung schenken. Der aktuelle Statthalter ist eindeutig moderner als seine Vorgänger. Möglicherweise liegt das nur daran, dass er ein Mensch ist, noch dazu für seinen Posten ein sehr junger. Ich schätze ihn auf Ende zwanzig und versuche nicht darüber nachzudenken, wie viel Ellenbogen und Biss man mitbringen muss, um in dem Alter von den Fae als Statthalter eingesetzt zu werden. In diesen Hallen ist mir sein übersteigerter Ehrgeiz jedoch ziemlich egal, denn offensichtlich scheint er unsere Sehnsucht nach Reisen zu verstehen. Was ihn ausnahmsweise zu einem von uns macht.

Dennoch rettet uns das nicht vor einer schweigsamen Dusche. Denn während wir den Sand aus unseren Haaren waschen, hängt jeder von uns wehmütig dem Gedanken nach, wie es wohl ist, wenn ein Sonnenuntergang nicht das Ende einer Reise ankündigt.

Als wir schließlich hinaus auf die Straße treten, blinzeln wir in das helle Sonnenlicht und nicht nur mir entfährt ein leises Seufzen. Die Realität in dieser Stadt beinhaltet definitiv keinen Strand. In Hopetown gibt es Sonne im Überfluss, aber Wasser ist absolute Mangelware. Nicht ein einziger natürlicher Tümpel existiert hier in der sengenden Hitze, nicht mal ein öffentliches Schwimmbad. Hauptsächlich deswegen nutzen wir die kurzen Reisen in der *Breakout Area* zu achtzig Prozent für einen Ausflug ans Meer.

Unsere Stadt liegt so ziemlich in der Mitte von Breyta und die Gegend um uns herum kann ohne Übertreibung als Wüste bezeichnet werden. Keiner von uns kann sich ernsthaft erklären, warum eins der vier Tore zur Erde an einem dermaßen öden Ort liegt, aber vielleicht mochten die Götter es gerade besonders heiß, als sie dieses Tor erschaffen haben. Möglicherweise wollten sie die Lage der Tore auch einfach ein bisschen abwechslungsreich gestalten, was die Landschaft angeht. Dream Village – ehemals Karpas –, das in der Tat eher ein Dorf als eine Stadt ist, liegt etwa dreihundertfünfzig Kilometer nördlich von uns mitten in einem riesigen Waldgebiet. Eteni hingegen, jetzt Star City, befindet sich ganz im Westen auf einer Halbinsel am Meer. Sie ist die Stadt, die jeder von uns einmal sehen möchte. Das vierte Tor, durch das die Verbannten damals über Breyta hergefallen sind, liegt wiederum ganz im Süden im Crinna-Gebirge. Damit haben die Götter so ziemlich alles, was es an landschaftlichen Möglichkeiten in unserer Welt gibt, ausgeschöpft.

Erstaunlicherweise liegen die Tore, die aus der Anderwelt nach Breyta führen, alle in der Nähe der Küste, die die Grenze unserer Welt bildet. Fae und Elfen scheinen das Wasser zu lieben und ich kann es ihnen nicht verdenken. Ich träume so sehr davon, Vanna, das breytische Meer, das die gesamte Zwischenwelt umschließt, einmal zu sehen. Also wirklich zu sehen, nicht nur virtuell. Aber die Chance habe ich an dem Tag vertan, als ich die Nummer zwei wurde.

Schnell schiebe ich die Erinnerung an diesen unseligen Tag zur Seite und meine Gedanken schweifen zu den beiden Völkern der Anderwelt. Im Gegensatz zu den Fae scheinen die Elfen das Interesse an den Welten der Menschen verloren zu haben. Breyta war vor dem *Ouster* angeblich atemberaubend schön, voller Leben, kleiner verstreuter Dörfer und verwunschener geheimnisvoller Landschaften. Die Bilder, die ich von der Erde kenne, zeigen ebenfalls traumhafte und überwältigende Regionen. Aber wahrscheinlich ist es bei den Elfen noch schöner, und sie haben keinen Grund, uns zu besuchen. Vielleicht steckt auch etwas völlig anderes dahinter, doch das werden wir wohl nie erfahren. Die Menschen, egal ob aus Breyta oder von der Erde, können die Anderwelt nicht betreten, das können nur die Unsterblichen. Und die sind mit ihren Informationen zu ihrer Welt sehr sparsam unterwegs.

Es gibt Tage, an denen das uns allen etwas Angst macht. Niemand weiß, warum die Fae uns damals geholfen haben, wieso ein paar von ihnen bereit waren, ihre eigene Welt zu verlassen. Sie sind für vieles bekannt, aber ganz sicher nicht für ihre Hilfsbereitschaft. Oh ja, sie helfen. Doch niemals ohne Gegenleistung und wir können uns wahrhaftig nicht vorstellen, dass ihr einziger Lohn darin besteht, über drei lausige Städte herrschen zu können in einer Welt, in der es außer verbrannter Erde nicht mehr viel gibt. Doch bislang fordern sie nichts.

»Essen könnte knapp werden, stimmt's?«, reißt Mace mich aus meinen grüblerischen Gedanken und rümpft die Nase.

Ich schaue ebenfalls auf den breiten schwarzen Reifen an meinem Handgelenk und nicke. »Ich fürchte, das müssen wir im Gehen erledigen.«

Unsere Schicht beginnt in einer halben Stunde. Man sollte meinen, dass die Sonne durchaus nerven kann, wenn man in einer Wüste lebt, aber das tut sie nicht. Ich liebe die Sonne und ich bin mit diesem Gefühl zum Glück nicht allein. Wobei ich sie zugegebenermaßen noch ein wenig mehr mag als die anderen. Genau deswegen wollen wir nach unserem virtuellen Strandtag jetzt nicht in die dunkle Metro steigen, also machen wir uns zu Fuß auf den Weg.

Als wir etwa zwanzig Minuten später auf den großen Platz treten, der von unserer Akademie und dem Stadtpalast gesäumt ist, kommt mir fast der Burger wieder hoch, den ich die letzten zweihundert Meter zu mir genommen habe. Es steht jemand am Pranger. Ich fasse meinem Bruder an die Schulter und drehe ihn von dem Anblick weg. »Du solltest da nicht hingucken«, bitte ich ihn. »Fahr nach Hause, okay?«

Mein Bruder sieht mich missmutig an und wendet noch einmal den Kopf zu dem grausamen Schauspiel, dann nickt er widerwillig. Im Grunde seines Herzens ist er froh, dass ich ihn von hier fortschicke, aber er mag es nicht zugeben. Seiner Meinung nach sollte man mit dreizehn den Anblick aushalten können.

»Guck nicht so viel Fernsehen«, sage ich und verbinde meinen Rat mit einem Kuss auf die Wange. »Tu lieber was für die Schule.« Seine Antwort besteht in einem Augenrollen, aber dem folgt ein Lächeln. Ich ziehe ihn in die Arme. »Bis heute Nacht. Ich komme wieder, versprochen.«

Ich sehe Luke hinterher, bis er in der Metro-Station verschwindet, dann wende ich mich dem Geschehen auf dem Platz zu. Ich hasse den Pranger und auch wenn mein Bruder meint, dass man den Anblick mit dreizehn ertragen kann, schaffe ich es selbst mit neunzehn nicht problemlos. Ich finde diese Art von Bestrafung barbarisch. Aber der Pranger ist eines der unschönen Dinge, die mit den Fae Einzug in unsere Welt gehalten haben.

Vor dreißig Jahren mag er sogar einen gewissen Sinn ergeben haben. Damals lebten noch ein paar der Verbannten in unseren Städten und vielleicht war die brutale Bestrafung nötig, um sie abzuschrecken. Um zu verhindern, dass sie ihren Verbündeten außerhalb der Zäune Einlass in unsere sicheren Refugien verschaffen. Denn damals gab es noch unendlich viele Ausgestoßene, die nur darauf gewartet haben, auch die letzten Bastionen von Breyta einzunehmen. Aber jetzt? Reicht es nicht, dass die Fae die Rebellen einsperren oder in die Wüste schicken? Warum haben sie diese vorsintflutliche Grausamkeit immer noch nicht abgeschafft?

Spätestens von Rook haben alle erwartet, dass er es tut. Er ist schließlich ein Mensch, einer von uns. Und es wäre in meinen Augen an der Zeit gewesen, ein Zeichen zu setzen und wieder etwas mehr Menschlichkeit in unsere Stadt zu bringen.

Doch er hat es nicht getan, jedenfalls nicht so, wie wir gehofft haben. Er hat Regeln für den Pranger erlassen, aber ansonsten geht er noch grausamer vor als seine unsterblichen Vorgänger.

Auch jetzt sehe ich ihn auf dem Podest stehen. Hätte er Flügel, könnte er einer von ihnen sein. Seine Schönheit steht der der Fae in nichts nach. Käme er aus der Anderwelt, wäre bei seinem dunklen Teint vermutlich das Winterreich sein Zuhause. Seine langen dunkelbraunen Haare trägt er wie die meisten Fae zu einem Knoten gebunden, nur dass seiner lockerer und unordentlicher ist. Das könnte ihn vielleicht sympathischer oder gar menschlicher wirken lassen, wäre da nicht die unerbittliche Härte in seinen Gesichtszügen. Noch nie habe ich vor ihm einen Menschen getroffen, der so emotionslos und kalt ist, der jede Grausamkeit ohne mit der Wimper zu zucken anordnet und dabei zusieht.

Und doch ertappe ich mich bei dem Gedanken, dass die faszinierenden Flügel der Fae ihm ebenfalls gut stehen würden. Vier Flügel, deren Form an überdimensionale Libellen erinnert. Allerdings auch nur die Form, ansonsten gibt es keinerlei Ähnlichkeiten zu Insekten irgendwelcher Art. Die Flügel der Fae sind dunkel. Manche sind braun, andere anthrazitfarben und ein paar wenige tiefschwarz oder von einem wunderschönen Nachtblau. Die mag ich am liebsten. Und es ist tatsächlich einer meiner größten Wünsche, ein einziges Mal zu sehen, wie sie sich mit den schweren, fast samtig wirkenden Schwingen in die Luft erheben. Aber das zeigen sie uns nicht. Die meisten von ihnen offenbaren uns ihre Flügel überhaupt nicht. Und die wenigen, die es tun, präsentieren sie wie stolze und überhebliche Pfaue. Doch selbst die bewahren das Geheimnis, wie sie in Aktion aussehen.

Ich hole tief Luft, wende meinen Blick von dem undurchsichtigen Statthalter ab und konzentriere mich widerwillig auf die eigentliche Attraktion. Der Pranger besteht aus zwei großen Holzpfählen, an denen jeweils oben und unten eiserne Ringe angebracht sind. Die Ketten, die an diesen Aufhängungen befestigt sind, führen im heutigen Fall zu den Hand- und Fußgelenken eines jungen Mannes, der mit freiem Oberkörper der sengenden Sonne ausgeliefert ist und die Augen geschlossen hat. Sie spannen die Ketten so fest, dass die Arme der Opfer waagerecht in der Luft hängen, als hätte man sie ans Kreuz genagelt. Das Gesicht des Jungen, der vermutlich kaum älter ist als sechzehn, ist verquollen und hat sich bereits grün und blau verfärbt, ebenso wie einige Stellen an seinem Oberkörper. Er muss hier schon verdammt lange stehen, und selbst wenn er ein Rebell ist und Kontakt zu den Menschen außerhalb der Stadt hat, komme ich nicht umhin, ihn für sein Durchhaltevermögen zu bewundern. Er ist nicht bewusstlos, sonst würde sein Kopf nicht mehr aufrecht zwischen seinen Schultern sitzen.

Noch einmal schweift mein Blick zu Rook. Er hat definitiv das Potenzial, einer von ihnen zu sein. Die Fae sind unberechenbar und gnadenlos, haben einen unschönen Hang zur Gewalt und das Leben von uns sterblichen Menschen ist in ihren Augen für gewöhnlich nichts wert. Dazu gesellen sich ausgeprägter Machthunger und absolut fehlende Empathie. Vielleicht besitzen sie tatsächlich kein Mitgefühl, vielleicht zeigen sie es auch bloß nicht. Im Endeffekt kommt es für uns auf das Gleiche raus.

Was das angeht, ist Rook wie sie. Was ihm hingegen fehlt, sind die Flügel, die Magie und die Unsterblichkeit. Und im Gegensatz zu den Fae ist er in der Lage zu lügen. Allerdings würde ich nicht unbedingt behaupten, dass das die Sache besser macht …

»Nehmt ihn ab.«

Ich zucke zusammen, als seine kalte Stimme über den Platz schallt, denn obwohl er der Statthalter ist, bekommen wir sie nur sehr selten zu hören. Sein Gesicht kennen wir von Plakaten, von Paraden und Momenten wie diesen. Seine Stimme ist eher ein Geheimnis. Ebenso wie die Beweggründe für seine Entscheidungen. Sie sind gelinde gesagt ambivalent.

Auf der einen Seite verbietet er, die Rebellen zu töten, und hat mit den Regeln für den Pranger immerhin ein winziges Zeichen gesetzt. Früher durften die Gefangenen dort noch mit Waffen verletzt werden und die Strafe war nicht selten gleichbedeutend mit dem Tod. Das zumindest ist seit seiner Machtübernahme nicht mehr erlaubt. Auf der anderen Seite sehen wir diese Art von Bestrafung seit einem Jahr sehr viel häufiger als früher. Wenn er eines ist, dann ist es gründlich. Keiner vor ihm hat so viele Rebellen enttarnt wie er. Eigentlich ist es erstaunlich, dass wir an der Stadtgrenze überhaupt noch auf welche stoßen.

Die beiden Wärter, die den Jungen aus den Ketten befreit haben, schleifen ihn jetzt zum Stadtpalast, wo er Bekanntschaft mit einer der ungemütlichen Zellen machen wird. Rook lässt ihnen immer ein paar Tage Erholung, bevor er sie aus der Stadt bringt. Vermutlich möchte er sichergehen, dass sie das Ereignis bei vollem Bewusstsein miterleben.

Ich wende den Kopf ab und mache mich mit den anderen auf den Weg zur Akademie. Ich sollte nicht so viel über den Kerl nachdenken, schließlich hat es jeder selbst in der Hand, ob er da oben landet oder nicht. Mein Mitleid spare ich mir besser für andere Dinge auf.

Neunzig Minuten später sitze ich in dunkler Wächtermontur voll bewaffnet in dem ruckeligen Planwagen und werde zu unserem Arbeitsplatz befördert. Sehr zu meinem Ärger sitzt heute auch Jaden mit unter uns, das ist mir bei den letzten drei Schichten zum Glück erspart geblieben. Und ganz offensichtlich hat er die vergangenen Tage sehr effektiv genutzt.

An seiner Seite sitzt Mariah, wobei sie streng genommen nicht sitzt, sondern ihn bespringt und verschlingt. Sie ist letzten Monat mit der Ausbildung fertig geworden und gehört eindeutig nicht zu denen, die um den ersten Platz gerungen haben. Aber offensichtlich hat Jaden diesen Anspruch nicht mehr, denn auch er steckt seine Zunge dermaßen tief in ihren Hals, dass ich auf den großen Würgereiz warte.

Leider bleibt er aus. Wäre amüsant gewesen. Stattdessen fluppt seine Zunge irgendwann zurück in seinen eigenen Mund und seine Hände finden überraschenderweise den Weg aus Mariahs Hose heraus an die Oberfläche. Ich verbiete jeder einzelnen meiner Stimmen die Frage, was ich je an dem Kerl gefunden habe, und sehe ihm grinsend in die Augen, die jetzt auf mich gerichtet sind.

»Oh, abgebrochen?«, erkundige ich mich interessiert. »War da etwa noch ein Höschen im Weg?«

Sein Blick wird abfällig, allerdings erst, nachdem bereits die Wut darin zu sehen war. »Immerhin kann sie sich im Gegensatz zu dir welche leisten.«

»Das ist schön zu hören. Weißt du, Jaden, es freut mich wirklich sehr für dich, dass du endlich eine Seelenverwandte gefunden hast. Jemanden, mit dem dich so viel verbindet.« Ich lächele zuckersüß. »Gehen eure Mamas eure Höschen eigentlich zusammen kaufen?«

Jaden springt auf und ich zucke kurz, als Mariah klatschend auf dem Boden des Wagens landet. Allerdings kann ich mir nicht erlauben, den kleinen Lachflash zuzulassen, denn mein gekränkter Ex steht mit einem gezückten Messer vor mir.

»Das wirst du mir büßen«, flüstert er plötzlich sehr leise, denn ihm wird bewusst, dass ich dieses Duell gewonnen habe. Er hat meinetwegen die Fassung verloren und ich kann nicht leugnen, dass meine Stimmen gerade eine Party feiern und bereits beim ›Schallalah‹ angekommen sind. Interessant, als ich noch mit ihm zusammen war, haben sie immer ein spontanes Schweigegelübde abgelegt, sobald er in der Nähe war.

Zum Glück sind sie nicht die Einzigen, die auf meiner Seite stehen, denn nicht nur Mace und Rylan greifen jetzt in die Situation ein, sondern auch der Fae, der uns bis zum Ausgangspunkt der Patrouille begleitet. »Melville, setzen, und zwar sofort!«, blafft er ihn an.

Jaden reagiert nur zögerlich, womöglich weil er glaubt, damit einen letzten Rest Würde zu retten. Leider bewirkt er das genaue Gegenteil.

»Und jetzt Waffen abgeben«, fordert der Fae drohend.

»Aber ich ...«

»Waffen her«, wird der Befehl fast flüsternd wiederholt und natürlich lässt uns genau das Flüstern das Blut in den Adern gefrieren. Sie müssen nicht schreien, um ihre Überlegenheit zu zeigen.

Mit zitternden Fingern löst Jaden seine Pistolen aus dem Holster und zieht den Dolch aus dem Waffengurt an seinem Oberschenkel. Dann überreicht er sie dem Fae.

Der nimmt sie nickend entgegen und lehnt sich entspannt zurück an die feste Plane des Wagens. »Sie sind bis auf Weiteres vom Dienst suspendiert. Wir können keine Wächter gebrauchen, die im Affekt ihre eigenen Leute bedrohen. Ich dachte, das wissen Sie.« Jetzt bemüht er sich doch noch einmal, den Blick auf Jaden zu richten. »Aber vielleicht brauchen Sie für diese Lektion ja eine kleine Auffrischung.« Wieder lehnt er den Kopf gegen die Plane und schließt demonstrativ die Augen. Ende der Ansage. Und meine Stimmen eskalieren. ›Olé, olé!‹

Nur wenige Minuten später kommt der Transporter zum Stehen und der Fae erhebt sich. Wie immer beim Wechsel einer Patrouille gibt es ein kurzes Briefing. Die Nacht und der Vormittag waren ruhig, es gab keine Begegnung mit den Rebellen. Könnte in meinen Augen heute gerne so bleiben, schließlich ist Sonntag und die könnten sich ja auch mal einen freien Tag nehmen. Aber vielleicht ist Rooks Taktik ja inzwischen so erfolgreich, dass es wirklich kaum noch welche von ihnen gibt.

Nachdem wir auf den neuesten Stand gebracht wurden, werden wir in Teams eingeteilt und uns wird ein Areal zugewiesen. Normalerweise sind wir immer zu zweit unterwegs und werden im Abstand von etwa sechs Kilometern ausgesetzt. Leider hat Jaden mit seiner bescheuerten Aktion unsere Truppe auf eine ungerade Zahl reduziert und da niemals ein Wächter allein in die Wildnis entlassen wird, muss es jetzt eine Dreiergruppe geben. Und es ist natürlich völlig klar, wem Jadens Blondie zugeordnet wird. Rylan und ich stöhnen schon, bevor der Fae ihren Namen überhaupt ausspricht.

Wir zwei sind seit dem ersten Tag, an dem ich offiziell auf Patrouille durfte, ein Team. Alle anderen haben wechselnde Partner, aber aus unerfindlichen Gründen gehen sie an uns nicht ran. Ich will mich definitiv nicht darüber beschweren, schließlich ist Rylan der beste Wächter der ganzen Stadt. Er ist der Einzige, der der Erste seines Jahrgangs war und den Job in der Hauptstadt abgelehnt hat. Ich habe keine Ahnung, warum er das getan hat, er hat es mir nie verraten, aber ich weiß noch, wie mir der größte Stein meines Lebens vom Herzen gefallen ist, als er sich dagegen entschieden hat. Ohne ihn wäre der Job möglicherweise nur halb so gut – oder einfach scheiße.

Wir sind heute die Dritten, die abgesetzt werden und verlassen mit einem Sprung einer nach dem anderen die Ladefläche. Ich vermeide es, Jaden noch einmal anzusehen, auch wenn meine Stimmen darum betteln, aber selbst ich weiß, wann ich mit meinem Leben spiele.

Als der Wagen sich entfernt, kontrolliere ich ein letztes Mal den Sitz der Waffen. Dann schultere ich meinen Rucksack, der neben ein paar Müsliriegeln hauptsächlich Wasser enthält, und wir machen uns zu dritt auf den Weg. Das Wetter könnte heute nervig werden, denn der Himmel ist von zahllosen dunklen Wolken übersät, die ganz sicher irgendwann beschließen, uns mit dem einen oder anderen Regenguss zu beschenken. Allerdings ist uns allen das Wetter im Großen und Ganzen ziemlich egal. Wenn uns ein Schauer oder ein Gewitter stören würde, hätten wir uns einen Job im Supermarkt gesucht.

Schweigend machen Rylan und ich uns auf den Weg, immer an dem mehrere Meter hohen, von stählernen Pfeilern durchzogenen Zaun entlang. Unser Blick ist auf das karge Land dahinter gerichtet, sämtliche Sinne geschärft. Wir zwei reden für gewöhnlich nur selten, während wir auf Patrouille sind. Erstens leidet die Wachsamkeit darunter und zweitens hat man sich irgendwann auch nicht mehr viel zu erzählen, wenn man ohnehin fast 24/7 aufeinanderhockt. Leider hat Blondie jedoch einen erhöhten Mitteilungsbedarf und tut uns in endlosen hirnentleerten Vorträgen ihre Bewunderung für uns kund. Unterbrochen werden ihre Schwärmereien nur von den Vorzügen, die ein Wächterleben an sich und insbesondere eins an Jadens Seite mit sich bringt.

Es dauert genau zehn Minuten, bis wir beide kurz vor einem Mord sind. Abrupt bleibt Rylan stehen und dreht sich zu unserem geschwätzigen Anhängsel um. »Schnauze. Sofort.«

Schade, dass ich so schnell kein Foto von dem Gesicht des Fangirls machen kann, es könnte als das dümmste des Monats in die Annalen der Akademie eingehen.

Die kleine Plaudertasche verstummt leider nur kurz, dann wandelt sie ihren Redeschwall in Gestammel um. »Aber ... ich ... wir werden schließlich den Rest des Tages miteinander verbringen, da wird man doch wohl mal ...«

»... die Schnauze halten können, ganz genau«, vollendet Rylan ihren Einwand. »Ansonsten könnte es sein, dass *du* den Rest des Tages geknebelt verbringst. Allein. Am nächsten Pfeiler.«

Oh, oh. Zickenalarm. Ihr Ausdruck wandelt sich im Bruchteil einer Sekunde von dümmlich zu beleidigt. Und nun gibt sie den wohl albernsten Laut von sich, den ich je gehört habe.

»Pfü, dann eben nicht. Ich habe es nicht nötig, meine Worte an euch zu verschwenden«, erklärt sie theatralisch. »Es gibt nämlich durchaus Menschen, die mir gerne zuhören und ich ...«

Weiter kommt sie nicht, denn während ich mit der rechten Hand meine Pistole ziehe, zerre ich sie mit der linken zu Boden. In dem Moment fallen die ersten Schüsse. Sie sind auf unserer Seite, und jetzt entdecke ich auch das Loch im Zaun etwa zwanzig Meter vor uns. Diese lästige Dumpfbacke hat unsere Aufmerksamkeit mehr beeinträchtigt, als mir bewusst war.

Die Rebellen sind zu viert und leider äußerst gut bewaffnet. Deckung ist hier draußen Mangelware, außer ein paar kahlen Büschen gibt es nichts, deshalb ist die einzige Chance, schneller zu sein als sie.

Aber Rylan und ich gehören nicht umsonst zu den Besten und Rebellen haben keine Wächterausbildung durchlaufen. Der ganze Spuk ist nach wenigen Sekunden vorbei und die vier versinken in Bewusstlosigkeit, noch bevor auch nur ein Fluch ihre Lippen verlassen kann. Aufmerksam schauen Rylan und ich uns um, während Blondie auf dem Boden Sand ausspuckt.

Als wir sicher sind, dass uns keine weiteren Angreifer auflauern, gehen wir zu den vier Rebellen und fesseln sie. Anschließend informiert Rylan mithilfe seines Trackers die Fae, dass es bei uns ein Häuflein einzusammeln gibt. Allerdings wird es wohl eine Weile dauern, bis sie hier ankommen, wahrscheinlich haben sie die Letzten von uns noch nicht mal abgesetzt. Dann wenden wir uns widerwillig der inzwischen jammernden Mariah zu.

Sie hat sich mittlerweile aufgerichtet und die ersten Tränen laufen über ihr staubiges Gesicht, wo sie eine interessante Spur aus Schminke im Dreck hinterlassen. »Ich wurde angeschossen«, plärrt sie hysterisch in die Welt hinaus.

Ich sehe sie kritisch an und entdecke eine dünne Blutspur an ihrem rechten Oberarm. Dann knie ich mich zu ihr. »Zeig her«, versuche ich sie nicht allzu barsch anzupampen, aber es gelingt nur so semi. Die dümmliche Schönheit geht mir schon jetzt dermaßen auf den Puffer, dass es zwischen meinen Schulterblättern zu kribbeln beginnt. Zu allem Überfluss ergießt sich außerdem genau jetzt ein nicht zu verachtender Schauer über das trockene Land.

Ich besehe mir ihren Arm eingehend und komme zu dem Schluss, dass sie eine Memme ist. Es ist nur ein Streifschuss, obwohl ihr Theater eher auf ihren bevorstehenden Tod hindeutet. »Ich denke, eine Amputation scheidet aus«, informiere ich sie knapp. »Stattdessen würde ich direkt einen Leichenwagen rufen. Hast du noch ein paar ›famous last words‹, die du loswerden möchtest? Musst du irgendjemandem deine ungeteilte Liebe gestehen?«

Ihre Augen weiten sich vor Angst und ich kann nicht glauben, dass sie nicht mal Ironie versteht.

»Bones, lass sie in Ruhe«, fordert Rylan mich lachend auf, während ich wieder aufstehe. »Wir wollen doch nicht, dass sie sich auch noch einpinkelt, oder?«

»Kann ja niemand ahnen, dass …« Der Knall und der Schmerz kommen gleichzeitig. *Das* war definitiv kein Streifschuss. In meinem linken Oberschenkel explodiert ein Feuerwerk und lässt mich aufstöhnen. Für einen Wimpernschlag bohrt sich mein Blick noch in Blondies Augen, dann richte ich meine Waffe auf die Angreifer und schieße.

Verflucht, sie sind überall. Noch nie habe ich so viele von ihnen auf einmal gesehen und ich habe nicht den blassesten Schimmer, wie sie sich bis jetzt vor uns verbergen konnten. Wenn ich es nicht besser wüsste, würde ich behaupten, dass da Magie im Spiel war. Für jeden, den wir zu Boden schicken, strömen zwei neue durch das Loch im Zaun. Wie durch ein Wunder erwischt uns keine weitere Kugel, aber es gelingt uns immer weniger, sie auf Abstand zu halten, zumal Miss Jammerlappen an unserer Seite kaum geradeaus schießen kann vor lauter Aufregung.

Sie kommen immer näher und beginnen, sich in einem Kreis um uns zu positionieren, was wirklich beschissen ist. Rücken an Rücken leisten wir ihnen Widerstand, bis auch meine zweite Pistole keine Munition mehr hat und ich nachladen muss. Das ist der Moment, in dem ein paar von unseren Angreifern ihre Waffen ablegen und stattdessen schwere Baseballschläger den Weg in ihre Hände finden. Als der Erste ausholt und auf Mariah zielt, reiße ich das paralysierte

Häschen erneut zu Boden und drehe mich selbst unter dem Schlag weg.

Nur einen Wimpernschlag später höre ich Rylan wütend aufschreien und während sich ein rasender Schmerz in meinem Hinterkopf ausbreitet, falle ich auf die Knie und in eine alles verschlingende Schwärze.

4

Ich versuche, so wenig wie möglich zu atmen, weil selbst der Luftstrom in meiner Nase meinen Kopf zum Bersten bringt. Mühsam blinzele ich gegen das trübe Tageslicht und auch das trägt nicht gerade zu einer Linderung bei, obwohl nicht einmal blauer Himmel über mir ist. Stattdessen sehe ich auf beigefarbene Stoffbahnen. Ich bin in einem Zelt.

Als ich den Kopf ein wenig drehe, werde ich mit einem stechenden Schmerz belohnt, bei dem ich die Augen direkt wieder schließe, um die Sterne hinter meinen Lidern zu betrachten. Langsam hebe ich die linke Hand und befühle vorsichtig meinen Hinterkopf. Erstaunt stelle ich fest, dass sich dort lediglich eine Beule von der gefühlten Größe eines Straußeneis gebildet hat. Eigentlich hatte ich Blut erwartet. Herzlichen Glückwunsch, Key, dein Schädel ist aus Stahl. Immerhin.

Mein zweiter Griff widmet sich meinem linken Oberschenkel und obwohl ich das kleine Einschussloch in der engen Hose finde, spüre ich weder einen Schmerz noch eine offene Wunde.

Für einen Moment versuche ich, meine Gedanken ein wenig zu sortieren. Nur die Fae können Wunden mit ihrer Magie dermaßen schnell verschließen. Ich wurde von Rebellen niedergeschlagen und die Geräusche um mich herum klingen definitiv nicht nach der Krankenstation der Akademie. Meine Gedanken huschen zu dem letzten Angriff in der Metro. Sollten die Rebellen tatsächlich Fae in ihren Reihen haben?

Die weitaus wichtigere Frage lautet allerdings: Wo um alles in der Welt bin ich?

Und wer ist noch hier? Sie müssen mich mitgenommen haben und ich weiß nicht, ob ich mir wünschen soll, dass Rylan es geschafft hat, ihnen zu entkommen oder ob ich besser darauf hoffe, dass er ebenfalls hier ist. Wen ich auf gar keinen Fall gebrauchen kann, ist die beschränkte Blondine, aber da hier niemand rumquatscht, könnte ich Glück haben.

Ich öffne die Augen erneut und richte mich schwerfällig ein wenig auf. Leider nimmt mein Schädel mir das dermaßen krumm, dass mir ein leises Stöhnen entfährt. Noch bevor ich mich dafür verfluchen kann, wird am Eingang eine helle Stoffbahn zur Seite geschoben und ein dunkelblonder junger Mann betritt mein unfreiwilliges Quartier.

»Hey, hey, hey, liegen bleiben!«, schimpft er erstaunlich freundlich in meine Richtung. »Hinsetzen ist vermutlich noch keine so gute Idee.« Stimmt.

Mit einem festen und äußerst bestimmten Griff hilft er mir zurück auf das Lager, dann setzt er sich an den Rand der Matratze. Und ich bin mir zu hundert Prozent sicher, dass in meinem Kopf sehr viel mehr zerstört ist, als die Beule vermuten lässt. Vor mir sitzt der Strubbelkopf, den wir vor vier Tagen in der Metro-Station überwältigt haben. Ein Fae.

Irritiert sehe ich ihn an und frage mich, wieso er völlig unversehrt hier sitzt, obwohl wir ihn nach dem Angriff an die Fae in der Stadt übergeben haben, die eigentlich noch dabei sein müssten, ihm eine unschöne Lektion zu erteilen. Die Frage, die ich stelle, ist jedoch eine andere. »Wer bist du?«, erkundige ich mich leise und kann meine Überraschung nicht mal in Ansätzen verbergen.

Er sein Grinsen allerdings auch nicht. »Chase.«

»Das ist nicht dein richtiger Name, stimmt's?«, versichere ich mich. Kein Fae nennt seinen echten Namen, die meisten nicht mal einen falschen.

»Ich werde von allen so genannt, also würde ich es durchaus einen richtigen Namen nennen.«

Scheiß Wortverdreher. »Okay, *Chase*. Wo bin ich? Und was habt ihr mit mir vor? Wo ist mein Partner? Wieso habt ihr mich mitgenommen? Und wie konnten sich Dutzende verfluchte Rebellen ohne jede Deckung in der Wüste verstecken? Steckst du dahinter?«

Ich ernte ein Kopfschütteln. »Da bin ich spontan aber ziemlich froh, dass wir sonst keine Gefangenen machen«, erwidert er frech. »Wenn die alle so viel quatschen wie du, könnte das schnell nerven.«

Ich muss mich beherrschen, nicht Blondies ›Pfü‹ in die Konversation einzuwerfen. »Es gibt Menschen, die deutlich mehr quatschen als ich«, informiere ich ihn lediglich. »Aber ich wäre bereit, zu schweigen, wenn du mir einfach ein paar Antworten gibst.«

Sein Lachen ist ehrlich und überrascht mich. »Antworten gibt es später. Jetzt solltest du erst mal was trinken.«

Stimmt schon wieder. Bei näherer Betrachtung befindet sich nämlich ein toter Hamster in meinem Mund. Dankbar stütze ich mich auf die Unterarme und lasse mir von ihm einen großen Becher mit Wasser einflößen. Was dann passiert, irritiert mich mehr als alles, was mein Weltbild jemals durcheinandergebracht hat. Er legt seine linke Hand an meinen Hinterkopf und lässt warme heilende Magie in mich fließen.

Für einen kurzen Moment schließe ich die Augen, weil das Gefühl wie jedes Mal völlig überwältigend ist. Als er fertig ist, kann ich mich endlich ohne Schmerzen vollständig aufrichten.

»Danke«, murmele ich etwas widerwillig, doch egal, was sie hier mit mir vorhaben, die Fae verschwenden ihre Heilkräfte nicht gerne an uns Menschen, deshalb sollte ich mich wohl wenigstens mit diesem einen Wort erkenntlich zeigen.

Interessiert mustere ich ihn. Im Gegensatz zu den Fae in der Stadt trägt er seine dunkelblonden Haare kurz und äußerst unordentlich, wobei ich nicht weiß, ob es ihm so gefällt oder ob es diesem Ort geschuldet ist, an dem vermutlich nicht viele Möglichkeiten für Körperpflege vorhanden sind. Wahrscheinlich ist das hier ein Rebellenlager irgendwo im Nirgendwo.

Seine Gesichtszüge sind ebenmäßig und perfekt, wie bei allen Fae. Das einzig nicht so Perfekte ist der Dreitagebart, der seine vollen Lippen umrahmt. Ich ertappe mich dabei, meinen Blick einen bisschen zu lange an seinen dunklen zweifarbigen Augen verweilen zu lassen, die im krassen Kontrast zu seiner hellen Haut stehen. Und erstaunlicherweise befindet sich darunter ein nettes Lächeln, von dem ich glaube, es noch nie bei einem Fae gesehen zu haben. Sie sind Meister der Täuschung, rufe ich mir ins Gedächtnis, und auch wenn er mich geheilt hat, sollte ich auf seine Freundlichkeit nicht allzu viel geben.

»Warum habt ihr mich gefangen genommen?«, versuche ich es mit einer einzelnen Frage, um ihn nicht zu überfordern.

»Weil wir den Befehl dazu hatten«, entgegnet er knapp.

Ich kann mir nur schwer ein Augenrollen verkneifen. »Als ob ihr die befolgen würdet.«

»Mehr als du denkst.«

Ich glaube ihm kein Wort, bohre aber dennoch weiter. »Wer hat den Befehl dazu gegeben?«

»Darf ich nicht sagen.«

»Warum überrascht mich das jetzt nicht?«, gifte ich ihn ironisch an.

»Weil du vermutlich ein recht schlaues Menschlein bist.«

Ironie kann er auch. Aber so kommen wir hier nicht weiter. »Okay, Chase. Weißt du, der Tag hat eigentlich ganz gut angefangen, zumal mein Ex heute richtig einen auf den Arsch gekriegt hat, aber ich gehe jetzt mal nicht davon aus, dass *er* euch den Befehl gegeben hat, mich mitzunehmen.«

Freundlicherweise schüttelt er den Kopf. So viel Entgegenkommen hätte ich ihm gar nicht zugetraut.

»Wie du dir vielleicht vorstellen kannst, ist die Stimmung nach hinten raus deutlich gekippt, aber du hast es in der Hand, das noch mal zu ändern. Ich wäre dir quasi unendlich dankbar, wenn du dieser ganzen Aktion einen Sinn einhauchen würdest. Wenn nicht, wäre was zu essen auch in Ordnung«, räume ich etwas beschwichtigend ein.

»Bist du seit dem Aufwachen eigentlich schon mal auf die Idee gekommen, Angst zu haben?«, fragt er provokant.

»Nur am Rande.«

Er beginnt zu lachen und zeigt neben süßen Grübchen strahlend weiße Zähne. »Okay, kleine Wächterin, das könnte entweder furchtlos oder leichtsinnig sein, aber was auch immer dahintersteckt, ich kann kein Licht in dein Dunkel bringen. Es gibt jemanden, der dich treffen will. Doch zum einen möchte der sich selbst vorstellen und zum anderen wird er mich definitiv vierteilen, wenn ich dir mehr erzähle, und ich hänge an meinem unsterblichen Leben«, erklärt er amüsiert. »Ich habe ihm zugesagt auf dich aufzupassen, bis er hier ist und genau das werde ich tun.«

Damit ist dann wohl klar, dass ich ihn so schnell nicht loswerde. »Und wann hat dieser Jemand vor, hier zu erscheinen?«

»Wenn alles glattgeht morgen Abend.«

Ich schaue verstohlen auf den Tracker an meinem Handgelenk. Damit bleiben mir etwa vierundzwanzig Stunden für die Flucht. Ich habe keine Ahnung, wie Luke jemals vierundzwanzig Stunden ohne mich bewältigen soll, aber ich versuche, jeden Gedanken an ihn auszublenden, denn die Sorge um meinen kleinen Bruder ist so erdrückend, dass mir das Atmen wehtut. Stattdessen fokussiere ich mich auf das Hier und Jetzt. »Und bis dahin?«

»Kannst du dich hier im Lager frei bewegen, falls du meine Gesellschaft erträgst. Ansonsten müsstest du im Zelt bleiben«, erklärt er grinsend.

Ich grinse zurück. »Bewegen wäre super.« Schließlich kann ich hier im Zelt keinen Fluchtweg finden.

Chase nickt wissend. Ich bin mir sicher, er weiß, dass ich an Flucht denke. Und er wird alles daransetzen, sie zu verhindern, denn wenn es sich bei seinem ominösen Auftraggeber ebenfalls um einen Fae handelt, könnte das mit dem Vierteilen durchaus eintreffen. Bei Bestrafungen sind sie nicht gerade zimperlich, nicht mal mit ihresgleichen.

Mit einem Nicken bedeutet er mir, ihm zu folgen. Etwas schwerfällig erhebe ich mich und stelle wenig überrascht fest, dass keine meiner Waffen noch in meinem Besitz ist. Chase verfolgt meinen suchenden Blick und zieht schmunzelnd eine Augenbraue nach oben. »Du hast nicht wirklich geglaubt, dass wir so dumm sind, oder?«

»Ich weiß noch nicht, was ich glauben soll. Gib mir einfach ein paar Stunden, um all die lieben Schnuckelchen da draußen kennenzulernen, dann gebe ich dir ’ne Rückmeldung.«

»Vielleicht solltest du vielmehr mal darüber nachdenken, ob du da draußen deine Zunge im Zaum halten kannst oder nicht«, schlägt er mir kopfschüttelnd vor. »Dies ist ein Rebellenlager und du bist sehr eindeutig eine Wächterin. Sie werden nicht besonders glücklich sein, dich hier zu sehen, also wäre es möglicherweise angebracht, etwas freundlicher zu sein.«

Ich hebe überrascht die Augenbrauen. »Ich dachte, du passt auf mich auf.«

Er schenkt mir einen süffisanten Blick. »Halleluja, ich weiß nicht, ob er eine Ahnung hat, worauf er sich da einlässt.«

Wer auch immer *er* ist. Ich zucke mit den Schultern. »War nicht meine Idee. Können wir dann?«

Kopfschüttelnd öffnet er die Zeltplane und führt mich hinaus. Die Dämmerung hat bereits eingesetzt und augenblicklich beginne ich, mich aufmerksam umzuschauen, um noch möglichst viele Einzelheiten zu erkennen. Und ich kann nicht leugnen, dass ich überrascht bin. Ich habe ein paar runtergekommene Hütten in der Wüste erwartet, aber was sich mir präsentiert, ist eine wohlgeordnete Zeltstadt, die alles andere als verwahrlost ist. Die großen Zelte sind in einwandfreiem Zustand und feste Wege führen durch die Gassen, in denen es sogar Beleuchtung gibt.

Mühsam verberge ich mein Staunen und folge Chase mit vermeintlich unbeeindrucktem Gesichtsausdruck. Wir passieren zunächst eine ganze Reihe geschlossener Zelte, dann scheinen wir in einen öffentlichen Bereich zu kommen, in dem die Planen zu den Wegen hin geöffnet sind. Im Inneren präsentieren sich Lebensmittelgeschäfte, Kleiderkammern, kleine Cafés und Kneipen und so langsam entgleiten mir meine Gesichtszüge.

Chase durchschaut mich sofort. »Du bist doch nicht etwa überrascht?«, erkundigt er sich und es drängt sich der Gedanke auf, dass Ironie eines seiner Lieblingsstilmittel sein könnte.

»Wie viele Menschen leben hier?«, übergehe ich seine blöde Frage.

»Etwa zweihundert. Mal mehr, mal weniger«, gibt er erstaunlich bereitwillig Auskunft.

»Du meinst, je nachdem, wie viele hier gerade so wegsterben?«

Er bleibt stehen und greift nach meiner Schulter, um mich ebenfalls zu stoppen. »Nein, Key. Das meine ich nicht. Denn hier stirbt niemand.«

Sein Tonfall ist scharf geworden und für genau zwei Sekunden denke ich doch darüber nach, etwas vorsichtiger mit meinen Aussagen zu sein. Hier sind eine Menge Menschen unterwegs und er hat recht, die wenigsten Blicke begegnen mir mit Wohlwollen. Wenn die alle gleichzeitig beschließen, mich loswerden zu wollen, habe ich keine Ahnung, wie gut die Sache mit dem Aufpassen noch durchsetzbar ist.

Nachdenklich sehe ich ihn an. »Jeder weiß, dass man hier draußen auf Dauer nicht überleben kann. Oder versorgst du etwa das gesamte Lager ganz selbstlos mit Lebensmitteln aus der Anderwelt?«

»Da hätte ich aber viel zu tun«, erklärt er abfällig.

»Vielleicht gibt es hier ja noch mehr von deiner Sorte?«, gebe ich zurück und der Gedanke ist nicht unbedingt beruhigend. Gegen Menschen kann ich mich verteidigen, selbst ohne Waffen, aber gegen ein paar Fae?

Chase beugt sich zu mir herunter und kommt meinem Gesicht ein bisschen zu nah, doch es ist eher nicht der Moment, ihn darauf hinzuweisen. »Du stellst nicht nur zu viele Fragen, du stellst sie auch am falschen Ort«, lässt er mich leise wissen. »Die Option mit der Bewegung war 'ne Scheißidee.«

»Sie war auch nicht von mir.«

Er verdreht die Augen und marschiert wortlos weiter, bis er schließlich an einem Zelt haltmacht, das verdächtig nach einem Imbiss aussieht. Schweigend setzen wir uns auf eine der wenigen freien Bänke und zum ersten Mal, seit ich hier bin, fühle ich mich ernsthaft unwohl. Das Zelt ist alles andere als leer und absolut niemand schreit hier ›herzlich willkommen‹. Die Blicke der Menschen sind abweisend, manche zeigen offen ihren Hass.

Es dauert nicht lange, bis ein junger Mann auf uns zukommt, der vermutlich nur ein paar Jahre älter ist als ich. Langsam stützt er seine Hände auf unserem Tisch ab und beugt sich vor. »Dich will hier keiner haben, Wächterschlampe. Geh hinter deinen Zaun und leck den Fae die Füße«, grollt er mir entgegen. »Oder was du sonst noch gerne leckst.«

Herzlichen Glückwunsch, Arschloch. Du hast einen Trigger aufgedeckt. Ich kann wirklich – und ich meine *wirklich* – gut mit derber Sprache und Zweideutigkeiten umgehen, aber die ›Schlampe‹ steht auf meiner Abschussliste. Langsam wende ich mich ihm zu und sehe ihm fest in die Augen. »Ich steh nicht so auf Lecken«, lasse ich ihn wissen und zeige meine Zähne. »Ich kaue lieber.«

Seine rechte Hand schießt vor und will mich am Hals packen, doch nicht nur ich bin schneller, der Fae an meiner Seite ist es leider auch. Während ich ausweiche, packt Chase das Handgelenk des Mannes und dreht es ihm auf den Rücken. Schade, das hätte ich gerne selbst übernommen. Erst jetzt steht der Fae auf. »Fass. Sie. Nicht. An«, droht er unverhohlen. »Sie gehört dem Boss und sei dir sicher, der kriegt schlechte Laune, wenn er sie nicht im intakten Zustand überreicht bekommt.«

Wütend reißt der Mann seine Hand aus den Fängen des Fae und wirft mir einen vernichtenden Blick zu. »Dann soll sie woanders essen. Sonst könnte es sein, dass wir ihr bei ihrem Anblick auf den Teller kotzen.«

»Ich denke, du schaffst es, in eine andere Richtung zu gucken«, gibt mein Aufpasser ungerührt zurück. »Und du kennst die Regel: Wer kotzt, der putzt.«

»Nein, die kenne ich nicht.«

»Jetzt schon. Und nun verzieh dich. Sonst putzt du in den nächsten Tagen noch ganz andere Sachen.«

Dem Rebellen liegt eine weitere wütende Antwort auf den Lippen, aber er schafft es, sie herunterzuschlucken. Ist vermutlich auch besser für seinen Abgang. Mit ein bisschen zu viel Dramatik schnappt er sich seine drei Kumpels und die Männer verlassen das Zelt.

»Weißt du jetzt, was ich meine, wenn ich von freundlich rede?«, zischt mein Begleiter mir zu.

»*Ich* war nicht unfreundlich«, flüstere ich bestimmt. »Das war er.« Okay, die Bemerkung führt jetzt nicht unbedingt dazu, dass die Stimmung hier steigt. Bevor die Sache mit dem Fae mir gegenüber eskaliert, schiebe ich schnell ein paar besänftigende Worte hinterher. »Aber ich verstehe, was du meinst. Falscher Ort.«

»Immerhin.«

»Man tut, was man kann«, entgegne ich leise und senke den Blick.

Für eine Weile schweigen wir und ich betrachte nachdenklich meinen Tracker. Der breite schwarze Metallreif liegt fest um meinen Arm, wie bei jedem Bewohner von Hopetown. Bei ihrer Einführung vor einem Jahr war Rook ziemlich euphorisch, was kein Wunder ist, denn mit den Dingern hat er die absolute Kontrolle über die Menschen in seiner Stadt. Und da die Fae Begriffe wie ›sensible Daten‹ oder ›Persönlichkeitsrechte‹ ohnehin nicht kennen, hat er mit den Reifen damals offene Türen eingerannt. Der Tracker ist eine Mischung aus Kommunikationsmittel, Fitnessuhr und Personalausweis und er hat uns so ganz nebenbei sehr deutlich gemacht, was wir in den letzten dreißig Jahren an technischer Entwicklung alles verpasst haben. In dem Gerät sind all unsere persönlichen Daten hinterlegt und er kontrolliert permanent die Vitalfunktionen. Da sich zusätzlich ein GPS-Sender darin befindet, werden die Fae in der Stadt nicht nur darüber informiert, ob der Träger noch am Leben ist, sie können uns auch jederzeit ausfindig machen. Die einfachen Stadtbewohner können den Tracker abnehmen, zum Beispiel zum Schlafen oder Duschen, aber der Reif registriert trotzdem, wenn man sich zu weit von ihm entfernt, wie auch immer das funktioniert. So bemerken die Fae ziemlich schnell, wer sich aus dem Staub machen will, und fassen die Rebellen oft, bevor sie die Stadt überhaupt verlassen haben.

Leider können wir mit dem Tracker nur die anderen Bewohner unserer Stadt kontaktieren. Ich weiß aus Filmen, dass es auf der Erde das Internet gibt, und es ist eins der Dinge, die ich unfassbar gerne auch nutzen würde. Wenn wir das hier hätten, könnten wir selbst jetzt in unserer Isolation mit anderen Menschen kommunizieren und uns austauschen.

Aber der Kontakt zu den Menschen auf der Erde existiert nicht mehr. Jede Form der Vernetzung wurde zerstört. Aus lauter Angst vor weiteren Angriffen durch die Verbannten, haben die Bewohner von Breyta nahezu gejubelt, als die Tore in den Städten von den Fae verschlossen wurden. Kommunikation mit der Außenwelt war plötzlich gefährlich und kam sofort einer Verschwörung gleich. Also kein Internet. Was in den Trackern jedoch hinterlegt ist, ist ein gigantisches Lexikon. Was auch immer man für Fragen hat, das Ding kann sie einem beantworten. Ich habe keine Ahnung, wie man so viel Wissen in so einem kleinen Armband speichern kann, aber es fasziniert mich völlig. Als wir die Tracker bekamen, haben Rylan, Luke und ich ganze Tage damit verbracht, dem Gerät eine Frage nach der anderen zu stellen, aber wir haben keine gefunden, bei der die Antwort ›weiß ich nicht‹ gelautet hat.

In meinem speziellen Fall könnte der Tracker mir jetzt ausnahmsweise Glück bringen, zumindest wenn den Fae etwas an ihren Wächtern liegt. Er müsste sie zu mir führen und dementsprechend direkt ins Lager der Rebellen. Damit hätten sie quasi zwei Fliegen mit einer Klappe geschlagen. Dennoch will ich mich nicht auf die Fae verlassen. Dafür sind Menschenleben ihnen einfach nicht genug wert.

Trotzdem wundert es mich, dass die Rebellen das Risiko eingehen. Im Gegensatz zu den normalen Stadtbewohnern kann ich meinen Tracker schließlich nicht ablegen, denn nur die Fae selbst können ihn öffnen. Sie behaupten, dass sie uns Wächter so besser beschützen können, aber so richtig nehme ich ihnen das nicht ab. Sie haben eine Menge Geld in unsere Ausbildung gesteckt und zahlen ein anständiges Gehalt. Deshalb vermute ich, dass sie uns im Gegensatz zu den einfachen Bürgern vielleicht doch ungern verlieren wollen. Das wäre eine zu große Verschwendung.

Ich werde abrupt aus meinen Gedanken gerissen, als mit einem lauten Knall ein Teller vor mir abgestellt wird. Erschrocken sehe ich auf und blicke in ein weiteres unfreundliches Gesicht, das dieses Mal einer Frau mittleren Alters gehört. »Iss schnell«, fordert sie mich barsch auf. »Sonst kann ich den Laden gleich zumachen.«

Irritiert schaue ich mich um und stelle fest, dass sich die Zahl der Besucher in den letzten Minuten tatsächlich halbiert hat. Etwas verärgert sehe ich Chase an. »Wir hätten uns was zu essen ins Zelt liefern lassen sollen.«

»Du wolltest Bewegung«, erwidert er trocken und macht sich über den deftigen Eintopf her.

Ich tue es ihm gleich und muss zugeben, dass das Essen erstaunlich gut ist, auch wenn ich mich nicht daran erinnern kann, dass es jemand bestellt hat. Dennoch breche ich das Schweigen. »Da ich hier ja offensichtlich einem aufregenden Date entgegenfiebere, kann ich hoffentlich davon ausgehen, dass ihr nur mich geschnappt habt, oder?«, erkundige ich mich leise.

»Haben wir. Dein Partner war zu schnell und die Blondine ...«

»... zu nervtötend.«

Zum ersten Mal, seit wir hier sitzen, grinst er wieder. »Wenn das das Kriterium ist, hätte ich dich auch nicht mitnehmen dürfen.«

»Danke für die Blumen.« Er schnaubt nur. »Und für das Essen«, räume ich ein. »Es ist lecker.«

»Ich werd's beizeiten an die Küche weitergeben.«

»Hey, das war jetzt wirklich freundlich«, beschwere ich mich.

»Du lernst schnell.«

»Ich würde noch schneller lernen, wenn du mir ein paar Antworten geben würdest«, versuche ich ihn etwas zu offensichtlich aus der Reserve zu locken.

»Nicht hier«, lautet der eindeutige Hinweis, mit dem ganz klar die Verordnung eines Schweigegelübdes einhergeht.

Ich nicke kurz und wende mich erneut meiner Suppe zu. Den Rest der Mahlzeit verbringen wir wortlos. Als wir fertig sind, steht Chase auf und bedeutet mir mitzukommen.

»Äh, wie wär's mit Bezahlen?«, frage ich vorsichtig.

Er schüttelt nur den Kopf und macht sich auf den Weg. Da ich auf gar keinen Fall allein den immer noch zahlreichen Rebellen ausgesetzt sein möchte, folge ich ihm schleunigst. Auch den Weg zum Zelt legen wir stumm zurück und obwohl es inzwischen dunkel geworden ist, versuche ich mir die Umgebung gut einzuprägen. Leider gibt es wenig, was mir weiterhilft.

Das gesamte Lager ist von einem etwa zwei Meter hohen Zaun umschlossen und ich frage mich, wen sie damit vom Weglaufen abhalten wollen? Oder was sie hier drin zu schützen versuchen? Ehrlich gesagt, funktioniert er in beide Richtungen nicht. Wer hier ernsthaft eindringen will, lässt sich bestimmt nicht von einem einfachen Drahtzaun stoppen und wer rauswill ... Also ich traue mir zu, ihn zu überwinden.

»Er steht unter Spannung«, lässt Chase mich wissen und ich könnte kotzen, weil er meine Gedanken errät.

»Ist mir egal.« Ich hasse den Zaun. Und den Fae neben mir.

»Ich wollt nur mal ’ne Info loswerden.«

Das lasse ich unkommentiert. Schließlich bin ich nicht so eine Quasselstrippe, wie er mich glauben lässt. Dennoch halte ich die Augen offen. Wo Strom ist, muss es ein Kabel oder Ähnliches geben. Und das kann man kappen.

Leider sind wir inzwischen an unserem Zelt angekommen und ich muss mir eingestehen, dass ich bislang nicht den blassesten Schimmer habe, wie ich mich hier unter seinen wachsamen Augen wegschleichen soll. Seufzend betrete ich das Zelt, in dem ein angenehm seichtes Licht brennt.

Neben der Pritsche, auf der ich vorhin gelegen habe, gibt es eine Kommode, eine Waschschüssel und ein schlichtes kleines Sofa mit einer Metallkiste davor, die als Tisch dient. In meinem Kopf erschallt eine Siegerfanfare. ›Waschschüssel‹ heißt das Stichwort.

»Gibt es hier irgendwo ein Klo?«, erkundige ich mich so freundlich wie möglich. Ist nach so vielen Stunden meiner Anwesenheit schließlich eine völlig normale Frage.

Dennoch mustert er mich aufmerksam, ganz blöd ist er natürlich nicht. Ehrlich gesagt habe ich noch keinen einzigen Fae getroffen, der blöd war. Also dumm-blöd. Einfach nur blöd sind die meisten von ihnen. Ich ermahne mich, ein bisschen organisierter mit meinen Gedankengängen umzugehen, und erst jetzt fällt mir auf, dass meine inneren Stimmen äußerst schweigsam sind, seit ich hier bin. Vielleicht müssen sie sich an die neue Situation auch erst gewöhnen.

»Aus dem Zelt raus links und dann nach etwa dreißig Metern auf der rechten Seite. Und ich komme mit.«

»Sehr gerne. Ich wollte schon immer mal, dass mir ein Fae beim Lullern zuguckt«, entgegne ich schnippisch.

»Dachte ich mir. Du bist nicht die Einzige, die davon träumt.« Puuuuh.

Eine Viertelstunde später sitze ich erneut auf dem Fußboden in – wie ich vermute – seinem Zelt. Er hat tatsächlich direkt vor meiner Kabine gewartet und mir zumindest beim Pinkeln zugehört. Das ist nicht wirklich besser als zugucken.

Wie dem auch sei, muss ich den Klo-Fluchtplan wohl fürs Erste aufgeben, selbst wenn es mir schwerfällt. Inzwischen ist es so spät, dass meine Schicht eigentlich zu Ende wäre und die Vorstellung, wie Luke reagiert, wenn ich nicht mit den anderen Wächtern gemeinsam in den Bahnhof komme, lässt mich fast durchdrehen. Meine einzige Hoffnung ist, dass Rylan ihn irgendwie beruhigen kann, aber ein wirklich großer Lichtblick ist das nicht.

Ich überlege kurz, ob ich Chase um Erlaubnis bitte, Lu zu kontaktieren, aber weder glaube ich, dass er es zulässt, noch ist es schlau. Mein Bruder ist meine Schwachstelle und das muss niemand wissen, der mich an irgendeinen Boss ausliefern will. Dennoch kann ich die Angst um ihn nur schwer kontrollieren.

Ich atme tief durch und trinke ein wenig von dem Wasser, das er mir angeboten hat. Anschließend versuche ich, meine Gedanken in sinnvolle Bahnen zu lenken, anstatt mich von ihnen irremachen zu lassen. Wenn ich schon nicht fliehen kann, kann ich vielleicht noch was lernen.

»Erzählst du mir, warum man bei dem Angriff in der Metro deine zweifarbigen Augen nicht sehen konnte?«, frage ich ausnehmend freundlich.

»Weil ihr Menschen sie nur dann seht, wenn ich es will.«

»Ist wieder so 'n Ding mit der Täuschung, oder?«

»Genau so 'n Ding.«

Läuft, der sprudelt ja nur so vor Informationen. Versuchen wir es mal ganz unverfänglich. »Warum musstest du das Essen nicht bezahlen? Weil du ein Fae bist?« Okay, das war nicht unverfänglich, da war ein versteckter Vorwurf drin.

»Nein, weil es keiner bezahlen muss. Das Lager funktioniert, ... sagen wir mal vorsichtig, wie eine Kommune. Jeder trägt etwas zum Gemeinwohl bei. Manche mit Händen, manche mit dem Kopf. Aber jeder arbeitet. Und jeder bekommt dafür einen Platz zum Schlafen und Essen. Erledigt jemand seine Arbeit nicht, fliegt er raus.«

Das ist dann wohl der Unterschied zu einer Kommune. »Warum stirbt hier draußen angeblich keiner?«, wage ich mich in gefährlicheres Terrain vor. »Woher kommen eure Lebensmittel? Wasser? Strom?« Verdammt, ich merke, wie bei meinen eigenen Worten Hoffnung aufkeimt. Wenn sie hier in der Wildnis überleben können, heißt das vielleicht, dass Breyta gar nicht mehr so zerstört ist, wie uns die Fae glauben lassen. Und möglicherweise gibt es irgendwann doch einen Weg, die Städte wieder zu öffnen.

»Unser Versorgungssystem geht dich nichts an«, erstickt er meine Hoffnung im Keim. »Aber frag doch mal deine Arbeitgeber im Stadtpalast.«

Natürlich. »Ist klar, die bringen die Aufrührer aus der Stadt und tragen ihnen dann ganz selbstlos die Lebensmittel hinterher. Ach, und einen Zaun, der unter Strom steht, legen sie als Bonus noch obendrauf. Nicht, dass ihre geliebten Rebellen womöglich von wilden Tieren angegriffen werden.« Ironie trieft aus jedem meiner Worte. »Chase, das ist doch Quatsch. Wenn es hier draußen sicher wäre und man ohne Weiteres überleben könnte, müssten wir Hopetown nicht abriegeln, um uns zu schützen.« Warum muss ich so offensichtliche Zusammenhänge eigentlich erklären?

»Was die Fae in der Stadt machen und wen sie einsperren, ist mir ziemlich egal, aber selbstlos sind sie sicher nicht.«

So weit war ich auch schon. »Warum tun sie es dann?«, versuche ich eine Antwort auf die ewige Frage nach der Gegenleistung zu bekommen, doch er zuckt nur mit den Schultern.

»Ich lebe nicht mehr in der Stadt. Ihre Ziele interessieren mich nicht.«

Verdammt. »*Nicht mehr* heißt aber, du hast dort früher mal gelebt«, bohre ich weiter. »Du warst einer von ihnen, also wirst du doch wissen, warum sie es tun.«

»Hör mal zu, kleiner Schlüssel«, erwidert er zynisch, »ich habe hier heute genau eine Aufgabe und die heißt, auf dich aufzupassen. Ich bin kein Infostand und kein Lehrer. Wenn du etwas über die Fae in der Stadt wissen willst, dann frag doch bitte direkt dort nach. Sie werden dir bestimmt bereitwillig Auskunft geben.« Entspannt lehnt er sich zurück und greift nach seinem Glas, in dem ganz sicher kein Wasser ist. Arschloch.

Für einen Moment schließe ich die Augen und wische mir mit den Händen durch mein staubiges Gesicht. Er mag auf der anderen Seite stehen, aber er ist ein Fae. Unberechenbar und ein Meister der Täuschung. Und ich werde von ihm keine Antworten auf meine Fragen bekommen.

»Ich bin müde«, gestehe ich schließlich ehrlich. »Darf ich

mich irgendwo hinlegen oder müssen wir die Nacht miteinander verbringen?«

»Beides. Du kannst dich gerne auf die Pritsche legen, aber ich bleibe hier und gucke dir beim Schlafen zu.«

»Dachte ich mir«, zitiere ich ihn. »Du bist nicht der Einzige, der von einer Nacht mit mir träumt.«

Ich stapfe wütend zu dem einfachen Lager und höre ihn leise lachen. »Süße Träume, böse Wächterin.«

»Ich hoffe, ich schnarche«, entgegne ich knapp, dann lege ich mich in voller und ausgesprochen dreckiger Montur in sein Bett. Ich bin morgen weg, ich muss es zum Glück nicht waschen.

Bei dem Gedanken kriecht mir Angst zwischen die Schulterblätter und es beginnt unangenehm zu kribbeln. Ich überwinde meinen Stolz für einen winzigen Moment und richte mich noch einmal auf.

»Was will euer Boss von mir?«, frage ich leise und hoffe, dass er so das Zittern in meiner Stimme nicht hört.

Ich habe sein Kopfschütteln zwar erwartet, bin aber dennoch enttäuscht. »Das kann ich dir nicht sagen.«

»Wäre ja auch zu schön gewesen.« Ich lege mich wieder hin und drehe ihm den Rücken zu. Er weiß vermutlich ohnehin, dass ich Panik schiebe, da muss er sie nicht zusätzlich in meinem Gesicht sehen.

»Aber ich kann dir versichern, dass du keine Angst vor ihm haben musst«, höre ich seine Stimme, die plötzlich weder abweisend noch zynisch klingt.

»Kannst du es nur oder tust du es auch?«, frage ich, ohne mich umzudrehen.

Er zögert lange mit seiner Antwort und ich überlege, ob er darüber nachdenkt, bei seiner Zusage wieder einen Rückzieher zu machen.

»Das wirst du schon selbst herausfinden müssen«, enttäuscht er mich ein zweites Mal. »Und dazu solltest du schleunigst lernen, nicht jede Aussage eines Fae infrage zu stellen. Ich habe gehört, dass es manchmal hilft, anderen zu vertrauen.«

Ja, aber ganz sicher keinem Fae.

5

Ich werde durch lautes Geschrei und ein metallisches Scheppern geweckt, das ich nicht zuordnen kann. An dem Tumult sind eindeutig mehrere Menschen beteiligt, aber eine einzelne hysterische Frauenstimme hebt sich deutlich hervor. Als ich mich aufrichte und versuche, die Benommenheit aus meinem Gesicht zu wischen, öffnet sich mit einem lauten Klatschen die Zeltplane.

»Chase?«, höre ich eine hektische Männerstimme.

»Ja, ich hab's mitbekommen«, erwidert mein Aufpasser aufgewühlt.

»Bitte, wir haben es zu viert versucht, aber wir kriegen sie nicht wieder ruhig. Es ist schlimm heute.«

Der Fae in meinem Zelt zögert und ich weiß sehr genau warum. Sie bitten ihn um Hilfe und um die zu geben, muss er mich vermutlich zurücklassen. Aber er scheint sie geben zu wollen, sonst wäre er nicht so hin- und hergerissen. Mein Verstand lässt einen Gong in meinem Kopf erklingen, dem das Wort ›Fluchtgelegenheit‹ in Leuchtschrift folgt. Danke für den Hinweis.

Leider hat Chase ihn ebenfalls gesehen. »Steh auf, Key. Wir haben was zu tun.«

Verdammt. Warum habe ich mich nicht einfach schlafend gestellt? Aber da ich bereits aufrecht sitze, ist die Option wohl raus. Missmutig stehe ich auf, fahre mit den Fingern ein paarmal durch meine Haare und folge ihm. Direkt vor dem Zelt dreht er sich noch einmal zu mir um und sieht mich eindringlich an. »Versuch es gar nicht erst. Du hast keine Chance.«

»Das werden wir ja sehen«, gebe ich hochmütig zurück. Der soll bloß nicht glauben, dass ich mich von so einer simplen Drohung einschüchtern lasse.

Seine Augen verengen sich für einen Moment, doch wider Erwarten muss ich mir für meine Bemerkung nichts anhören. Stattdessen stapft er los und ich folge ihm gehorsam. Die Morgendämmerung hat eingesetzt und wirft ein warmes Licht auf die erwachende Zeltstadt, doch bereits zwei Gänge weiter bietet sich mir ein Bild der Verwüstung.

Eine Frau mit langen blonden Haaren steht, nur mit einem Top und einem Slip bekleidet, in der Mitte des Weges und hält einen zu kurz geratenen Besenstiel in der Hand, mit dem sie sich gegen vier Männer verteidigt, die sie umzingeln. Nach wenigen Angriffen kann ich nicht leugnen, dass sie dabei sehr geschickt vorgeht. Obwohl die Typen sie um einiges überragen, haben sie keine Chance, an sie heranzukommen. Dennoch scheint die Kämpferin alles andere als zurechnungsfähig zu sein. Ihr Blick wandert gehetzt zwischen den Angreifern hin und her und ihre Stimme klingt nicht nur kreischend laut, sondern auch irgendwie irre.

»Ihr werdet sterben«, prophezeit sie dunkel. »Alle. Kein Rebell kommt lebend davon. Wir kriegen euch, das haben wir immer getan.«

Während ich mich noch frage, warum sie ihre eigenen Leute bedroht, wechselt sie das Thema. »Schafft die Kinder fort. Ich hasse Kinder«, keift sie aus heiterem Himmel. Irritiert sehe ich mich um, denn es ist zum Glück kein einziges minderjähriges Wesen in ihrer Nähe. »Ich werde euch keine Babys mehr schenken. Kein Balg wird jemals wieder dieses Becken für euch verlassen.« Sie erwischt einen der Männer äußerst schmerzhaft an den Rippen und schwenkt unvermittelt zu Chase herum. »Selbst für dich nicht, Fae. Mörder. Lügner. Verräter.«

Ihr Blick bleibt hasserfüllt an ihm hängen und das ist ihr Untergang. Ich weiß nicht, wie die Magie der Fae genau wirkt, das haben sie uns nie offen gezeigt. Aber sie können die Menschen täuschen, uns Dinge sehen lassen, die so nicht existieren und uns auf die Art manipulieren. Genau das tut mein Aufpasser jetzt offensichtlich. Keine Ahnung, was er die junge Frau sehen lässt, aber ihr irrer Blick beruhigt sich und weicht einem hoffnungsvollen Ausdruck. Ihre provisorische Waffe sinkt herunter und langsam geht sie ein paar Schritte auf Chase zu. Als sie vor ihm steht, legt er seine Hand an ihre Wange und umschließt sie sanft.

Sie beginnt zu lächeln und jetzt, wo der verrückte Blick verschwunden ist, erkenne ich, dass sie hübsch ist. Ihre blauen Augen leuchten aus einem sonnengebräunten Gesicht und zwischen ihren geschwungenen Lippen zeigen sich gerade weiße Zähne. »Mein Retter«, sagt sie leise und ihre Stimme ist jetzt weich und voller Dankbarkeit. »Mein Fürst.«

Behutsam nimmt Chase sie in die Arme und hebt sie hoch. »Es ist gut, Jen«, murmelt er in ihre Haare. »Alles wird gut.« Ihr Kopf schmiegt sich an seine Brust und während er sie zurück in das verwüstete Zelt trägt, sehe ich noch kurz, wie eine einzelne Träne ihre Wange hinabläuft und sie dennoch jung und glücklich aussieht.

Dann weiche ich erschrocken einen Schritt zurück und pralle mit dem Rücken gegen den Rebellen, der Chase zu Hilfe geholt hat. Ich kenne die Frau. Es ist Jen, Jenna White. Sie war die Beste der Akademie in dem Jahr, in dem ich meine Ausbildung begonnen habe. Ich weiß noch genau, wie sehr ich sie bewundert habe und sie für lange Zeit mein Vorbild und mein Anreiz war. Ich schlucke. Was ist mit ihr passiert? Warum ist sie hier und nicht in der Hauptstadt? Haben die Rebellen sie gekidnappt? Ist sie hier in ihrem Lager verrückt geworden?

Unsicher sehe ich mich um. Hat sein Boss genau das mit mir vor? Mich hier gegen meinen Willen festhalten, so lange, bis ich wahnsinnig werde? Mein Puls erreicht eine ungesunde Frequenz und nur mit Mühe unterdrücke ich den Impuls, wegzulaufen. Dennoch bekommt das Thema Flucht neben meinem Bruder einen weiteren Anreiz.

Bevor ich mich jedoch nach einer neuen Möglichkeit umsehen kann, ist Chase wieder neben mir und umfasst meinen Ellenbogen. »Sehr brav, kleine Wächterin«, raunt er mir zu und macht sich mit mir auf den Weg. Zu meinem Erstaunen gehen wir jedoch nicht zurück zu unserem Zelt, sondern schlagen die Richtung von gestern Abend ein, die uns zu dem Gemeinschaftsbereich führt. Ich habe eigentlich wenig Lust, mich schon wieder von feindseligen Rebellen anstarren zu lassen, aber ich glaube nicht, dass es ein geeigneter Moment ist, um mit ihm zu diskutieren.

Ich kriege das Grauen, das die Szene eben mit sich gebracht hat, nicht aus dem Kopf und die Gänsehaut an meinen Armen will sich nicht zurückbilden. Der Moment ist nicht nur für Diskussionen ungeeignet, sondern auch für Vorwürfe, aber ich muss über das reden, was da eben geschehen ist.

»Ich kenne die Frau von früher, Chase. Da war sie nicht so. Was ist mit ihr passiert? Was habt ihr mit ihr gemacht?«, frage ich und versuche absolut erfolglos, es nicht nach einem Vorwurf klingen zu lassen.

»*Wir* haben gar nichts mit ihr gemacht«, zischt er zurück. »Vielleicht solltest du lieber deinen Arbeitgeber fragen, was der ihr angetan hat.«

Okay, dass er zu den Fae in der Stadt kein herzliches Verhältnis hat, ist mir schon aufgefallen, aber das geht dann doch zu weit. »Mein Arbeitgeber hat ihr einen hervorragenden Job in der Hauptstadt beschafft, der hat wohl kaum dazu geführt, dass sie verrückt geworden ist«, blaffe ich leise zurück.

»Kommt darauf an, was man unter einem *hervorragenden* Job versteht.« In seiner Stimme schwingt dermaßen viel Hass und Wut mit, dass ich beschließe zu schweigen. Er macht mit den Rebellen gemeinsame Sache, ich werde mit ihm nicht über die Fae in der Stadt sprechen.

»Was hast du sie sehen lassen, damit sie ruhig wird?«, frage ich neugierig. Schließlich hat sie ihn ›mein Retter‹ und ›mein Fürst‹ genannt.

»Das geht dich einen Scheißdreck an.«

»Natürlich.« Mistkerl.

Wir gehen erneut in das Zelt, in dem wir gestern Abend den Eintopf gegessen haben und zu meiner Erleichterung sehe ich, dass es nahezu leer ist. Eine Handvoll Frauen sitzt an einem der langen Tische und nimmt ein müdes Frühstück zu sich. Sie werfen mir ein paar zu neugierige Blicke zu, widmen sich aber schnell wieder ihrem Toast. Es ist zu früh für Auseinandersetzungen, da bin ich ausnahmsweise ihrer Meinung.

Wir bekommen ein paar Sandwiches mit Käse serviert, dazu jeder einen Kaffee und eine Flasche Wasser. Ich habe den Eindruck, dass das Essen hier rationiert wird, denn es ist das zweite Mal, dass wir ohne Bestellung bedient werden. Nun gut, das erspart einem das Grübeln über der Speisekarte, zumal Frühstück ohnehin nicht meine Lieblingsmahlzeit ist, und schon gar nicht direkt nach Sonnenaufgang.

Das Essen verläuft schweigend und ich bin durchaus dankbar dafür. Die Bilder von Jennas Ausbruch, von ihren irren Augen und ihrem zusammenhanglosen Geschrei gehen mir nicht aus dem Kopf. Was um alles in der Welt hat die erstklassige und ehrgeizige Wächterin so werden lassen? Wie ist sie hierhergekommen?

Ich versuche, den Gedanken abzuschütteln und mich auf meine Flucht zu konzentrieren. Ich muss dringend zu Luke, und zwar schnell. Ich kann nicht darauf vertrauen, dass Rylan sich um ihn kümmert, dazu hat er gar keine Zeit. Noch weniger kann ich allerdings darauf vertrauen, dass er sich selbst um sich kümmert. Meine Hände werden feucht bei der Vorstellung, dass Lu die Nacht allein verbringen musste und die Sorge um ihn lässt einen riesigen Kloß in meinem Hals wachsen. Langsam schiebe ich mein zweites angebissenes Sandwich von mir.

»Ich habe keinen Hunger mehr.«

Chase sieht mich aufmerksam an. »Das solltest du dir gut überlegen, vor heute Abend gibt es nämlich nichts mehr.«

»Egal«, entgegne ich knapp. Ich hatte in meinem Leben schon deutlich weniger als zwei Mahlzeiten pro Tag.

Ich greife nach der Kaffeetasse und bin erstaunt, wie gut die heiße braune Flüssigkeit schmeckt. Sie haben vielleicht nicht viel, aber das, was sie anbieten, ist lecker.

Chase schnappt sich mein angebissenes Sandwich und erhebt sich. »Dann lass uns gehen, bevor es voll wird.«

Sehr gerne. Wir schlagen einen anderen Weg ein als gestern und ich habe die Hoffnung, dass wir einen kleinen Spaziergang machen. Rumsitzen ist nämlich so gar nicht meins. Nach einer Weile verlassen wir den Gemeinschaftsbereich und gelangen zu Zelten, in denen die ersten Menschen ihrer Arbeit nachgehen. Ich erkenne eine Wäscherei, eine Art Büro, in dem an langen Tischen mehrere Computer aufgereiht sind und tatsächlich etwas, das nach einem Klassenzimmer aussieht, auch wenn es zu dieser Zeit noch verwaist ist.

»Gibt es hier viele Kinder?«, erkundige ich mich, um das Schweigen zu unterbrechen.

»Etwas mehr als ein Dutzend, die meisten sind hier nur auf der Durchreise.«

»Auf der Durchreise wohin? Gibt es noch andere Lager?«

Er sieht mich wissend an, natürlich merkt er, dass ich Informationen sammeln möchte.

»Das Lager hier ist nicht unbedingt sicher«, gibt er zu. »Es ist nicht ausgeschlossen, dass die Fae aus der Stadt es irgendwann entdecken, also bringen wir die Rebellen möglichst schnell an einen sicheren Ort. Insbesondere die mit Kindern.«

Wie sozial ... »Wer ist wir?«

Er schüttelt den Kopf. »Du gibst nicht auf, hm?«

»Liegt nicht unbedingt in meiner Natur«, gebe ich patzig zurück.

»Ist mir noch gar nicht aufgefallen.«

Bevor ich schnauben kann, werden wir zum zweiten Mal an diesem Morgen gestört, jetzt allerdings über ein Funkgerät, das an dem Gürtel meines Aufpassers hängt. Einen Tracker trägt hier niemand.

»Chase? Wir brauchen dich am Eingang. Die Neulinge sind im Anmarsch.«

Mein Begleiter flucht von Herzen, bevor er antwortet. »Wieso jetzt? Sie sollten heute Abend etwa zeitgleich mit dem Boss eintreffen. Warum kann sich hier nicht ein einziges Mal jemand an den scheiß Zeitplan halten?«, grollt er ärgerlich.

»Vielleicht weil er scheiße ist?«, kommt es ironisch vom anderen Ende.

Chase holt tief Luft. Seine eigene Tagesplanung scheint nicht unbedingt mit dem aktuellen Geschehen übereinzustimmen. »Ich bin in zwei Minuten da.« Noch während er das Funkgerät wieder wegsteckt, zieht er mich erneut am Ellenbogen, um in einen leichten Trab zu verfallen. Tatsächlich sind wir schon vor den angekündigten zwei Minuten an dem großen Tor, das gerade geöffnet wird. In etwa fünfzig Metern Entfernung kommt uns über die weite karge Ebene eine Gruppe von sechs Menschen entgegen, die aus drei Männern, zwei Frauen und einem Kleinkind besteht. Einer der Männer wird von den zwei anderen gestützt, er scheint verletzt zu sein. Das Kind ist auf dem Arm einer Frau und weint herzzerreißend. Ein paar Rebellen aus dem Lager rennen auf sie zu und auch Chase wirkt so, als ob er ihnen entgegengehen möchte.

An dem Tor stehen nur noch wenige Männer, einer davon hat die Statur eines Bullen und macht den Eindruck, als ob er jeden Eindringling wie eine Fliege zerquetschen könnte. Chase sieht den Kerl eindringlich an. »Pass auf sie auf«, befiehlt er scharf. »Und du darfst sie ausknocken, falls sie versucht zu fliehen.«

Dann rennt er los. Und ich verpasse meinem neuen Aufpasser einen Faustschlag gegen die Schläfe. Sein Kopf fliegt zur Seite und er geht augenblicklich bewusstlos in die Knie. Ich weiß, dass genau drei weitere bei mir sind, einer zu meiner Linken, die anderen zwei schräg rechts hinter mir. In einer Rechtsdrehung reiße ich mein Bein hoch und verpasse dem Kleineren der beiden einen Tritt seitlich an den Hals. Noch während er zurücktaumelt und seine Knie unter ihm nachgeben, trifft meine linke Faust auf den Kiefer des zweiten Mannes und schickt ihn zu Boden.

Im selben Moment werde ich von hinten umschlungen. Gehetzt sehe ich mich um, doch außer dem Kerl in meinem Rücken ist noch kein weiterer hinzugekommen. Ich werfe den Kopf mit aller Kraft nach hinten und treffe den Mann am Kehlkopf, was ihm ein Röcheln entlockt. Sein Griff lockert sich und ich nutze die Gunst der Sekunde, um ihm meinen Ellenbogen in den Bauch zu rammen. Im nächsten Moment sind seine Arme fort und ich höre ihn auf dem Boden aufschlagen.

Mit einem einzigen Blick erfasse ich, dass keine weiteren Aufpasser auf der Bildfläche erscheinen, und kann mir ein Grinsen nur schwer verkneifen. Gelernt ist gelernt. Dennoch ist meine Flucht noch in weiter Ferne. Wenn ich jetzt hier aus dem Tor laufe, ist sie in fünfzig Metern zu Ende. Also wende ich mich schweren Herzens wieder dem Lager zu und marschiere mitten hinein. Draußen werden sie mich zuerst suchen.

Ungesehen erreiche ich wenige Minuten später Jennas Zelt. Schon jetzt tut mir das leid, was ich vorhabe, aber ich muss zu Luke. Und dafür ist mir jedes Mittel recht. Ich ignoriere meinen aufgebrachten Herzschlag und betrete leise ihre Unterkunft.

Überrascht stelle ich fest, dass außer ihr selbst niemand anwesend ist. Ich hatte vermutet, dass die Rebellen sie nach dem Vorfall vorhin nicht allein lassen würden, aber was auch immer Chase mit ihr getan hat, es scheint wirksam zu sein. Jenna liegt friedlich schlafend auf ihrem Bett und ihre langen Haare verteilen sich über das ganze Kopfkissen. Irgendjemand muss hier aufgeräumt haben, denn von dem Chaos, das sie angerichtet hat, ist nichts mehr zu sehen. Langsam, um sie nicht zu wecken, gehe ich zu einer großen Truhe, die in der rechten hinteren Ecke steht, und kauere mich dahinter. Dann beginne ich zu warten.

Ich warte genau zwei Stunden. Zwei Stunden, in denen mir mehr als einmal das Herz stehen bleibt, weil sie diesem Zelt viel zu nahe kommen. Zwei Stunden, in denen die Rufe nach mir und ihre Flüche das Lager erfüllen. Zwei Stunden, in denen das Geräusch schwerer Stiefel durch die Gassen hallt. Dann ist es vorbei und fast gespenstische Stille legt sich über die Zeltstadt.

Vorsichtig erhebe ich mich und strecke meine steifen Glieder. Ich greife mir eine Flasche Wasser vom Nachttisch und das Messer, das neben Jennas Kopfkissen liegt, und frage mich, warum sie es ihr nicht längst weggenommen haben. Sie ist eine ausgebildete Wächterin und egal, was das Leben mit ihr angestellt hat, sie ist gefährlich. Dann setze ich mich zu ihr auf die Bettkante, bitte sie stumm um Verzeihung und rüttele vorsichtig an ihrer Schulter. »Hey, Jenna. Wach auf, schnell.«

Träge schlägt sie die Augen auf und sieht mich verwirrt an. »Wer bist du? Was willst du hier?«

Ich beuge mich etwas dichter zu ihr und hoffe, dass das jetzt funktioniert. »Ich bin hier, um dich zu warnen. Sie suchen dich. Sie wollen dich, sie wollen noch mehr Kinder von dir.«

Panik findet den Weg in ihre Gesichtszüge und ich schäme mich abgrundtief für das, was ich hier tue. »Wer?«, haucht sie ängstlich.

»Sie alle hier. Die Rebellen. Du musst dich wehren.«

Wie von der Tarantel gestochen springt sie aus dem Bett und greift nach einer Weinflasche, die auf dem kleinen Tisch in der Mitte des Zeltes steht. Dann beginnt sie zu schreien.

»Es tut mir leid«, wispere ich ehrlich und schlüpfe auf der Rückseite unter der Zeltplane hindurch nach draußen. Lautlos schlängele ich mich zwischen den Zelten durch und gelange schnell an den Rand des Lagers. Während ich aufgebrachte Schreie hinter mir höre, laufe ich den Zaun entlang, bis ich zu dem Pfeiler komme, an dem ein kleiner Verteilerkasten hängt. Zumindest den konnte ich heute Morgen bei unserem Spaziergang entdecken. Ich knie mich nieder, um das Kabel, das zu dem Kasten führt, zu durchtrennen, in der Hoffnung, dass damit nicht nur der Strom des Zauns, sondern auch der für die Überwachungskameras gekappt ist. Bevor ich jedoch dazu komme, zuckt ein womöglich lebensrettender Geistesblitz durch meinen Kopf. Scheiße, vielleicht hätte ich im Unterricht doch mal besser aufpassen sollen, als es um diesen ganzen Stromkram ging. Aber Strom ist in Hopetown eher als Mangelware Thema und nicht als Gefahr. Als ich klein war, gab es so wenig davon, dass ab sechs Uhr alles abgestellt wurde und wir bei Kerzenlicht zu Abend gegessen haben. Dennoch komme selbst ich auf die Idee, dass ein Dolch aus Metall und ein unter Spannung stehender Zaun keine gute Kombi für mich sind.

Nervös sehe ich mich um. Scheiße, scheiße, scheiße! Das dauert hier alles viel zu lange. Schnell presse ich mir zwei Finger an die Nasenwurzel und schließe die Augen. Einatmen, bis fünf zählen. Ausatmen, bis fünf zählen. Einatmen. Ausatmen. Einatmen. Ausatmen. Es kann ja wohl nicht sein, dass meine Flucht jetzt scheitert, weil mein dreizehnjähriges Ich nicht ausreichend an Strom interessiert war.

Ich öffne die Augen und nehme den Verteilerkasten in Augenschein, der mit einem kleinen Vorhängeschloss gesichert ist. Warum das so ist, erschließt sich mir irgendwie auch nicht. Gibt es hier außer mir noch mehr Leute, die ausbrechen wollen? Oder war dieser Kasten öfter mal Opfer eines Dumme-Jungen-Streichs, um das Lagerleben lahmzulegen und den Unterrichtsbeginn hinauszuzögern? Ich habe keinen blassen Schimmer, kann aber auch gut ohne den leben. Wichtiger ist, dieses verschissene Ding aufzukriegen. Ich schiebe Jennas Dolch vorsichtig in den schmalen Schlitz zwischen Kasten und Tür und versuche, das Schloss mit energischen Hebelbewegungen zum Bersten zu bringen.

Plötzlich legt sich ein Arm um meinen Hals und eine kräftige Hand umfasst mein Handgelenk. Nur einen Wimpernschlag später bekomme ich einen Tritt in die Kniekehle und sinke zu Boden. Boah, wenn das mal kein endgültiger Stimmungskiller ist. Während mein Kopf jetzt an einen eindeutig männlichen Unterleib gepresst wird, sorgt sein Griff dafür, dass mir das Messer aus der Hand fällt. »Hiergeblieben, Wächterschlampe«, raunt es über mir und ich frage mich wirklich, warum diese Scheißkerle das Schlampending so hypen. Allein die Erleichterung, dass es nicht Chase' Stimme ist, die das von sich gibt, hält meinen Trigger ein wenig im Zaum. Aber nur ein wenig.

Mein freier linker Ellenbogen schnellt zurück und trifft auf das Knie meines Gegners. Sein Griff um meinen Hals lockert sich, was ein ganz blöder Fehler ist, weil er damit meinem Kopf Raum gibt, um zurückzuschnellen. Mein Schädel trifft augenblicklich auf etwas, das in den nächsten drei Tagen definitiv nicht wieder so hart sein wird wie jetzt. Mit einem gedämpften Schrei geht mein Widersacher zu Boden. Ich knie mich neben ihn. »Tut mir leid, Kumpel«, flüstere ich, dann drücke ich mit zwei Fingern auf einen leider wichtigen Nervenstrang oberhalb seines Schlüsselbeins. Es dauert nur wenige Sekunden, bis der Kerl bewusstlos wird.

Ein bisschen schwer atmend erhebe ich mich und nehme für drei Sekunden den verdammten Verteilerkasten ins Visier. Dann zucke ich mit den Schultern. »Ach, scheiß auf Strom.«

Ich lande einen gezielten und sehr wütenden Tritt auf die Kante des Kastens und welcher Gott auch immer hier auf meiner Seite steht, ich danke ihm. Das Metallschloss fliegt zu Boden und die kleine Tür springt so schnell auf, dass sie fast aus den Angeln fällt. Dann beginne ich innerlich zu jubilieren. Ich habe keine Ahnung, wer in diesem Lager für den Stromscheiß zuständig war, aber ich werde mich beizeiten bei demjenigen bedanken – denn er war sehr ordentlich. Unter einer kurzen Reihe von Sicherungen präsentieren sich in akkuraten Druckbuchstaben die Worte Küche, Kühlkammer, Imbiss I, Imbiss II, Kameras und Zaun. Mit zitternden Fingern kippe ich die letzten beiden Schalter nach unten, schicke ein Stoßgebet ins Universum und klettere über den Zaun.

Ich renne. Seit einer halben Stunde renne ich Richtung Norden. Die Neuankömmlinge heute Morgen kamen aus dem Westen und meine einzige Hoffnung ist, dass sie keinen Umweg genommen haben und direkt aus der Stadt kamen. Wenn nicht, habe ich es verkackt.

Zum ersten Mal, seit ich aus dem Lager entkommen bin, werde ich langsamer und bleibe stehen, um mich an dem Sonnenstand zu orientieren. Noch einmal sehe ich auf meinen Tracker und versuche, ihm eine Navigation zu entlocken, doch entweder funktioniert er hier draußen nicht, oder sie haben ihn manipuliert, während ich gestern bewusstlos war.

Ich habe mich entschieden, nicht sofort in Richtung Stadt zu laufen, denn falls Chase sich mithilfe seiner Flügel auf die Suche nach mir machen sollte, wird er hoffentlich den direkten Weg nehmen. Jetzt ist es jedoch an der Zeit, die Himmelsrichtung zu wechseln. Bei dem Schnitt, den ich normalerweise laufe, müsste ich bislang etwa acht Kilometer weit gekommen sein. Ein bisschen Puffer ist da in meiner Lunge noch vorhanden. Erneut prüfe ich den Sonnenstand, dann verfalle ich in einen leichten Trab und laufe endlich in die Richtung, in der ich meinen Bruder vermute.

Ich habe keine Ahnung, wie groß die Entfernung zwischen dem Lager und der Stadt ist, aber nach einer weiteren Stunde bilde ich mir ein, sie in der flimmernden Hitze zu erkennen. Wenn mein Herzschlag nicht ohnehin schon am Fliegen wäre, würde er sich jetzt vor Aufregung beschleunigen. Sollte ich es tatsächlich schaffen? Bin ich auf dem richtigen Weg? Inzwischen ist es zehn Uhr und die Sonne brennt bereits gnadenlos auf die karge Landschaft, in der außer Wüstensalbei nicht wirklich viel wächst. Die Büsche mit den silberfarbenen Blättern sind in jeder erdenklichen Größe über die endlose Ebene verstreut und bilden nahezu die einzige Vegetation hier draußen.

Ich bleibe stehen und nehme ein paar kleine Schlucke aus der Wasserflasche, deren Inhalt sich leider dem Ende zuneigt. Ich sollte langsamer werden, sonst schaffe ich den Weg ohne Flüssigkeit nicht mehr. Für einen Moment schließe ich die Augen und versuche, meine Atmung ein wenig zu beruhigen. Ich bin seit eineinhalb Stunden unterwegs und bislang ist mir absolut niemand begegnet oder gefolgt. Ich würde sie gerne wegsperren, aber ich kann nicht verhindern, dass Hoffnung in mir aufkeimt. Es ist nicht mal Mittag und ich kann Hopetown in der Ferne sehen. Ich kann es heute noch bis zu meinem Bruder schaffen. Er muss nicht eine weitere Nacht allein verbringen.

Langsam öffne ich die Augen wieder, doch bevor ich mich umsehen kann, legt sich ein Schatten über mich. Ein Schatten, der nicht von einer Wolke stammen kann, denn die haben heute gegen die sengende Sonne nicht den Hauch einer Chance. Wütend schreie ich auf und greife nach Jennas Messer, das an meinem Oberschenkel befestigt ist, aber noch bevor ich es in die Höhe recken kann, hat er mich umgestoßen und mich auf dem Boden festgenagelt.

Chase' Hand umfasst schmerzhaft mein Kinn und Wut steht in seinen zweifarbigen Iriden. »Du verdammtes Miststück«, zischt er mich an. »Wo hast du dich versteckt?«

Ich rucke mit dem Kopf nach rechts, um seinem Griff zu entkommen. »Oh, macht das was mit deinem Ego?«, lache ich hämisch. »Brauchst du jemanden, der deine Tränen trocknet?«

»Übertreib es nicht, du kleines Biest«, warnt er mich. »Ich darf dich nicht umbringen, aber er hat mir nicht verboten, dich mit Gewalt zum Bleiben zu zwingen.«

»Tu dir keinen Zwang an«, fordere ich ihn heraus und mein Verstand beginnt leise, an sich selbst zu zweifeln. »Ist sicher ein erhebendes Gefühl, ein Wesen zu verprügeln, das dreißig Zentimeter kleiner, weiblich und menschlich ist.«

Mit einem Ruck lässt er meine Handgelenke los, die er bislang mit einem festen Griff über meinem Kopf fixiert hatte. Dann steigt er von mir herunter. »Als ob das entscheidende Kriterien wären«, murmelt er mürrisch, während er mein Messer aufhebt, das einige Meter weiter gelandet ist. »Wo bleiben denn verschlagen und nervtötend?«

Ich rappele mich auf und klopfe mir erfolglos den Staub von meiner Montur, die schon vor Stunden von schwarz zu grau mutiert ist. »Wenn ich so nervtötend bin, hättest du mich ja ziehen lassen können«, weise ich ihn auf das Offensichtliche hin.

»Hätte ich gerne, aber noch viel lieber würde ich meine Gliedmaßen behalten. Vierteilen ist keine Option.«

Die Diskussion ist mir eindeutig zu blöd. Er hätte mich längst schnappen und zurückfliegen können, und selbst ich muss zugeben, dass ich dagegen wenig unternehmen könnte. Also beschließe ich, die Flucht nach vorne anzutreten, und mache mich wieder auf den Weg Richtung Stadt.

Nur einen Wimpernschlag später ist er neben mir. »Du glaubst mir nicht, stimmt's?«, fragt er erstaunlich versöhnlich.

»Was?«

»Dass du keine Angst vor ihm haben musst«, erinnert er mich an unser Gespräch gestern Abend.

Nein, tue ich nicht. »Es ist egal, ob ich dir glaube oder nicht, ich muss zurück in die Stadt. Ich habe da was Wichtiges zu tun«, weiche ich aus.

»Ist klar. Du musst zu deinem Chef rennen und petzen.«

Ich bleibe stehen und sehe ihn finster an. »Sehe ich aus wie eine Petze?«

Für ein paar Sekunden starren wir uns grimmig an, dann wendet er seinen Blick überraschenderweise ab. »Nicht wirklich.«

»Wow, so viel Menschenkenntnis hätte ich dir gar nicht zugetraut«, stichele ich weiter und mein Verstand holt Luft für einen etwas längeren Vortrag.

»Hast du eigentlich immer das letzte Wort?«

»Keine Ahnung, ich unterhalte mich nicht oft. Meistens schlage ich gleich zu«, setze ich sarkastisch hinterher und entlocke ihm damit ein tonloses Lachen.

Erst jetzt fällt mir auf, dass wir weiter Richtung Stadt marschieren. »Hast du deine Taktik geändert?«, erkundige ich mich vorsichtig. »Bringst du mich nun zu deinem Boss, anstatt in der Wüste auf ihn zu warten?«

»Möglicherweise. Allerdings habe ich nicht den Eindruck, dass du dich ungewollt irgendwo hinbringen lässt.«

»Gut beobachtet.«

Ich schweige für ein paar Minuten, weil ich beim besten Willen nicht verstehe, warum er mich nicht zurück ins Lager schafft und mich dort festbindet. Es wäre ein Leichtes für ihn. Dennoch werde ich ihn sicher nicht auf die Idee bringen, wenn er schon nicht selbst drauf kommt. Aus irgendeinem Grund haben wir für den Moment einen Waffenstillstand geschlossen und den will ich nicht gefährden.

Allerdings gibt es da etwas, das ich nicht verstehe und mein fünfjähriger Naseweis, der sich seit Langem mal wieder meldet, wird nicht aufhören, in meinem Inneren herumzuhüpfen, bis die Sache nicht geklärt ist.

»Du hast gestern behauptet, dass man hier draußen inzwischen überleben kann, richtig?«, versuche ich eine vernünftige Konversation zu beginnen.

»Ich habe es nicht nur behauptet, es ist so«, korrigiert er mich.

Natürlich. Armer Irrer. »Warum gehen die Rebellen dann nicht raus in die Welt? Warum hocken sie in der Wüste, lassen sich von Wächtern fangen und von einem grausamen Statthalter wiederum in der Wüste aussetzen, obwohl sie doch eigentlich ihre Freiheit in vollen Zügen genießen könnten?«

Er sieht mich nachdenklich an. »Wäre es das, was du machen würdest?«

»Ja«, entgegne ich ohne Zögern. »Das ist es schließlich, was wir uns alle wünschen. Endlich etwas von Breyta zu sehen.« Ich schlucke. Es ist unser innigster Wunsch, meiner, aber noch nie habe ich ihn so deutlich formuliert. Die Möglichkeit besteht nicht, also wird die Sehnsucht in eine fest verschlossene Schublade gepackt.

Noch einmal mustert er mich von der Seite. »Und was wäre, wenn dein Bruder nicht mitkommen würde?«

Ich merke zu spät, dass ich ihn panisch ansehe, und schaffe es zu allem Überfluss auch nicht, die Emotion schnell wieder in den Griff zu bekommen. »Was weißt du über meinen Bruder?«, frage ich viel zu ängstlich.

»Ich weiß, dass du einen hast, mehr nicht. Aber in einer Zeit, in der alles den Bach runtergeht, zerfällt nicht nur die Welt, sondern auch der Zusammenhalt in kleineren Gruppen, zum Beispiel einer einzelnen Stadt. Jeder vermutet hinter dem anderen entweder einen Verräter oder jemanden, der einem etwas vom Kuchen wegnehmen könnte. Beides führt nicht unbedingt dazu, dass man sich gegenseitig vertraut«, fasst er leider viel zu gut zusammen. »In solchen Zeiten ist die Familie meistens das Einzige, an dem man festhält. Deshalb gehe ich mal davon aus, dass du ihn liebst.«

»Kann sein. Wir haben es nicht so mit den großen Emotionen.« Hahaha. Ich konnte noch nie gut lügen und ich vermute, dass er mich durchschaut.

»Er ist der Grund, weshalb du so dringend wegwillst, stimmt's?« Vermutung bestätigt.

»Das geht dich nichts an.«

»Oh doch, kleine Wächterin. Denn wenn er es nicht ist, bist du in zehn Minuten wieder zurück im Lager«, droht er mir unverhohlen.

Scheiße. Zwickmühle. Ich möchte ihm nicht von Luke erzählen. Nicht einem fremden Fae, der mich an irgendeinen Boss ausliefern will, von dem ich keine Ahnung habe, was er mit mir vorhat. Aber wenn ich jetzt so tue, als ob Lu mir nichts bedeutet, drehen wir um. Und wenn ich ihm auch sonst nichts glaube, *die* Drohung entspricht mit Sicherheit der Wahrheit.

»Ich ... Er ist ...« – anders. Er spricht nicht. Er braucht mich. Er hat furchtbare Angst, alleine zu schlafen. Verdammt, ich darf an all diese Dinge nicht denken. Wütend wische ich mir durch das Gesicht, um meine Gefühle wieder auf Spur zu bringen. Dann recke ich das Kinn vor. »Er ist jünger als ich und kommt noch nicht alleine klar. Deshalb muss ich zurück«, gestehe ich ihm die halbe Wahrheit.

Ich sehe in seinem Blick, dass er auf die andere Hälfte wartet, aber die wird er nicht bekommen. Ich werde ihm weder sagen, wie sehr ich meinen Bruder liebe, noch, wie viele Sorgen ich mir um ihn mache. Die Schwachstelle muss nicht noch größer werden.

»Warum hast du das gefragt?«, lenke ich deshalb das Gespräch zurück in ungefährlichere Bahnen. »Was hat das mit den Rebellen zu tun?«

»Du hast den Zusammenhang doch längst verstanden, oder?«, fragt er leicht überheblich.

»Ich hätte ihn aber gerne offiziell bestätigt. Manchmal biegt mein Hirn nämlich an der ein oder anderen Stelle falsch ab und ich weiß gerade nicht, ob wir am gleichen Ziel angekommen sind.«

Sein Lachen überrascht mich. »Und ich dachte, dein Hirn hat mich heute Morgen ausgetrickst.«

Ich muss grinsen. »Das hat es. Liegt wahrscheinlich an der anderen Route in meinem Kopf.«

»Halleluja, was hat der Boss bloß mit so einem kleinen Teufel vor?«, fragt er sich mehr oder weniger selbst.

»Keine Ahnung, sag du es mir.«

»Das werde ich nicht, Key. Aber du wirst es demnächst herausfinden, sei dir sicher.« Er fährt sich mit der Hand durch seine strubbeligen kurzen Haare. »Ich werde vermutlich den Einlauf meines Lebens bekommen, weil du nicht mehr im Lager bist, aber sei dir sicher, er nimmt dich auch an jedem anderen Ort in Empfang. Könnte höchstens sein, dass er ein bisschen ärgerlich darüber ist, dass sein Plan nicht aufgegangen ist.«

Ich versteife mich ein wenig. Nicht, dass ich erwartet habe, dass sein Boss ein putziges Meerschweinchen ist, aber ich hatte zumindest die Hoffnung, dass keine reißende Hyäne auf mich wartet. »Und wen würde sein Ärger treffen? Dich oder mich?«

Chase zieht den Moment bis zu seiner Antwort unschön in die Länge, dann rollt er mit den Augen. »Mich.«

Ich kann mir ein Grinsen nicht verkneifen und zucke amüsiert mit den Augenbrauen. »Dann geht's ja.«

Mein Begleiter stöhnt und verkneift sich weitere Kommentare. Ich nutze den Moment, um über die Rebellen nachzudenken. Haben sie wirklich die Hoffnung, zurück in die Stadt zu können? Haben sie dort noch Freunde oder Verwandte? Oder wollen sie einfach nur zurück, weil es ihre Heimat ist? Mit meinem Ärmel wische ich mir den Schweiß von der Stirn. Aber wenn ihnen ihre Heimat so wichtig ist, warum haben sie die Stadt dann überhaupt erst verlassen? Warum flüchten sie unter lebensbedrohlichen Bedingungen, anstatt zu bleiben? Fast finde ich es schade, dass ich nicht die Gelegenheit hatte, mit einem von ihnen zu reden. Ich hätte zu gerne gewusst, was in ihren verkorksten Köpfen vorgeht.

Ein Blick auf meinen Tracker verrät mir, dass Chase bereits seit einer Dreiviertelstunde neben mir herläuft. »Du wirst mich also wirklich in die Stadt begleiten und zu meinem Bruder lassen?«, erkundige ich mich vorsichtig.

»Ich denke schon.«

Wie wäre es mal mit einem einfachen Ja? Himmel noch mal. »Warum tust du das?«

Er seufzt vernehmlich. »Weil ich dafür zuständig bin, auf dich aufzupassen und weil ich das unschöne Gefühl habe, dass mir das im Lager noch schlechter gelingt als hier.«

Ich schmunzele. Sooo ätzend ist er vielleicht doch nicht. »Wie weit ist es noch bis zum Zaun?«, erkundige ich mich. Die Stadt hebt sich jetzt deutlich vom Horizont ab und es ist sicher keine Tagesreise mehr bis dahin.

»Sieben oder acht Kilometer. Wir müssten in spätestens zwei Stunden da sein.«

Ich nicke und für die nächste halbe Stunde versinkt jeder von uns in Schweigen, wobei zumindest meins nur äußerlich ist. Mein Kopf ist randvoll mit Fragen, aber ich weiß nicht, wie viele davon ich ihm stellen kann. Die, woher sein Sinneswandel kommt, sicher nicht. Wenn er wirklich den Befehl hatte, mich zu kidnappen und im Rebellenlager festzuhalten, bis sein Boss eintrifft, wäre es immer noch ein Leichtes, genau das zu tun. Ich hätte ihm nichts entgegenzusetzen, er ist ein Fae. Stärker, größer und reaktionsschneller als ich. Dennoch glaube ich nicht, dass er mir bloß einen Gefallen tun will. Das tut keiner von ihnen.

Die Frage, ob ich hier gerade in eine Falle laufe, hat inzwischen die Lautstärke eines Stadiongesangs erreicht. Aber seltsamerweise ist keine einzige meiner Stimmen in Antwortbereitschaft. Vielleicht sind auch sie einfach mal ratlos.

Ich versuche, meine Gedanken in andere Bahnen zu lenken und sie auf das Gespräch von vorhin zurückzubringen. Ich räuspere mich. »Chase?«

»Hm«, kommt es missmutig zurück. Er hat das Schweigen offensichtlich genossen.

»Was wollen die Rebellen wirklich?«

Irritiert sieht er mich an. »Das ist dir nicht klar?«

Ich zucke mit den Schultern. »Manchmal nicht.«

Ohne mich weiter anzusehen, beginnt er zu reden. »Sie wollen ihre Heimat zurück. Sie wollen einfach nur zurück nach Hause.«

»Aber wieso verlassen sie Hopetown dann überhaupt?«, frage ich jetzt doch. »Was ist so schlimm daran, in einer Stadt zu sein, in der man Freunde und Familie hat?«

»Die Zäune sind schlimm«, erklärt er schlicht. »Sie sperren die Menschen ein, obwohl sie es nicht müssen. Sie nehmen euch die Freiheit.«

»Und in einem Lager mitten in der Wüste finden sie *Freiheit*?«

»Nein«, lenkt er zu meinem Erstaunen ein. »Aber es ist auch nicht ihr Ziel, dort für immer zu bleiben. Ihr Ziel ist, die

Stadt von den Fae zu befreien und dazu müssen sie sich zusammenraufen und organisieren. Das funktioniert unter den wachsamen Augen der Machthaber nicht.«

Eine Weile schweige ich. Es klingt schlüssig, was er sagt. Wären da nicht die Bilder, die wir von Breyta zu sehen bekommen. Unsere Welt ist zerstört, noch immer. Wie kann er das negieren? Wie kann er leugnen, dass dort draußen weiterhin ein paar letzte Verbannte herumlaufen, die uns in dem Augenblick das Leben zur Hölle machen werden, in dem wir auch nur einen Fuß vor die Stadt setzen? Abgesehen davon gibt es einen logischen Fehler in seinen Ausführungen. Wenn die Rebellen wirklich nur die Fae vertreiben wollen, ist ihr Vorgehen nicht richtig. »Wenn es ihnen aber doch nur um die Fae geht, warum greifen sie dann auch Menschen an? Warum nehmen sie unschuldigen Kindern ihre Eltern?« Zu spät erkenne ich, dass meine Stimme bei der letzten Frage begonnen hat zu zittern.

»Das tun sie nicht. Sie sind darauf aus, immer nur die Fae zu treffen. Manchmal werden dabei Menschen verletzt oder getötet, wie letzte Woche in der Metro«, räumt er ehrlich ein. »Aber das ist nicht ihr Ziel. Sie versuchen, es zu vermeiden.«

Wie kann er das behaupten? Es ist eine Lüge. Weiß er nicht, was damals passiert ist? »Wie lange bist du schon bei ihnen?«, frage ich etwas unvermittelt.

»Seit fünfzehn Jahren.«

»Wie kannst du dann behaupten, dass ihr es nicht tut?«, fahre ich ihn aufbrausend an. »Wie kannst du leugnen, dass ihr vor neun Jahren die Wohnsiedlung im Garden District angegriffen habt, ohne dass auch nur ein einziger Fae dort anwesend war?«

Er kneift die Augen zusammen und mustert mich. »Weil

wir es nicht waren. Der Angriff auf den Garden District war kein Rebellenangriff.«

Emotionsexplosion. Wut kocht wie Lava in mir hoch und ich kann meinen Körper erst im letzten Augenblick ausbremsen, auf ihn loszugehen. Ich muss zu Luke und zumindest im Moment hindert er mich nicht daran. Das würde sich vermutlich ändern, wenn ich ihn jetzt angreife. Doch neben der Wut lässt sich auch die Erinnerung an die Ereignisse vor neun Jahren nur schwer unterdrücken und die Angst und die Panik, die diese verhängnisvolle Nacht beherrscht haben, fühlen sich an, als ob es noch einmal geschieht. Ich kann die Schreie meiner Eltern wieder hören und das Weinen meines Bruders. Und ich spüre meine eigene Verzweiflung so sehr, dass ich die Tränen, die sie mit sich bringt, nicht aufhalten kann.

Schnell wende ich den Blick von ihm ab und beschleunige meine Schritte. Er hat schon zu viele von meinen Emotionen zu Gesicht bekommen, meine Tränen zeige ich ihm nicht. Wütend stapfe ich in einigen Metern Abstand vor ihm her und hoffe, dass er mich nicht so schnell einholt.

Zu meiner Überraschung schließt er tatsächlich nicht zu mir auf. So habe ich Zeit, mich zu fangen. Als ich es nach vielen Minuten endlich tue und die Erinnerungen wieder in einer Kiste mit einem riesigen Schloss geparkt sind, wische ich mir wütend durch mein staubiges Gesicht. Ich werde ihm keine Fragen mehr stellen. Ich weiß nicht, warum er lügen kann. Aber er tut es und ich werde diesen Lügen keine Aufmerksamkeit mehr schenken.

6

Ich stehe seit mehreren Minuten vor dem Zaun, den ich mein ganzes Leben nur von der anderen Seite gesehen habe. Zum ersten Mal seit eineinhalb Stunden stellt sich Chase wieder neben mich und bricht das Schweigen. »Etwa fünfzig Meter weiter links ist ein Durchgang«, erklärt er nüchtern, als hätte es unser Gespräch und seine Lügen nie gegeben.

Ich nicke ohne ihn anzusehen, und wende mich in die angegebene Richtung. Irgendwann sollte ich mich wieder einkriegen, schließlich weiß ich immer noch nicht, ob die Sache sich hier als Falle entpuppt. Entschieden besser wäre es allerdings, wenn ich ihn loswerden würde, denn durch die Gefangennahme in der Metro vor sechs Tagen kennt jetzt ganz Hopetown sein Gesicht und es kommt sicher nicht so gut an, wenn ich unverletzt und munter in Begleitung eines Rebellen in unsere Stadt marschiere.

Leider bin ich mir nur allzu sehr bewusst, dass er mich nicht gehen lassen wird. Die Fae haben nur zwei Schwächen: Sie können nicht lügen und sie können keine Versprechen brechen. Chase hat das Wort Versprechen nicht wirklich in den Mund genommen, aber dass er seinem Boss versichert hat, auf mich aufzupassen, geht ja wohl eindeutig in dieselbe Richtung. Ich weiß nicht, wie er die Sache mit dem Lügen umgehen konnte, doch ich bin nicht so blöd zu glauben, dass er für mich auch noch ein Versprechen brechen wird. Also wird er mich nicht aus den Augen lassen.

In den letzten eineinhalb Stunden hatte ich eigentlich ausreichend Zeit, mir einen Plan zurechtzulegen, bin aber kläglich gescheitert. Es wäre schon schwierig genug, zu erklären, warum ich nach einer Gefangennahme durch die Rebellen nur einen Tag später unversehrt wieder zurück bin. Wie ich diese Tatsache auch noch in seiner Begleitung rechtfertigen soll, ist mir schleierhaft. Und so hat sich anstelle eines Plans die Möglichkeit einer Falle ziemlich heftig in den Mittelpunkt meiner Grübeleien gedrängt. Warum möchte er, dass ich mit ihm gesehen werde? Sie hatten mich doch ohnehin schon, was bezweckt er mit dieser Vorgehensweise noch?

Ich weiß es nicht, aber der Wunsch, meinen Bruder zu sehen ist so übermächtig, dass ich jedes Risiko dafür eingehen würde. Genau deshalb bleibe ich jetzt mit ihm vor dem Zaun stehen und schaue ihn fragend an. »Wo ist der Durchgang?«

Er grinst zum ersten Mal seit Stunden wieder und das lässt ihn leider verdammt sexy aussehen. Ich blende sein Äußeres aus und konzentriere mich auf seine Worte. »Du stehst direkt davor.«

Ich ziehe die Augenbrauen vor Konzentration zusammen und sehe mich um. Verdammt, sie sind gut. Nie im Leben wäre ich auf diesen Durchgang aufmerksam geworden, wenn er mich nicht darauf hingewiesen hätte. Er ist so perfekt geschlossen, dass man keine Übergänge entdecken kann außer an einer winzigen Stelle, an der ein Busch durch den Zaun wächst.

Chase geht dorthin und greift nach einem einzelnen losen Segment, um das ausgeschnittene Stück aufzuziehen. Ich zolle den Rebellen innerlich Respekt und schreibe mir eine Erinnerung in mein Hirn, sie nie mehr zu unterschätzen. Dann folge ich ihm durch das kleine Loch, das er anschließend extrem sorgfältig wieder verschließt. Mit einer schnellen Bewegung und etwas Magie verwischt er unsere frischen Spuren im Sand und wir machen uns daran, den etwa zehn Meter breiten Streifen Ödland zu überqueren, in dem wir normalerweise Patrouille laufen.

Ich bin mir sicher, dass er die Zeiten kennt, in denen die Wächter hier vorbeikommen, denn er scheint nicht einmal besonders aufmerksam zu sein. Wir sollten eindeutig unsere Routinen durchbrechen.

An den Streifen schließt sich wenig bewachsenes Gebiet an, das jedoch schnell von kümmerlichen Bäumen und größeren Büschen durchzogen wird, die die Überreste von früheren Parks sind. Nur hundert Meter weiter wachsen die ersten Hütten aus dem Boden. Wir sind am äußersten Rand der Stadt, hier leben die Armen, diejenigen, die durch das System der Fae durchgefallen sind und dennoch nicht auf ihren Schutz verzichten wollen.

Mit schnellen Schritten durchqueren wir das Viertel. In diesem Teil der Stadt wird uns niemand erkennen. Die Menschen hier haben keine Monitore in den Metro-Stationen, auf denen die neuesten Nachrichten gezeigt werden. Die meisten können es sich nicht einmal leisten, ein öffentliches Verkehrsmittel zu benutzen. Sie werden die Gesichter der Rebellen nicht kennen. Es würde mich nicht wundern, wenn manche von ihnen nicht einmal wissen, wie unser Statthalter aussieht. Sie sind isoliert vom Geschehen, werden geduldet, aber nicht informiert.

Nur zehn Minuten später erreichen wir die erste Hochhaussiedlung, ohne dass uns außer ein paar neugierigen Kindern irgendjemand behelligt hätte. Dennoch wächst meine Nervosität stetig. Wie reagiere ich, wenn mich jetzt jemand erkennt? Wenn *ihn* jemand erkennt? Ich wische meine feuchten Finger an der Hose ab, womit ich nur erreiche, dass sie noch dreckiger werden. Mein Aussehen trägt ganz sicher nicht dazu bei, ungesehen zu bleiben.

Mit gesenktem Kopf und schnellen Schritten passiere ich die ersten Straßen. Unsere Siedlung ist noch mindestens eine Viertelstunde Fußmarsch entfernt, Luke und ich haben das Glück, nicht so weit draußen zu leben. Dennoch würde ich es mir im Moment zum ersten Mal wünschen.

»Wo müssen wir hin?«, flüstert Chase mir plötzlich zu.

»Wir wohnen im Skylife II Quarter«, erkläre ich leise. Es ist eine von zwei ziemlich hässlichen Hochhaussiedlungen, die die Fae haben bauen lassen. Innerhalb der Zäune war es anders irgendwann nicht mehr möglich, für all die Menschen Wohnraum zu schaffen. »Noch ungefähr fünfzehn Minuten von hier. Und nein, die Metro ist keine gute Idee.«

»Das denke ich auch nicht«, stimmt er mir überraschenderweise zu, doch so gut, wie die Rebellen informiert sind, weiß er vermutlich, dass seit Rook an den meisten Bahnsteigen Überwachungskameras hängen. »Aber ich denke ebenfalls nicht, dass es schlau ist, noch länger gemeinsam durch die Gegend zu laufen. Die Menschen hier sind gut informiert. Wenn sie nur dich erkennen, ist es vermutlich okay, aber in meiner Begleitung könnte es zu Problemen kommen.«

»Ach was, und das fällt dir genau jetzt ein? Hast du schon mal darüber nachgedacht, deine Begleitung dann einfach aufzugeben?«, zische ich ärgerlich.

»Habe ich, und das wird nicht passieren.«

Ich wende mich ihm zu und sehe gerade noch, wie seine Haare von Blond zu einem dunklen Braun wechseln und ihm jetzt bis auf die Schultern reichen. Abgesehen davon wird seine Nase schmaler und der Dreitagebart verschwindet. Ich schnappe nach Luft und … blicke ihn dankbar an. Das hilft. Ich bin plötzlich in Begleitung eines ganz normalen jungen Mannes, das macht die Menschen nicht so sehr auf mich aufmerksam, wie es ein Fae tun würde.

Ich fange gerade an, mich ein bisschen besser zu fühlen, als sein nächster Satz jedes positive Gefühl zunichtemacht. »Du solltest dich verstecken.« Ich schenke ihm einen kurzen Nicht-dein-Ernst-Blick. »Hey, ich kann mit einem einzigen Gedanken auch eine Illusion über dich legen, aber hier in der Nähe deiner Wohnung könnten nach der Entführung eine Menge Fae-Patrouillen unterwegs sein. Und falls wir einer von denen begegnen, werden sie so viel Magie auf einmal spüren. Es ist also gefährlich, wenn du hier rumläufst.«

Gleich platze ich. Er kann *mich* mit einer Illusion belegen? Warum ignoriert er dann die einfachste Lösung von allen? »Oh, und wie wäre es, wenn du dann nur *mein* Aussehen veränderst und du dich versteckst?« Wütend starre ich ihn in Grund und Boden. »Oh, nein. Denkfehler. Wie wäre es, wenn du dich schlicht und einfach auf den Rückweg machst und aus meinem Leben verschwindest?«

»Ich habe dir eben schon einmal gesagt, dass das nicht passieren wird. Und du würdest es auch nicht vorschlagen, wenn du meinen Boss kennen würdest.«

»Vielleicht hättest du da mal ein Veto einlegen können, bevor dir dein Boss dieses bescheuerte Versprechen abgenommen hat.«

In seinem veränderten Gesicht zeigen sich für einen Fae erstaunlich viele Emotionen. »Okay, kleiner Schlüssel, jetzt noch mal zum Mitschreiben. Ich habe zugesichert, dich nicht aus den Augen zu lassen. Das ist alles. Und das werde ich auch nicht tun.«

»Kurze Zwischenfrage: Wie willst du mich im Auge behalten, wenn ich mich verstecke?«

Er schnaubt und zum ersten Mal seit einer Ewigkeit höre ich einen kleinen Applaus meiner Stimmen. Das wurde aber auch mal Zeit. »Okay, du willst also mit mir zusammen zu deinem Bruder gehen? Fein. Dann überlasse ich dir die Entscheidung. Möchtest du weiter so aussehen, wie du selbst? Oder riskierst du, dass meine Magie auffliegt?«

»Weder noch. Ich würde lieber allein zu meinem Bruder. Aber da das in deinem Konzept offensichtlich nicht vorkommt, würde ich –«

Urplötzlich werde ich von einem bärtigen Mann mittleren Alters an der Schulter gepackt. »Was tust du hier?«, fragt er, ohne den drohenden Tonfall in seiner Frage auch nur ansatzweise verstecken zu wollen. »Ich kenne dein Gesicht. Sie haben es gestern überall gezeigt. Du wurdest von Rebellen überwältigt, du darfst gar nicht hier sein«, ergießt er seinen Redeschwall über mich. Fuck. Damit hat sich die Sache mit der Magie wohl erledigt.

»Ich ... ich konnte ihnen entkommen«, stammele ich leise, wobei ich versuche, jede Aufmüpfigkeit im Keim zu ersticken, zumal der Nerd in meinem Kopf mich mehr als deutlich zur Vorsicht mahnt. »Ich hatte Glück.«

»Oh nein, mein Fräulein«, weist er mich laut zurecht und macht damit dummerweise ein weiteres Pärchen auf mich aufmerksam. »Glück gibt es bei den Rebellenschweinen nicht. Keiner entkommt ihnen, das weiß jedes Kind. Machst du mit denen gemeinsame Sache?«, hakt er einem Geistesblitz folgend nach.

Mit einem flehenden Blick sehe ich zu Chase, der erstaunlicherweise wirklich versucht, für mich in die Bresche zu springen. »Sir, beruhigen Sie sich. Sie ist eine der besten Wächterinnen der Stadt. Sie ist durchaus in der Lage, ein paar Rebellen zu überlisten.«

»Ach ja?«, mischt sich jetzt die Frau des neu hinzugestoßenen Pärchens ein. »Und wie hat sie das ohne Verletzungen geschafft? Ich habe die Nachrichten aufmerksam gelesen.«

Natürlich, da haben wir wohl eine ganz eifrige Streberin gefunden. »Sie wurde niedergeschlagen. Geschlagen, verstehen Sie? Wie kann sie hier dann so unversehrt stehen? Das geht doch nicht mit rechten Dingen zu.«

Verdammt. Genau das hatte ich befürchtet. Sie halten mich für eine Überläuferin. »Hören Sie ...«, will ich sie besänftigen, aber da tritt bereits ein weiterer Mann auf den Plan. »Du verlogene Verräterin«, brüllt er hasserfüllt los und zieht damit endgültig die Blicke der vielen Passanten auf sich, die gerade auf dem Weg nach Hause sind, um ihre Mittagspause dort zu verbringen. Er packt mich am Arm und zerrt mich vor die Augen der Menschen, die jetzt langsam eine Traube um uns bilden. »Seht sie euch an, unsere *angebliche* Beschützerin«, wiegelt er sie auf und ich bin viel zu überrumpelt, um mich zu wehren. »Da steht sie und hat sich mit den Rebellen verbündet, diejenige, die eigentlich zu unserem Schutz abgestellt war.« Voller Wut richtet er seinen Blick auf mich. »Bist du in ihrem Auftrag unterwegs? Ist er einer von ihnen?«, schreit er mich an. »Plant ihr schon den nächsten Angriff auf unsere saubere Stadt?«

Scheiße, der Typ ist völlig irre, aber was viel schlimmer ist –er ist damit nicht allein. Die Traube um uns herum stimmt ihm zu, die Stimmen werden lauter. Sie haben so viel Angst vor den Rebellen, dass sie überall einen Verrat wittern, und es passt nicht in ihr Bild, dass ich die Gefangennahme überlebt habe. Also bin ich über Nacht zu ihrem Feind geworden.

»Ich bin keine von ihnen«, flehe ich sie an. »Ihr müsst mir glauben, ich ...«

Ein Schlag trifft mich im Gesicht und ich bin so überrascht, dass ich nicht reagiere. Das kann nicht sein. Die Menschen hier sind meine Nachbarn, ich stehe auf derselben Seite wie sie. Wie können sie das infrage stellen? Noch einmal blicke ich zu Chase, doch ich weiß, dass er wenig Möglichkeiten hat. Mein Äußeres kann er nun nicht mehr verändern, dafür stehe ich zu sehr im Visier dieser Leute. Zeigt er jetzt, dass er ein Fae ist, müsste er mich festnehmen, um ihren Vorwürfen nachzugehen. Zeigt er es nicht, werden sie ihn trotz seines veränderten Äußeren für einen Rebellen halten. Ich stecke so was von knietief im Schlamassel wie noch nie in meinem Leben.

»Lauf, Key«, höre ich Chase plötzlich dicht neben mir. »Lauf!«

Ein letztes Mal sehe ich in seine jetzt schlicht dunkelbraunen Augen – und gehorche. Ich wende mich ab und stoße die Menschen, die mich umringen, zur Seite. Dann beginne ich, um mein Leben zu rennen.

Ich höre Kampfgeräusche hinter mir, offensichtlich versucht er, meine Ankläger daran zu hindern, mir zu folgen. Ein paar von ihnen schaffen es trotzdem, aber ich weiß, dass ich schneller bin als sie. Ich bin trainiert.

Meine Lunge brennt, es ist nicht das erste Mal, dass ich heute in sengender Hitze laufen muss, aber ich ignoriere den Schmerz. Das habe ich gelernt. Längst bin ich mehrere Straßen von der wütenden Meute entfernt. Vor meinem inneren Auge lasse ich das Bild meines Bruders erscheinen und es spornt mich an, gibt mir die Kraft, weiterzurennen, und treibt mich … direkt in die Arme einer Fae-Patrouille.

Ich pralle ungebremst gegen ihre Körper und augenblicklich umfassen die beiden mit enormer Kraft meine Oberarme. »Nicht so schnell, kleine Verräterin«, raunt der eine mir leise zu. »Oder hast du es besonders eilig, deiner Strafe zugeführt zu werden?«

Panisch sehe ich ihn an. »Nein«, flehe ich. »Nein. Ich bin keine Verräterin, ich schwöre es. Ich habe …«

Sein Schlag trifft mich unvermittelt und hart und der Schmerz, der durch mein Kinn zuckt, ist beachtlich.

»Schweig«, donnert er über den kleinen Platz, auf dem wir stehen und erst jetzt bemerke ich, dass sich auch hier bereits eine Menschentraube um uns gebildet hat. »Ich will kein Wort mehr von dir hören. Deine Lügen kannst du dir für den Statthalter aufsparen. Er wird wissen, was mit desertierenden Wächtern zu tun ist.«

Mit diesen Worten wirbeln sie mich herum und schlagen mit mir in der Mitte den Weg Richtung Zentrum ein. Den Weg zum Stadtpalast.

Ihr Griff ist so fest, dass ich mir schon jetzt die blauen Flecken vorstellen kann, die er hinterlassen wird. Grob zerren sie mich durch die wachsende Menschentraube. Auch der Letzte hat inzwischen bemerkt, dass sich hier eine Sensation anbahnt, und es wäre mir eindeutig lieber, wenn jemand anderes die Hauptattraktion stellen würde. Ich winde mich unter den Blicken der Menschen. Sie sollen mich nicht so sehen, nicht als Überläuferin, als Rebellin. Denn das bin ich nicht. Ich weiß nur nicht, ob ich jemals die Gelegenheit bekommen werde, das klarzustellen.

Chase hat es vermutlich geschafft, zu entkommen. Echte Rebellen haben wahrscheinlich mehr Übung darin, den Fae zu entwischen. Die Wut in mir kocht langsam hoch. Er sollte hier an meiner Stelle sein. Er ist der wahre Verräter.

Verräter. Verdammt, hat er mich wirklich bewusst hier in die Höhle des Löwen gebracht? War es gar kein Zufall, dass sie mich geschnappt haben? Hat er mich absichtlich in die Arme der Fae getrieben, um den Einwohnern von Hopetown zu beweisen, dass selbst ihre Wächter abtrünnig sind? Um ihnen zu zeigen, dass sie niemandem vertrauen können? Sind die Rebellen für diese bescheuerte Lektion bereit, einen unschuldigen Menschen zu opfern? War die ganze verfluchte Geschichte mit seinem Boss ein Fake?

Ich bin so in meine selbstzerstörerischen Gedanken vertieft, dass ich beinahe über die erste Stufe stolpere, die sich mir in den Weg stellt. Erschrocken reiße ich die Augen auf und augenblicklich wird aus der etwas unbequemen Lage, in der ich mich befinde, pure Angst. Sie haben mich nicht zum Palast gebracht, nicht zu Rook. Ich stehe vor dem Pranger.

»Nein«, hauche ich tonlos. »Das könnt ihr nicht tun.«

Als Antwort bekomme ich ein dreckiges Lachen. »Wir können ganz andere Dinge tun, Schätzchen. Und du wirst sie alle erleben.«

Die eisernen Ringe legen sich um meine Handgelenke, noch bevor seine Worte bis in meine letzten Hirnwindungen vordringen und die Panik sich entfalten kann. Dann werden die Ketten stramm gezogen und meine Arme zu beiden Seiten in die Waagerechte gespannt. Das zweite Paar Ringe um meine Fußgelenke nehme ich nur am Rande wahr, denn in dem Moment, in dem sie sich schließen, reißt einer der beiden mein schwarzes Shirt in zwei Hälften und legt meinen Oberkörper frei.

»So, Kleines. Wünsche einen angenehmen Tag. Und denk dran, es sind nur acht Stunden. Die gehen vorbei.«

Mit diesen Worten verlässt er das Podest und überlässt mich der aufgebrachten Meute. Es dauert nur wenige Sekunden, bis ein älterer Mann zu mir hinaufsteigt und mir ins Gesicht spuckt.

»Eine Wächterin. Wir haben dir vertraut, wir haben dir unser Leben in die Hände gelegt. Ist das der Dank?«, speit er mir die Worte voller Hass entgegen. »Das ist der größte Verrat, der mir je begegnet ist. Der Pranger ist noch zu wenig für dich.«

Erneut spuckt er mich an und ich kann den Reflex, zurückzuspucken, nur schwer unterdrücken. Aber ich darf mich nicht dazu hinreißen lassen. Die Fae verlängern die Strafe, wenn man sich wehrt, wenn man seine Peiniger beschimpft. Also beiße ich die Zähne zusammen und schweige.

Es muss ungefähr ein Uhr mittags sein und die Sonne brennt unerträglich heiß. Da ich jetzt nichts weiter als einen Sport-BH trage, wird mein Rücken am Ende des Tages den Sonnenbrand meines Lebens präsentieren, allerdings ist nicht zu erwarten, dass das mein größtes Problem bleiben wird. Meine Schultern tun schon jetzt höllisch weh, diese scheiß Ketten sind verdammt fest gespannt und ich habe keine Ahnung, wie ich das einen ganzen Tag aushalten soll. Aber bislang haben sie es unter Rook alle überlebt, rufe ich mir ins Gedächtnis, also werde ich es ebenfalls schaffen. Ich muss es schaffen. Ich muss endlich wieder zu Luke.

Ich versuche, die Rufe und Pöbeleien auszublenden, versuche, nicht in die Gesichter der Menschen zu sehen, weder in die auf dem Platz noch in die, die sich zu mir hinaufwagen. Es sind am Anfang wenige, doch der Andrang wird größer, genau wie die Menge zu meinen Füßen. Nachdem die Ersten von ihnen sich damit begnügt haben, mich zu bespucken oder zu beschimpfen, bekomme ich jetzt plötzlich einen Schlag ins Gesicht.

Es ist ein fester Schlag, ein geübter. Die Rückseite der flachen Hand klatscht mit solcher Wucht auf meine Wange, dass mein Kopf zur Seite fliegt. Als ich den Blick wieder hebe, um mein Gegenüber anzusehen, keuche ich auf. Es ist Jaden.

Voller Hass blickt er auf mich hinab und sein heimtückisches Lächeln lässt mir trotz der Hitze eine Gänsehaut den Rücken hinabrieseln. »Hallo Schlüsselkind«, säuselt er spöttisch. »Das nenn ich mal eine Überraschung. Da hat die kleine Schlampe die Seiten gewechselt.«

Nicht schon wieder das Schlampending. Ich beiße mir auf die Zunge. Ganz sicher werde ich mich von ihm nicht provozieren lassen.

Sein Grinsen wird breiter. »Na, dann will ich die Gelegenheit mal nutzen, um dir zu zeigen, aus wie vielen Löchern man bluten kann.«

Seine Schläge treffen mich erbarmungslos. Verletzter Stolz ist ein guter Motivator. Ich befinde mich in einem Boxkampf ohne Gegenwehr, ohne Deckung. Seine Faust trifft wieder und wieder zielsicher mein Gesicht, ich spüre, wie unter dem rechten Auge die Haut aufplatzt und wie meine Lippe bereits jetzt anschwillt. Dann plötzlich sind seine Hände fort. Ich lecke mir vorsichtig das Blut aus dem Mundwinkel und erstarre, als ich sehe, wie Jaden ein Messer zieht. Fragend schaue ich zu dem Wärter, der unbeteiligt in einiger Entfernung steht, doch er greift nicht ein.

Was wird das hier? Es sind keine Waffen am Pranger mehr erlaubt, das ist seit über einem Jahr eisernes Gesetz. Immer nur einer auf dem Podest und keine Waffen, das sind Rooks neue Regeln. Nur so ist es in den letzten Monaten möglich gewesen, diesen Ort zu überleben. Doch weder Jaden noch der Wärter scheinen sich daran zu erinnern.

Mein Ex legt mir wie in Zeitlupe das Messer seitlich an den Hals, sein Blick ist eiskalt – und viel zu nah. Als er erneut beginnt zu sprechen, kann ich seinen Atem riechen, der den Geruch von Pfefferminz verströmt.

Wie kann das sein? Vor mir steht ein anderer Mensch. Der Jaden, der mir vor wenigen Tagen ein ›Ich liebe dich‹ ins Ohr geraunt hat, existiert nicht mehr. Wie kann sein Geruch noch immer derselbe sein?

»Dann wollen wir doch mal gucken, wie viele Löcher wir so anstechen können.«

Ich schlucke und spüre augenblicklich, wie die Klinge in meine Haut schneidet. Natürlich ist seine Waffe scharf, es ist eine verdammte Wächterklinge.

Er lacht laut auf und dreht sich noch einmal zu der Menge um, die für einen Moment so still geworden ist, als würde sie den Atem anhalten.

»Wollt ihr sie bluten sehen?«, brüllt er laut über den Platz. Als es still bleibt, keimt für einen winzigen Moment Hoffnung in mir auf. So weit werden sie nicht gehen. Sie werden sich nicht über Rooks Gesetze hinwegsetzen. Doch Jaden gibt sich mit ihrem Schweigen nicht zufrieden und erhebt erneut die Stimme. Lauter. Fordernder. »Wollt ihr die Verräterin bluten sehen? Diejenige, die zu eurem Schutz abgestellt war? Die eiskalt die Vorzüge eines Wächterlebens genossen hat, um euch dann zu hintergehen?«

Die Ersten von ihnen beginnen zu applaudieren und mein Ex nutzt den Zuspruch, um die Menge weiter anzuheizen. »Lasst die Verräterin bluten. Lasst sie für ihre Lügen büßen. Zeigt ihr, dass man mit eurem Vertrauen so nicht umgeht!«, schreit er und seine Wut ist nahe an der Raserei.

Doch er hat Erfolg. Der Applaus wird lauter, und einige Zuschauer beginnen bereits ›Lass sie bluten‹ im Chor zu skandieren. Jubelnd reißt Jaden die Arme hoch und bricht damit einen Damm in der Menge, der nicht wieder zu reparieren ist. Frenetischer Applaus gepaart mit Zwischenrufen, die nicht nur mein Blut, sondern auch meinen Tod fordern, branden über den Platz.

Langsam dreht er sich wieder zu mir um und senkt mit einem zufriedenen Lächeln das Messer auf meinen Brustkorb. »Tut mir leid, Schlüsselkind, sie haben entschieden.«

Ich bin überrascht, dass es nur vier sind. Vier Schnitte, die allesamt in meinem Dekolleté platziert sind. Dann lässt er von mir ab und greift stattdessen grob nach meinem Kinn. Nur einen Wimpernschlag später liegen seine Lippen hart auf meinen. Seine Zunge dringt gewaltsam in meinen Mund ein und erst im allerletzten Moment erinnere ich mich, dass ich ihn nicht beißen darf.

Als ich bereits glaube, an seinem Kuss zu ersticken, ist er plötzlich fort. Lachend wendet er sich ab und sonnt sich in dem wütenden Jubel der Menge, dann geht er die wenigen Stufen hinab und gibt sein Messer an den Nächsten weiter, der dort unten wartet.

Rauschen. Alles verschwimmt zu einem Rauschen. Ich wundere mich, dass es noch Blut in meinem Körper gibt, aber es zirkuliert so laut in meinen Ohren, dass es jedes andere Geräusch überlagert. Die wütenden Schreie, den Applaus, den Hohn. Ich erinnere mich nicht mehr daran, wie ich in diese Situation gekommen bin, und nicht an den ersten Schlag oder den ersten Schnitt. Es gibt nur noch Rauschen – und Schmerz.

Ich bin blind, es haben so viele Fäuste mein Gesicht getroffen, dass meine Augen völlig zugeschwollen sind.

Ich ersticke. Meine Nase ist gebrochen und immer wieder sammelt sich so viel Blut in meinem Rachen und in meinem Mund, dass ich kaum noch atmen kann.

Ich blute. Wie viele Schnitte kann ein Mensch ertragen, bevor er verblutet? Wie tief müssen sie sein? Ich habe aufgehört, zu zählen, denn längst ist es nicht mehr nur mein Oberkörper, mit dem sie sich zufriedengeben. Sie zerschneiden hemmungslos meine Trainingshose und ritzen mir die Haut an den Oberschenkeln auf und ich bin mir sicher, wenn ich die Augen öffnen könnte, würde ich einen roten See unter mir entdecken.

Doch ich kann den Kopf seit einer Ewigkeit nicht mehr halten und lasse ihn kraftlos zwischen meinen Schultern hängen, von denen eine vermutlich ausgekugelt ist. Sie hat dem Zug der Ketten irgendwann nicht mehr standgehalten, der immer stärker wurde, je mehr Kraft aus mir gewichen ist.

Plötzlich höre ich eine rauchige, mir unbekannte Stimme an meinem Ohr. »Meinst du nicht auch, es wird langsam langweilig?«, raunt sie drohend. »Ich denke, es ist Zeit, etwas Neues auszuprobieren.«

Noch bevor ich darüber nachdenken kann, was seine Worte bedeuten, trifft mich der erste Schlag an den Rippen. Und dieses Mal ist es keine Faust, die auf mich einschlägt. Ich kann nicht erkennen, welche Art von Waffe mein Peiniger führt, aber es ist ohnehin nicht wichtig, denn sie bedeutet endgültig mein Ende. Sie lässt meine Knochen bersten und in tausend Splitter zerspringen.

Schmerz explodiert in meinem Körper, glühende Blitze schießen bis in jede kleinste Nervenbahn. Ich bestehe nur noch aus tödlichen Funken, die mich in einer nicht enden wollenden Explosion in Stücke reißen. Ich verliere mich, vergesse meinen Namen und alles, was mich ausmacht. Es gibt nur eine Sache, die ich noch weiß – ich werde sterben.

7

»Bindet sie los«, dringt eine tiefe befehlsgewohnte Stimme durch meinen Nebel.

»Aber Sir, das Gesetz sagt, dass sie acht Stunden …«

»Das. Gesetz. Bin. Ich«, donnert der Sprecher über den Platz, auf dem plötzlich sämtliche Rufe und Pöbeleien verstummen. Angespannte Stille macht sich breit. Wer auch immer dort spricht, muss einen ziemlich einschüchternden Eindruck machen. Und in der Hierarchie sehr dicht bei Rook stehen, sonst hätte er einen solchen Satz nicht sagen dürfen.

Jetzt, wo der Lärm verhallt ist, wird seine Stimme leise, was sie umso bedrohlicher wirken lässt. »Bindet sie los. Er will sie lebend.«

Während die Panik über mich hinwegfegt, wie ein tosender Orkan, spüre ich, wie sich grobe Hände an meinen Fesseln zu schaffen machen. Als sie sich lösen, weiß ich, dass sie das Einzige waren, das mich noch aufrecht gehalten hat. Meine zertrümmerten Knochen tragen mich nicht und mein Körper ist so geschunden, dass er in dem Bruchteil einer Sekunde in sich zusammensackt. Bevor ich jedoch auf dem Boden aufschlage, greifen zwei kräftige Arme nach mir und heben mich hoch.

Sie gehören dem einflussreichen Sprecher, denn plötzlich ist seine Stimme direkt bei mir und ich spüre die Vibration seiner Worte in meinem Kopf, der an seiner Brust lehnt. »Wenn Ihr noch einmal die Regeln am Pranger missachtet, seid Ihr der Nächste, der dort steht.«

Ich höre, wie der Angesprochene scharf die Luft einzieht,

aber er ist dumm genug, noch eine weitere Frage zu stellen. »Wer sagt das?«

»Ich.« Seine Antwort ist so eiskalt, dass ich eine Gänsehaut bekomme. »Die Stimme des Statthalters.«

Warum kann ich ihn hören? Warum hat die Schwärze nicht vollendet, was sie begonnen hat? Warum dringen seine Worte noch immer zu mir durch?

Ich werde fortgetragen, spüre, wie der fremde Mann mit mir die Stufen des Podests hinabsteigt und sich den Weg durch die schweigende Menge bahnt. Trotz meiner Blindheit ist es, als ob sich ihre Blicke in meine blutende Haut bohren und versuchen, mich nur durch Anschauen weiter zu verletzen.

Neben meiner Panik rauschen mir unzählige neue Fragen durch den Kopf. Er ist die Stimme von Rook. Bringt er mich jetzt zu unserem Statthalter? Was wird der mir antun? Wird er zu Ende bringen, was die Menschen am Pranger nicht geschafft haben? Werde ich in eine Zelle geworfen, um abzuwarten, ob ich den Verletzungen erliege? Oder wird er mich in meinem Zustand in der Wüste dem sicheren Tod aussetzen? Leider bin ich nicht in der Lage, auch nur eine dieser Fragen zu stellen. Ich bin nicht nur blind, ich bin ebenfalls stumm. Meine Lippen und meine Zunge sind so geschwollen und taub, dass sie keine Worte mehr formen können.

Und so bleiben sie in meinem Kopf und kreisen dort dumpf und ungeordnet. Nur eine einzige Fragenkombi schafft es, sich aus dem Sumpf an die Oberfläche zu drängen, sich aus den anderen herauszuschälen. Warum braucht er mich lebend? Was hat er mit mir vor?

Irgendwann verschwinden die Blicke, und die Geräusche der Stadt sind fort. Wir betreten ein Gebäude und augenblicklich gesellen sich schnelle Schritte zu uns.

»Ist sie bei Bewusstsein?«, fragt eine weitere unbekannte

Stimme, doch im Gegensatz zu der meines Trägers ist sie samtig und warm. Und sie klingt ... besorgt, was mir mehr Hoffnung macht, als es sollte.

»Ich weiß es nicht genau«, erwidert mein vermeintlicher Retter leise und auch seine Stimme klingt jetzt nicht mehr so angsteinflößend wie am Pranger. »Aber ich fürchte ja.«

Ein lautes Seufzen dringt an mein Ohr. »Das hätte niemals passieren dürfen.«

»Du kannst nicht alles aufhalten.«

»Aber *das* hätte ich aufhalten *müssen*«, zischt er zurück.

Ich zucke zusammen, als ich etwas höre, das wie ein Faustschlag gegen eine Wand klingt. »Verdammt, er hatte genau eine Aufgabe. Wie konnte er das nur so versauen?«

»Hey, er hatte keine Chance, das weißt du. Das scheiß Volk ist im Moment für jeden dankbar, dem sie die Schuld für ihre Gängelung geben können. Sie war die perfekte Zielscheibe und dieser kleine Scheißer hat die Leute aufgeheizt wie ein Löwe das Publikum in einem Kolosseum. Die beiden waren einfach zum falschen Zeitpunkt am falschen Ort.«

»Ja, und es war sein verfluchter Job, genau das zu verhindern.«

Ich spüre das Schnauben meines Trägers an meiner Stirn, aber er verkneift sich eine weitere Erwiderung. Was gut ist, ich kann nicht noch mehr Fragen in meinem Kopf gebrauchen. Und nichts, absolut nichts von dem, was ich in den letzten Minuten gehört habe, ergibt für mich Sinn. Außer der Tatsache, dass Jaden ein Scheißer ist.

Was ich dringend bräuchte, wäre ein Arsenal an Schmerzmitteln. Oder eine Flasche Schnaps. Oder einen verdammten Fae, der mich heilt. Aber ich denke nicht, dass ich irgendetwas davon bekomme. Denn wenn wir dort sind, wo ich glaube, werde ich in nur wenigen Momenten Rook übergeben, und dessen erstes Anliegen wird nicht sein, jemanden herbeizuschaffen, der mich heilt.

Als ob meine Gedanken in diesem Gebäude wahr werden, verlangsamen meine mysteriösen Begleiter ihre Schritte und bleiben schließlich stehen. »Gib sie mir«, fordert die samtige Stimme leise und ich werde überraschend vorsichtig in zwei neue Arme übergeben, was jedoch nicht verhindert, dass eine gigantische Schmerzwelle durch meinen Oberkörper walzt wie die Feuerwand einer Explosion.

Ich hasse mich für mein Aufstöhnen, aber mein Körper gehorcht mir nicht mehr. Er erzittert für ein paar Sekunden und ich spüre, wie der Druck der Arme um mich stärker wird.

»Es wird gleich besser«, höre ich ihn an meinem Ohr flüstern, doch ich kann ihm nicht glauben. Nicht, wenn hinter der nächsten Tür derjenige wartet, der für all dies verantwortlich ist.

»Schick mir Helen«, bittet die samtige Stimme jetzt wieder lauter. »Und sag ihr, wir brauchen …« Die Brust an meinem Ohr hebt sich bei seinem tiefen zögernden Atemzug. Es wundert mich, dass ich durch meine gebrochene Nase überhaupt noch etwas riechen kann, aber der frische Duft von Rosmarin und Minze weht zu mir hinüber und für einen absurden Moment habe ich das Gefühl, dass sein Geruch mir Linderung verschafft. »Sie wird wissen, was wir brauchen.«

Nur wenige Augenblicke später werde ich aus den Armen entlassen und auf eine weiche Matratze gelegt. Mein Körper bebt und zuckt unkontrolliert, als eine weitere Welle aus Schmerz durch ihn hindurchfegt. Ich spüre, wie seine Hand nach meiner greift und er mir ein paar verschwitzte Strähnen aus dem Gesicht streicht.

»Es wird gleich besser«, wiederholt er seine Worte, doch noch immer kann ich ihnen keinen Glauben schenken.

Er wartet eine Weile, bis mein Körper ein wenig zur Ruhe kommt, dann lässt er meine Hand los und entfernt sich. Ich höre leises Klirren von Glas und etwas, das sich nach dem Entkorken verschiedener Flaschen anhört. Dann senkt sich sein Gewicht wieder neben mir auf die Matratze.

Seine Hand schiebt sich unter meinen Kopf, hebt ihn leicht an und ein Glas wird mir an die Lippen gelegt. »Du solltest das trinken, bitte.«

Unter Aufwendung all meiner Kraft drehe ich den Kopf weg. Was auch immer er mir anbietet, es ist kein Wasser, das beweist der seltsame Geruch, der von dem Getränk ausgeht. Ich vermute, dass er irgendetwas zusammengemischt hat, und ich bin nicht bereit, es zu probieren.

»Hey, es ist gegen die Schmerzen. Ich muss deine Wunden reinigen, bevor ich mich darum kümmern kann, und das wird wehtun, also ... bitte ... trink.«

Wieder drehe ich den Kopf weg. Ich erinnere mich, dass ich mir noch vor ein paar Minuten Schmerzmittel gewünscht habe. Doch jetzt gerade habe ich nicht das Gefühl, dass es eine gute Idee ist, mich blind und stumm in der Gegenwart eines fremden, vermutlich mächtigen Mannes in die Bewusstlosigkeit schicken zu lassen. Was auch immer noch von meinen Sinnen übrig ist, ich werde es brauchen.

Ich versuche, meine Ablehnung zumindest in ein einziges Wort zu fassen, werde aber abrupt von einer Stimme in meinem Kopf gestoppt. ›Es ist okay, Key. Lass ihn dir helfen, er wird dir nicht wehtun.‹

Nein, bitte nicht. Ich würde keiner meiner Stimmen in der jetzigen Situation einen so bescheuerten Satz glauben. Aber es ist diese eine. Die, der ich mich so nahe fühle. Der ich vertraue. Mein Nerd.

Ich überlege einzulenken, doch mein Zögern dauert zu

lange. Und der Mann an meinem Bett deutet es als genau das, was es ursprünglich war – Ablehnung.

»Okay, schätze, ich würde mir auch nicht vertrauen«, gesteht er leise. Dann beginnt er schweigend, mich aus meinen verbliebenen, zerschlissenen Klamotten zu schälen und mich durch die Hölle zu schicken.

Jede noch so kleine Bewegung jagt einen neuen Impuls durch meine Nervenbahnen und jeder einzelne ist wie ein glühendes Eisen, das mich in Brand setzt, bis mein gesamter Körper in Flammen steht. Und im Gegensatz zu der Tortur dort draußen, kann ich seine nicht mehr stumm über mich ergehen lassen. Ich wünschte, ich wäre stärker. Aber hier, abseits der geifernden Masse, bin ich nicht länger in der Lage, mein Wimmern zurückzuhalten.

Als ich nahezu völlig entblößt bin, spüre ich, wie sich ein dünnes Laken über meine Beine und Hüften legt. Dann entfernen sich seine Schritte. So weit, dass er den Raum zu verlassen scheint. Ich bin allein. Nur noch in Gesellschaft meiner Angst und meiner Fragen. Will dieser fremde Mann mir wirklich helfen? Will er meine Wunden versorgen? Aber wozu? Was hat er danach mit mir vor? Warum will *er* mich lebend?

Ich verschwende genau drei Sekunden auf das Thema Flucht. Aber ich bin nicht nur halbnackt und blind, ich bin auch gelähmt. So viele meiner Knochen sind zertrümmert, dass ich zu keiner eigenständigen Bewegung fähig bin. Selbst wenn ich es wäre, wie weit würde ich in meinem Zustand schon kommen? Und mein Nerd rät mir, mir helfen zu lassen …

Ich merke, wie sich unsagbare Angst in mir breitmacht. Diese Stimme hat mir noch nie einen falschen Rat gegeben. Und dennoch fühlt sich nichts verkehrter an, als ihrer Aufforderung nachzugehen. Als sich diesem fremden Mann völlig hilflos auszuliefern.

Trotz meiner Angst muss ich weggedriftet sein, denn ich erschrecke, als ich sein Gewicht wieder neben mir spüre. Ich habe ihn nicht kommen hören.

Vorsichtig berührt er mich am Unterarm. »Ich werde dich jetzt waschen, okay?«

Wenn die Verletzungen nicht wären, wäre das sicher eine gute Idee. Mein Körper ist voller Staub, Schweiß, Blut und Speichel. Im Gegensatz zu seinem muss mein Geruch ekelerregend sein. Doch die Verletzungen sind da und sie verheißen Schmerzen. Aber vielleicht hat mein Nerd recht. Vielleicht möchte er mir wirklich helfen. Also halte ich still.

Ich höre Wasser plätschern und dann beginnt er. Vorsichtig wischt er mit der kühlen Flüssigkeit über meine Haut, tupft behutsam jede einzelne Wunde ab und reinigt meinen Körper Zentimeter für Zentimeter. Und obwohl ich spüre, wie rücksichtsvoll er vorgeht, wie sehr er versucht, mich zu schonen, sprengt er mit seinen Berührungen alles, was ich ertragen kann. Ich kralle meine Hände in das Laken, doch es dauert nur Sekunden, bis er meinen Schutzwall durchbrochen hat und ich beginne zu schreien.

Stolz und Selbstbeherrschung haben keinen Platz mehr in diesem Moment und ich lasse jeden Widerstand hinter mir. Ich wimmere, ich weine, ich schreie. Ich gebe alle Klagelaute von mir, die ein menschlicher Körper produzieren kann, und das sind beschämend viele. Während Tränen unkontrolliert unter meinen geschwollenen Lidern hervorquellen, lässt mich jede seiner Berührungen lauter schreien und weiter die Kontrolle verlieren.

Ich habe jedes Gefühl für Raum und Zeit verloren, doch irgendwann hören seine Berührungen auf. Ein kühler Lappen wird auf meine geschwollenen Augen gelegt und ein vager

Hauch von Kamille dringt zu mir durch. Dann legt sich erneut ein Becher an meine Lippen. Es ist nicht das Glas von vorhin, denn der Geruch ist ein völlig anderer. Ein Geruch nach Orange und Honig. Süß und verführerisch. Ich würde ihn unter Tausenden erkennen.

»Bitte, Key, trink. ... Ich möchte dir nicht mehr wehtun«, beschwört er mich leise. Ich zögere nur eine Sekunde. Dann fleht mich nicht nur mein Peiniger an, sondern auch der Nerd in meinem Kopf. Derjenige, der mir niemals etwas raten würde, wenn er die Situation nicht bis ins kleinste Detail gecheckt hat. ›Key, vertrau ihm.‹ Und ich öffne meinen Mund.

Langsam lässt er die fast zähe Flüssigkeit hineinfließen, gibt mir Zeit zu schlucken und Luft zu holen. Aber ich brauche keine Zeit. Gierig leere ich den Becher und lechze nach einem zweiten, doch ich bekomme ihn nicht, denn der Trank darin ist kostbar – es ist Faeblut.

Ich höre noch, wie er den Becher abstellt, dann beruhigt sich mein aufgewühlter Körper. Das Beben lässt nach, meine Gliedmaßen werden schwer und mein Herzschlag verlangsamt sich. Meine Atmung wird ruhiger, meine Gedanken leise. Ich spüre, wie seine Hand meine umfasst und sein Daumen kleine Kreise auf meinen Handrücken malt.

»Danke«, murmelt er tonlos, aber ich weiß nicht, wofür.

Eine Müdigkeit umfängt mich, die so schwer ist, wie dunkelroter Wein. Ich heiße sie willkommen und gebe mich ihr hin. Ich bin mir sicher, dass nicht nur Blut in dem Becher war. Er hat noch andere Mittel daruntergemischt, Mittel, die ich vorher verweigert habe. Doch jetzt nicht mehr. Jetzt holen mich der Schlaf und das Vergessen ein und ich empfange beide mit offenen Armen.

»Schläft sie?«, erklingt plötzlich aus weiter Ferne eine Frauenstimme. Ich bin längst in einer anderen Welt und der

Gedanke, dass erfreulicherweise eine Frau den Raum betritt, versandet im Nebel.

»Ja, endlich«, höre ich seine Antwort, von der er nicht weiß, dass sie falsch ist.

»Dann solltest du schleunigst beginnen, bevor nichts mehr von ihr übrig ist, was du retten kannst.«

Mein Geist ist zu weit weg, um ihre Worte zu verstehen, aber mein Körper nimmt überdeutlich zwei Hände wahr. Zwei große sanfte Hände, die sich auf meine zertrümmerte Hüfte legen und heilende Wärme durch meine Knochen schicken.

8

Mühsam blinzele ich mich ins Tageslicht, das den Raum hell erleuchtet. Wie lange habe ich geschlafen? Zwei Stunden? Vierundzwanzig?

Mein Gehirn schickt mir die erleichterte Info, dass ich zumindest mit einem Auge wieder sehen kann, und während mein Blick sich nach und nach an das Licht gewöhnt und die Verschwommenheit ablegt, erkenne ich ein helles Zimmer mit hohen Decken. Fast die gesamte linke Wand ist von einem Bücherregal bedeckt und nach nur drei Sekunden wird mir klar, dass ich mich hier definitiv nicht in einem einfachen Wohnhaus am Stadtrand befinde, geschweige denn in einer Wohnung in den Hochhaussiedlungen. *Bücher.* Seit neun Jahren habe ich außer in der Schule kein Buch mehr in den Händen gehalten. Bücher sind in unserer Welt zu einem Schatz geworden. Meine Eltern hatten ein paar wenige und ich habe sie so oft gelesen, dass ich sie auswendig kannte. Aber sie sind mit ihnen verbrannt. Angeblich gibt es in der Hauptstadt eine kleine Bücherei, in der alle Bücher verwahrt werden, die den *Ouster* überlebt haben, aber an die werde ich wohl niemals herankommen. Das Ausleihsystem funktioniert nicht über die Stadtgrenze hinaus. Hier hingegen stehen Hunderte von Geschichten. Ein ganzes Regal voll. Ich hatte mit meiner Vermutung recht. Sie haben mich in den Stadtpalast gebracht.

Ich wende den Kopf ein wenig und lasse den Blick weiter nach rechts schwenken. Nur eine Nanosekunde später bereue ich es, weil mein Körper eine instinktive Ausweichbewegung macht, um Abstand zwischen mich und den Mann an meinem

Bett zu bringen. Höllische Schmerzen schießen durch meine linke Flanke und mir entweicht ein ausgesprochen verweichlichtes und demütigendes Wimmern.

Augenblicklich greifen seine Hände nach meinem Körper. In einer verstörenden Mischung aus Kraft und Sanftheit legen sie sich auf Schulter und Hüfte und halten mich von jeder weiteren Bewegung ab. Und während die Wärme seiner Hände durch meine geschundene Haut dringt, schaue ich in zwei tief dunkelbraune Iriden, die von einem leuchtend türkisfarbenen Rand umgeben sind. Fae-Augen.

»Bitte, Key. Bleib liegen.« Eine samtweiche tiefe Stimme, die fast zärtlich durch den Raum streift.

Scheiße. Es ist genau die Stimme, die mich gebeten hat, das Blut zu trinken. Die samtweiche Stimme, die mir gesagt hat, sie möchte mir nicht wehtun. Aber das kann nicht sein. Es passt nicht zusammen.

»Wozu die Bitte, wenn du mich ohnehin festhältst?«, fordere ich ihn heraus, froh, dass meine eigene Stimme mich nicht im Stich lässt.

Er seufzt leise. »Wenn ich dich loslasse, versprichst du mir, liegen zu bleiben?«

»Nein.« Die Antwort ist raus, bevor ich darüber nachdenken kann, warum ich sie gegeben habe.

Will ich ihm zeigen, wie stark ich bin? Lächerlich – er ist stärker. Ich winde mich ein wenig unter seiner Berührung, denn insbesondere die Wärme seiner rechten Hand auf meiner Hüfte bringt mich ernsthaft durcheinander. Heiße Schauer schießen durch meinen Unterleib und fühlen sich ... zu gut an.

Mein Kopf signalisiert mir, dass ich aufspringen und fliehen sollte, aber mein Körper hat seinen eigenen Willen. Er mag die Wärme. Er rührt sich nicht.

Vorsichtig nimmt mein Gegenüber seine linke Hand von meiner Schulter. »Wäre das ein Kompromiss?«

»Fürs Erste vielleicht«, presse ich hervor. Entspannen tue ich mich trotzdem nicht. Vor mir sitzt ein Fae und zwar einer, der keiner sein dürfte.

»Warum hast du mich geheilt?«, beeile ich mich zu fragen, um mein Gehirn von ausgiebigen Spaziergängen hinsichtlich seiner rechten Hand abzulenken. Okay, und weil es eine wirklich wichtige Frage ist.

»Ich habe dich nicht geheilt.«

»Ich kann mich nicht erinnern, dass es jemand anderes getan hätte«, entgegne ich schneidend.

»Hat es auch nicht. Aber es ist mir nicht vollständig gelungen, also habe ich dich nicht geheilt.«

Klugscheißer. »War es dein Blut, das du mir gegeben hast?«, forsche ich weiter.

Er nickt, fast ergeben. »Ja.« Irgendetwas huscht durch sein Gesicht, eine Emotion, nur den Bruchteil einer Sekunde lang und ich kann sie nicht deuten. »Key, ich … ich habe versucht, dich zu heilen. Aber ich habe mit meinem Blut eine Menge Magie abgegeben und deine Verletzungen sind … zu viele. Zu vielfältig. Ich schaffe es nicht alles auf einmal.«

Seine Finger an meiner Hüfte bewegen sich ein paar Zentimeter, als er an mir vorbei aus dem Fenster schaut, und ich muss aufpassen, nicht zu keuchen.

»Ich habe dir das Blut gegeben, weil deine Wunden dann schneller heilen. So konnte ich den Rest meiner Magie auf deine Knochen lenken, aber die Brüche waren zu zahlreich.«

Sein Blick wandert zurück zu mir und verhakt sich für einen winzigen Moment in meinen Augen, bevor er über meinen Körper gleitet. Erst jetzt wird mir glühend heiß bewusst, dass ich unter dem dünnen Laken noch genau ein klitzekleines Kleidungsstück anhabe. Damit rücken zum einen Fluchtversuche in ein weit entferntes Universum, zum anderen wird meine Hüfte jetzt noch nervöser.

»Ich konnte die meisten Brüche heilen, dein Knie und deine Hüfte, aber die gebrochenen Rippen nicht.« Er schließt kurz die Augen und als er sie wieder öffnet, durchzuckt sie ein fast genervter Blick. »Ich wünschte, ich hätte mehr Magie, doch die habe ich im Moment nicht. Es wird also noch eine Weile dauern, bis es dir besser geht.«

Irritiert sehe ich ihn an. War das eine Entschuldigung? Ich beschließe, mich auf keinen Fall in Sicherheit zu wiegen, warme Schauer hin oder her. »Alles klar, einigen wir uns darauf, dass du mich *nahezu* geheilt hast.«

Er rollt mit den Augen, was seine mystische Fae-Aura irgendwie untergräbt. »So weit würde ich nicht gehen, aber ja.«

»Also noch mal. Warum? Warum hast du mich geheilt? Was willst du von mir?«, bohre ich weiter.

»Ich will, dass du lebst.«

Er will sie lebend, schießt mir der Satz meines Retters vom Pranger durch den Kopf.

»Warum?« Meine Warum-Frequenz gleicht leider der einer Dreijährigen, aber darauf kann ich jetzt keine Rücksicht nehmen.

Offensichtlich hat er das gleiche Empfinden, denn seine Antwort klingt jetzt tatsächlich genervt. »Ist das nicht egal?«

»Nein, ist es nicht«, erwidere ich gereizt. »Wenn du mich heilst, weil du mich noch brauchst, um ein Exempel zu statuieren und dem Volk zu zeigen, was mit Wächtern geschieht, die zu den Rebellen überlaufen, dann hättest du mich lieber sterben lassen sollen.«

Ich merke, wie sich die Hand an meiner Hüfte fast unmerklich versteift. »Das habe ich nicht vor. Ich möchte dir nicht wehtun«, flüstert er.

»Sagt der, der mich an den Pranger gestellt hat«, erwidere ich mit einem tonlosen Lachen.

»Ich habe dich nicht an den Pranger gestellt, ich war nicht einmal in der Stadt«, rechtfertigt er sich.

»Aber du hast es zugelassen. Du bist es, der den Wachen erlaubt, Menschen auf diese Art zu bestrafen. Du bist es, der diese barbarische Sitte noch nicht abgeschafft hat.« Ich merke, wie ich mich in Rage rede und meine Rippen strafen mich dafür ab, aber ich ignoriere sie. »Du bist es, der die Rebellen härter verfolgt als jeder andere vor dir«, schreie ich ihn jetzt an. »Du bist schuld an all den Toten, an der Verfolgung, du bist …«

Abrupt zieht er seine Hand von meiner Hüfte und augenblicklich fühle ich mich wie ausgehöhlt. Leer. Kalt. Verlassen. Verstört sehe ich ihn an, aber er steht auf und wendet sich von mir ab. »Wenn du das denkst, kannst du jetzt gehen. Ich halte dich nicht auf.«

Ich ziehe scharf die Luft ein und ein weiterer stechender Schmerz fährt durch meine Rippen, aber dieses Mal schaffe ich es, mein Wimmern im Zaum zu halten.

Schmerzhafte Stille legt sich über den Raum, als hätten seine Worte soeben eine Mauer aus Eis zwischen uns gezogen. Ich schließe die Augen. Meine nächste Frage ist leise und viel zu versöhnlich. »Was soll ich denn sonst denken?«

»Das musst du schon selbst herausfinden, Key. Ich werde dir wohl kaum sagen, was du denken sollst«, entgegnet er schroff.

Ich lasse meine Lider geschlossen. Irgendeine megageistesgestörte Stimme, die ich gerade nicht identifizieren kann, rät mir, ihm zu vertrauen und seiner Aussage zu glauben. Er will mir nicht wehtun. Aber noch weniger als sonst will ich mich in diesem Moment auf meine inneren Stimmen verlassen. Okay, sie hatten recht, als es darum ging, dass er mich heilen würde. Also fast. Aber sie haben geschwiegen, als ich bei den Rebellen war. Sie haben mich nicht vor der Flucht aus dem Lager bewahrt und nicht vor meiner Rückkehr nach Hopetown und damit auch nicht vor dem Pranger. Sie lagen gestern vielleicht richtig, aber der Mann vor mir ist ein Fae. Unberechenbar und grausam und ich kann mir keinen Grund vorstellen, warum er da bei mir eine Ausnahme machen sollte.

Nach endlosen Minuten bleiernen Schweigens höre ich seine Stimme erneut, jetzt wieder so sanft wie am Anfang. »Wenn es dein Wunsch ist, kannst du gehen, Key. Ich werde dich nicht länger festhalten.« Er zögert eine Weile und ich habe das Gefühl, dass ihm seine nächsten Worte nur schwer über die Lippen kommen. »Oder du bleibst ... und findest es heraus.«

Ich öffne meine Augen und sehe, dass er sich mir wieder zugewandt hat.

»Was?«, frage ich leise. »Was soll ich herausfinden?«

»Was *ich* denke.«

Seine zweifarbigen Iriden ruhen auf meinem Gesicht, doch ich habe auch ohne seine Augen und ohne meine Stimmen die Entscheidung längst getroffen. »Ich werde nicht gehen. Ich möchte es wissen.«

Seine Miene ist ausdrucksloser denn je und ich frage mich, wie irgendein Wesen der Welt so viel Selbstbeherrschung aufbringen kann.

»Wer bist du wirklich?«, stelle ich die eine Frage, die eine Antwort braucht.

Ich bekomme sie nicht, aber in diesem Moment schwöre ich mir, sein Haus nicht zu verlassen, bis er sie mir gegeben hat. Denn vor mir steht Tarmo Rook.

Noch eine Weile starre ich in seine kühle und distanzierte Fassade, die man von Plakaten und Berichterstattungen kennt. Dann schüttelt er langsam den Kopf. »Du solltest ein wenig schlafen«, rät er mir und verlässt ohne ein weiteres Wort den Raum.

Schlafen. Jetzt. Ist klar.

Ich bin allein. Nackt und allein. Und völlig überfordert. Super Bedingungen.

Vorsichtig atme ich ein und aus, möchte meine Rippen nicht länger meiner Aufregung aussetzen. Was schwierig ist, weil mein Hirn mir im Sekundentakt den immer gleichen Satz vorliest. Tarmo Rook ist ein Fae.

Um mich mit weniger weitreichenden Informationen ein bisschen runterzubringen, sehe ich mich in dem Zimmer um und komme zu der Erkenntnis, dass es weder nach einem Gefängnis noch nach einer Krankenstation aussieht, sondern vielmehr wie ein Gästezimmer. Das hier ist edel. Es ist so hochherrschaftlich, dass es aus der Zeit der Könige zu stammen scheint.

Links von mir ist das deckenhohe Bücherregal in die Wand eingelassen, dann kommt eine Tür, danach noch eine weitere Nische. In ihr sind jedoch keine Bücher, sondern eine aus rötlichem Holz gearbeitete Kommode mit unzähligen kleinen Fläschchen darauf. Sie erinnern mich dann doch ein wenig an die Medizinschränke in der Akademie. Am Fußende des Bettes steht ein riesiger Ohrensessel mit einem Bezug aus dunkelgrünem Samt. Und rechts von mir ist Glas. Zwei bodentiefe Fenster, so groß, wie ich sie noch nie in einem privaten Zimmer gesehen habe.

Es *muss* der Stadtpalast sein, in dem ich mich befinde, an keinem anderen Ort kann ich mir so viel Luxus vorstellen. Allein der dunkle glatt polierte Holzboden muss ein Vermögen wert sein – und dieses Bett. Groß, mit einem aus glänzendem Holz bestehenden Betthaupt und Himmel, beides mit aufwendigen Schnitzereien verziert, die an Blumenranken erinnern.

Trotz des Gästezimmereindrucks gibt es private Gegenstände, die das Zimmer benutzt aussehen lassen. Eine zusammengeknüllte Wolldecke auf dem Sessel. Ein Glas und eine Karaffe mit Wasser, ein Teller mit Obst und Käse auf dem kleinen Tisch daneben. Ein aufgeschlagenes Buch.

Ich unterdrücke meinen Rippen zuliebe ein Stöhnen und schließe die Augen. Es ist vielleicht nicht so wichtig, wo ich bin, sondern vielmehr, wer mich hierhergebracht hat.

Tarmo Rook.

Er ist ein Fae. Und nun erlaube ich meinem Kopf endlich, die wirklich spannenden Fragen zu stellen. Warum hat er noch nie seine Augen oder seine Flügel gezeigt? Warum lässt er die ganze Stadt glauben, er sei ein Mensch? Warum hat er mich geheilt? Warum will er, dass ich lebe? Was hat er mit mir vor?

Ich gestehe mir nur ungern ein, dass mir die letzte Frage Angst macht, aber ich kann es vor mir selbst wohl schlecht verbergen. Wofür braucht er mich lebend?

Ich ärgere mich, dass ich ihm gegenüber so abweisend war. Wäre ich etwas freundlicher gewesen, hätte er mir vielleicht ein paar meiner Fragen beantwortet. Jetzt weiß ich nicht nur nichts über ihn, ich habe auch keine Ahnung, wie es weitergeht, und das ist generell nicht gerade mein Lieblingszustand.

Aber ich habe quasi keinen Handlungsspielraum. Ich erkenne eindeutig, dass hier nirgends Klamotten für mich geparkt sind. Außerdem habe ich noch immer Schmerzen. Flucht ist also keine Option.

Ich werfe einen Blick aus dem Fenster, kann aber durch den Balkon davor nicht erkennen, was mir die Aussicht bieten würde. Entweder den großen Platz vor dem Palast oder den Blick nach hinten heraus, der für die Bewohner der Stadt durch hohe Mauern gut verborgen ist. Aber ich sehe, dass es beginnt zu dämmern. Erneut frage ich mich, wie lange ich schon hier bin, doch auch die Frage kann ich allein ... Verdammt, natürlich kann ich. Vorsichtig hebe ich meinen linken Arm und schaue auf den Tracker, den ich noch immer trage.

Ich ziehe scharf die Luft ein und bereue es augenblicklich, weil mir ein brüllender Schmerz durch die Rippen schießt. Als er abebbt, beginne ich wieder zu atmen. Zwei Tage. Ich bin seit zwei Tagen hier.

Luke. Der Name meines Bruders rast wie ein Blitzschlag durch meinen Kopf. Er ist seit vier Tagen allein da draußen und hat keine Ahnung, was mit mir passiert ist. Wobei das eher eine Wunschvorstellung ist. Auch er sieht die Monitore in der Metro und erhält Nachrichten auf seinem Tracker. Er wird wissen, dass die Rebellen mich überwältigt haben, und er wird im allerschlimmsten Fall auch wissen, was mir bei meiner Rückkehr widerfahren ist. Meine einzige Hoffnung ist, dass er das Ding abgenommen hat, um keine Nachrichten zu erhalten.

›Aber nicht vier Tage lang‹, weist mein Verstand mich auf meine Seifenblase hin. Ich merke, wie mir Tränen in die Augen schießen. Noch nie, nicht ein einziges Mal, waren wir seit dem Tod unserer Eltern länger als eine Schicht voneinander getrennt.

Ich versuche mir einzureden, dass es Luke gut geht. Er wird vermutlich nicht zur Schule gehen, wenn ich es nicht kontrolliere, aber das ist jetzt ausnahmsweise nicht wichtig. Wird er sich etwas zu essen machen? Hat er noch genügend Geld? Kann er ... Verflucht! Natürlich kann er kochen, einkaufen und waschen. Zur Schule gehen. Fakt ist aber, dass er es nicht schafft, wenn ich nicht in der Nähe bin. Er braucht mich als Sicherheit für sein Leben. Er braucht jeden Tag ein paar Stunden mit mir, um für den nächsten Tag aufzutanken, um ihn zu überstehen. Jeder Tag ist eine Herausforderung. Er bewältigt sie, wenn ich für ihn da bin. Sonst nicht.

Ich schließe die Augen und augenblicklich formen sich Bilder in meinem Kopf, die ich nicht sehen möchte. Luke ohne mich ist wie ein Fisch ohne Wasser. Das geht nicht lange gut.

Eine leise zögerliche Stimme sagt mir, dass Rylan vielleicht nach ihm sieht. Er weiß, dass ich verschwunden bin und er weiß, was mit Luke los ist. Er ist vermutlich der einzige Mensch der ganzen Stadt, der es wirklich weiß. Aber was denkt Rylan über meine Verhaftung? Glaubt er den Fae? Glaubt er, dass ich zu den Rebellen übergelaufen bin? Das kann er nicht. Er kennt mich zu gut.

›Und wenn doch?‹ Verdammt, kann man dem eigenen Verstand auf irgendeine Art einen Arschtritt verpassen? Ich schwöre, wenn ich jemals einen Weg finde, wird dieser unerträgliche Zweifler in meinem Kopf den epischsten Arschtritt der Weltgeschichte bekommen.

Aber er könnte recht haben. Was interessiert Rylan mein kleiner Bruder? Er hat genug mit seinem eigenen Leben da draußen zu schaffen.

Verdammt, ich wollte eigentlich in Ruhe über Rook nachdenken und darüber, was er im Schilde führt, aber das kann ich jetzt vergessen. Ich kann Luke nicht länger aus meinen Gedanken verdrängen. Ich muss zu ihm. Er kann nicht mal sprechen, die meisten Menschen verstehen seine Zeichen nicht, zumal sie zum Teil aus frühester Kindheit stammen.

Mühsam setze ich mich auf und verfluche den verdammten Fae, dass er ausgerechnet meine Rippen noch nicht wieder zusammengeflickt hat. Ich hatte ungefähr hundert gebrochene Knochen, hätte er da nicht ein paar andere hintenanstellen können?

Ich beiße die Zähne zusammen und hebe die Beine aus dem Bett. Immerhin scheinen mein Knie und meine Hüfte tatsächlich wieder an Ort und Stelle zu sein. Dafür sollte ich ihm wohl bei Gelegenheit mal danken. Insgeheim hoffe ich jedoch, dass es keine gemeinsamen Gelegenheiten mit ihm mehr geben wird.

Eine Weile konzentriere ich mich aufs Atmen. Dann halte ich mich an einem der Bettpfosten fest und ziehe mich schwerfällig auf die Füße. Mit zitternden Knien tariere ich mein Gleichgewicht einige Sekunden lang aus. Verdammt, ich fühle mich so klapprig, als hätte ich Wackelpudding in den Beinen. Ich schlucke bei dem Gedanken, dass ich mich zuletzt als Kind so schwach gefühlt habe, aber da hatte ich tagelang nichts gegessen. Wobei, für mindestens zwei Tage gilt das jetzt auch.

Sehnsüchtig schaue ich zu dem Teller mit dem Obst, doch für den habe ich keine Zeit. Ich weiß ohnehin noch nicht, wie ich möglichst schnell zu Luke kommen soll, aber auf gar keinen Fall werde ich schneller, wenn ich meine Zeit mit Obsttellern verbringe.

Ungeschickt ziehe ich das dünne Laken vom Bett und wurschtele es unordentlich um meinen Körper, dann sehe ich mich aufmerksam um. Ich brauche irgendetwas, das halbwegs an eine Waffe erinnert. Selbst wenn meine Tür nicht bewacht ist, werde ich auf dem Weg zum Ausgang sicher dem einen oder anderen Fae begegnen.

Leider kann ich außer einem kleinen Obstmesser auf dem Tisch nichts finden. Aber gut, ich habe gelernt, mich mit weitaus weniger zu verteidigen. Was ich allerdings entdecke, ist eine weitere Tür auf der anderen Seite des Bettes. Nachdenklich schaue ich sie an. Wenn sie zu einem Kleiderschrank führt, wäre eins meiner dringlichsten Probleme gelöst. Wenn sie zu einem Bad führt, ist sie ein Segen. Oh, und wenn sie zu einem Büro führt, finde ich vielleicht eine größere Waffe. Oder noch viel bessere Dinge.

Auf wackeligen Beinen umrunde ich das Bett und jeder Schritt ist eine Qual. Egal, wie sehr ich mit gebücktem Oberkörper schleiche, meine Rippen halten diesen Aufbruch für die beschissenste Idee, die ich jemals hatte. Und mein Verstand würde ihnen vielleicht sogar ein Vetorecht einräumen, wäre da nicht die panische Stimme in meinem Inneren, die nach Luke schreit.

Als ich endlich bei der Tür angekommen bin, könnte es sein, dass bereits eine halbe Stunde vergangen ist. Aber alles ist besser, als Luke weiter allein zu lassen. Er kommt ohne mich nicht klar, so groß er auch geworden ist. Er braucht meine Stimme, um zu sprechen und meine Nähe, um zu atmen. Er kann nicht länger als einen Tag allein sein, das schafft er nicht.

Mein Trauma ist kein kleines und meine Albträume zeigen mir immer wieder, dass auch ich den Angriff der Rebellen auf unsere Siedlung nie endgültig verarbeitet habe. Die Wunden von damals sind niemals richtig verheilt. Aber die von Luke waren noch größer, weil er so viel kleiner war. Allein zu sein, ohne mich, ist für ihn der größte Albtraum seines Lebens. Und er darf in seinem Leben nie wieder jemanden verlieren, das würde ihn endgültig zerstören.

Ich gönne mir ein Stöhnen, als ich den Arm hebe, um

die Tür zu öffnen und ein weiteres, als ich ein Bad dahinter finde. Schade, etwas zum Anziehen wäre mega gewesen. Die zwei Schritte zum Waschbecken sind schnell überwunden. Nachdem ich gierig einige Handvoll Wasser getrunken habe, hebe ich den Blick und sehe in den Spiegel. Und kann augenblicklich verstehen, warum er mich nicht als ›geheilt‹ betiteln wollte. Mein Gesicht ist noch immer geschwollen, eigentlich ist nur eins von zwei Augen wirklich geöffnet und ansonsten? Regenbogen würde die Sache ganz gut beschreiben, denke ich.

Meine Haut weist alle Schattierungen von Grün, Blau und Lila auf, die es unter der Sonne gibt, und ist zusätzlich von wulstigen roten oder pinkfarbenen Streifen durchzogen, die sich überall dort gebildet haben, wo sich Schnitt- und Platzwunden schon wieder geschlossen haben. Ich bin der bunteste Hund, der jemals durch diese Stadt gelaufen ist, und ich werde ganz sicher nicht nur etwas zum Anziehen, sondern auch Schal, Hut und Schleier brauchen, um die Aufmerksamkeit der Menschen nicht auf mich zu ziehen.

Aber selbst das hält mich nicht davon ab, mich auf den Weg zu machen. Ich bin im Stadtpalast der Fae. Ich werde schon alle Accessoires finden, die ich brauche.

Ein paar Minuten später stehe ich wieder am Fußende des Bettes, nach wie vor nur mit einem Bettlaken bekleidet, aber inzwischen immerhin zusätzlich mit einem Obstmesser bewaffnet. Bei klarem Verstand würde ich das definitiv nicht als gute Ausgangsposition einordnen, doch mein Verstand muss jetzt einfach mal die Klappe halten.

Leise drücke ich die Klinke hinunter, ziehe die Tür auf und spähe in einen gefühlt fünfzig Meter langen Flur. Er ist leer. Also leer im Sinne von unbewacht. Vergeblich warte ich auf den Moment, in dem sich Erleichterung über diese Tatsache in mir breitmacht. Ich kann mir beim besten Willen nicht vorstellen, dass es so einfach ist. Wenn der Statthalter persönlich mich hier festhält und seine wertvolle Magie darauf verwendet, mich *nahezu* zu heilen, dann sollte er doch ein Interesse daran haben, dass ich ihm nicht abhandenkomme, oder?

Okay, er hat mir freigestellt zu gehen, aber ich hatte eher das Gefühl, dass das ein rhetorisches Angebot war. Ist das hier also eine Falle? Oder zumindest ein Test? Ich schließe für einen Moment die Augen, allerdings nicht, um nachzudenken, sondern um meine Stimmen zum Schweigen zu bringen, die mir allesamt schlaue Ratschläge geben wollen. Ich will keine Ratschläge. Ich will zu Luke. Natürlich ist es möglich oder sogar wahrscheinlich, dass spätestens eine Etage tiefer jede Menge Fae nur darauf warten, mich von meinem Vorhaben abzuhalten. Vielleicht aber auch nicht. Ich muss es wenigstens herausfinden.

Der Flur hat etwa alle fünf Meter eine Nische und ich gebe mich der wahnwitzigen Hoffnung hin, mich darin mit meinem Laken verstecken zu können, falls ich jemandem begegne. Vielleicht gehe ich ja als Statue durch, also als sehr moderne, knallbunte Version.

Der Boden ist mit schweren Teppichen ausgelegt, sodass ich mir immerhin keine Gedanken über platschende nackte Füße auf Parkettboden machen muss. Mit einem Blick schätze ich die Entfernungen ab. Da der Weg nach links ein wenig kürzer zu sein scheint, entscheide ich mich ganz pragmatisch für diese Seite und mache die ersten Schritte.

Schmerz schießt durch jede meiner Gliedmaßen und ich bin froh, dass ich während meiner Ausbildung gelernt habe, damit umzugehen. Dennoch gelange ich dicht an meine Grenzen.

Schwer atmend stütze ich mich mit der rechten Hand an

der Wand ab und schleppe mich mit gebücktem Oberkörper vorwärts. Luke, ermahne ich mich immer wieder. Ich kann das aushalten, ich kann es für meinen Bruder.

Es ist mir schleierhaft, wie ich es trotz meines Keuchens wahrnehme, doch kurz bevor ich die erste Biegung erreiche, höre ich plötzlich Schritte. Eindeutig Männerschritte mit schweren Stiefeln. Ein Wärter? Laufen die hier auf dem Flur Patrouille? Schnell mache ich die nächste Nische ausfindig und beschleunige meine Schritte. Mein Herz rast so sehr, dass mir schwindelig wird und ich einen kurzen Moment lang stehen bleibe, um mich wieder zu orientieren.

Als ich einen sich nähernden Schatten erkenne, flüchte ich mich mit ein paar schnellen Schritten in die rettende Nische. Während ich mich an die Wand presse, brennen Tränen in meinen Augen und für eine Nanosekunde entfährt mir ein fiepender Laut.

Bevor ich ernsthaft darüber nachdenken kann, ob man ihn als Maus abtun könnte, packt eine starke Hand mein rechtes Handgelenk und presst es über meinem Kopf an die Wand. Meine armselige Waffe fällt leise auf den flauschigen Teppich, das Bettlaken löst sich und sinkt hinterher und ich höre einen erstickten Schrei – meinen Schrei. Meine Beine knicken ein und ein schwarzer Schleier legt sich über mich. Mein letzter Gedanke ist, dass der ruhig hätte kommen können, bevor das Bettlaken gefallen ist.

Leider ist der Schleier wirklich nur ein Schleier und keine meterdicke Wand, und so hebt er sich viel zu schnell wieder. Noch immer spüre ich den flauschigen Teppich unter meinen schmerzenden Gliedern und für den Bruchteil einer Sekunde überlege ich, ob er mich hier einfach liegen gelassen hat, weil meine Überlebenschancen ohnehin gegen null gehen. Dann dringen erste Worte durch den Nebel.

»Sir, es war eindeutig ein Fluchtversuch«, petzt eine eifrige Männerstimme.

»Ihre Kombinationsgabe ist erstaunlich«, entgegnet jemand Bekanntes sarkastisch, doch bevor ich Rook für seine Anwesenheit hassen oder für diese Antwort feiern kann, fährt er fort. »Aber ich würde sogar noch weiter gehen. Ich würde sagen, es war der dümmste Fluchtversuch, den ich je erlebt habe.«

In meinem Kopf erklingen eine Menge Pieptöne, weil sämtliche Schimpfwörter, die mir für ihn einfallen, der Zensur erliegen.

»Da haben Sie sicher recht.«

Nicht nur Petze, auch Schleimer. Toller Typ. Leider ist der Schleier immer noch so weit vorhanden, dass ich nur sehr verschwommen Umrisse wahrnehme, sonst würde ich ihn mir gerne mal ansehen.

»Soll ich sie jetzt in eine der Zellen bringen? Sie scheint mir inzwischen in einem Zustand zu sein, in dem es möglich ist.«

Schweigen. Hey, Rook. Wenn du mich davon überzeugen willst, dass du keiner von den Bösen bist, wäre jetzt der Moment, in dem du ›nein‹ sagen solltest.

»Ich denke, das würde ihr guttun«, höre ich stattdessen seine Stimme und in diesem Augenblick ist sie so eiskalt, dass mir das Blut in den Adern gefriert. Und plötzlich ist er viel zu nah. »Das hättest du besser sein lassen, kleine Maus«, raunt er in mein Ohr und sein warmer Atem streicht leicht über meinen Wangenknochen. Dann entfernen sich seine Schritte.

Ich kann mich nicht entscheiden, welche Emotion ich aufs Siegertreppchen lasse, aber Enttäuschung, Entsetzen und Fassungslosigkeit darüber, dass er mich gerade *kleine Maus* genannt hat, machen es definitiv unter sich aus. Leider wird mir verwehrt, ihrem Wettkampf noch ein wenig zuzuschauen, denn der Klassenprimus zieht mich unsanft auf die Füße. Irgendwie schaffe ich es, einen Aufschrei zu unterdrücken, und begnüge mich mit einem Keuchen.

»Verflucht«, höre ich meinen strebsamen Begleiter, dann lässt er mich abrupt auf den Boden fallen und ich bin mir sicher, dass ein paar der Knochen, die Rook schon geheilt hat, wieder brechen. Erneut pulsieren grelle und stechende Lichtblitze durch meinen Körper. »Kyron? ... Ja, hier ist Crinan. Ich habe die verdammte Rebellenschlampe hier und soll sie zu den Zellen bringen. Sie kann nicht allein laufen und ich habe keine Lust, sie wie eine Diva auf Händen zu tragen, also sieh zu, dass du deinen Hintern zu den Gemächern von Rook bewegst und mir hilfst. ... Und bring irgendeinen Sack mit, sie ist nackt und leider kein schöner Anblick.«

Ich wundere mich nur kurz, dass Lehrers Liebling nur beim Lehrer nett ist und dass auch dieses Arschloch das Schlampending beherrscht. Dann kommt die Übelkeit. Ich würge und nur einen Wimpernschlag später wird ein dicker Wulst aus Stoff auf meinen Mund gepresst. »Wehe, du kleine Rebellensau. Wenn du den Teppich vollkotzt, bringe ich dich um.«

Ich ringe nach Luft und drehe mühsam den Kopf zur Seite, um dem Knebel zu entkommen. Zitternd konzentriere ich mich aufs Atmen und versuche, die Qual in meinem Körper zu kontrollieren. Ich merke, wie mir kalter Schweiß ausbricht, und wünsche mir ausgerechnet die wohltuende Wärme des Dreckskerls herbei, der mich in diese Situation gebracht hat. Durchgeknallter geht nicht, doch ich schiebe es jetzt mal auf meinen Gesamtzustand.

Dann nähern sich schnelle Schritte. »Wurde aber auch Zeit«, höre ich den Streber und bin ausnahmsweise mit ihm einer Meinung. »Ich habe schließlich keine Lust, den Rest meiner Schicht mit einem wimmernden Schwächling zu verbringen.«

›Ich. Habe. Nicht. Gewimmert‹, würde ich ihm gerne in seine ganz bestimmt hässliche Visage brüllen, aber meine Selbstbeherrschung hat einen guten Tag. Und meine Leidensfähigkeit ihre Grenzen.

Erneut werde ich auf die Füße gezogen und irgendetwas stülpt sich über meinen Kopf. Bevor der Gedanke an eine Entführung in einem Kartoffelsack Panik in mir entfalten kann, ist mein Gesicht jedoch wieder frei und Stoff legt sich um meinen Körper. Ich bin kurz versucht, dem Neuankömmling um den Hals zu fallen, finde aber, dass das irgendwie nach einer Überreaktion aussehen könnte. Einen winzigen Moment später erlischt jeder Gedanke und jede Stimme in meinem Kopf. Es existiert nur noch Schmerz.

Meine Begleiter haben mich unter den Achseln gepackt und in ihrer Mitte schleifen sie mich über den Teppich den Gang entlang. Ich bin nicht in der Lage, auch nur einen Fuß allein vor den anderen zu setzen, denn ganz offensichtlich hat meine Hüfte den Sturz genutzt, um Rooks Heilung wieder rückgängig zu machen. Schnellen Schrittes eilen sie von einem Gang in den nächsten und meine nutzlosen Füße werden mit der Oberseite nach unten hinter mir hergezogen. Was mir im Liegen noch weich und flauschig vorkam, brennt mir jetzt die Haut weg und als wir eine Treppe nehmen, knallen meine Zehen hart auf die Kanten, die mir Stufe für Stufe jeden einzelnen Knochen brechen.

Zum zweiten Mal, seit ich aus dem Rebellenlager zurück bin, wünsche ich meinen Tod herbei. ›Nein, nicht den Tod‹, korrigiert mich eine kaum hörbare klugscheißerische Stimme. ›Nur die erlösende Bewusstlosigkeit.‹ Aber sie will nicht kommen.

Irgendwann verändert sich der Untergrund, der Teppich weicht kaltem Stein und kurz danach ist unsere Reise zu Ende. Ich werde nach vorne gestoßen und lande mit der Stirn voran auf dem harten Boden. Mein Jochbein kracht und ein ekelerregendes Knirschen in meiner Nase weist mich darauf hin, dass jeder einzelne Knorpel an einen Ort gerutscht ist, an den er nicht gehört.

Ich weiß nicht, warum ich nicht schreie, warum mein Schmerz nicht die ganze Welt aus den Angeln hebt. Doch außer einem Stöhnen kommt kein Laut über meine Lippen und das gibt mir den einen winzigen Hauch Genugtuung, den ich brauche, um durchzuhalten.

Noch einmal höre ich Schritte neben mir und dann die Stimme des Strebers. »So, Schätzchen, *jetzt* kannst du kotzen.«

Augenblicklich nehme ich sein Angebot an.

9

Kälte. Stille. Atemnot.

Ich huste und blitzartig schießen mir Tränen in die Augen, weil ein nicht zu beherrschendes Stechen durch meinen Brustkorb fegt. Meine Nase ist zugeschwollen, nicht ein einziges Sauerstoffatom findet seinen Weg hindurch und ich bin mir zu hundert Prozent sicher, dass sie wieder gebrochen ist. Vorsichtig spucke ich aus, um Blut und Schleim aus meinem Mund zu bekommen.

Auch jetzt weiß ich nicht, wie eine komplett dichte Nase noch irgendeinen Geruch wahrnehmen kann, aber der Gestank meines eigenen Erbrochenen und der schwere süßliche Duft meines Blutes rufen unfassbaren Ekel hervor. ›Nicht bewegen‹, flüstern hundert Stimmen in meinem Inneren, aber ich muss sie enttäuschen. Unter Aufbringung der letzten Kräfte schiebe ich meinen Körper ein Stück zurück und drehe den Kopf ein wenig. Mehr geht nicht.

Meine Lider lassen sich nicht heben, sie wiegen mehrere Tonnen, aber ich brauche mich auch nicht umsehen. Gefängniszellen sind für gewöhnlich eher rar an Sehenswürdigkeiten, das wird selbst hier im Stadtpalast nicht anders sein. Also lasse ich meine Augen geschlossen und konzentriere mich auf genau eine Sache – Atmen.

Eiseskälte. Totenstille. Atmen.

»Wo ist sie? Ich will sie sehen«, durchbricht Rooks Stimme drohend die Stille. Nein, nicht er. Nicht schon jetzt.

Eine geflüsterte Antwort, die ich nicht verstehe, dann nähern sich Schritte und bleiben stehen. Ich höre, wie sich Gitterstäbe aufschieben, und nur einen Moment später nehme ich den frischen Geruch von Rosmarin und Minze so überdeutlich wahr, dass es mir unwirklich erscheint. Seine Hand legt sich behutsam auf meine Nase und verharrt dort so lange, bis ich spüre, wie die Knochen sich langsam zusammenschieben. »Tu das nie wieder, kleine Maus«, flüstert er. Dann ist er fort.

»Gib ihr die«, fordert er einen der Wärter auf.

»Aber Sir, den Gefangenen sind keine Decken ...«

»Gib sie ihr«, donnert seine Stimme durch den kalten Flur. »Die Verhandlung über ihre Strafe ist morgen früh um zehn und ich wünsche, dass sie ihr lebend beiwohnt.« Dann wird seine Stimme leise und unheilvoll. »Wenn sie dir hier heute Nacht stirbt, wirst du an ihrer statt morgen gerichtet.« Dramaturgische Pause. »Und ich denke nicht, dass du dann noch deine Mittagspause erlebst.«

»Natürlich, Sir. Ich werde mich kümmern.« Alles Arschkriecher.

Seine Schritte entfernen sich und leisere kommen auf mich zu. Erstaunlich vorsichtig werde ich von dem Wärter hochgehoben und auf eine etwas weichere Unterlage gelegt. Dann schmiegt sich eine Decke um meinen Körper und sie spendet mir so viel Wärme, dass die durchgeknallte Irre in mir beginnt, an das Gute in Rook zu glauben. Kann sie von mir aus heute Abend tun, bis morgen hat sie es eh wieder vergessen.

Irgendeine Nervensäge in meinem Kopf möchte noch wissen, warum er ausgerechnet meine Nase geheilt hat, aber ich schicke sie auf die stille Treppe und drifte in einen unruhigen Schlaf. Das Letzte, was ich höre, ist das schwere Metallgitter, das wieder ins Schloss fällt.

Laute Stiefel nähern sich und ich weiß instinktiv, dass meine Zeit gekommen ist. Der Wärter hat die Anweisungen immerhin so weit erfüllt, dass er mich in Ruhe gelassen hat. Kümmern wäre irgendwie anders gewesen.

Wie erwartet war die Nacht nicht erholsam. Obwohl Rook die Knochen in meiner Nase gerichtet hat, ist sie noch immer geschwollen und das Atmen fällt mir schwer. Aber selbst wenn es das nicht täte, würden die Schmerzen in Körper und Gesicht ausreichen, um Erholung in eine andere Galaxie zu versetzen.

Das schwere Metallgitter schiebt sich auf und nur Sekunden später ist die warme Decke verschwunden. Augenblicklich packt mich die eisige Kälte dieser Zelle und lässt mich nach Luft schnappen.

»Aufstehen«, werde ich angemotzt und schaffe es im letzten Moment, einen Lachkrampf zu unterdrücken. Ich bin von Aufstehen ungefähr so weit entfernt wie der Osterhase vom Schlittschuhlaufen. Entsetzt über diesen unendlich dämlichen Vergleich, der sich da in meinen Kopf geschlichen hat, sehe ich den Motzer an. »Geht nicht«, entgegne ich schlicht.

Ich erwarte einen Hinweis darauf, dass ich schon gleich sehen werde, was alles geht, aber er starrt mich nur schweigend an. Dann wendet er sich ab und verlässt meine Zelle, nur um kurz darauf mit einem zweiten Wärter zurückzukommen.

Grob ziehen die beiden Fae mich zum Sitzen hoch und allerspätestens jetzt stirbt die Hoffnung, dass meine Hüfte die Nacht genutzt hat, um sich zu erholen. Rooks mühevolles Werk ist eindeutig wieder zunichtegemacht. Als die Wärter mich an den Oberarmen packen und hochziehen, kann ich nur unter Aufbringung all meiner Willenskraft einen Aufschrei unterdrücken. Die Fae denken ohnehin, dass wir Menschen Schwächlinge sind, da muss ich ihnen die Genugtuung nicht auch noch gönnen.

Sie schleifen mich nicht ganz so rabiat durch die Gänge, wie ihre Kollegen gestern, aber das ändert nichts daran, dass mir fast die Sinne schwinden. Ich konzentriere mich aufs Atmen und versuche, zumindest mein linkes Auge offen zu halten. Dennoch verliere ich schnell den Überblick, nicht nur, was den Weg angeht, sondern auch im Hinblick auf die Zeit. Schließlich bleiben wir vor einer doppelflügeligen Tür aus dunklem Holz stehen, die uns von einem weiteren Wärter augenblicklich geöffnet wird. Wir treten ein und ich bin ... enttäuscht.

Den Gerichtssaal der Fae habe ich mir riesig und imposant vorgestellt, stattdessen befinden wir uns in einem Raum nicht größer als ein Klassenzimmer an der Akademie. An der Wand gegenüber ist ein Podest, auf dem ein mächtiges mehrere Meter breites Pult aus dunklem Holz platziert ist und an diesem steht Rook, flankiert von zwei weiteren Fae. Sein ebenmäßiges Gesicht ist so ausdruckslos, dass man meinen könnte, es sei aus Stein.

Während die beiden Wärter mich durch den Saal schleifen, ruhen seine Augen auf mir und verraten nichts über seine Gedanken. Aber ich will sie auch gar nicht wissen. ›Willst du wohl‹, vernehme ich den Klugscheißer in mir und würde ihm am liebsten eine knallen. Ich schließe mein verbliebenes Auge und mache eine innere Ansage. ›Wenn sich in diesem Raum auch nur noch ein einziger von euch zu Wort meldet‹, drohe ich meinen Stimmen, ›reiße ich euch allen die Zunge raus. Verstanden?‹ Stummes Nicken. Gut, dann haben wir das ja geklärt.

Ich öffne mein Auge wieder und bin überrascht, dass die

eiserne Fassade meines Gegenübers einer intensiven Emotion gewichen ist: Wut. Ich bin mir sicher, in diesem Moment hasst er mich bis aufs Blut. Tja, Rook. Kann nicht immer alles so laufen, wie du es dir wünschst.

Ich habe versucht zu fliehen, das kann ihm definitiv nicht gefallen haben, aber was vermutlich viel schlimmer ist, ist die Tatsache, dass bei diesem Fluchtversuch sein ganzes aufwendiges Werk wieder zerstört wurde. Er hatte mich so gut wie geheilt und davon ist jetzt eindeutig nicht mehr viel übrig und sein Zorn zeigt mir, dass er mich dafür verantwortlich macht.

Irgendwann weiche ich seinem Blick aus, es würde mir ohnehin nichts bringen, dieses Duell zu gewinnen. So gut es geht, sehe ich mich in dem kahlen Raum um, doch außer etwa zwei Dutzend Fae, die locker im Saal verteilt herumstehen und tuscheln, kann ich nichts entdecken. Nicht mal einen Stuhl, was in meiner Situation irgendwie scheiße ist.

Wenn die beiden Grazien an meiner Seite mich irgendwann loslassen sollten, werde ich auf den Boden klatschen wie eine nasse Robbe. Bevor ich mir das genauer ausmalen kann, erhebt Rook die Stimme.

»Ruhe!«, donnert sie gewaltig durch den Raum und augenblicklich verstummen alle Anwesenden. »Die Gefangene ist eingetroffen, die Verhandlung kann beginnen.« Nach diesen Worten setzen er und seine Flügelmänner sich auf hochlehnige gepolsterte Stühle und die versammelten Fae verdrücken sich in regelmäßig aufgereihte Nischen in den Wänden, in die steinerne Bänke gemauert sind, die ich vorher nicht wahrgenommen habe. Im ersten Moment finde ich es unpassend, dass sie sich alle in irgendwelchen Ecken verstecken, während ich hier allein im Mittelpunkt stehe, doch dann merke ich, dass es genau das ist, was sie bezwecken. Ich soll mich allein fühlen. Verloren. Vergessen. Und trotzdem im absoluten Zentrum des Geschehens, unfähig, mich zu verstecken oder ihrer Aufmerksamkeit zu entkommen.

Der blonde breitschultrige Fae rechts neben Rook erhebt sich wieder und beginnt, eine Anklageschrift vorzulesen. Kontakt mit Rebellen, unerlaubtes Entfernen von der Truppe, Flucht, ... nach den ersten drei Punkten bin ich raus, denn es ist völlig egal, was sie mir vorwerfen, es ist nicht wahr. Ich frage mich, wie es möglich ist, dass sie diese Liste verlesen, schließlich können die Fae nicht lügen. Aber vielleicht ist es für sie gar keine Lüge, vielleicht glauben sie das, was dort steht, wirklich. Während seine Stimme immer weiter in den Hintergrund rückt und sich zu einer inhaltslosen Geräuschkulisse entwickelt, konzentriere ich mich auf ein einziges überschaubares Ziel – Überleben. Und dieses Ziel ist definitiv nicht leicht zu erreichen.

In unserer Ausbildung haben wir gelernt, dass man Schmerz wegatmen kann, aber wie gehe ich mit Schmerz um, wenn ich nicht atmen kann? Noch immer sind Nase, Lippen und Zunge so geschwollen, dass ich das Gefühl habe, zu ersticken. Ein unbändiger Durst keimt in mir auf und mir wird bewusst, dass ich seit über zwölf Stunden keinen einzigen Tropfen Wasser bekommen habe.

Mein Kopf wird immer schwerer und das stechende Pulsieren in meinem Gesicht macht es mir unmöglich, nur eine Sekunde länger das eine funktionstüchtige Auge offen zu halten. Ich schließe es und lasse den Kopf nach unten sinken.

Längst sind die Fae bei der Verhandlung der Strafe angekommen und es ist nicht mehr nur eine Stimme, die den Hintergrund untermalt. Einzelne Worte dringen zu mir durch. Pranger, Tod, Stadtgrenze, ... Ich ermahne mich, aufmerksamer zu sein, schließlich geht es hier um meine (wenn überhaupt noch existierende) Zukunft, aber ich schaffe es nicht.

Mein linkes Bein zittert unkontrolliert und ich merke, dass es mich nicht länger hält. Ich knicke ein, ein Ruck geht durch meinen Körper und ein gellender Schrei brennt in meiner Kehle, doch er bleibt lautlos. Der Griff um meine Oberarme verstärkt sich und ich bin mir sicher, dass die beiden mir mit bloßen Händen auch diese Knochen brechen können. Doch sie tun nichts, außer mich unerbittlich aufrecht zu halten.

Ich weiß nicht, wie es noch immer einzelne Worte schaffen, durch die meterdicke Wand aus Schmerzen zu dringen, aber jetzt reden sie über Göttinnen. Da das überhaupt keinen Sinn ergibt, beschließe ich, dass mein Verstand sich inzwischen so weit verabschiedet hat, dass ich ihm für heute freigebe.

Atme, befehle ich mir selbst, doch aus irgendeinem Grund will ich mir nicht gehorchen. In meinen Ohren kommt schon wieder ein Rauschen auf und blendet alles um mich herum aus. Das Einzige, was es durchdringt, ist das stetige Schlagen meines Herzens. Mein Körper wird immer schwerer, ich hänge in ihrem Griff wie ein nasser Sack und wenn es nach mir ginge, könnte die Robbe jetzt gerne aktiv werden.

Als ich endlich spüre, wie der Schleier um mich immer undurchdringlicher und schwärzer wird, dringt Rooks Stimme plötzlich zu mir durch. Laut, fordernd und eiskalt. Und leider verstehe ich jedes Wort. »Sie. Gehört. Mir. *Ich* werde sie ihrer Bestimmung zuführen.«

Ich verfluche ihn dafür, dass er die erlösende Schwärze vertrieben hat, denn damit hat er Raum für etwas anderes geschaffen, das nun von mir Besitz ergreift – Panik. Meine Finger werden feucht und mein eben noch stetiger Herzschlag ist jetzt nur Millimeter davon entfernt, meinen lädierten Brustkorb zu sprengen. Und als ob ich nicht bereits genug Atemnot habe, gesellt sich zu all meinen Problemen jetzt auch noch ein faustgroßer Kloß in meinem Hals, der allein schon die Idee von tiefem Durchatmen im Keim erstickt.

Sämtliche Stimmen sind verstummt, niemand scheint ihm zu widersprechen. »Kail«, wendet er sich an einen seiner Mitstreiter, »bring sie in meine Gemächer. Die Verhandlung ist beendet.«

Während die ersten Gespräche und aufgeregtes Getuschel langsam wieder den Raum füllen, greifen starke Arme nach meinem Körper und heben ihn hoch. Mein Träger setzt sich in Bewegung und es dauert nicht lange, bis seine lauten hallenden Schritte von einem weichen Teppichboden gedämpft werden. »Du hast es geschafft, Key. Es ist vorbei«, höre ich plötzlich seine Stimme und erkenne sie als die wieder, die mich bereits vom Pranger zu Rook gebracht hat. Keine Ahnung, ob ich dieses Déjà-vu jetzt brauche.

Irgendwann bleibt er stehen und ich werde in zwei neue Arme übergeben, deren Besitzer ich leider nur allzu schnell erkenne. Rosmarin und Minze umhüllen mich und ich hasse mich dafür, dass ich seinen Geruch so mag.

»Helen?«, lautet die knappe Frage meines ehemaligen Trägers.

»Ja. Bitte.«

Ich höre, wie sich die Schritte des anderen Fae entfernen, aber Rook hält ihn noch einmal zurück. »Kail? ... Gib mir ... einen Moment, bevor du sie schickst.«

»Natürlich.«

Eine Tür schließt sich und ich glaube, dass er sich mit mir auf dem Arm hinsetzt. *Sie gehört mir*, klingt sein letzter Satz in meinem Kopf nach. *Ich werde sie ihrer Bestimmung zuführen.*

Ich habe nichts von dem, was im Gerichtssaal gesagt wurde, verstanden, aber seine Worte fühlen sich so sehr nach Bedrohung an, dass ich instinktiv fliehen möchte. Ich winde mich einen Moment in seinen Armen und sofort fluten Schmerzen durch meinen Körper wie ein reißender Fluss, der über die Ufer tritt.

Sein Griff um mich wird fester und zwingt meinen Kopf an seine Brust. Frische Kräuter finden den Weg zu mir und vermitteln mir wie schon beim letzten Mal das Gefühl der Linderung.

»Schsch. Ruhig, Key. Nicht bewegen. Es wird besser, aber du musst ruhig bleiben, bitte.«

Ich hasse die Sanftheit in seiner Stimme, die nichts mit dem erbarmungslosen Statthalter im Gerichtssaal zu tun hat, nichts mit dem Mann, der mich in eine Zelle hat werfen lassen, aber das hier ist ein Trugbild. Denn genau dieser Mann ist er.

»Trink«, fordert er knapp und schon legt sich ein Becher an meine Lippen.

Dieses Mal tue ich es, ohne zu zögern, zumal ich erneut den süßen verführerischen Geruch seines Blutes wahrnehme. Ich wehre mich nicht länger gegen seine Hilfe, denn die Stimmung aller Beteiligten in meinem Kopf ist sehr eindeutig. Und egal, was er mit mir vorhat, jetzt im Moment brauche ich Erleichterung. Noch nie in meinem Leben habe ich mir diesen Zustand eingestanden, aber ich kann nicht mehr. Ich kann mich nicht mehr wehren, nicht mehr denken und die Schmerzen nicht länger ertragen. Sie haben meinen Stolz innerhalb weniger Tage in diesem Palast so sehr gebrochen, dass ich die Hilfe meines ärgsten Feindes annehme.

Als ich den Becher geleert habe, höre ich, wie Wasser plätschert, und ich habe den hysterischen Gedanken, dass das Déjà-vu langsam ausufert. Behutsam beginnt er, mein zerschundenes Gesicht zu waschen. Ich weiß, dass es nicht nur mit Blut, sondern auch mit Erbrochenem besudelt ist und für einen winzigen Augenblick empfinde ich Scham, dann erfordern seine Berührungen meine komplette Aufmerksamkeit.

Meine Lippen sind geschwollen und aufgeplatzt, das rechte Auge lässt sich nicht mehr öffnen und darüber muss eine neue Platzwunde sein. Obwohl er meine Nase gestern Nacht geheilt hat, stöhne ich das erste Mal auf, als er mit einem Lappen darüberfährt. Ich finde keine Erklärung dafür, aber kaum befinde ich mich in seiner Obhut, in seiner Nähe, gestatte ich meinem Körper etwas, das ich weder am Pranger noch im Kerker einem seiner Wärter offenbart habe: Laute des Schmerzes.

Ich wimmere und Tränen laufen ungehindert über meine Wangen. Schon wieder. Wieso bei ihm? Warum lasse ich bei ihm Schwäche zu? Als er bei meinem Jochbein ankommt, entfährt mir ein Schrei. Es ist vermutlich gebrochen, aber schlimmer als die gesplitterten Knochen ist das Gefühl, als würde er über rohes Fleisch wischen.

Während er mich weiter wäscht und mir immer wieder die blutverkrusteten Haare aus dem Gesicht streicht, höre ich ihn etwas von Dickschädel und Starrsinn murmeln, aber in meinem Kopf existiert eine erstaunliche Arroganz, die glaubt, dass er mich damit nicht meint.

Er arbeitet sich weiter vor, zu meinem Hals und den Schlüsselbeinen und sein Blut und die Schmerzmittel bewirken langsam, dass ich es nicht länger als Qual wahrnehme. Vielmehr wird es zu einem sanften Streicheln, das mich endlich ruhig werden lässt. Ich drehe meinen Kopf ein wenig weiter zu ihm und atme tief seinen Geruch ein, der diese unerklärlich starke Wirkung auf mich hat.

Mein Körper folgt ganz von allein meinem Kopf und ich presse mich fester an seine Brust, die mir so viel Geborgenheit und Schutz suggeriert, dass meine inneren Stimmen mich bei klarem Verstand für immer verstoßen würden. Aber ich bin nicht bei klarem Verstand und meine Stimmen sind offensichtlich eingeschlafen. Und so fühlt sich jede seiner Berührungen richtig an und seine Finger auf meiner Haut lösen ein leichtes wohliges Kribbeln aus. Noch nie in meinem Leben waren Kopf und Körper so entzweit.

Erst nach vielen Minuten wird mir bewusst, dass er aufgehört hat. Ich bin noch immer auf seinem Schoß und seine Arme umschlingen mich, geben mich nicht frei und in mir wächst der Wunsch, seinen behütenden Kokon nie wieder zu verlassen.

»Warum hast du das getan, kleine Maus? Du hast mir gesagt, dass du bleibst. Warum wolltest du jetzt doch weglaufen?«, höre ich ihn plötzlich leise an meinem Ohr.

Mein Verstand löst sich kurz aus dem alles verschlingenden Dunst und sagt mir, dass ich ihm nicht antworten darf. Um nichts in der Welt darf ich preisgeben, wie viel mir mein kleiner Bruder bedeutet.

Er seufzt. »Deinem Bruder geht es gut, Key. Ich habe mich um ihn gekümmert. Er ist in Sicherheit.«

Vielleicht sind seine Worte als Beruhigung gemeint, aber sie erreichen das genaue Gegenteil. Augenblicklich verkrampfe ich mich und sein vermeintlicher Kokon fühlt sich plötzlich an wie eine weitere Bedrohung. Woher weiß er, dass Luke Hilfe braucht? Was bedeutet es, wenn er sich *kümmert?* Wo ist man seiner Meinung nach in Sicherheit?

Da ich nicht in der Lage bin, ihm auch nur eine meiner Fragen zu stellen, wallt Panik in mir auf. In dem Bruchteil einer Sekunde weicht jedes trügerische Gefühl von Geborgenheit, und jeder einzelne meiner schnellen harten Herzschläge gleicht einer Detonation. Doch sein nächster Satz bringt blitzartig alle Fragen in meinem Kopf und alle Paniksymptome zum Verstummen. »Rylan ist bei ihm. … Er passt auf ihn auf.«

Seine Offenbarung verstört mich dermaßen, dass ich mich ihm wieder zuwende und von irgendwoher genügend Energie nehme, um mein linkes Auge ein wenig zu öffnen. Entgegen allem, was ich erwartet habe, blicke ich in sein wunderschönes Gesicht und entdecke darin Schuld. Dann ist auch der letzte Schub an Kraft aufgebraucht und ich versinke im erlösenden Nebel der Schmerzmittel.

Vorsichtig werde ich auf einem Bett abgelegt und obwohl meine Sinne inzwischen in dicke weiche Watte gepackt sind, bäumt mein Körper sich auf. Die Kälte und die Leere, die das Verschwinden seiner Arme hervorrufen, sind so gewaltig, dass ich mich unendlich verloren fühle. Ich höre ein weit entferntes Schluchzen und meine Augen füllen sich erneut mit Tränen.

Dann greift er plötzlich nach meiner Hand und ich spüre, wie seine Finger über meine Schulter streichen. Es ist kein Kokon, aber es ist eine Verbindung zu ihm und sie hilft mir, das hier zu ertragen.

»Was für ein dummes kleines Ding«, höre ich eine leise Frauenstimme, die mir nicht nur vage bekannt vorkommt, sondern auch eine Spur zu überheblich klingt. Dennoch denke ich nicht einmal drüber nach, ihr meine Meinung zu sagen.

»Ich denke nicht, dass sie es aus Dummheit getan hat«, entgegnet er ruhig.

»Oh, und was denkst du?«

»Ich denke, dass Dummheit und Mut manchmal sehr dicht beieinanderliegen.«

Es entsteht ein Moment der Stille und in meinem Nebel frage ich mich, ob er gerade behauptet hat, dass ich mutig bin.

»Das hätte nicht passieren dürfen, Tarmo«, lenkt die Frau jetzt ein. »Sie wäre fast gestorben. Und du weißt, dass sie das in Kauf genommen hätten, solange sie nur ausprobieren können, was sie alles aushält.«

Seine Finger kommen zur Ruhe und bleiben federleicht liegen. »Oh, vielen Dank für deine aufmunternden Worte. Es geht mir gleich tausendmal besser«, entgegnet er flüsternd. Sarkasmus? Solche Feinheiten kann mein Verstand nicht mehr zuordnen. »Wenn du mir jetzt noch sagst, wie ich es hätte verhindern können, wäre deine Klugscheißerei wenigstens berechtigt.«

Die Frau schnaubt. »Ich weiß es nicht. Fühlst du dich jetzt besser?«

»Nein.«

»Du hattest keine Wahl und du hast sie da heute in letzter Sekunde rausgeholt, aber damit ist es nicht vorbei. Sie sind nicht besonders geduldig, was ihre Göttinnen angeht, Tarmo. Sie werden ihre Bestimmung einfordern. Und es wird ihnen egal sein, in welchem Zustand sie dabei ist.«

»Und was soll ich deiner Meinung nach jetzt tun?«, presst er leise, aber ungehalten hervor.

»Sie muss hier endlich weg.« Ihre Stimme klingt drängend, fast beschwörend. »Ihr seid mitten im Herzen der Bestie. Nicht einmal du kannst sie hier noch länger beschützen.«

»Helen, sie ist halb tot«, erwidert er aufgebracht. »Ich kann sie in diesem Zustand unmöglich hier rausschaffen, sie braucht Zeit, um zu heilen. ... Viel Zeit.«

»Dann lass es jemand anderes tun. Jemand mit mehr Magie.« Wenn es überhaupt möglich ist, wird ihre Stimme noch eindringlicher. »Sie hat keine Zeit.«

Schweigen legt sich über die beiden und seine Hand verstärkt unsere Verbindung, indem sie sanft den Druck erhöht. »Nein. Ich werde nicht zulassen, dass jemand anderes seine Finger an sie legt. Ich werde ihre Heilung selbst beschleunigen.«

»Tarmo, lass den Blödsinn. Du bist jetzt schon geschwächt, du ...«

»Hör auf, Helen. Ich werde das schon schaffen. Sie werden nicht merken, was mit mir los ist. ... Das haben sie noch nie.«

Ihr Zögern dauert lange und beinahe gelingt es mir, in den Schlaf hinüberzugleiten. »Dann los«, reißt sie mich jedoch wieder zurück.

Kurze Zeit später verschwindet der stinkende Sack, der mich noch immer umhüllt hat, und präsentiert mich erneut hüllenlos. Einer der beiden zieht scharf die Luft ein und seltsamerweise fühle ich mich nicht nur körperlich entblößt. Vielmehr scheint mit meinem Körper auch mein Inneres freigelegt worden zu sein und gibt die ganze Hilflosigkeit und Gebrochenheit preis, aus der ich jetzt noch bestehe. Und aus irgendeinem Grund möchte ich nicht, dass diese Frau mich so sieht.

Als ob es irgendetwas an diesem Zustand ändern könnte, versuche ich, mich zusammenzukrümmen, mich unsichtbar zu machen. Doch alles, was ich damit erreiche, sind erbärmliche Laute, die meinen Mund verlassen.

Dann legt sich eine seiner Hände auf meinen Bauch und die andere umfasst sanft meine Wange. Er muss mir unendlich nah sein, denn sein Atem streift mein Ohr, als ich leise seine Stimme höre. »Schlaf jetzt, Key. Du musst endlich schlafen.« Und als ob seine Worte magische Kräfte haben, drifte ich innerhalb weniger Sekunden in tiefe und traumlose Dunkelheit.

»Schsch, ruhig, Kleines«, dringt die Stimme der Frau zu mir durch, die er Helen genannt hat. Was wohl bedeutet, dass ich gerade nicht besonders ruhig war.

Mühsam öffne ich meine Augen. Es ist dunkel, nur der schwache Schein einer Wandlampe erhellt ihr Gesicht ein wenig, das mich aufmerksam mustert. Sie schiebt eine Hand unter meinen Kopf und hebt ihn leicht an, um mir einen Becher an die Lippen zu legen.

»Nein«, hauche ich tonlos und bin überrascht, dass meine Stimme überhaupt wieder sinnvolle Laute aneinanderreiht. Ich kann nicht leugnen, dass sich jeder Knochen in meinem Körper noch auf die eine oder andere Art über sein Dasein beschwert und deswegen ist es vielleicht dumm, aber ich möchte von ihr nichts annehmen. Ich kenne sie nicht, und obwohl ich weiß, dass sie beide Male an meiner Heilung beteiligt war, traue ich ihr nicht. Schließlich traue ich auch ihm nicht. Wenn mein Kopf nicht gerade in undurchdringlichen Nebel gehüllt ist und mein Körper die Führung übernimmt. Und außerdem möchte ich nicht Kleines genannt werden.

»Hey, es ist nur ein Schmerzmittel«, flüstert sie entschuldigend. »Er hat mir aufgetragen, es dir zu geben, und ich möchte wirklich nicht herausfinden, was er tut, wenn ich daran scheitere.«

Er. Tarmo Rook. Wenn es ihm so wichtig ist, dass ich es bekomme, warum ist er dann nicht hier? Die Fae brauchen nahezu keinen Schlaf, also wird er wohl kaum ins Bett gegangen sein.

Ich lecke über meine trockenen Lippen. »Wo ist er?«, bringe ich zitternd hervor.

Ihr Blick wandert zum Fußende des Bettes und ich folge ihm. Rook sitzt in dem großen Ohrensessel, ein Bein angezogen, die Arme locker vor der Brust verschränkt. Er schläft. Ich bin so überrascht über diese Tatsache, dass ich ihn weiter anstarre. In dem trüben Licht sind seine Gesichtszüge entspannt und das lässt ihn weniger hart aussehen. Bevor das hier in ernsthaftes Stalken übergeht, reiße ich den Blick von ihm los und sehe Helen erneut an. »Warum schläft er?«, flüstere ich und selbst in dieser Lautstärke ist meine Verwunderung deutlich zu hören.

Ihre Augen wandern von ihm zurück zu mir und bleiben unendlich lange an meinem Körper hängen. Schließlich hebt sie den Kopf und sieht mich wieder an. »Er hat ... zu spät aufgehört.« Auf ihrer Stirn hat sich eine tiefe Falte gebildet, offensichtlich ist sie darüber nicht besonders glücklich. »Er wird ein paar Stunden brauchen, um wieder zu Kräften zu kommen. Und wenn es so weit ist, sollte er nicht als Erstes einen epischen Wutausbruch bekommen. Du würdest uns allen also einen Riesengefallen tun, wenn du das hier jetzt trinkst.«

»Warum ist es ihm plötzlich so wichtig, dass ich keine Schmerzen habe?«, frage ich skeptisch. »Gestern Nacht war es ihm herzlich egal.«

»Über seine Motive soll er dich selbst aufklären, da mische ich mich nicht ein.« Schon wieder ist da dieser Hauch von Überheblichkeit. »Aber du irrst dich. Es war ihm auch letzte Nacht nicht egal und nein, ich werde nicht weiter darüber sprechen. Ich habe dir schon viel zu viel gesagt.«

Das stimmt zwar nicht, denn ich finde ein paar kryptische Andeutungen alles andere als zu viel, aber ich ahne, dass ich keinen Verhandlungsspielraum habe. Und ich bin müde. Unendlich müde. Erschöpft versuche ich, ein paar schlüssige Gedanken in meinem Kopf zu produzieren.

Die wichtigste Frage überhaupt ist, ob ich ihr trauen kann. Nein, korrigiere ich mich sofort. Ob ich *ihm* trauen kann, denn sie ist ganz offensichtlich eine enge Verbündete von ihm.

Er ist der grausamste Statthalter, den Hopetown je hatte. Er hat zugelassen, dass ich an den Pranger gestellt wurde, hat angeordnet, dass ich die letzte Nacht in einer Gefängniszelle verbracht habe, und er hat die Gerichtsverhandlung einberufen, in der er mich für sich beansprucht hat. ›Ich werde sie ihrer Bestimmung zuführen.‹ Allein der Gedanke an seine Worte lässt mir eisige Schauer über den Rücken laufen. Womit die Contra-Seite äußerst krasse Argumente aufzuweisen hat.

Aber da sind ein paar Pros, die ich nicht leugnen kann. Er hat mich beide Male von meinen schweren Verletzungen geheilt, hat mir sein Blut gegeben und dabei in Kauf genommen, geschwächt zu werden. Mein Blick huscht kurz zu ihm hinüber. In diesem Augenblick ist er verwundbarer und schutzloser, als ich es mir je hätte vorstellen können. ›Deinetwegen‹, haut mir die erste Stimme zwischen meine wohlorganisierten Überlegungen. Und sie hat zugegebenermaßen recht. Leider lockt sie damit die Fragen hervor, die ich mir nicht stellen möchte, weil ich ohnehin keine Antwort darauf finden werde.

Warum ist es ihm so wichtig, dass ich lebe? So wichtig, dass er in Kauf nimmt, angreifbar zu sein. Warum will er mir angeblich nicht wehtun und lässt doch zu, dass andere es tun? Warum möchte er mich beschützen?

»Key«, reißt mich Helen aus meiner Fragenflut. »Bitte.«

Eine einzelne Frage weigert sich, den Schlusspunkt zu akzeptieren, und knallt ungebremst an meine Stirn. Warum will mein Körper ihn in seiner Nähe haben?

Langsam öffne ich meinen Mund – und trinke.

10

Mir entfährt ein leises Brummen. Seine Hand an meinem Jochbein ist so wohltuend wie ein warmes Kaminfeuer nach einem langen Winterspaziergang. Vermute ich zumindest, ich habe noch nie an einem Kaminfeuer gesessen. Rooks heilende Magie breitet sich warm in meinem Gesicht aus und ich vergesse für den Moment, dass ich ihm misstrauen möchte.

Tuschelnde Stimmen dringen an mein Ohr, doch ich mache mir nicht die Mühe, sie zu verstehen. Zu sehr bin ich in seiner Berührung gefangen.

»Tarmo, hör auf.« Helen schon wieder.

Hör nicht auf sie, denke ich und bin beruhigt, dass er meinen Worten gehorcht. Zumindest noch für einen Moment, dann verschwindet seine Hand so abrupt, als hätte er sich an mir verbrannt.

»Du verdammter Idiot.«

Ich höre ein gedämpftes Poltern und öffne widerwillig meine Augen. Rook ist aufgestanden und taumelt, bekommt jedoch im letzten Moment den Bettpfosten zu fassen, ohne den er auf den Boden aufgeschlagen wäre. Schweiß steht ihm auf der Stirn und er zittert wie Espenlaub. Erschrocken sehe ich ihn an und augenblicklich überschwemmt mich ein schlechtes Gewissen globalen Ausmaßes. *Ich* habe ihn so geschwächt. Meine Heilung war es, die ihn in diesen Zustand versetzt hat. Ich weiß, dass es seine eigene Entscheidung war, dennoch schäme ich mich, dass ich es so sehr genossen habe. Ohne meinen Fluchtversuch wäre es nicht nötig gewesen, mich erneut zu heilen. Ohne die hirnrissige Idee, von hier zu verschwinden, wäre ich nicht im Gefängnis gelandet. Stattdessen wären meine Wunden längst verblasst und meine Knochen alle wieder an Ort und Stelle. Dennoch bitte ich die Stimme der Schuld zu schweigen. Ich hatte keine Wahl. Ich muss einen Weg zu Luke finden, egal, was der Statthalter mir erzählt. Ich werde erst glauben, dass es ihm gut geht, wenn ich es mit eigenen Augen gesehen habe.

Rook sieht mich ein paar Sekunden lang mit seiner gewohnt ausdruckslosen Miene an und trotzdem habe ich das Gefühl, dass er versucht, meine Gedanken zu erraten. Dann dreht er sich plötzlich um und verlässt ohne ein weiteres Wort das Zimmer.

Verstört sehe ich zu Helen und jetzt im Tageslicht erkenne ich eindeutig, dass sie ein Mensch ist. Natürlich ist sie das, es sind keine Faefrauen mit in unsere Welt gekommen. Kurz betrachte ich die blonde kurzhaarige Frau, die bereits zweimal an meiner Heilung beteiligt war. Sie ist schätzungsweise Anfang dreißig und sieht mich so fragend an, als ob ich ihr jetzt sagen könnte, wie es weitergeht. Kann ich aber nicht. »Wohin ist er gegangen?«, erkundige ich mich stattdessen ziemlich begriffsstutzig.

»Ich habe keine Ahnung, aber vermutlich wird er nicht weit kommen.« Zur Bestätigung ihrer Aussage höre ich ganz in der Nähe eine Tür knallen.

»Du solltest zu ihm gehen«, bitte ich sie, da sie keinerlei Anstalten macht, irgendetwas zu tun. »Er … könnte vielleicht ein bisschen Hilfe gebrauchen.« Ich kann nicht glauben, dass ich diese Worte über den mächtigsten Fae der Stadt sage, aber ich meine sie verdammt ernst.

Helen schüttelt den Kopf und ihr Mund verzieht sich zu einem Schmunzeln. »Ganz sicher nicht«, entgegnet sie zu meiner

Überraschung. »Er würde mir in dem Moment den Kopf abreißen, in dem ich den ersten Fuß in sein Zimmer setze.«

Meine Verwirrung muss in riesigen Lettern auf meiner Stirn prangen, denn ausnahmsweise redet sie bereitwillig weiter. »Er hat sich in seinem ganzen Leben noch nicht helfen lassen.«

Sie hebt die Arme über den Kopf und reckt sich. Sie scheint müde zu sein. Oje, erst jetzt komme ich auf die Idee, dass sie vielleicht genau deswegen nichts unternimmt. Sie hat vermutlich die ganze Nacht hier verbracht und braucht bestimmt keinen weiteren Patienten. Schweigend schenkt sie Wasser aus einer Karaffe in das Glas, das auf dem Nachttisch steht, dann erhebt sie sich.

»Ich werde dich jetzt allein lassen. Wenn du wieder Schmerzen bekommst, kannst du mich rufen.« Sie zeigt auf einen kleinen weißen Gegenstand auf dem Tisch, der wie eine Miniaturfernbedienung aussieht, allerdings hat sie nur einen einzigen Knopf. »Der ist für mich. Einfach drücken und ich komme vorbei, okay?«

Ich nicke, wobei ich angestrengt versuche, meine Irritation nicht wie eine Flagge über mir zu schwenken.

»Das Klo ist da hinter der Tür, neben dem Bett. Du müsstest es inzwischen eigentlich ohne Hilfe bis dahin schaffen«, erklärt sie. Dann gähnt sie herzhaft, wendet sich ab und verlässt ebenfalls das Zimmer. Ich bin allein.

Und ich denke eindeutig zu viel nach. Mir schießen etwa zehn Fragen pro Sekunde durch meine Hirnwindungen. Am lautesten ist immer dieselbe. Was ist meine Bestimmung? Es reicht. Ich muss aus diesem Bett raus, sonst werde ich irre. Erstaunlicherweise stellt das keine einzige meiner Stimmen in Frage.

Vorsichtig richte ich mich auf und hebe die Beine über

die Bettkante. Zu meiner großen Freude stelle ich fest, dass ich nicht mehr nackt bin. Ich trage ein Shirt, das vermutlich Größe fünf XL hat, aber da das ohnehin meinem Klamottengeschmack entspricht, beschwere ich mich nicht. Abgesehen davon ist alles besser als nackt.

Mit Beinen aus Wackelpudding gehe ich ins Bad und bin der Meinung, dass die Sache mit den Déjà-vus jetzt ausreichend ausgereizt ist. So richtig ist es auch keins, denn obwohl sich mein Körper besser anfühlt als beim letzten Mal, sieht mein Gesicht weitaus schlimmer aus. Neben der notdürftig geschlossenen Platzwunde über meiner Augenbraue zeigt mir allem voran meine rechte Wange, warum das Reinigen der Wunde so unglaublich wehgetan hat. Es fühlte sich nicht nur an wie rohes Fleisch, es *ist* rohes Fleisch. In einem Kreis von etwa fünf Zentimeter Durchmesser existiert nicht ein winziger Fetzen Haut mehr. Ich schlucke, als leichte Übelkeit in mir hochsteigt.

Ich schenke der allgemeinen Farbgebung meines Gesichts keine Aufmerksamkeit und lasse meinen Blick weiterwandern. Eine Menge blaue Flecken zieren meinen Körper überall da, wo die Wärter mich mit ihrem festen Griff gepackt haben. Der Rest meiner Probleme ist immerhin äußerlich nicht zu sehen. Was sie leider nicht verschwinden lässt.

Ich fülle einen Zahnputzbecher mit Wasser und trinke gierig gleich mehrere Becher hintereinander. Zähneputzen wäre definitiv das Highlight des Tages, aber nicht mit einer fremden Zahnbürste. Also begnüge ich mich mit etwas Zahnpasta und meinem Finger. Jetzt sehe ich zwar immer noch nicht wieder aus wie ein Mensch, aber immerhin fühle ich mich wieder wie einer.

Und dann passiert es. Während ich auf dem Klo sitze und meine Blase dankbar aufstöhnt, beginnen meine Stimmen, mich vehement anzubrüllen, und ich habe nicht den blassesten Schimmer, warum sie sich plötzlich so einig sind. Zumal ihre Forderung echt durchgeknallt ist. Sie wollen, dass ich zu Rook gehe.

Für einen Moment überlege ich, sie in die Psychiatrie einzuweisen, habe aber das dezente Gefühl, da inzwischen selbst hinzugehören. Helen ist eindeutig im Palast zu Hause und kennt den Statthalter sehr viel länger als ich. Soweit ich ihre Gespräche mitbekommen habe, schienen die beiden durchaus vertraut miteinander zu sein. Dennoch lehnt sie ab, zu ihm zu gehen, weil sie seine Reaktion fürchtet. Warum um alles in der Welt sollte er also ausgerechnet mich in seine Nähe lassen?

Er wird es nicht, davon gehe ich aus. Aber meine Stimmen sind dermaßen überzeugt von dem Vorhaben, dass es sich ein bisschen anfühlt wie mit Luke. Ich muss es wenigstens probieren.

Als ich die Tür zum Flur öffne, entweicht mir ein erstickter Schrei. Vor mir steht mit verschränkten Armen der Fae, der bei der Verhandlung links neben ihm gesessen hat. Er ist Rook vom Typ her ähnlich, allerdings ist seine Haut etwas heller, seine Haare blond und er trägt einen Undercut unter dem Knoten, zu dem er sie gebunden hat.

Ich weiche einen Schritt zurück und beginne schwachsinnig zu stammeln. »Ich wollte nicht … Ich wollte nur … Ich wollte nicht weglaufen, ich schwöre es«, flehe ich den riesigen Kerl an, denn eine weitere Nacht im Gefängnis werde ich nicht überstehen. Zu meinem Erstaunen zucken seine Mundwinkel belustigt und um seine Iriden funkelt ein grüner Rand.

»Hätte ich auch nicht erwartet«, erwidert er und ich reiße die Augen auf. Es ist die Stimme, die mich zweimal zu Rook getragen hat. Kail.

Während ich ihn fassungslos anstarre, bildet sich ein breites Grinsen in seinem Gesicht. »Würdest du dann wohl so gnädig sein und mir verraten, wo es hingehen sollte in diesem …« Sein Blick wandert an mir herunter, bevor er weiterspricht. »… halbfertigen Outfit?«

»Ich bin ja schon froh, überhaupt ein Outfit zu haben«, entgegne ich brummend.

Er sieht mich auffordernd an, die Antwort auf seine eigentliche Frage steht noch aus und er wird mich sicher nicht ohne passieren lassen, zuckende Mundwinkel hin oder her.

Ich druckse ein wenig herum und knabbere in Gedanken an meiner Unterlippe, was sich schnell als sehr bescheuerte Idee herausstellt. »Ich … ich wollte zu ihm«, gestehe ich leise, wobei ich meinen Blick fest auf seine Schuhe gerichtet habe. Ziemlich coole Sneaker übrigens. Die sind eindeutig nicht aus Breyta.

Ich spüre, wie sich einer seiner Finger unter mein Kinn schiebt und es anhebt, damit ich ihn wieder ansehe. »Dann will ich dich da mal hinbringen. Auf die Show bin ich gespannt.«

Ich weiß definitiv, dass ich die Antwort nicht erwartet habe, aber was ich nicht weiß, ist, ob sie mir Mut macht. Kurz überlege ich, einen Rückzieher zu machen, doch meine Stimmen brechen bereits in frenetischen Jubel aus, also lasse ich es.

Ein bisschen wackelig tapse ich hinter ihm her, bis er an einer Tür etwa zehn Meter von meiner entfernt stehen bleibt. »Bitte sehr. Wünsche viel Spaß.«

Ich glaube eher nicht, dass ich den haben werde, so schadenfroh wie er guckt, aber ich habe auch keinen Spaß erwartet. Ich atme einmal tief durch, bemerke erfreut, dass meine Rippen nicht dagegen protestieren, und drücke die Klinke. Plötzlich spüre ich seine Hand auf meiner Schulter. »Ich bin hier vor der Tür«, flüstert er mir zwinkernd zu. »Nur für den Fall, dass du Hilfe brauchst.«

Ich rolle mit den Augen und betrete das Zimmer.

»Verschwinde«, grollt es aus dem Bett. Yeah, super Start. Könnte tatsächlich ein riesengroßer Spaß werden.

»Vielleicht später.«

»Key, ich meine es ernst. Verschwinde aus diesem Zimmer oder du wirst es bereuen.«

Langsam und möglicherweise ein bisschen lebensmüde nähere ich mich ihm. »Ich dachte, du wolltest mir nicht sagen, was ich denke.« Ich trete an sein Bett und setze mich vorsichtig auf die Bettkante. »Und ich denke, dass du im Moment durchaus in die Kategorie ›unzurechnungsfähig‹ eingestuft werden könntest und Hilfe brauchst, auch wenn das nicht in dein Persönlichkeitsbild passt.«

Er zittert noch immer am ganzen Körper und ein Schweißfilm zieht sich über seine Arme und sein Gesicht. Was immerhin kein Zustand ist, in dem er mich irgendeiner Bestimmung zuführen kann.

Das hält ihn jedoch nicht davon ab, weiter zu pöbeln. »Wo ist Helen? Wieso hat sie dich rausgelassen?«

»Sie ist gegangen, ich habe das Gefühl, sie brauchte mal ein wenig Schlaf.«

»Und Kail, der Verräter, hat dich mit Freuden zu mir gebracht, stimmt's?«, schiebt er knurrend hinterher.

Ich grinse. »Hat er. Und ich würde an deiner Stelle nicht so laut reden, er steht vor der Tür und wartet auf die Show. Die Genugtuung willst du ihm doch sicher nicht geben, oder?«

Er schließt die Augen und atmet ein paar Mal tief durch. Könnte sein, dass die Grenze seiner Selbstbeherrschung erreicht ist.

Ich habe keine Ahnung, warum ich wirklich hier bin, und

ich weiß auch nicht, was ich gegen seinen Zustand tun kann, aber meine Stimmen sind in einer friedlichen Stimmung der Glückseligkeit, also beschließe ich zu bleiben.

Ich sehe mich im Zimmer um, das meinem nicht unähnlich ist. Er hat zwei Sessel, nicht nur einen, und sie sind dunkelblau. Ansonsten gibt es unfassbarerweise noch mehr Bücher und kein Medizinschränkchen. Mit dem könnte ich aber ohnehin nichts anfangen. Also stehe ich auf und gehe zu der schmalen Tür, die ebenso wie bei mir zu einem Bad führt.

In Ermangelung eines Waschlappens schnappe ich mir ein frisches Handtuch und mache es nass. Dann gehe ich zurück ins Zimmer und nehme die Karaffe mit Wasser und ein Glas von dem kleinen Tisch, der zwischen den Sesseln steht.

Als ich mich wieder auf die Bettkante setze, schlägt er die Augen auf. »Ich hatte gehofft, du seist gegangen.«

»Tja, nicht alle Wünsche werden wahr«, entgegne ich sarkastisch. Dann hebe ich seinen Kopf an, der verdammt schwer ist, und gebe ihm etwas zu trinken. Er leert das Glas in wenigen Zügen und ich wiederhole die Prozedur noch zweimal. In meinen Augen wäre ein Danke jetzt in Ordnung, aber muss ja nicht.

Ich stelle das Glas ab und greife stattdessen nach dem kühlen Handtuch. Vorsichtig streiche ich ihm seine dunklen Strähnen aus dem Gesicht und beginne, ihm den Schweiß von der Stirn zu wischen. Wider Erwarten lässt er mich gewähren. Er hat seine Augen geschlossen und ich merke, wie sein Atem sich langsam beruhigt. Und zum ersten Mal habe ich die Möglichkeit, sein Gesicht in Ruhe zu betrachten.

Ich ärgere mich fast darüber, aber ich kann nicht leugnen, dass dieser Mann atemberaubend schön ist. Hohe Wangenknochen und eine absolut krass definierte Kieferpartie. Doch das ist es nicht, was mich gefangen nimmt. Vielmehr sind es die vereinzelten Sommersprossen, die sich überall verstreut von seiner dunklen Haut abheben und seine weichen Lippen, die jetzt endlich entspannt sind. Sein Bart ist nicht so einwandfrei gestutzt, wie bei den meisten anderen Fae und seine unordentliche Frisur ist auf ihre Art so perfekt, wie es kein Mensch der Welt hinkriegen würde.

Ein paar meiner Stimmen singen lauthals Halleluja und ich schüttele den Kopf. Er ist grausam, erinnere ich mich und ernte direkt ein empörtes Schnauben. Es gibt Momente, da übertreiben sie es da drinnen ein bisschen, finde ich.

Als ich mit dem Tuch vorsichtig vom Gesicht zum Hals wandere, weiß ich dennoch kaum, wo ich noch hinsehen soll. Beziehungsweise wo ich jetzt weitermache. Meine Augen zieht es definitiv zu seiner Brust, doch ich denke nicht, dass ich diese breite, vermutlich stahlharte Ansammlung von Muskeln berühren sollte. Also verharre ich noch ein wenig an seinem Hals, um den ein schlichtes Lederband liegt, an dem ein grüner glatt geschliffener Stein hängt. Es ist ein unübliches Schmuckstück für einen Fae. Für gewöhnlich tragen sie fette und Reichtum präsentierende Siegelringe mit altehrwürdigen Familienwappen. Oder goldene Ketten mit schweren Amuletten, die Schriftzeichen und Symbole zeigen, mit denen wir Menschen nichts anfangen können.

Während ich mich frage, was es mit dem vermeintlich einfachen Stein wohl auf sich hat, gönne ich mir ein paar Sekunden zumindest den Anblick seines Brustkorbs, der sich inzwischen deutlich langsamer hebt und senkt als noch vor fünf Minuten. Leider ist das Problem der Schnappatmung jetzt zu mir übergeschwappt. So geht das nicht weiter.

Ich führe einen strategisch unglaublich raffinierten Schachzug durch und widme mich aufmerksam seinen Armen, die zwar auch die eine oder andere Assoziation in meinem Kopf hervorrufen, mir aber irgendwie unverfänglicher vorkommen. Träge hebt er die Lider. »Du solltest das nicht tun.«

»Du hättest es auch nicht tun sollen«, tadele ich ihn leise. »Ich hätte warten können. Das war es nicht wert.«

»Doch, kleine Maus, das war es«, flüstert er.

»Nenn mich nicht immer so«, erwidere ich ärgerlich. »Ich bin keine kleine ängstliche Maus.«

Ein Lächeln huscht über seine Lippen und erst jetzt merke ich, dass er längst aufgehört hat zu zittern. »Klein bist du schon.«

Das ist objektiv betrachtet nicht zu hundert Prozent korrekt, aber im direkten Vergleich zu einem Wesen, das genau wie alle anderen seiner Art die Zweimetermarke geknackt hat, lasse ich die Aussage jetzt mal durchgehen.

»Aber ängstlich nicht«, stimmt er mir zu. Dann wendet er seinen Kopf von mir ab und sein Blick verliert sich im Nichts. »Wusstest du, dass die Maus zu den mutigsten Tieren der Welt zählt?«

Äh, nein. Ich schüttele den Kopf und realisiere ein bisschen spät, dass er mich ja gar nicht mehr ansieht. Dennoch spricht er weiter.

»Obwohl sie unendlich viele Feinde hat, läuft sie durch diese Welt und holt sich das, was sie braucht. Bei jedem Schritt, den sie aus ihrem Loch macht, ist sie in Lebensgefahr und trotzdem geht sie da raus und sorgt für sich und ihre Kinder. Sie lacht dem Tod ins Gesicht und zeigt ihm den Mittelfinger. Das schafft nicht jeder.«

Staunend sehe ich in seine türkis umrandeten Iriden, die er mir jetzt wieder zugewendet hat, und sein Blick verhakt sich kurz mit meinem. »Hast du mir gerade gesagt, dass du mich mutig findest?«, flüstere ich verwirrt.

»Möglicherweise ...«

11

Er schläft. Ruhig und gleichmäßig hebt und senkt sich sein Brustkorb und seine Gesichtszüge sind so entspannt, dass sein Mund leicht geöffnet ist. Vorsichtig, um ihn nicht zu wecken, stehe ich auf, nur um dann unentschlossen herumzustehen.

Ich sollte definitiv gehen. Ich bin selbst alles andere als fit und er braucht mich nicht als Aufpasser, schließlich steht Kail auf dem Gang und ich vermute mal, dass der durchaus in der Lage ist, zwei Türen zu bewachen.

Aber ... Ich seufze. Ich könnte ebendiesen Fae da draußen als Argument anführen, dass ich bleibe. Ich habe absolut keine Lust, mir seine Kommentare anzuhören, wenn ich hier jetzt rausmarschiere. Leider werden die vermutlich umso ironischer, je länger ich bleibe.

Ausnahmsweise schweigen meine inneren Kommentatoren. Könnte ich natürlich einfach als stillschweigendes Einverständnis interpretieren, schließlich haben sie ihren Willen ja bekommen. *Key*, weise ich mich selbst zurecht, *du zögerst.* Das bedeutet eindeutig nicht, dass ich gehen möchte. Was spricht also dagegen, hierzubleiben? Die Tatsache, dass ich nicht will, dass ich hierbleiben möchte.

Puuuh, die Idee mit der Psychiatrie war vielleicht gar nicht so abwegig. Ich gehe auf einen der Sessel zu, auf dem glücklicherweise eine Wolldecke liegt. Erschöpft lasse ich mich auf die dicken Polster fallen, ziehe die Knie an die Brust und wickele mich in die außerordentlich flauschige Decke ein. Dann hole ich besonders tief Luft und beschließe, endlich in Ruhe über all das hier nachzudenken.

Ich werde durch ein unsanftes Rütteln an meiner Schulter geweckt, gepaart mit einem kleinen Shitstorm, der eindeutig viel zu oft die Wörter dickköpfig, widerspenstig und unbelehrbar enthält. Schläfrig schlage ich die Augen auf und sehe mich einem offensichtlich wieder fitten und sehr wütenden Fae gegenüber. Na super, jetzt bekommt Kail seine Show.

»Wenn ich mich recht erinnere, hatte ich dir gesagt, du sollst verschwinden«, blafft er mich an, sobald ich die Augen geöffnet habe und sein Tonfall ist so scharf, dass ich mich nicht mal darüber freuen kann, dass beide Augen wieder vollständig einsatzbereit sind.

»Das hattest du«, stimme ich ihm schlecht gelaunt zu. »Aber stell dir mal vor, Rook, es gibt Menschen, die nicht bei jedem deiner Befehle ihren Verstand abgeben und dir willenlos folgen.«

»Ich habe einen Vornamen«, motzt er, »und ich wäre dir durchaus dankbar, wenn du ihn benutzen würdest.«

»Oh, den habe ich auch, *Tarmo.* Es hält dich aber trotzdem nicht davon ab, mich ›kleine Maus‹ zu nennen«, gifte ich zurück. »Und ja, du hast mir vorhin eine nette Geschichte dazu erzählt, aber das heißt noch lange nicht, dass es mir gefällt.«

»Okay«, räumt er genervt ein. »Kommen wir zur Kernfrage des Abends.« Oh, stimmt. Erst jetzt bemerke ich, dass es dunkel geworden ist und sein Zimmer nur von einigen Wandlampen beleuchtet wird. »Was willst du noch hier?«

Tja, das wäre auch meine Kernfrage gewesen. Kaum habe ich vorhin in dem Sessel gesessen, sind mir noch genau zweieinhalb Gedanken durch den Kopf gegangen, dann bin ich offensichtlich eingeschlafen. Beim In-Ruhe-Nachdenken hat also irgendwie die Ruhe überwogen.

So grimmig, wie er mich jetzt ansieht, komme ich nicht wirklich dazu, meine Gedanken zu sortieren. Verdammt, ich habe mich um ihn gekümmert, als es ihm dreckig ging, warum ignoriert er das komplett? Gibt es das Wort ›Danke‹ bei den Fae tatsächlich nicht? Hätte ich nicht ein bisschen mehr verdient als einen Rauswurf?

Ich sehe ihm fest in die Augen. »Ich will Antworten.«

»Worauf?«

»Auf alles. Warum bin ich hier? Du weißt genau, dass die Anschuldigungen nicht stimmen. Ich bin nicht zu den Rebellen übergelaufen, sie haben mich überwältigt. Warum also lässt du zu, dass ich an den Pranger gestellt werde, nur um mich dann vorzeitig dort wegzuholen und mich zu heilen? Woher weißt du von meinem Bruder? Was hast du mit Rylan zu schaffen? Warum lässt du mich, nur einen Tag nachdem du mich geheilt hast, in eine Gefängniszelle werfen und überlässt mich deinen scheiß brutalen Wärtern? Warum heilst du mich noch einmal und verausgabst dich bis zum Anschlag dabei?«

Viel zu spät merke ich, dass ich nicht nur aufgesprungen, sondern auch ziemlich laut geworden bin und wahrscheinlich der halbe Palast mitkriegt, was ich hier von mir gebe. Mindestens der schmunzelnde Typ vor der Tür, sofern er immer noch da steht und nicht längst vor Langeweile gestorben ist. Aber genau jetzt ist mir das total egal. Denn die eine letzte Frage muss noch raus, sonst ersticke ich an ihr. »Was ist meine Bestimmung?«, schreie ich und bin sehr viel näher an der Hysterie, als mir lieb ist.

Er sieht mich eine gefühlte Ewigkeit nachdenklich an und ich hasse ihn dafür, dass er so ruhig ist. Mein ganzes Leben ist innerhalb der letzten Woche aus den Fugen geraten, alles wofür ich gelebt habe, wurde infrage gestellt. Da wäre ein bisschen Mitgefühl mal angebracht. Fae haben kein Mitgefühl, erinnere ich mich und schiebe direkt ein lautstarkes ›Schnauze!‹ hinterher, noch bevor auch nur eine Stimme einen Mucks von sich geben kann.

»Setz dich«, sagt er völlig unvermittelt und viel zu gefasst.

»Ich will mich nicht setzen«, entgegne ich bockig. Mein dreijähriges Ich braucht kurz mal einen Auftritt.

Rook schließt die Augen und presst sich zwei Finger an die Nasenwurzel. »Bitte.«

Ich schnaube und kämpfe einen inneren Kampf, der sich vermutlich nur allzu deutlich in meinem Gesicht widerspiegelt. »Warum?«

»Key«, grollt er unbeherrscht und zum ersten Mal, seit ich dieses Zimmer betreten habe, habe ich Angst vor ihm. »Du willst Antworten. Und ich wäre tatsächlich bereit, dir welche zu geben. Aber wenn du mich weiter dermaßen reizt, könnte es sein, dass du in einer Minute an meinem ausgestreckten Arm aus dem Fenster baumelst und um Gnade winselst.« Müde fährt er sich mit beiden Händen über das Gesicht. »Also tue mir den Gefallen und setz dich bitte einfach hin.«

Ich starre ihn noch genau drei Sekunden an, dann erscheint aus dem Nichts ein winziges Wesen der Vernunft in meinem Inneren und ich setze mich.

Er starrt einen Moment zu lange zurück, dann geht er zur Tür, öffnet sie und ein breit grinsender Kail sieht uns entgegen. »Und ich dachte schon, ihr schafft es nie.«

Rook kneift die Augen zusammen und ignoriert seinen Kommentar geflissentlich. »Kannst du uns bitte etwas zu essen besorgen? Das haben wir in den letzten drei Tagen irgendwie vernachlässigt.«

»Natürlich.«

Fast provokant langsam kommt er auf mich zu und setzt sich mir gegenüber in den Sessel. Dann sieht er mich noch einmal eindringlich an, als ob er sich meiner Aufmerksamkeit versichern will, holt tief Luft und beginnt zu sprechen. »Okay, also wir Fae sind ... im Prinzip vom Aussterben bedroht.«

Guter Opener. »Oh, das tut mir *wirklich* leid.« Ironie auf einer Skala von eins bis zehn: acht. »Interessante These, wenn man unsterblich ist.« Sarkasmus liegt nur bei vier, aber immerhin.

Er schließt die Augen und schüttelt sichtlich genervt den Kopf. »Könntest du mir vielleicht einfach ein paar Minuten zuhören, bevor du mich unterbrichst?«

»Ist nicht meine ganz große Stärke, aber ich werd's versuchen.«

»Wow, das scheint mir eine Ehre zu sein.«

Ich schenke ihm ein aufmunterndes Lächeln. »Genieß den Moment.«

Er ignoriert meine Gehässigkeiten und es wurmt mich, dass er seine unantastbare Fassade so schnell wiedererlangt. Aber wer bin ich, dass ich einen Fae dauerhaft aus der Fassung bringen könnte?

»Die meisten unserer Frauen sterben bei der Geburt, das trägt nicht unbedingt dazu bei, dass man sich vermehrt«, fährt er ungerührt fort. »Trotzdem ist der Großteil von uns so überheblich, dass er sich nie mit anderen Wesen einlassen würde, wir stecken also in der Zwickmühle.«

Ich spare mir mein Mitleid für später auf. »Bist du einer

von den Überheblichen? Oder sitzt hier die große Ausnahme vor mir?«, frage ich stattdessen.

Er starrt mich schon wieder ohne eine Regung an, was mein Bild von ihm nicht unbedingt verbessert. »Es geht nicht darum, ob *ich* mich mit anderen Wesen einlassen würde«, weicht er meiner Frage geschickt aus. »Denn selbst wenn ich es nicht tun würde, heißt das nicht, dass ich ihre Machenschaften billige.«

Er hat recht, aber natürlich sage ich ihm das nicht. Stattdessen stelle ich eine weitere Frage. »Was sind das für Machenschaften?«

»Die herrschenden Fae in dieser Stadt haben vor vierundzwanzig Jahren ein Projekt ins Leben gerufen, mit dem sie sich stärkere Frauen heranzüchten wollen.«

»Stopp.« Ich sehe ihn mit zusammengekniffenen Augen an. »Hast du gerade wirklich von einem *Projekt* gesprochen? Ein Projekt, wie den Bau einer Hochhaussiedlung? Oder ein Schulprojekt, bei dem man ein eigenes Fahrzeug entwerfen darf?«

Er seufzt. »Ich habe mir den Namen nicht ausgesucht, das waren sie.«

»Die herrschenden Fae?«

»Ja.«

»Korrigier mich, aber du bist der Statthalter, oder? Man könnte meinen, dass du zu ihnen gehörst.«

Er beugt sich ein Stück zu mir vor, doch ich werde den Teufel tun und vor ihm zurückweichen. »Korrigier du mich, aber du hattest mir ein paar Minuten ohne Dazwischenquatschen zugestanden, oder?«

Ich lehne mich in den Sessel zurück und verschränke demonstrativ die Arme. »Weiß ich.«

Es erklingt ein Schnauben und mit ganz viel Fantasie

könnte man ein Lachen dahinter vermuten, allerdings ein sehr hochmütiges.

»Sie nennen es das Deae-Projekt. In ihren Augen erschaffen sie *Göttinnen.*«

So, wie er das Wort betont, scheint er das anders zu sehen, aber immerhin habe ich während der Verhandlung gestern wohl doch nicht halluziniert.

»Um es kurz zu machen: Männliche Fae spenden ihren Samen und pflanzen ihn menschlichen Frauen ein und nein, die Frauen melden sich dafür nicht freiwillig. Sie werden von den Fae ausgesucht, sie nehmen nur die Stärksten.« Er macht eine etwas zu dramatische Pause, aber sie verfehlt nicht ihre Wirkung. »Die Beste jedes Jahrgangs an der Akademie wird in die Hauptstadt gebracht, wie du weißt.«

Keiner weiß das besser als ich. Danke für die Erinnerung.

»Aber der besondere Job, der ihnen versprochen wird, hat nichts mit dem einer Wächterin zu tun. Sie versetzen sie ins Koma und benutzen sie als Gebärmaschinen.«

Dieses Mal bin ich es, die keine Regung zeigt, aber nur, weil mir für so eine Nachricht der passende Gesichtsausdruck schlichtweg fehlt. Unglauben? Entsetzen? Wut? Mein Magen krampft sich zusammen, als Chase' hasserfüllten Worte plötzlich einen Sinn ergeben. *Kommt darauf an, was man unter einem hervorragenden Job versteht.*

Jenna. Das ist es, was ihr passiert ist. Sie war die Beste. Sie war stark, cool und sie sprühte nur so vor Leben. Ich habe sie damals mit meinen zwölf Jahren nahezu verehrt. Und die Fae haben sie ... Übelkeit kriecht mir die Kehle hinauf und in diesem Augenblick wünschte ich, ich hätte nicht nach Antworten verlangt.

Es klopft an der Tür und noch nie war ich so dankbar für eine Unterbrechung. Auf ein dunkles »Ja« von Rook bringt

Kail ein Tablett und stellt es auf dem kleinen Tisch zwischen uns ab. Ich komme mir schäbig vor, aber das Danke bleibt mir im Hals stecken.

»Gern geschehen«, flötet er unbeeindruckt und verlässt den Raum wieder.

Mein Blick wandert kurz zu dem Tablett, doch obwohl ich seit drei Tagen nichts gegessen habe, ist jetzt definitiv nicht der Moment für Häppchen. Offensichtlich scheint mein Gegenüber das genauso zu sehen, denn er fährt, ohne zuzugreifen, fort.

»Wird das Kind dieser Frauen ein Mädchen, bekommt es einen Bewahrer zugeteilt, einen Fae. Es wächst bei menschlichen Eltern auf, aber ihr Bewahrer hat ein Leben lang ein Auge auf sie, beschützt sie und passt auf, dass sie nicht erkannt wird. Die Göttinnen haben Faeblut in sich, das lässt sie manchmal ein paar Fähigkeiten erlangen, die den Menschen suspekt werden könnten.«

Ihre möglichen Superheldenkräfte sind mir gerade ziemlich egal, denn ein Schauer puren Grauens läuft mir über den Rücken. »Was passiert, wenn ihr Kind ein Junge wird?«, flüstere ich.

»Sie töten ihn.«

Obwohl ich mit dieser Antwort gerechnet habe, schockiert es mich, sie laut ausgesprochen zu hören. Aber ich habe noch eine weitere Frage, und es ist mir egal, dass ich ihm versprochen habe, ihn nicht zu unterbrechen. »Was passiert mit den Göttinnen, wenn sie älter sind? Was tun sie mit ihnen?«

»Sie schicken sie an die Akademie. Durch ihren Fae-Anteil sind sie besonders stark und so ist gesichert, dass sie wiederum die Besten ihres Jahrgangs werden. Die Kinder, die sie bekommen werden, haben noch mehr Faeblut in sich und sind noch stärker. Wenn sie das ein paar Generationen lang weiterführen, ist der menschliche Anteil irgendwann so gering, dass sie ihn ignorieren können, und dennoch sorgt er dafür, dass die Frauen endlich die Geburten ihrer Kinder überleben.«

Ich hebe abwehrend die Hände, um ihn zu stoppen, dann schließe ich die Augen, als ob ich seine Worte damit aussperren könnte, aber das geht nicht mehr. Das ist also unsere Gegenleistung. Seit Jahrzehnten fragen sich die Menschen in Breyta, ob die Fae ihnen irgendwann etwas abverlangen werden, doch sie sind längst dabei.

Ein paar Atemzüge lang versuche ich, all das mit ihm in Verbindung zu bringen, aber es will mir tatsächlich nicht gelingen. Ein totaler Idiot in meinem Inneren flüstert, dass Tarmo zu den Guten gehört, dass er nicht billigt, was sie tun.

Mein Verstand schaltet sich zu und ich weiß, dass der Idiot nicht aufgepasst hat. Vor mir sitzt der mächtigste Fae dieser Stadt. Wenn er es nicht billigen würde, hätte er ihr Projekt längst gestoppt.

Mein sonst so loses Mundwerk ist verstummt, und als ich die Augen wieder öffne, sehe ich, dass er mich nachdenklich anstarrt. »Warum erzählst du mir das?«, frage ich leise und ich habe das Gefühl, dass er die Angst in meiner Stimme deutlich heraushören kann. »Was hat das mit mir zu tun?«

Er zögert einen Moment zu lange und in genau diesem Moment weiß ich, dass ich seine Antwort nicht hören möchte. Aber so empathisch ist er nicht. »Du bist eine von ihnen, Key. Du bist eine ihrer Göttinnen.«

Nein, bin ich nicht. Will ich nicht sein. Darf ich nicht sein. »Habe ich deshalb so einen bescheuerten Namen?«, stelle ich die wohl dämlichste Frage, die man nach so einer Offenbarung stellen kann.

Er lächelt kurz. »Ich finde ihn nicht sooo bescheuert, aber

ja. Sie geben ihnen allen so kryptische Namen, um ihre Bedeutung für die Zukunft besonders hervorzuheben.«

»Wie kryptisch genau?«

»Oh, da wären zum Beispiel Hope, sie war die Erste. Ansonsten hätten wir Faith, Trust, Sky, Truth … lass mich überlegen … Dream, Star, Life … soll ich weitermachen?«

Ich schüttele den Kopf. »Reicht.«

Nervös fahre ich mir mit den Händen durch das Gesicht und forsche fieberhaft nach einer etwas schlaueren Frage. Sind meine Eltern nie meine Eltern gewesen? Waren sie mir wirklich nur zugeteilt? Aber es hat sich so verdammt echt angefühlt. Sie haben mich geliebt, da bin ich mir sicher. Das kann kein Fake gewesen sein. Und Luke? Mein kleiner Bruder ist mein Ein und Alles. Er *muss* mein richtiger Bruder sein. Natürlich sehen wir uns überhaupt nicht ähnlich, aber kann Tarmo deswegen recht haben?

Nein. Erleichterung durchströmt mich, als ich einen Fehler in seinen Aussagen entdecke. Ich habe keine Fähigkeiten, die andere nicht haben, die nicht einfach antrainiert sind. Und ich bin auch nicht …

»Ich kann keine von ihnen sein«, widerspreche ich triumphierend. »Ich war nur die Zweitbeste. Megan war … besser«, versandet meine triumphale Aussage und wird von einem Bild im Kopf überlagert, das mir meine frühere Konkurrentin hochschwanger in irgendeinem Krankenbett zeigt. Ich habe sie wirklich nicht gerne gemocht, aber nur für den Fall, dass er recht hat, hat sie mich vor genau diesem Schicksal bewahrt.

Dennoch klammere ich mich an seinen logischen Fehler. »Du hast gesagt, Göttinnen werden selbst zu den Besten der Akademie. Ich bin aber nicht die Beste. Meine Prüfung ist ein Jahr her und ich bin noch hier, nicht in der Hauptstadt, nicht in ihrem Projekt.«

Er nickt. »Das bist du.« Nicht zum ersten Mal huscht eine seltsame Regung durch sein Gesicht, die ich nicht deuten kann, und das beruhigt mich in keiner Weise. Wenn selbst seine Fassade bröckelt, kann das nichts Gutes bedeuten.

»Warum?«, hake ich etwas zögerlich nach und es ärgert mich, dass ich ihm jede Antwort aus der Nase ziehen muss.

»Weil ich dein Prüfungsergebnis gefälscht habe. ... Du wärst besser gewesen als jede andere vor dir.«

Glaub ihm nicht, mahnt mich mein Verstand augenblicklich, aber in meinem Bauch bildet sich ein dicker Knoten, der genau das tun möchte. Ein Knoten, der möchte, dass ich für irgendjemanden auf dieser Welt so wichtig bin, dass er sich für mich einsetzt.

»Warum hast du das getan?«, frage ich vorsichtig.

»Weil ich dein Bewahrer bin, Key. Ich möchte, dass du lebst.«

Zu viele Fragen in meinem Kopf. Ich produziere eine fette Denkfalte auf meiner Stirn, weiß nicht, welche ich zuerst stellen soll. »Heißt das, die Frauen sterben nach der Geburt?«

»Du solltest nicht so viel fragen«, mahnt er mich und seine Stimme ist zum ersten Mal, seit wir das Gespräch hier führen, wieder sanft.

»Doch, das sollte ich«, entgegne ich trotzig. Ich vermute allerdings, dass ich mit dem Tonfall nur noch mein eigenes Entsetzen im Zaum halten möchte. »Aber gut, dann eben eine andere Frage. Warum ist es dir so wichtig, dass ich lebe? Andere Bewahrer lassen ihre Schützlinge ja offensichtlich auch sterben. Was hast du mit mir vor?«

Er hat mir mein Leben gerettet, als er mich geheilt hat, das ist mir klar. Und er hat sich damit verwundbar gemacht, das ist zu selbstlos für einen Fae. Er wird eine Gegenleistung dafür verlangen und es ist angeblich nicht die, weitere Göttinnen zu zeugen. *Sie gehört mir*, erinnere ich mich an seine eiskalten Worte. Angst schnürt mir die Kehle zu und ich bin kurz geneigt, meine Frage wieder zurückzuziehen.

»Ich habe gar nichts mit dir vor. Ich möchte dir helfen. Ich möchte dich aus der Stadt bringen, an einen sicheren Ort. Sie haben dich im Visier, Key. Es ist ungewöhnlich, dass eine Göttin nicht die Nummer eins ist. Und nun bist du auch noch mit Rebellen gesehen worden, was so in keiner Weise geplant war. Sie haben zugesehen, wie du am Pranger fast zu Tode geprügelt wurdest, und es war ihnen scheißegal, dass die Leute die Regeln missachtet haben. Und dennoch stehst du jetzt wieder hier, nahezu unversehrt. Was glaubst du, wie lange ich sie noch an der Nase herumführen kann, hm? Wie lange ich noch verheimlichen kann, dass ich meine schützende Hand über dich halte?«

Er fährt sich mit den Fingern durch die Haare und löst dabei ein paar seiner langen Strähnen aus seinem Knoten. »Du bist hier nicht sicher. Ich kann dich in dieser Stadt nicht mehr beschützen. Sie werden ihr Recht auf die Göttin einfordern, sie werden dich bekommen, wenn sie das unbedingt wollen.«

Der Knoten in meinem Bauch schwillt an und scheint mich fast zu sprengen. Er will mich beschützen. Er will mich vor ihrem Projekt retten. Unsicher sehe ich ihn an. Seine zweifarbigen Augen ruhen auf meinem Gesicht und der türkisfarbene Rand darin scheint zu pulsieren. Ich möchte ihm glauben.

›Bist du irre?‹, haut mir mein Verstand meine Gedanken um die Ohren. Die Fae sind Meister der Täuschung. Da er nicht lügen kann, stimmt es vermutlich, dass er mich hier nicht mehr beschützen kann, aber kann er es woanders? Und was oder wo ist überhaupt dieses woanders?

»Woher weiß ich, dass du mich nicht gerade um den Finger wickelst? Das könnt ihr doch so gut«, schleudere ich ihm entgegen. »Für wen ist der Ort, an den du mich bringen willst, denn sicher? Für dich? Weil dir dort niemand mehr deine Pläne durchkreuzen kann? Weil ich dir dort endgültig völlig allein ausgeliefert bin?«

Er schüttelt stumm den Kopf, was durchaus ›nein‹ bedeuten könnte, aber auch Spielraum für ein Dutzend andere Interpretationen lässt. Natürlich. Keine Aussage, keine Lüge.

»Woher weiß ich, dass du dir dieses widerwärtige Projekt nicht ausgedacht hast? Dass ich nicht ein stinknormaler Mensch bin, den du genau wie alle anderen Rebellen entsorgst?«

»Ich entsorge die Rebellen nicht. Ich bin auf ihrer Seite. Ich schaffe sie aus der Stadt, damit die Fae sie nicht in die Finger kriegen.«

»Du bist selbst ein Fae.«

»Key, verdammt. Du könntest wenigstens mal versuchen, mir zu glauben«, fährt er mich ungeduldig an. »Ja, ich bin ein Fae. Aber woher willst du denn wissen, dass ich genauso bin wie die anderen? Woher weißt du so verflucht genau, wie ich ticke?«

Dazu sage ich lieber nichts.

»Siehst du? Es spricht in deinen Augen vielleicht nichts dafür, dass ich die Wahrheit sage, aber wenn du ehrlich bist, spricht auch nichts dagegen.« Sein Blick durchbohrt mich und ich fühle mich in meinem tiefen See aus Vorurteilen ziemlich ertappt. »Du könntest wenigstens versuchen, mir zu vertrauen«, bittet er mich ruhig.

Ich will ihm nicht vertrauen. Ich habe den Fae zeit meines Lebens geglaubt und das ist nach hinten raus wirklich nicht gut ausgegangen.

›Versuch es!‹, bittet das Engelchen in meinem Inneren und

ich hasse es dafür, weil es damit den Knoten der Hoffnung in meinem Bauch weiterwachsen lässt. Aber bitte.

»Okay, mal angenommen du hast recht und ich bin eine ihrer Göttinnen, welche wahnsinnig übernatürlichen Fähigkeiten an mir habe ich so alles übersehen?«, entgegne ich nicht nur eine Spur zu sarkastisch.

»Du lügst nicht gerne, stimmt's?«

»Oh, ich wusste nicht, dass einen das schon zu einer Außerirdischen werden lässt.«

Er atmet tief durch, unser Gespräch scheint ihn inzwischen mächtig aufzureiben. Immerhin bin ich mit dem Problem dann nicht mehr allein. Dennoch fährt er fort. »Du müsstest zum Beispiel eine ziemlich ausgeprägte innere Stimme haben, eine ...«

»EINE?«, kreische ich nahezu hysterisch. »*Eine* innere Stimme?« Okay, nicht nur nahezu. Eindeutig bis an jede Grenze überreizt. »Ich hätte da ein paar mehr zu bieten.«

Aufgebracht beginne ich, im Zimmer auf und ab zu gehen, aber auch das kann mein Geständnis nicht mehr aufhalten. »Da ist zum Beispiel diese unsägliche Nervensäge, die mir ständig Kleinigkeiten präsentiert, die sonst kein Schwein registriert. Dann hätte ich noch den unerträglichen Klugscheißer, der mich andauernd an den vermeintlich richtigen Weg erinnert, außerdem den Nerd, der andere Leute scannt, bis sie nackt sind.«

Scheiße, den habe ich jetzt nicht ernsthaft erwähnt, oder? Einfach weitermachen, dann fällt es vielleicht nicht auf. »Die heimliche Motivatorin, meinen fünfjährigen Naseweis, eine hyperaktive ... Irgendwas, einen miesepetrigen Zweifler, ... habe ich den Klugscheißer schon erwähnt?«

Entgegen allen Erwartungen nickt er, wenn auch schmunzelnd. »Hast du.«

Wow, da hat aber jemand aufgepasst. »Okay, dann noch die durchgeknallte Irre, einen mütterlichen Engel, den dummdreisten Kackenhauer und …« Es gibt eine sehr laute Stimme in mir und ich weiß, dass sie eine der wenigen ist, die ich aus tiefstem Herzen hasse. Aber sie ist eine von denen, mit der ich jeden einzelnen Tag in meinem Leben zu tun habe, also sollte ich sie auch erwähnen.

Ich atme tief durch und sehe ihm fest in die Augen. Fast provokant. Er soll bloß nicht so tun, als ob *er* ein Problem hätte, das haben nämlich ganz andere. »Und dann ist da noch die Stimme der Schuld. Eine laute, ätzende, penetrante Schuld, die andauernd meint, den Chef raushängen lassen zu müssen.« Bockig sehe ich ihn an. »Ich glaub, das war's.«

Für einen Moment runzelt er die Stirn und ich habe den Eindruck, dass er mich in genau zwei Sekunden auslachen wird. Mit Recht. Doch seine Antwort ist zwar klugscheißerisch, aber dennoch überraschend ernst. »Siehst du? Ausgeprägt. Wie ich vermutet habe.«

»Du hast von *einer* Stimme gesprochen«, erinnere ich ihn. Klugscheißen kann ich auch.

»Vielleicht hat sie ja multiple Persönlichkeiten«, mutmaßt er grinsend.

»Wir führen dieses Gespräch hier gerade nicht wirklich, oder?«

Er zuckt gelassen mit den Schultern. »Du hast sie mir vorgestellt und es sind ein paar interessante Charaktere dabei, die ich wirklich gerne mal kennen lernen würde, aber …« Plötzlich weicht jede Belustigung aus seinem Blick. »Aber die Letzte von ihnen, die sollten wir dringend zum Schweigen bringen.«

Ich kneife die Augen zusammen und sehe ihn aufmerksam an. »Seit wann sind wir ein Team?«

Er stöhnt und kneift sich wieder in die Nasenwurzel. »Key, bitte. Ich weiß, dass es schwer für dich ist. Dein Leben wurde in den letzten Tagen ziemlich auf den Kopf gestellt, aber ich möchte dir wirklich helfen, also warum machst du es mir so schwer?«

»Warum sollte ich es dir leicht machen?«

Er zögert einen Moment und schon triumphiere ich innerlich, weil ich dieses Wortgefecht gewonnen habe, doch seine Antwort erwischt mich eiskalt. »Weil ich dir das Leben gerettet habe? Weil ich mich selbst mit deiner Heilung so sehr geschwächt habe, dass ich für jeden Widersacher leichte Beute wäre?«

Wut keimt in mir auf. Gerade hat er noch gesagt, dass wir die Schuld in mir zum Schweigen bringen sollten, und jetzt lockt er sie mit seinen Worten weit aus ihrem Versteck. »Oh nein, Tarmo. Mach mich nicht für deine Schwäche verantwortlich«, gifte ich ihn an. »Du bist derjenige, der Hopetown nach Rebellen durchkämmt wie ein Affe auf Läusesuche. Du bringst mehr von ihnen aus der Stadt als jeder vor dir. Es ist deine Schuld, dass ich an diesem verdammten Pranger gelandet bin und ihrer Wut preisgegeben worden bin, also erzähl –«

»Sie haben die Regeln missachtet«, unterbricht er mich scharf. »Ich habe nie erlaubt, auch nur irgendjemanden so zu bestrafen.«

»Aber sie haben es trotzdem getan«, erinnere ich ihn. Ich gebe mir ein paar Atemzüge, um die Erinnerung an ihren Hass und ihre Gewalt zu bezwingen, dann sehe ich ihm vorwurfsvoll in die Augen. »Ich habe dich nicht gebeten, mich zu heilen. Es war deine Entscheidung. ... Und vermutlich freust du dich schon jetzt auf den Tag, an dem du eine Gegenleistung dafür einfordern kannst.«

Er zieht scharf die Luft ein und ich muss zugeben, dass das

ein Treffer unter der Gürtellinie war, aber ich werde mir nicht von ihm die Schuld in die Schuhe schieben lassen.

»Ich habe dich nicht geheilt, um eine Gegenleistung zu bekommen«, stellt er klar. Seine Stimme ist plötzlich kalt und schneidend. »Ich habe es getan, weil ich möchte, dass du lebst.«

Er will sie lebend. »Oh ja, das erwähntest du bereits. Aber warum du das möchtest, lässt du ganz gerne aus.«

Ich stehe auf, bin so aufgewühlt, dass mich nichts mehr in dem Sessel hält. »Du erzählst mir, dass du zu den Guten gehörst, aber du hast keine Beweise«, fahre ich ihn wütend an. »Du lässt jede meiner Fragen unbeantwortet. Du suhlst dich darin, geheimnisvoll zu sein. Du gibst dich als mein Bewahrer aus, aber du hast dich neunzehn Jahre lang nicht blicken lassen. Du spielst mit mir, Tarmo. Du bist ein Fae, also tu nicht so, als ob dir mein Leben etwas wert wäre.«

Viel zu lange starrt er mich schweigend an und ich habe das Gefühl, dass er gerade meine Seele durchforstet. Dann steht er völlig unvermittelt ebenfalls auf und sieht aus dem Fenster in die Dunkelheit.

»Warum kannst du es nicht, Key?«, fragt er plötzlich ruhig.

»Was?«, entgegne ich und meine Stimme klingt noch immer viel zu aufgebracht. »Was kann ich nicht?«

Er zögert und für einen kurzen Moment habe ich das Gefühl, dass er es nicht erklärt, weil er meine Antwort nicht hören möchte. Dann dreht er sich zu mir um und sein Blick bohrt sich in mein Innerstes. »Vertrauen.«

Viele endlose Sekunden hängt dieses eine Wort zwischen uns und ich glaube tatsächlich nicht, dass ihm meine Antwort gefallen wird. Ich glaube nicht einmal, dass ich sie geben kann. Er verliert unser Blickduell und seine Augen wandern hinunter zu meinem Mund, meinem Hals, meinen Schlüsselbeinen. Völlig unerwartet beginnt er wieder zu sprechen und seine Stimme ist nach all den Vorwürfen überraschend sanft.

»Warum kannst du von niemandem Hilfe annehmen? Deinen Stolz ein einziges Mal hinter dir lassen? Warum glaubst du, dass du all das hier allein schaffen musst?« Sein Blick kehrt wie von selbst zu mir zurück und sucht erneut meine Augen. »Was hat dazu geführt, dass du niemandem vertrauen kannst? «

Die Frage überrumpelt mich dermaßen, dass ich für eine Weile schweige. Dann entfährt mir ein tonloses, viel zu verbittertes Lachen. »Mein Leben, Tarmo. Mein ganzes beschissenes Leben hat dazu geführt. Und wenn du derjenige bist, für den du dich ausgibst, solltest du das wissen.«

Aufgewühlt balle ich meine Hände ein paarmal zu Fäusten, bevor ich wütend fortfahre. »Ich musste es allein schaffen, seit ich zehn Jahre alt bin. Oh nein, stimmt nicht«, füge ich sarkastisch hinzu. »Nicht allein. Ich musste es für zwei schaffen. Ich habe mit meinen mickrigen zehn Jahren für meinen Bruder gesorgt, weil absolut niemand in dieser ganzen verschissenen Stadt sich verantwortlich gefühlt hat. Die Menschen haben uns gemieden, weil sie meine Augen fürchten und den Fae waren wir egal, so wie ihnen alle Menschen egal sind.«

Ich merke, wie mein Unterkiefer anfängt zu zittern und meine Nasenflügel beben. Er hat mit seiner Frage ein Fass angestochen und es möchte jetzt geleert werden. Aber ich werde nicht weinen. Nicht hier, nicht vor ihm. »Wir haben auf der Straße gelebt, Tarmo. Etwas, das deine Vorstellungskraft vermutlich übersteigt. Wir haben gefroren, gehungert und gebettelt. Wir konnten uns nicht mal Stolz leisten.«

Wütend mache ich einen Schritt auf ihn zu und stoße ihn vor die Brust. »Du behauptest, mein Bewahrer zu sein? Mein Beschützer? Du willst mir allen Ernstes weismachen, dass du mein Leben lang ein Auge auf mich hattest?« Ich verziehe den Mund zu einem abfälligen Grinsen. »Dass ich nicht lache. Wo warst du denn in diesen zwei Jahren, hm?«, schreie ich ihn unbeherrscht an. »Wo warst du, als ich jemanden gebraucht hätte, der mir hilft? Jemanden, dem ich hätte vertrauen können. Wo warst du, als ich die Nächte durchgeweint habe, weil ich vor Hunger nicht schlafen konnte? Wo warst du, als ich verzweifelt versucht habe, Lu wieder zum Sprechen zu bewegen? Wo warst du, als ich gestohlen habe, weil wir keinen einzigen Cent hatten, um auch nur irgendetwas zu kaufen?«

Okay, das Fass hat Druck. Ich kann nicht mehr verhindern, dass mir die ersten Tränen über die Wange laufen, und das macht mich noch wütender. Ich will nicht, dass er sie sieht, aber vor allem will ich nicht, dass er die Macht hat, sie hervorzulocken. »Wo warst du? Wo warst du?«, schreie ich wieder und wieder.

Ich habe mir so viele Tausend Male in meinem Leben gewünscht, jemanden zu haben, der mir ein wenig Verantwortung abnimmt, jemanden, bei dem ich mich nur einen einzigen Tag, nur eine einzige Stunde fallen lassen kann. Jemanden, bei dem ich Schwäche zeigen kann, bei dem ich das Kind sein darf, das ich viel zu früh nicht mehr sein konnte.

Jetzt, wo ich weiß, dass es diesen Jemand hätte geben können, dass er die ganze Zeit hätte bei mir sein sollen, kann ich zum ersten Mal seit neun Jahren meinen Emotionen freien Lauf lassen. Und es ist sicher kein Vertrauen, das dabei entsteht, es ist unbändige Wut.

Meine Fäuste treffen auf seine Brust. Erst langsam, dann immer schneller, immer fester trommele ich auf ihn ein, als ob ich damit die Worte der Vergebung aus ihm herausprügeln kann. Aber er sagt sie nicht. Stattdessen umfasst er meine Handgelenke und hält sie fest.

Reglos schaut er mich an, doch ich bin noch nicht fertig. Zwischen meinen Schulterblättern ist ein ganzer Ameisenstaat in Aufruhr, der mich anstachelt. Ich reiße meine Hände los und schubse ihn erneut, dieses Mal mit so viel Kraft, dass er ein paar Schritte zurücktaumelt.

Mit vor Wut bebender Stimme mache ich mit meinen Beschuldigungen weiter. »Und wo warst du in all den Jahren danach? Als ich abends nach zehn Stunden in der Akademie trotz totaler Erschöpfung mit Lu geredet und gespielt habe? Mit ihm Hausaufgaben gemacht habe, obwohl meine eigenen ebenfalls gewartet haben? Als ich ihn bekocht und beschützt habe, weil es immer noch niemand sonst getan hat? Als ich Schläge in der Akademie eingesteckt habe, weil ich nachts über meinen Aufgaben eingeschlafen bin und sie nicht abgeben konnte?«

Ich presse mir die Handballen vor die Augen und versuche mühsam, meine Stimme und meine Atmung wieder unter Kontrolle zu bringen. Als ich die Hände schließlich sinken lasse, sehe ich ihm fest in die Augen. »Nein, Tarmo. Du bist kein Bewahrer. Du bist ein stiller Beobachter, dem ich genauso egal bin, wie allen anderen Fae auch.« Ein müdes Lächeln erreicht meine Mundwinkel. »Ich habe nie jemanden gehabt, dem ich vertrauen konnte. Was glaubst du also, wie ich es hätte lernen sollen, hm?«

Als er mich weiterhin stumm ansieht, wende ich mich ab und will hinausgehen. Er wird mir keine Antwort geben, natürlich nicht. Bevor ich jedoch die Tür erreiche, fasst er nach meinem Ellenbogen und hält mich auf. »Komm mit.«

Dann zieht er mich ohne ein weiteres Wort aus dem Zimmer, an einem überraschten Kail vorbei und den Gang entlang Richtung Treppe. Ohne zu wissen warum, folge ich ihm anstandslos. Vielleicht bin ich zu aufgewühlt, um mich ihm jetzt entgegenzustellen. Vielleicht fehlt mir einfach ein Plan B. Aber vielleicht lässt mich auch die sinnlose Hoffnung weiterlaufen, dass ich mich mit meinen Anschuldigungen irre. Und dass der Knoten in meinem Bauch doch eine Berechtigung hat.

Schweigend zieht er mich durch mehrere Gänge und Treppen hinunter, bis wir schließlich in einem Kellergang landen, von dem mehrere Metalltüren abgehen. Nach ein paar Metern bleibt er vor einer dieser Türen stehen und sieht mich aufmerksam an.

»Wenn du lebenden Wesen nicht vertrauen kannst, kannst du es vielleicht geschriebenen Worten. Die können nicht so gut lügen.« Er tippt schnell einen Zahlencode in das Feld neben der Tür ein, woraufhin sie sich mit einem leisen Klicken öffnet. Als das Neonlicht an der Decke zu flackern beginnt, führt er mich in den Raum.

»Finde deine Antworten auf deine Weise, denn meine scheinen dir ja nicht zu reichen.« Fast meine ich, so etwas wie Enttäuschung in seiner Stimme zu hören, aber er ist ein Fae. Ich denke nicht, dass er Gefühle wie Enttäuschung überhaupt kennt. »Es könnte übrigens sein, dass das Passwort etwas mit deinem beschissenen Leben zu tun hat.«

Bevor meine absolute Verwirrung zulässt, die Situation in irgendeiner Form einzuschätzen, schließt sich die Tür und ich bin allein. Gefangen. Schon wieder. Ich höre, wie seine Schritte sich auf dem Steinfußboden entfernen, dann legt sich Stille über mich. Scheiße, ich habe vergessen, ihn zu fragen, warum er seine Flügel nie zeigt.

12

Ich gebe meinem Gehirn etwa dreißig Sekunden, um meinen aktuellen Standort zu verarbeiten, bevor es mir ungefähr einhundertdreiundachtzig Mal die Aussage *Das hat er nicht wirklich getan!* präsentiert. Dann beginne ich, mich umzusehen.

Ich befinde mich in einem fensterlosen Raum voller Regale. Metallregale, die mit etwas gefüllt sind, von dem ich nicht dachte, dass es in solchen Mengen noch in Breyta existiert: Papier. Lose Zettel in unterschiedlich großen Haufen, Schriftrollen und unzählige Ordner reihen sich dicht an dicht, aber sosehr mich der Anblick überrascht, so sehr fasziniert er mich auch. Langsam gehe ich zu dem ersten Regal und fahre mit den Fingern an den Ordnerrücken entlang.

Nachdem ich ziemlich bescheuert einmal im Kreis gegangen bin, stehe ich vor einer schlichten Holztür. Neugierig drücke ich die Klinke und stelle überrascht fest, dass sie sich öffnen lässt. Ohne zu zögern, betrete ich den nächsten Raum und schalte das Licht an. Ein einziger Blick verrät mir, dass sich dieses Zimmer nur durch zwei Dinge von dem vorherigen unterscheidet. Erstens führt keine Metalltür hinaus und zweitens steht in der Mitte des Raumes ein Tisch mit einem Laptop.

Ich atme tief durch. Er möchte, dass ich meine Antworten selbst finde. Er hat mir sogar einen Hinweis für das Passwort gegeben. Das reicht, um den Trotz in mir sehr, sehr ungesund anschwellen zu lassen. Wenn er glaubt, dass er mich so leicht lenken kann, hat er sich geirrt.

In diesem Raum werde ich nur die Antworten finden, die

er mir geben möchte und keine mehr. Ich werde hier das finden, was er mir gesagt hat. Beweise für seine Worte. Aber wer sagt mir, dass er sie nicht extra zusammengestellt hat? Dass er nicht bestimmte Dokumente vorher hinausgeschafft hat?

›Meinst du nicht, dass das ein bisschen zu viel Aufwand wäre, um eine simple Aussage zu untermauern?‹, erkundigt sich meine durchgeknallte Irre leicht genervt, doch ich übergehe ihren Einwand, denn sonst könnte ich zu der Erkenntnis kommen, dass sie recht hat.

Stattdessen sehe ich mich noch einmal gründlich um und entdecke auf dem Stuhl vor dem Computertisch ein Kissen. Ich schnappe es mir und gehe in den ersten Raum zurück. Dort lege ich es auf den Boden, setzte mich darauf und lehne mich mit dem Rücken an eine der Metallstreben des Regals. Mit einem Lächeln auf den Lippen schließe ich die Augen. Ich werde ganz bestimmt nicht das tun, was *er* von mir erwartet. *Ich* werde jetzt schlafen.

Natürlich nicht ... Wem mache ich hier eigentlich was vor? Ich stöhne. Meine Augen wandern an den Regalen entlang und mein Kopf hämmert im Sekundentakt Fragen durch meine Synapsen. Ich platze vor Neugier, aber alles in mir weigert sich, seiner Aufforderung Folge zu leisten.

Allerdings ist da diese leise Stimme meiner unerträglichen Nervensäge, die mich nicht nur einmal fragt, wie viel Zeit ich hier wohl habe? Wie lange gibt er mir, um meine Antworten zu finden? Und je länger ich mich weigere, umso mehr übernimmt die Stimme des ätzenden Klugscheißers, der mir erklärt, dass ich mir Trotz im Moment ganz sicher nicht leisten kann.

Bevor ich ernsthaft schizophren werden kann, erhebe ich mich und bringe die Stimmen damit zum Schweigen. Nachdenklich sehe ich mich um. Auf den meisten Ordnern stehen Jahreszahlen, ganz offensichtlich ist das hier eine Art Archiv. Allerdings sind die Zahlen so alt, dass sie nichts mit dem Deae-Projekt zu tun haben können. Tarmo hat behauptet, dass es erst vor vierundzwanzig Jahren gestartet wurde, und wenn ich ihm auch nur ansatzweise glaube, sind alle Zahlen vorher irrelevant.

Noch einmal zögere ich kurz, dann ziehe ich den Ordner mit der Jahreszahl 2000 aus dem Regal und öffne ihn. Die Akte ist vierundzwanzig Jahre alt, angeblich der Start ihres Projektes. Ich beginne ihn durchzublättern, aber was ich darin finde, könnte langweiliger nicht sein. Mitarbeiterlisten, Strukturierung einzelner Abteilungen, Gehaltsabrechnungen (wobei die mich zwischenzeitlich durchaus heftig nach Luft schnappen lassen), Reisekostenabrechnungen. Natürlich, die Fae können im Gegensatz zu uns reisen. Dazu die Geburten aller menschlichen Kinder in diesem Jahr und die Sterbefälle, wobei bei den Toten durch Angriffe der Verbannten eine Null steht, was irgendwie beruhigend ist.

Enttäuscht stelle ich den Ordner zurück und ziehe den nächsten heraus. Gleiches Ergebnis. Ich suche unter den Mitarbeitern nach Rooks Namen und finde ihn recht schnell. Überrascht stelle ich fest, dass er zu der Zeit als Ausbilder in der Akademie gearbeitet hat. Für sein Gehalt hätte ich ihm gerne noch ein paar Schläge auf seine blöde stahlharte Brust verpasst, aber damit muss ich wohl warten.

Die nächsten Jahre blättere ich durch wie ein Daumenkino, denn über das Projekt scheint hier nichts zu stehen. Wäre ja auch zu einfach gewesen. Den Ordner mit meinem Geburtsjahr sehe ich mir wieder genauer an. 2005.

Als Erstes nehme ich mir die Geburtenliste des Jahres vor. Mit meinem Finger fahre ich an den Namen entlang. Einmal.

Zweimal. Dreimal. Dann schließe ich die Augen. Mein Name ist nicht dabei. Keine Key Baxton.

›Es ist ein Fehler‹, redet die heimliche Motivatorin in meinem Kopf drauf los. ›Es passieren andauernd Fehler in irgendwelchen Listen. Fae sind schließlich auch nur Menschen.‹ Oh Gott, was für ein Schwachsinn.

Um die Stimme zum Schweigen zu bringen, blättere ich zurück zu den Mitarbeiterlisten. Tarmo Rook, Versetzung zum vierzehnten August, Abteilung Clavis.

Verdammt. Es kann definitiv nichts Gutes bedeuten, dass die Versetzung zu meinem Geburtstag geschehen ist, aber ich habe nicht den blassesten Schimmer, was Clavis bedeutet. Ich lege den offenen Ordner ins Regal und presse mir beide Zeigefinger an die Nasenwurzel. Denk nach, Key.

Da mir spontan nichts Besseres einfällt, nehme ich den Ordner 2011 in die Hand und sehe nach der Geburtenliste. »Scheiße«, entfährt es mir grundehrlich und ich zucke vor Schreck zusammen, weil meine Stimme den ganzen Raum erfüllt. Luke Baxton, er ist dabei. Warum steht mein Bruder so verflucht korrekt in seiner Liste und ich nicht?

›Oh nein!‹, weise ich das Engelchen in meinem Kopf zurecht, bevor es loslegen kann. ›Ich werde dir ganz bestimmt nicht zuhören, schon gar nicht, wenn der Siehst-du-er-hatte-recht-Tonfall auf seinen Auftritt wartet.‹

Grübelnd nehme ich mir die Mitarbeiterliste vor und entdecke Rooks Namen unverändert in der ominösen Abteilung. Einer plötzlichen Eingebung folgend schaue ich in der Liste nach Versetzungen und werde zweimal fündig. Eine geht in die Abteilung Spes, die andere in Fides. Boah, ich glaube, ich bin nicht für Recherchen geschaffen. Ist ja nicht so, dass die Fragezeichen gerade weniger werden.

Mit einem nicht zu verachtenden Anflug von Gereiztheit

nehme ich mir die Ordner seit dem vermeintlichen Beginn des Deae-Projektes vor und suche in den Mitarbeiterlisten nach Versetzungen. Es gibt jedes Jahr ein paar und die meisten davon sind nachvollziehbar. Finanzen, Ausbildung, Verkehr, alles Fachbereiche, die Sinn ergeben. Aber es sind auch jedes Jahr zwei oder drei Abteilungen mit seltsamen Namen dabei und es handelt sich niemals um den gleichen. Was allerdings noch verstörender ist, ist die Tatsache, dass es immer nur einen einzigen Mitarbeiter in diesen Abteilungen gibt. Von Abteilung kann man da wohl kaum sprechen, eher von einer One-Man-Show.

Ich schnappe mir irgendein Blatt Papier aus dem Regal und finde nach einiger Suche einen Kugelschreiber, der tatsächlich funktioniert. Dann fertige ich eine Liste mit den seltsamen Namen an. Clavis, Spes, Fides, Somnium, Veritas, Vita, Sol, Luna, Stella, Caelum …

Ich halte inne. Sprachen hatten in unserer Schulbildung keinen Wert, weil wir ohnehin nicht mehr mit fremden Kulturen in Kontakt kommen. Aber ein paar Brocken einer eigentlich toten Sprache sind mir sehr wohl vertraut.

Veritas – Truth, notiere ich nachdenklich.

Luna – Moon.

Vita – Life.

Stella – Star.

Mein Herz legt einen ordentlichen Zacken zu und ich kann nur schwer verhindern, dass der Stift aus meinen feuchten Fingern rutscht.

Sol – Sun.

Langsam, weil ich die Wahrheit herauszögern möchte, hebe ich meinen linken Arm, an dessen Handgelenk der schwarze Metallreif liegt. Ich tippe mit dem rechten Zeigefinger kurz auf das Display und beginne zu sprechen. »Hey, was bedeutet das lateinische Wort Spes auf Englisch?«, frage ich mit leiser Stimme.

Hope, blinkt es nur einen Wimpernschlag später auf dem Display, weil ich die nervige Sprachausgabe abgestellt habe.

Ich schlucke, bevor ich meine nächste Frage stelle. Dann vervollständige ich die Liste.

Spes – Hope

Fides – Faith

Somnium – Dream

Caelum – Sky

Ich schließe meine Augen. »Clavis«, wispere ich in der Hoffnung, dass der Tracker mich nicht hört. Doch ich spüre augenblicklich das vertraute Brummen, als die Antwort erscheint. Ich weigere mich, die Augen zu öffnen, lausche stattdessen auf das Klopfen meines Herzens und auf meinen Atem. Der Tracker brummt erneut, unerbittlich fordert er von mir, seine Antwort anzusehen. Ich kenne sie ohnehin. Dennoch versetzt es mir einen unvorhergesehenen Stich in der Brust, als ich die Augen langsam öffne. Key.

Für ein paar Minuten tue ich nichts. Ich starre auf die immer noch verschlossene Metalltür und lasse der Leere in meinem Kopf Zeit. Irgendwann werden jedoch meine hauseigenen Stimmen ungeduldig und melden sich zu Wort. Also eigentlich melden sie sich nicht, sonst könnte ich sie immerhin eine nach der anderen drannehmen, doch so viel Disziplin haben sie nicht. Haben sie nie. Sie plappern alle wild durcheinander.

Er ist mein Bewahrer. *Ich* bin die Abteilung Clavis. Aber wo, bei allen Göttern, die diese Welt noch zu bieten hat, war er dann all die Jahre? Wütend starre ich auf die Ordner, die inzwischen wild auf dem ganzen Boden verstreut sind. Er stand in jedem einzelnen Jahr in den Listen, er hätte immer an meiner Seite sein sollen, er …

Ruckartig wende ich mich wieder dem Regal zu und zerre den Ordner mit der Aufschrift 2015 heraus. Das Jahr meines zehnten Geburtstags. Ich blättere mit so viel Wut durch die Seiten, dass einige Blätter einreißen, aber es ist mir egal. Ich habe hier inzwischen so viele Spuren hinterlassen, dass die Ordnungskräfte Breytas mir einen Orden verleihen würden.

Schnell gehe ich die Mitarbeiterliste durch. Ich keuche auf und kontrolliere sie ein zweites Mal. Aber ich habe mich nicht geirrt, sein Name taucht nicht auf. Und auch im folgenden Jahr nicht. Er erscheint erst wieder, als ich die Ausbildung zur Wächterin begonnen habe. Es dauert nicht lange, bis ich alle neunzehn Ordner meines Lebens durchgesehen habe. Siebzehn Jahre davon war er mir zugeteilt.

Erneut sind die Stimmen in meinem Kopf wach, aber dieses Mal haben sie immerhin den Anstand, alle im Chor dieselbe Frage zu schreien. Wo war er in den zwei Jahren meines Lebens, in denen es mir am schlechtesten ging?

Erschöpft rutsche ich an der Zwischentür zu Boden und lehne den Kopf an das glatte Holz. Wütend schmeiße ich den Kugelschreiber an die Wand gegenüber, was ein ziemlich peinlicher Move ist, aber es gibt hier keine Gläser oder Vasen, die ich werfen könnte. Es ist genau, wie ich vermutet habe. Ich habe die Information gefunden, die er mir ohnehin gegeben hat. Über ihn weiß ich nach wie vor gar nichts.

Ich schließe die Augen und konzentriere mich eine Weile nur aufs Atmen. Dann beginne ich leise mit mir zu reden. »Denk nach, Key. Wonach musst du suchen? Wie findest du ihn?«

Dummerweise gibt mein zweites Ich mir keine Antwort. Aber jetzt ist der Terrier in mir erwacht. So leicht gebe ich nicht auf. Ich rappele mich wieder auf und gehe in den Nebenraum. Nachdenklich starre ich den Computer an. *Es könnte übrigens sein, dass das Passwort etwas mit deinem beschissenen Leben zu tun hat.*

Ich klappe den Bildschirm auf und werde augenblicklich aufgefordert, einen nur vierstelligen Code einzugeben. Deae tippe ich selbstsicher und gucke fast erschrocken, als ein meckerndes Piepsen zu hören ist. Verdammt. Ich war mir so was von sicher.

Mein Leben? Key hat dummerweise nur drei Buchstaben, also mein Geburtsjahr.

2005. Piep. Scheiße.

Nur noch ein Versuch. Da es nicht mein Geburtsjahr ist, gehe ich ebenfalls nicht davon aus, dass es der Tag ist. Warum auch immer. Luke? Meine Finger schweben sekundenlang über der Tastatur, aber ich gebe seinen Namen nicht ein. Die Fae haben das Passwort generiert und mein Bruder hat sie nie interessiert. Was ist in meinem Leben so prägend, dass es als Code dienen könnte?

Ich versuche, mich in die Gedanken der Fae hineinzuversetzen. Was ist für sie wichtig? Babys. Ich soll eine Gebärmaschine für sie werden. Nur für diesen Zweck wurde ich gezeugt. Baby, tippe ich vorsichtig ... und lösche die Buchstaben schnell wieder.

Nein, korrigiere ich mich. Das sollen ein paar Dutzend andere Frauen auch, das ist nicht *mein* Leben. Ich fahre mir einige Male mit den Händen durchs Gesicht, um den ganzen Ballast wegzuwischen und mich zu fokussieren. Was ist in ihren Augen das Wichtigste in meinem Leben?

Frustriert klappe ich den Laptop wieder zu. Ich habe nur noch einen Versuch, vielleicht sollte ich erst mal nach anderen Hinweisen suchen.

Ich stehe auf und gehe an den ebenfalls prall gefüllten Regalen entlang. Auf gut Glück nehme ich eine Schriftrolle heraus, die sich beim Entblättern als Bauplan entpuppt. Ich erkenne den Grundriss der Akademie und lege den Plan wieder zurück. Die nächsten Rollen zeigen mir Pläne des Stadtpalastes, des Metro-Systems, des kleinen Shopping-Centers und offensichtlich verworfene Planungen für eine dritte Hochhaussiedlung.

In einem Regal gegenüber liegen noch weitere Rollen. Ich öffne die Erste und kann den Grundriss keinem mir bekannten Gebäude zuordnen. Es sieht aus wie eine Schule. Obwohl, neben Klassenräumen gibt es auch überdurchschnittlich viele Sporthallen, also vielleicht ebenfalls eine Akademie.

Ich suche nach einer Beschriftung und finde rechts unten in der Ecke eine Reihe irritierender Abkürzungen. Okay, ein paar sind gar nicht so irritierend. Reconst. Acad. S.C., GF. Die Zeile kann ich mir erklären. Neubau der Akademie S.C., könnte Star City sein, die Hauptstadt. GF heißt vermutlich Ground Floor. Schnell nehme ich ein weiteres Papier heraus und sehe den gleichen Schriftzug, allerdings für den ersten Stock. Ich stöhne. Auf dem Haufen liegen ungefähr zehn Rollen. Yeah, für jedes Stockwerk eine.

In Ermangelung einer neuen Idee sehe ich sie trotzdem durch. Je weiter es nach oben geht, umso mehr Büroräume gibt es, aber auch zwei Restaurants, verschiedene Lounges und einen Saunabereich. Wenn die sich das in der Hauptstadt mal nicht gut gehen lassen. Als ich die viertletzte Rolle in die Hand nehme, bin ich plötzlich acht Stockwerke nach unten gerutscht. B, Basement. Ich erwarte eine Wäscherei, eine Waffenkammer oder Ähnliches, doch nichts dergleichen ist im Keller des Gebäudes zu finden.

Was ich stattdessen erkenne, lässt mich aufmerksam werden. Laborräume. Und eine Krankenstation. Wir haben an unserer Akademie auch ein paar Ärzte, damit man nicht mit jeder Blessur, die man auf Patrouille oder beim Training davonträgt, ins Krankenhaus muss. Und weil die Fae die meisten Wunden sowieso selbst heilen.

Aber dafür braucht man kein Labor. Und kein ... Scheiße. Eine Ewigkeit starre ich auf die Buchstaben eines Raumes, den ich zunächst für den Heizungskeller gehalten habe, der aber keiner ist. Und es ist egal, wie lange ich die Buchstaben anstarre, sie verschieben sich nicht, machen nichts Unverfängliches aus dem Wort, das mich anbrüllt wie ein Megafon: Krematorium.

Warum um alles in der Welt brauchen sie in einer Akademie einen eigenen Ort, um ihre Leichen zu verbrennen? ›Weil sie sie heimlich entsorgen müssen‹, säuselt ein zartes Stimmchen sehr sarkastisch in meinem Kopf. Weil es die Leichen gar nicht geben darf.

Meine Hände zittern, als ich die Rolle zurück ins Regal lege. Ich hebe den Kopf und entdecke zwischen losen Papierstapeln tatsächlich vier Ordner mit der Aufschrift Deae. Warum ich die vorhin noch nicht gesehen habe, ist mir schleierhaft.

Schnell zerre ich sie aus dem Regal und setzte mich damit an den kleinen Tisch. Doch sie sind eine einzige Enttäuschung. Weitere Baupläne, Kostenkalkulationen, endlose Listen von medizinischen Gerätschaften, unter denen ich mir nur wenig bis gar nichts vorstellen kann, Bestellungen von Medikamenten. Keine Namen, keine Daten. Frustriert schmeiße ich einen der Ordner an die gegenüberliegende Wand und stelle mit Zufriedenheit fest, dass der Effekt deutlich überzeugender ist als beim Kugelschreiber.

Helfen tut es trotzdem nicht. Ich raufe mir die Haare und stoße laut die Luft aus. Es muss hier Informationen geben und damit meine ich nicht nur belanglosen Scheiß. Ich meine Informationen über mich. Über ihn.

Nach einem abfälligen Blick Richtung Laptop wende ich mich wieder den Regalen zu, wobei eines schnell meine Aufmerksamkeit gefangen nimmt. Sechs Metallböden gefüllt mit identischen Ordnern. Sie haben keine Beschriftung, sind einfach durchnummeriert, von eins bis achtundsechzig.

Als ich die Nummer eins öffne, springt mir auf dem Deckblatt ein einziges Wort entgegen. Hope. Die Erste ihrer angeblichen Göttinnen.

Meine Finger werden feucht und ich wische sie an meinem Shirt trocken, bevor ich zu blättern beginne. Schnell wird mir klar, dass dieser Ordner in meiner Hand ein Leben ist. Ein geplantes Leben, ein beobachtetes Leben, ein Leben, das niemals von Selbstbestimmung geprägt war, auch wenn es sich vielleicht so angefühlt hat.

Es beginnt mit dem Geburtsdatum, fünf Jahre vor mir, dem Namen der Mutter, der Vater ist ein unbekannter Spender. Klar, so kann ihn niemand zur Rechenschaft ziehen. Es folgen die Namen der menschlichen Eltern, denen Hope übergeben wurde und der ihres Bewahrers, den ich nicht kenne.

Dann folgt ein akribisch gepflegter Lebenslauf, Auftritte im Kindergarten, Zeugnisse von der ersten bis zur Abschlussklasse. Erfolge, Misserfolge. Und eine Liste all der Momente, in denen ihr Bewahrer in ihr Leben eingegriffen hat. Er hat sie vor Gefahren geschützt und er hat sie gelenkt. Dahin, wo er sie brauchte. Zu den Wächtern.

Er hat sie trainiert, sie gepuscht, ihren Ehrgeiz geweckt. So lange, bis sie besser als alle anderen war. Bis sie die Prüfung ihres Jahrgangs als Beste bestanden hat. Dann hat er sie in die Hauptstadt gebracht und ist verschwunden.

Eine Gänsehaut läuft meinen Rücken entlang und ich kann meine Augen nicht von dem Geschriebenen abwenden. Sie hat im Labor vier Babys bekommen, bevor sie gestorben ist. Vier.

Sechsunddreißig Monate im Koma, drei ganze Jahre. Sie hat die vierte Entbindung nicht mehr überlebt. Vor drei Jahren. Nur ihr drittes Baby war ein Mädchen. Bei den anderen ist der Geburtstag auch der Todestag.

Mir wird übel und zum ersten Mal, seit ich hier unten bin, sehne ich mich nach einem Fenster. Ich brauche frische Luft, doch anstatt zu atmen, presse ich mir die Hand vor den Mund, um mich nicht zu übergeben. Erst als meine Lunge dem Druck nicht mehr standhalten kann, löse ich sie und sauge zitternd Luft ein.

Es dauert lange, bis mein Magen sich beruhigt hat und ich in Zeitlupe aufstehe. Ich stelle den Ordner zurück ins Regal, als ob ich damit vergessen könnte, was ich gelesen habe. Aber das kann ich nicht, werde ich niemals. Im Gegenteil, ich muss mehr wissen.

Einen Ordner nach dem anderen ziehe ich heraus, schaue mir nur noch die letzten Seiten an. Sie alle wurden in die Hauptstadt gebracht, alle, die bereits ihr achtzehntes Lebensjahr erreicht haben. Es ist keine unter ihnen, die nicht als Beste ihres Jahrgangs abgeschnitten hat.

Und es ist keine unter ihnen, die nur ein Baby bekommen hat. Der Plan ist aufgegangen, sie sind stärker als die Frauen der Fae. In ein paar Generationen werden sie mit ihrem Programm aufhören können. Denn mit jeder weiteren Generation erhöht sich der Anteil des Faeblutes in den Frauen, bis sie nahezu selbst Fae sind.

Aber wie viele von ihnen werden bis dahin einen qualvollen und grausamen Tod sterben? Wie viele unschuldige Babys werden getötet werden, weil sie das falsche Geschlecht haben?

Ich zähle bewusst nicht mit, wie viele schon gestorben sind, irgendwie habe ich das Gefühl, es ist leichter, wenn ich keine Zahl kenne. Und dann plötzlich, viel zu schnell, bin ich bei der ersten Göttin aus dem Jahr 2005 angekommen. Dream, sie ist im Februar geboren, sechs Monate vor mir.

Erst viel zu spät bemerke ich, dass ich aufgehört habe zu atmen und schnappe japsend und hustend nach Luft. Als sich endlich wieder genug Sauerstoff in meiner Lunge befindet, stelle ich den Ordner zurück. Mein Herz schlägt so schnell und hart in meiner Brust, dass meine Rippen Gefahr laufen, erneut zu brechen.

Meine schwitzige Hand schwebt eine Ewigkeit über dem nächsten Ordner und zittert stärker als ein Junkie auf Entzug. Nummer zwölf. Ich stamme aus den Anfängen. Erst als mein Arm bereits anfängt zu kribbeln, greife ich nach der Akte und nehme sie mit zu dem Computertisch. Es ist vermutlich schlau, sich zu setzen, bevor ich sie öffne.

Als ich es endlich tue, bin ich, gelinde gesagt, überrascht. Truth, steht auf dem Deckblatt. Ich schaue auf ihr Geburtsdatum, es ist der zehnte Oktober. Ich stutze, da hat aber jemand eine schlechte Buchführung gehabt. Schnell stelle ich den Ordner zurück und nehme Nummer dreizehn an mich.

Ich mache mir nicht erneut die Mühe, mich zu setzen, und es ist auch nicht nötig. Das Deckblatt präsentiert mir den klangvollen Namen Trust und eine Seite weiter ein Geburtsdatum aus dem Folgejahr. Nein. Das kann nicht sein.

Ich springe auf und zerre einen Ordner nach dem anderen aus dem Regal, obwohl ich längst ahne, dass es überflüssig ist. Die Akten sind mittlerweile auch hier auf dem gesamten Fußboden verstreut, weil ich sie schon lange nicht mehr fein säuberlich zurückstelle, aber ich kann nicht aufhören, bis ich sie alle gesehen habe.

Es endet mit Queen, sie ist vor zwei Monaten geboren. Mir schießt die überflüssige Information zwischen die Synapsen, dass das so ziemlich der bescheuertste Name von allen ist, dann sinke ich erschöpft auf den einzigen Stuhl in diesem Zimmer.

Ich existiere nicht. Nirgends.

13

Ich stehe in keiner einzigen ihrer verfluchten Listen. Nicht als Mensch und nicht als Göttin. Und ich habe nicht den Hauch einer Ahnung, warum das so ist.

Minutenlang starre ich die Tischplatte an. Atme.

Irgendwann nimmt mein Gehirn seine Tätigkeit wieder auf, obwohl ich den Zustand der völligen Leere vorher durchaus genossen habe. Ich bin hier, ich lebe, das ist wohl kaum von der Hand zu weisen. Und ich bin eine von denen mit den beknackten Namen. Hatten meine Eltern vielleicht doch nur einen schlechten Tag bei meiner Namensgebung? Bin ich keine von ihnen?

Leider funktioniert mein Kopf bereits wieder so gut, dass er mich daran erinnert, dass ich auf der Liste der Menschen ebenfalls nicht existiere. Das war's dann aber auch mit schlauen Gedankengängen. Übrig bleibt eine einzige kurze Frage. Warum?

Ich hebe meinen Kopf und starre den Laptop auf dem Tisch an, der mich zu verhöhnen scheint. Ich muss in diesen Computer, es muss einen Grund haben, dass er mir einen Hinweis auf das Passwort gegeben hat. Dennoch frage ich mich, warum ausgerechnet ich als einzige von achtundsechzig Göttinnen die Ehre habe, meinen Lebenslauf digital geführt zu bekommen. Was macht mich so besonders? Was ist bei mir anders als bei allen anderen?

Während ich über diese Frage so angestrengt nachdenke, dass es mich wundert, dass hier kein Rauchmelder losgeht, fahre ich mir mit der Zunge über die Lippen. Ich habe Durst, er hätte mir wenigstens eine Flasche Wasser mit auf den Weg geben können, schließlich weiß jedes Kind, wie wichtig es ist, genug zu trinken, gerade wenn das Hirn hochtourig unterwegs ist. Abgesehen davon knurrt mein Magen und ich ärgere mich, dass ich die Häppchen verschmäht habe.

Zum ersten Mal frage ich mich, wie lange ich in diesem blöden Kellerloch schon eingesperrt bin. Ein Blick auf meinen Tracker zeigt mir, dass es bereits vier Stunden sind. Hat er vor, mich irgendwann wieder abzuholen? Kann er mich beobachten? Gibt es hier Kameras? Genervt schaue ich mich um, kann jedoch keine entdecken. Wie schade für ihn. Wäre wahrscheinlich ein amüsantes Programm, mir zuzusehen.

Für einen Moment überkommt mich ein Anflug von Panik. Was, wenn das hier mein Gefängnis ist? Wenn mir all die Antworten, die Beweise, die ich gefunden habe, gar nichts bringen, weil ich den Rest meines Lebens in diesen beiden fensterlosen Räumen verbringen werde?

Key, du drehst durch, versuche ich meine Gedanken einzuordnen. Kein Mensch und kein Fae der Welt ist so blöd, jemanden in einem Archiv voller Beweise einzusperren mit einem Hinweis auf das Passwort zum Einlass in die Halle der Weisheit.

Das Passwort. Ich habe keine Ahnung. Es hat was mit meinem beschissenen Leben zu tun. Mega Hinweis, in meinem Leben war in den letzten neun Jahren so einiges beschissen. Gibt es ein Ranking der ätzendsten Haltestellen auf den Schienen zum Erwachsenwerden? Ich glaube nicht.

Ich stütze die Ellenbogen auf den Tisch und lege mein Kinn in meine Hände. Warum gibt es keine Akte von mir? Was ist anders bei mir als bei den anderen meiner Art? Warum bin ich noch hier, obwohl ich bereits neunzehn bin, während alle anderen mit achtzehn in die Hauptstadt gebracht wurden?

Erschrocken reiße ich die Augen auf und schnappe nach Luft. Ich habe meine Antwort. Und es war tatsächlich einer der beschissensten Tage meines ganzen Lebens. Meine Prüfung war anders. Ich bin nicht die Beste. Ich bin nur Nummer zwei.

Erneut öffne ich den Laptop und der Bildschirm leuchtet auf. Vier Zeichen. Meine Finger zittern so sehr, dass ich eine Nervenkrankheit nicht mehr für ausgeschlossen halte. Dennoch schaffe ich es, vier Tasten zu drücken.

No.2

Wenn das jetzt falsch ist, werde ich anfangen, gegen die Metalltür zu hämmern und zu schreien. Auf dem Fußboden ist ohnehin kein Platz mehr für weitere Ordner und ich werde hier sicher nicht aufräumen. Das kann er selbst machen.

Mein Finger schwebt genau drei Sekunden über der Enter-Taste und als ich sie drücke, erklingt eine freundliche Melodie, bei der mein Herz dem endgültigen Aus näher ist als je zuvor. Ich bin drin.

Auf dem Startbildschirm ist ein abstraktes Muster und ich bin ein wenig enttäuscht. Ich hatte in großen Lettern so was wie Deae oder Göttinnen erwartet, oder zumindest ein Foto, das irgendetwas über die Vorlieben des Besitzers aussagt, obwohl ich mir nicht mal sicher bin, ob dieser Laptop einen einzelnen Besitzer hat. Ich verdrehe die Augen und bin selbst genervt von meinen unfassbar unwichtigen Gedanken. Schnell öffne ich das Dateienverzeichnis und mir entweicht vor Überraschung ein grenzdebiles »Hä?«.

Es gibt genau drei Ordner. Fae, Elfen, Menschen. Dumm gelaufen, würde ich sagen, ich gehöre in keine der Kategorien. Zum Glück hat der Nerd in meinem Kopf aufgepasst. ›Du nicht, aber er‹, erinnert er mich.

Ich überlege einen klitzekleinen Moment lang, ob ich den

Elfen-Ordner wähle. Obwohl wir von ihrer Existenz wissen, gibt es niemanden unter uns, der jemals eine Elfe zu Gesicht bekommen hat und meine Neugier geifert nach Informationen. Aber ich reiße mich im letzten Moment zusammen. Ich klicke auf Fae und lande in einer Liste mit Namen. Der Menge nach zu urteilen könnte es sich um die Bewahrer der Göttinnen handeln, aber letztendlich ist mir das egal, denn er ist dabei. Tarmo Rook.

Ohne zu zögern, klicke ich auf seinen Namen und sehe etwa ein Dutzend weitere Dokumente. Das erste scheint ein Lebenslauf zu sein, ähnlich denen in den Akten der Göttinnen. Name der Eltern, Geburtsdatum – er ist achthundertsechsundvierzig Jahre alt, Halleluja, der Lebenslauf könnte sich ziehen – Kindheit, Erfolge, Misserfolge.

Rook stammt aus dem Winterreich, was bei seiner dunklen Haut und den braunen Haaren zu vermuten war. Überraschenderweise stand seine Familie in der Hierarchie der Fae nicht besonders weit oben, offensichtlich hat er sich seine jetzige Position tatsächlich erarbeitet. Immerhin.

Das nächste Dokument beschreibt seine Ausbildung am Hof des Winterfürsten. Gute Beurteilungen, ehrgeizig, einer der Besten im Abschluss. Seine Fähigkeiten im Kampf werden besonders hervorgehoben, ebenso sein scharfer Verstand und seine Besonnenheit. Er ist wohl nicht umsonst da gelandet, wo er jetzt steht.

Die weiteren Dateien schildern die einzelnen Stationen seiner beruflichen Laufbahn am Winterhof. Er muss entweder wirklich gut oder sehr ehrgeizig sein, denn innerhalb weniger Jahre hat er es zu einem hochrangigen Posten in der Garde des Winterfürsten geschafft und ist in den engsten Beraterkreis aufgestiegen.

Ich überspringe ein paar Dokumente, denn mich interessiert seine Geschichte erst wieder ab dem Bruch, dem Wechsel in unsere Welt. Er hat die Sicherung der Städte vorangetrieben, hat selbst als Wächter gearbeitet und schließlich die Akademie federführend mit aufgebaut und dort die Ausbildung der Wächter übernommen.

Klingt alles nach einer Bilderbuchkarriere und einem Vorzeigeobjekt seiner Art. Keine Verfehlungen, keine Schwächen, keine Zweifel. Und nichts, absolut gar nichts deutet darauf hin, dass er den Rebellen wohlgesonnen ist. Seltsamerweise kommt mir sein Leben zu glatt vor, zu makellos. Auf der anderen Seite habe ich natürlich keinen Vergleich. Vielleicht sehen all die anderen Lebensläufe in diesem Computer ja genauso aus. Man erreicht vermutlich keinen hochrangigen Posten im Stadtpalast, wenn das Leben mit Brüchen und Pannen gespickt ist.

Ich fahre mir mit der Hand durch das Gesicht. Mein Magen knurrt, meine Zunge ist trocken und meine Augen brennen. Abgesehen davon werde ich langsam etwas kribbelig. Ich bin keine Bildschirmarbeit gewohnt, normalerweise bin ich den Großteil des Tages draußen und mein Körper schreit nach so langer Zeit in diesem kleinen Raum massiv nach Bewegung. Eine kleine Trainingseinheit würde jetzt nicht schaden.

Erneut werfe ich einen Blick auf meinen Tracker und erschrecke, als ich sehe, dass fast zwei weitere Stunden vergangen sind. Habe ich wirklich schon so lange in seinem Leben gewühlt? ›Und trotzdem nichts gefunden‹, verhöhnt mich mein Klugscheißer gehässig, aber da Rook immer noch nicht wieder aufgetaucht ist, kann ich ja auch weitermachen, zumal wir uns in den Akten meinem Geburtsjahr nähern.

Und tatsächlich, das nächste Dokument beginnt mit seiner Versetzung in die Abteilung Clavis. Und endlich habe ich es schwarz auf weiß, habe den Beweis für die Wahrheit seiner

Worte. Aufhebung aller bisherigen Ämter, Entbindung von allen Pflichten. Es gibt nur noch eine einzige Aufgabe in seinem Leben.

Bewahrer von Key, * 08/14/2005
Kind 1, Dryadalis-Projekt
Mutter: Hlín, Vater: unbekannt (Fae, Spender)

Ich verschwende wertvolle Minuten meiner Recherche damit, auf den Bildschirm zu starren, bis die Stimmen in meinem Inneren mich anmotzen, dass nicht die Tatsache, dass auch meine Mutter in eine irgendwie geartete Kategorie der schrägen Namen gehört, am wichtigsten ist. Zögerlich hebe ich meinen linken Arm. »Hey, was bedeutet das Wort Dryadalis?«, erkundige ich mich tonlos und erhalte nur eine Sekunde später die Antwort. Elfe.

Ich verliere jegliches Gefühl für Zeit, aber irgendwann schält sich eine einfache Information aus der Leere in meinem Kopf. Ich bin kein Kind des Deae-Projekts. Ich bin das Kind einer Elfe und eines Fae.

Mit dieser Erkenntnis nimmt mein Kopf seine Tätigkeit leicht übermotiviert wieder auf und haut etwa zweihundertvierundachtzig Fragen und Fakten gleichzeitig raus und nicht alle davon sind besonders intelligent. Dafür sind manche besonders laut.

Wieso hat er mir die Wahrheit verschwiegen? Gibt es noch weitere Kinder meiner Art? Elfen und Fae haben wunderschöne Flügel. Wenn es ein Projekt war, hat meine Mutter freiwillig daran teilgenommen oder haben sie mit ihr das Gleiche gemacht, wie mit den Frauen im Deae-Projekt? Er ist mein Bewahrer. Sind wir auf irgendeine Art verbunden? Wie sehen die Augen von Elfen aus? Lebt meine Mutter noch? Elfen und Fae sind magiebegabte Wesen. Weiß er nichts von meiner Herkunft? Haben sie ihn angelogen? Habe ich magische Fähigkeiten? Ich habe keine Flügel. Er auch nicht ...

»Ruhe«, brülle ich den leeren Raum an und tatsächlich beruhigen sich meine Gedanken ein wenig. Es ist gar nicht sooo viel anders, als er mir gesagt hat. Okay, ich habe definitiv keinen Tropfen menschliches Blut in mir, das ist schon deutlich anders als gedacht und könnte in der Tat massive Auswirkungen ... Ich reiße die Augen auf. Bin ich unsterblich?

Schnell versuche ich, die Frage zu verscheuchen, sie überfordert mich spontan komplett. Stattdessen überlege ich, wie ich weitermachen soll. Soll ich in den Regalen nach Akten zum Dryadalis-Projekt suchen? Nach Informationen über mich? Über meine Mutter? Es gibt einen Ordner Elfen hier auf dem Laptop, erinnere ich mich. Oder mache ich bei ihm weiter und kümmere mich später um den Rest?

Ich entscheide mich für die letzte Variante. Von ihm werde ich niemals etwas über ihn selbst erfahren, also sollte ich die Möglichkeit nutzen, es hier herauszufinden.

Ich überfliege die nächsten Seiten, solange ich bei meinen menschlichen Eltern gelebt habe, gab es offensichtlich keine besonderen Vorkommnisse in meinem Leben und keine Aufgaben für ihn. Könnte ziemlich langweilig gewesen sein.

Dann allerdings kommt der Tag, der alles verändert hat. Er wird so nüchtern und kurz beschrieben, dass Wut in mir aufkeimt.

11/18/2015	Angriff Garden District
	Todesopfer: Rebecca Baxton, Gil Baxton
	Rettung der Göttin durch Bewahrer
	Fortsetzung Dryadalis-Projekt möglich

Er war es, er hat uns da rausgeholt. Mein Gewissen neigt dazu, Abbitte bei ihm zu leisten. Er war für mich da, er hat mir das Leben gerettet und ich sollte ihm definitiv dankbar dafür sein. Aber ich bringe es nicht fertig, weil die entscheidende Frage bleibt: Wo war er in den zwei Jahren danach?

Das Dokument endet an dieser Stelle, also öffne ich schnell das nächste. Die Uhr am Laptop zeigt mir, dass schon wieder eine halbe Stunde vorüber ist, und plötzlich habe ich keine Angst mehr, dass er mich hier für immer einsperrt, vielmehr habe ich Angst, dass er gleich auftaucht und mich unterbricht.

Seltsamerweise sind die Schriftart und die Aufmachung des Dokuments dieses Mal anders, als ob es von einer anderen Abteilung angefertigt wurde. Oder verändern die ihr Layout alle hundert Jahre?

Ich schaue mir den Kopf der Akte genauer an und stutze. Ressort Renegade. Sie sind für die Rebellen zuständig, für die Verhaftungen, für das Gefängnis.

Was um alles in der Welt hat diese Abteilung mit Tarmo Rook zu tun? Mit dem Inbegriff der Integrität? Meine Hände werden feucht und ich blicke nervös zur Tür. Ganz plötzlich bin ich mir sehr sicher, dass ich seinem Geheimnis auf der Spur bin.

Aufmerksam lese ich den Bericht, um bloß nichts zu übersehen. Aber das ist kaum möglich. Bereits zwei Tage nach dem Angriff auf unser Haus wird Rook inhaftiert. Er landet in dem Gefängnis außerhalb der Stadt, dort, wo Schwerverbrecher und Rebellen entsorgt werden.

Es ist nicht viel, was sie ihm vorwerfen, aber das wundert mich nicht. Was mich weitaus mehr erschreckt, ist das, was er getan hat. Er wollte mir helfen.

Es gibt die Kopie eines längeren Briefkontakts, in dem er darum bittet, Luke und mich zu sich nehmen zu dürfen. In einer ersten Nachricht bringt er seine Rolle als Bewahrer zum Ausdruck und wünscht, mich für die nächsten zwei Jahre betreuen zu können, um mich auf den richtigen Weg zu bringen, bis ich alt genug bin, um der Akademie beizutreten.

Seine Bitte wird abgelehnt mit der Begründung, dass die neue Situation in meinem Leben eine hervorragende Gelegenheit sei, mich zu prüfen, herauszufinden, ob ich wirklich so stark bin, wie sie hoffen. Und Luke war ohnehin nie Teil des Plans.

Meine Finger beginnen leicht zu zittern und ich merke, wie sich ein fetter Kloß in meinem Hals einnistet und mir das Atmen erschwert. Sie sind grausam. Nicht ich bin die Göttin, wie sie es behaupten. Sie selbst spielen Götter und mein Leben ist ihnen einen Scheiß wert.

Tarmo bittet darum, wenigstens eine neue menschliche Familie für mich zu finden oder meinen Bruder und mich in einer Einrichtung unterzubringen, aber sie sind wie besessen von der Idee, mich einer Art göttlichen Prüfung zu unterziehen. Zu sehen, wie viel Leid ich aushalten kann. Der Ton in den Briefen wird mit jeder Nachricht schärfer, sie drohen ihm.

Dann kommt der Tag der Inhaftierung. Sie überwältigen Tarmo, kurz nachdem er Luke und mir etwas zu essen gebracht hat, geben als Grund für die Verhaftung die ›Missachtung der Anordnungen von höchster Stelle‹ an. Der Statthalter selbst war es, der es ihm verboten hatte. Ich schlucke, allerdings lässt mich das nur noch mehr spüren, wie trocken mein Mund inzwischen ist.

Ich öffne die nächste Datei. Es ist ein Gefängnisbericht. Tarmo wird als unkooperativ und renitent beschrieben, immer wieder werden Respektlosigkeiten gegenüber den Gefängniswärtern benannt, immer wieder handelt er sich harte körperliche Strafen ein. Prügel, Nahrungsentzug, Schlafentzug, das ganze Programm, mit dem man Menschen und ganz offensichtlich auch Fae kleinzukriegen versucht.

Und immer geht es um mich. ›Er wollte dich nicht aufgeben. Er hat für dich gekämpft.‹ Könnte diese Stimme bitte schweigen? Schon jetzt beginnt die Schuld in mir zu schwelen. Er musste das erleiden, weil er mein Bewahrer war. Hat er sich diesen Job überhaupt jemals selbst ausgesucht? War es seine eigene Entscheidung, einer Göttin zugeordnet zu werden? Oder wurde er dazu ausgewählt?

Zitternd lese ich weiter, gefangen zwischen Übelkeit und Neugier. Klassischer Fall von Verkehrsunfall, bei dem man nicht weggucken kann, obwohl man weiß, dass das Leben ohne die Bilder im Kopf leichter sein würde.

Es wird ein Zwischenfall beschrieben, der für mich nach einem Ausbruchsversuch klingt, auch wenn er nicht als solcher benannt wird, schließlich ist das Gefängnis offiziell ausbruchsicher. Als ich lese, dass er bei diesem Versuch einen Wärter getötet hat, schlage ich mir unbewusst die Hand vor den Mund.

Meine Stirnfalte ist inzwischen so tief, dass ich sie sicher für den Rest meines Lebens behalten werde oder zumindest eine Schönheits-OP brauche, falls es die in dieser Welt irgendwann geben sollte. Wollte er einfach nur fliehen? Dem System entkommen? ›Er wollte zu dir‹, flüstert die Stimme der Schuld, aber was ich noch nicht weiß, ist, dass sie gleich ein Megafon in die Hand nehmen wird.

Tarmo kommt in Einzelhaft, in absolute Dunkelheit. Zeitverlust, Hunger, eisige Duschen, ein harter Steinboden und kalte Eisen sind ab jetzt seine Begleiter. Zwanzig Tage lang.

Doch sie schaffen es nicht, ihn zu brechen. Das schafft erst ihre nächste Strafe.

04/10/2016 Operation ›Wings‹

Ich keuche. Sie haben ihm seine Flügel abgeschnitten.

14

Ich schließe die Augen. Der Unfall war zu groß, ich hätte nicht hinsehen dürfen. Aber jetzt ist es zu spät. In mir kämpfen so viele Emotionen miteinander, dass ich gar nicht erst versuche, mir einen Überblick zu verschaffen. Stattdessen konzentriere ich mich auf meinen zu schnellen Herzschlag, meine zu laute Atmung und auf das Rauschen in meinem Kopf. Geräusche sind besser zu ertragen als Bilder.

Doch meine Emotionen sind Narzissten, sie dulden es nicht, in die zweite Reihe verbannt zu werden. Besonders betrifft das eine von ihnen, die sich langsam, aber zuverlässig aus der Masse herausschält, der Chef aller Stimmen – Schuld.

Für einen kurzen Moment drohe ich an dieser Schuld zu ersticken. Dann gesellt sich der dicke Knoten in meinem Bauch hinzu, der sich so sehr gewünscht hat, dass ich ihm tatsächlich wichtig bin.

Ich bin es. Ich bin ihm unsagbar wichtig. Und mit dieser Erkenntnis schiebt sich eine völlig neue Emotion an die Oberfläche. Angst. Ich habe Angst um ihn. Denn was ist er noch alles bereit zu geben, wenn er sogar seine Flügel für mich verloren hat?

Ich weiß nicht, wie viel Zeit inzwischen vergangen ist, weiß nicht einmal, ob ich die Augen immer noch geschlossen habe oder ob ich ins Nichts starre, aber plötzlich spüre ich eine Hand an meinem Oberarm. Sanft zieht er mich von dem Stuhl hoch und in seine Arme. Meine Wange ruht an seiner Brust und sein Geruch dringt tröstend zu mir durch. Und mit ihm die Erkenntnis, dass er keine Wahl hatte.

Er musste mich mir selbst überlassen, sonst hätten sie ihn getötet. Er musste sich aus meinem Leben zurückziehen, musste zu einem stillen Beobachter werden, um sich rehabilitieren zu können. Er musste auf Abstand gehen, um im entscheidenden Moment wieder in meiner Nähe sein zu können.

Ich sollte es sein, die Trost spendet, die ihm sagt, wie sehr es mir leidtut, aber ich bin es nicht. Beruhigend streicht er mir mit einer Hand über den Rücken, mit der anderen umfasst er meinen Kopf.

»Es ist okay, Key. Es geht auch ohne Flügel.«

»Nein, Tarmo. Es ist nicht okay. Nichts von dem, was sie tun, ist okay.«

Seine Umarmung wird fester und erst hier in seinen Armen merke ich, wie furchtbar kalt mir ist. Ich zittere, meine Füße sind Eisklumpen und außerdem fällt mir auf, dass dort, wo eigentlich mein Magen ist, ein riesiges Loch klafft.

Ich gebe mir noch eine Minute, um mich zu sammeln, und schaffe es tatsächlich, meine Emotionen zu beruhigen und die Tränen nicht in die Welt zu entlassen. Dann lege ich den Kopf in den Nacken und sehe ihn zerknirscht an.

»Hey, was ist?«

»Hunger-Pipi-kalt?!«, erwidere ich kleinlaut und ernte dafür ein so atemberaubendes Lächeln, dass ich für ein paar Sekunden vergessen kann, was ich herausgefunden habe.

Tarmo schließt die Datei auf dem Bildschirm und klappt den Laptop zu. Dann sieht er sich das Durcheinander auf dem Fußboden an.

»Könnte es sein, dass Ordnung auch nicht deine ganz große Stärke ist?«, fragt er grinsend.

»Äh, ist ein bisschen tagesformabhängig«, weiche ich aus.

»Und war die Form heute besonders gut oder besonders schlecht?«

Ich rolle mit den Augen und verpasse ihm eine Faust in den Oberarm. »Finde es selbst raus.«

Leise glucksend zieht er mich endlich aus diesem Archiv und raus auf den Flur. Nachdem die Tür wieder fest verschlossen ist, wenden wir uns nach links und anders als auf dem Hinweg kommen wir den Zellen damit sehr nahe. Mir läuft ein Schauer über den Rücken und sofort stelle ich seine Absichten wieder infrage. Liefert er mich jetzt dort ab? Muss er mich umbringen, weil ich nun über ihr Projekt Bescheid weiß? War seine Akte ein Fake, damit ich ihm endlich vertraue?

Meine Hände werden feucht und ich möchte sie ihm entziehen, aber er verstärkt seinen Griff und hält mich unerbittlich fest. Mein Verstand haut mir meine Naivität schadenfroh um die Ohren und ich wünschte, eine meiner sonst so engagierten Stimmen würde ihm mal widersprechen, aber sie tun es nicht.

Zu allem Überfluss höre ich jetzt noch den Klang schwerer Stiefel auf dem übrigens scheißkalten Steinfußboden und ich glaube definitiv nicht, dass es gut ist, wenn ich hier mit ihm gesehen werde. Noch schlechter wäre vermutlich nur, wenn ich ohne ihn gesehen werde.

Tarmos Griff um meine Hand ist inzwischen so fest, dass ich erneut um meine Knochen bange, aber ich weiß nicht, ob er mir damit zeigen will, dass er für mich da ist oder ob er mich an einer weiteren Flucht hindern will. Trotz all der Dinge, die ich in den letzten Stunden erfahren habe, ist da immer noch der Zweifel. Und ja, ich weiß, dass Fae nicht lügen können, aber sie können eben besser als jedes andere

Wesen aller Welten Wörter verdrehen und ihnen eine neue Bedeutung geben.

Und wie ist das überhaupt mit Computerdateien? Die lesen sie ja nicht selbst vor, sie sprechen die Lüge nicht aus. Vielleicht können sie auf genau die Art und Weise mehr Unwahrheiten verbreiten als jeder andere? Scheiße, Key. Jetzt wird's kompliziert.

Als wir um die nächste Ecke biegen, kommt uns schnellen Schrittes ein Wärter entgegen und mein Herz gerät dermaßen aus dem Takt, dass ich kurz stolpere. Bevor ich jedoch ernsthaft Gefahr laufe zu stürzen, zieht Tarmo mich an meiner Hand zurück und bringt mich zum Stehen. Der Wärter hält ebenfalls inne und grüßt formvollendet, wobei er es schafft, mich nebenbei mit einem abfälligen Blick zu bedenken.

»Sir, guten Morgen, Sir. Wieso ist die Verräterin bei euch, Sir?«

Scheiße, der Streber. Ich erkenne seine Stimme nur zu deutlich. Und leider sieht er natürlich doch gut aus. Allerdings würden ein paar ›Sirs‹ weniger seiner Grammatik durchaus guttun.

Mein Begleiter hüllt sich in Schweigen, was den Musterschüler zu weiteren Äußerungen animiert. »Sir, was tun Sie hier mit ihr? Wo haben Sie sie aufgegriffen? Hat die Wächterschlampe etwa schon wieder versucht zu fliehen? Nicht besonders schlau, die Kleine, was?«, ballert er eine übereifrige Fragenflut auf Tarmo ab. Und er hat so ganz nebenbei das große Pech, *den* Moment in meinem Leben zu erwischen, in dem ich das Schlampending wirklich und endgültig leid bin. Immerhin hat dieses Wort meiner Meinung nach im Original durchaus etwas mit Sex zu tun. Und ich kann mich beim besten Willen nicht daran erinnern, dass mein Weg in diesen Palast auch nur an einem einzigen befriedigenden Ereignis im Bett eines Fae vorbeigeführt hat.

Meine Stimmen sind so was von einer Meinung mit mir, dass sie sich zu einem Klassenkloppe-Schlachtruf hinreißen lassen, und Hunger-Pipi-kalt ist augenblicklich vergessen. Ich stelle erfreut fest, dass ich eine ausgesprochen vorteilhafte Position für einen Kinnhaken habe, und hole bereits tief Luft, als ein ganz großer Überraschungsgast in meinem Inneren mir erklärt, dass das eine eher schlechte Idee ist. Allerdings hat er sich damit geirrt.

Tarmos Faust trifft den arroganten Scheißkerl so präzise am Kinn, dass er augenblicklich mit einem für mich sehr befriedigenden Schrei zu Boden geht. Noch befriedigender wäre es allerdings gewesen, wenn meine eigene Faust ihn dorthin geschickt hätte, aber hey, das Ergebnis zählt. Tarmo beugt sich nach unten und packt den Kerl am Hemd. »Sie ist eine *Göttin*«, zischt er unheilvoll und spuckt ihm meinen Titel förmlich ins Gesicht. »Sie ist unsere Zukunft. Wenn du dich ihr gegenüber noch ein einziges Mal so respektlos äußerst, wirst du im Bruchteil einer Sekunde am Pranger stehen und sei dir sicher«, flüstert er drohend, »ich werde persönlich dafür sorgen, dass deine Strafe mindestens so *angemessen* ausfällt wie ihre.«

Nach außen hin starre ich weiter ausdruckslos vor mich hin, aber in meinem Inneren keimt ein Funke Hoffnung auf. Hat er mich gerade vor diesem Arschloch verteidigt? Will er mich wahrhaftig beschützen?

Tarmo richtet sich wieder auf und wischt seine Hand an der Hose ab, als wäre sie durch die Berührung mit dem Wärter beschmutzt worden. »Und nein, sie hat übrigens nicht versucht zu fliehen. Aber das war auch nicht möglich, weil sie die Nacht über eingesperrt war. Ich habe sie soeben aus ihrem ganz persönlichen Gefängnis befreit. Schließlich werden wir in zwei Stunden in die Hauptstadt aufbrechen, da war es mir durchaus wichtig, sie noch vor Ort zu wissen, wenn es losgeht.«

Besitzergreifend nimmt er erneut meine Hand und zieht mich weiter, wobei ich im Vorbeigehen für eine Sekunde schadenfroh registriere, dass dieses Mal die Strebernase gebrochen sein könnte. War wohl doch kein Kinnhaken.

Dann weicht die Schadenfreude direkt wieder der Panik. Er will mit mir in die Hauptstadt. In nur zwei Stunden. Warum hat er mir das nicht eher gesagt? Was ist in der Zeit passiert, in der ich im Archiv war? Was erwartet mich dort?

Ich werde sie ihrer Bestimmung zuführen.

Darf ich den winzigen Hoffnungsschimmer zulassen, dass auch das ein weiteres Spiel mit Worten war? Dass seine Bestimmung nicht die gleiche ist wie ihre? Oder werde ich in zwei Stunden den Weg antreten, den alle Göttinnen vor mir ebenfalls bestritten haben? Während er mich schweigend an seiner Hand weiter zur Treppe und in die oberen Etagen zieht, vermerke ich für mich fünf Fakten.

Er bringt mich nicht in eine Zelle.

Er mag es nicht, wenn ich beleidigt werde.

Ich habe mindestens zwei erfrorene Zehen.

Ich könnte ein halbes gebratenes Schwein vernichten.

Ich mache mir gleich in die Hose.

Der Rest ist Spekulation und ich muss mir eingestehen, dass ich an einem Punkt angekommen bin, an dem ich den ständigen Wechsel von Hoffnung und Angst, von Vertrauen und Misstrauen, von Leben und Tod nicht mehr aushalte. Ich beginne zu zittern und wenn er meine Hand nicht so fest umklammern würde, wäre sie längst aus seiner gerutscht.

Ich habe keine Ahnung, welche meiner Stimmen so überzeugend ist, dass ich den Weg bis zu seinem Zimmer durchhalte, aber ich schaffe es. Dort angekommen, gibt es noch genau drei Worte: »Ich muss mal.«

Als ich Minuten später nach gefühlten zwei Litern Flüssigkeitsabgabe schließlich am Waschbecken stehe und mein geschundenes, von riesigen Augenringen geprägtes Gesicht im Spiegel betrachte, drehe ich durch.

Das Spiegelbild zerfällt in tausend Splitter, als der tönerne Seifenspender es trifft und mein markerschütternder Schrei erfüllt das Bad. Die Scherben verteilen sich über den Waschtisch und glitzern im Licht der aufgehenden Sonne. Ich schreie ein zweites Mal und wische sie mit dem Unterarm fort, wohlwissend, dass das keine gute Idee ist.

Die Scherben bohren sich wie hundert kleine Nadeln in meine Haut und ich heiße die Schmerzen willkommen. Ich brauche sie, um mich zu vergewissern, dass ich am Leben bin, dass ich selbst Dinge bewirken kann. Seit Tagen wurde mir jegliche Kontrolle über mein Leben genommen, bin ich ihm und seinen Männern ausgeliefert. Das irre Gefühl, in diesem einen Moment wenigstens über meine Schmerzen selbst bestimmen zu können, gibt mir einen Funken Hoffnung.

Doch er erlischt in dem Augenblick, in dem er mich festhält. Ich versuche, mich freizukämpfen und seinen viel zu starken Armen zu entkommen, aber mein Zustand ist nicht unbedingt dazu geeignet, einen Fae zu besiegen. Immer fester wird seine Umklammerung, schnürt mich ein und reibt mir meine Machtlosigkeit unter die Nase.

Aber je schwächer mein Widerstand wird, je mehr Raum gibt er frei, um etwas anderes zu spüren. Seine Arme engen mich nicht ein, sie geben mir Halt. Sie sind gar keine Umklammerung, aus der ich nicht freikomme, sie sind der Kokon, in dem ich bleiben möchte. Sie bewahren mich davor, in die tausend Teile meines Spiegelbildes zu zerfallen. Und sie geben mir so viel Sicherheit, dass ich zum ersten Mal seit neun Jahren in der Gegenwart eines anderen Wesens loslasse.

Ich habe in seiner Nähe schon vorher geweint, aber das war aufgrund von Schmerzen. Das hier ist anders. In mir wurde die Mauer eines Staudamms gesprengt und nichts auf der Welt kann die Wassermassen aufhalten. Mit unbändiger Macht drängen sie nach draußen und geben mein Innerstes frei. Die Angst und die Schmerzen der letzten Tage vermischen sich mit denen der Vergangenheit und spülen Emotionen aus mir heraus, die ich seit dem Tod meiner Eltern eingemauert habe, um zu funktionieren.

Tarmo sinkt mit mir im Arm an der Wand herunter auf den kalten Boden des Badezimmers und dort bleiben wir sitzen. So lange, bis meine Augen brennen wie Feuer und fast so geschwollen sind wie nach den Schlägen am Pranger. So lange, bis mein Hals kratzt, als hätte ich eine Schaufel Sand geschluckt und bis meine Muskeln erschlaffen und keine weiteren Krämpfe mehr zulassen. Dann ist es vorbei.

Was übrig bleibt, ist Leere. Alles in mir ist taub, öde, ausgehöhlt. Ich weiß selbst, dass mein Blick glasig ist, als ich meinen Kopf hebe, um ihm den einen Satz zu sagen, der das alles hier in Gang gesetzt hat. Meine Stimme ist heiser und jedes Wort schmerzt, aber es sind zum Glück nicht viele. »Ich will nicht in die Hauptstadt.«

Er schließt die Augen und zieht meinen Kopf wieder zurück an seine Brust. »Ich weiß. ... Ich auch nicht.«

Ich habe nur am Rande mitbekommen, dass er die Scherben aus meinem Unterarm entfernt und mich ausgezogen hat. Jetzt liege ich in der Badewanne und lasse mich von dem heißen

Wasser einhüllen, das es endlich schafft, die Kälte zu vertreiben, die mich seit Stunden gefangen hält. Es hat eine Weile gedauert, bis mein Zittern aufgehört hat, doch inzwischen ist die wohlige Wärme auch im letzten Winkel meines Körpers angekommen.

Ansonsten ist da nichts. Keine Gedanken, keine Stimmen. Tarmo ist nebenan und ich höre ihn leise sprechen, mache mir aber nicht die Mühe, ihn verstehen zu wollen. Ich will keine Informationen mehr, keine Antworten. Ich möchte die Ruhe in meinem Kopf für immer behalten, die Leichtigkeit der Leere genießen.

Ich schließe die Augen und merke, wie ich allmählich wegdrifte, doch bevor es so weit ist, kehrt er zurück. Leise setzt er sich auf den Rand der Wanne und beginnt, meine Haare zu waschen. Entgegen allem, was ich will, öffne ich langsam meine verquollenen Augen und sehe in seine wunderschönen Iriden, die auf mir ruhen.

»Du siehst mich eindeutig zu oft nackt«, informiere ich ihn leise. Meine Stimme ist rau und die Worte kratzen in meinem Hals, aber sie entlocken ihm ein Lächeln.

»Das kann man sehen, wie man will.«

Ich lächele ebenfalls, wenn auch etwas müde, dann lasse ich mich komplett unter Wasser rutschen und spüle mir den Schaum aus den Haaren. Für ein paar Sekunden erliege ich dem Wunsch, nie wieder aufzutauchen, aber meine Lunge fordert schnell den lebensnotwendigen Sauerstoff ein und zerrt mich zurück an die Oberfläche.

»Hey, kleine Maus«, empfängt er mich. »Wir müssen bald los.«

Ich wusste, dass diese Worte irgendwann fallen würden, und trotzdem treffen sie mich wie Hammerschläge. Die Leere ist fort, die Fragen und die Angst sind zurück. Ich nicke und quäle mich zum Stehen hoch. Ich fühle mich, als ob ich ein zehnstündiges Kampftraining hinter mir habe. Die blauen Flecken sind noch nicht ganz verschwunden, die Schnitt- und Platzwunden sind zwar geschlossen, aber weiterhin hochempfindlich und die frisch verheilten Brüche schicken dumpfe Schmerzen durch meinen Körper.

Tarmo reicht mir ein riesiges Handtuch, in das ich mich schleunigst einwickele, denn zumindest die Wärme der Wanne würde ich gerne noch eine Weile mitnehmen. Ich bin überrascht, als er mich auf den Arm nimmt, um mich nach nebenan zu tragen, aber ich wehre mich nicht dagegen. Ich habe im Moment nicht mehr viel Kraft und das bisschen, was noch in mir ist, sollte ich nicht vergeuden.

Er setzt mich in einen der großen Ohrensessel und wickelt zusätzlich zu dem Handtuch noch eine dicke Wolldecke um mich herum. Zumindest mein Wunsch nach Wärme hat sich damit erfüllt und ich bin erstaunt, für wie wenig ich plötzlich dankbar sein kann. Die Morgensonne scheint kräftig durch die dünnen Vorhänge und taucht das Zimmer in warmes Licht. Alles wirkt friedlich und leicht, aber die ganze Szene ist eine einzige Lüge.

»Was erwartet mich in der Hauptstadt?«, frage ich leise.

Tarmo schüttelt den Kopf und zeigt auf das Tablett, das zwischen uns steht. »Du musst endlich was essen, Key«, fordert er mich auf.

»Bitte«, dränge ich ihn. »Nur ein paar einfache Antworten. Ich weiß, dass ich euch ausgeliefert bin. Ich möchte nur wissen, was ihr vorhabt.«

»Iss.«

»Sagst du es mir dann?«

Seine Augenbrauen heben sich belustigt. »Iss.«

»Erpresst du mich hier etwa gerade?«, frage ich.

Sein überhebliches Grinsen ist absolut unangemessen, aber ich mag es. Und hoffe inständig, dass dieses primitive Gefühl bloß den Ereignissen der letzten … keine Ahnung wie vielen Stunden geschuldet ist. Resigniert greife ich zu einer Schale mit Müsli und Joghurt, die äußerst ansprechend mit frischen Beeren garniert ist. Nach den ersten drei Löffeln entfährt mir ein genüssliches Brummen. Es ist mit Honig verfeinert und der süße Geschmack breitet sich besänftigend in meinem Mund aus. Als ob er Angst hätte, dass die Nahrungszufuhr schon wieder beendet ist, fordert mein Magen mich grummelnd auf, weiterzuessen und ich gehorche ihm umgehend. Meine Sinne sind immerhin wieder so weit geweckt, dass sie den Hunger mehr als deutlich wahrnehmen. Der Wunsch nach dem halben Schwein ist zurück.

Tarmo sieht mir eine Weile lächelnd beim Essen zu, dann wird er ernst. »Es sind nicht *wir*, die etwas vorhaben, okay? Es bin nur ich.«

Ich nicke schweigend. Es ist ihm wichtig, mit den anderen Fae nicht in einen Topf geschmissen zu werden, und ich hoffe, dass das etwas Gutes für mich bedeutet.

»Das Dringlichste ist, dass du hier rauskommst. Sie schöpfen Verdacht, sie ahnen, dass ich dich wieder beschützen möchte, und sie dürfen niemals, absolut niemals herausbekommen, wie ich wirklich zu dir stehe. Das würde für uns beide den Tod bedeuten.«

Nachdenklich sehe ich ihn an. »Deshalb die Nacht in der Zelle?«

Er seufzt und seine Schuldgefühle sind ihm in riesigen Lettern auf die Stirn tätowiert. »Ja«, gesteht er leise. »Ich weiß, ich sollte das nicht sagen, Key, aber es war nicht nur für dich eine Scheißnacht. Und ich wünsche mir nichts mehr, als dass es sie nicht gegeben hätte.«

Ich schaffe ein schiefes Lächeln. »Ist ja nicht so, dass ich nicht selbst schuld wäre«, gestehe ich. »Wenn ich nicht versucht hätte zu fliehen, wäre ich –«

»Nein, kleine Maus, du bist an gar nichts schuld. Sag das nie wieder.« Ungläubig sehe ich ihn an. Seine Worte sind so sanft und gleichzeitig so ... keine Ahnung. Wertschätzend? Respektvoll? Glaubhaft.

Wo ist der grausame Statthalter, der unser aller Leben seit über einem Jahr bestimmt? Wo ist die Härte seiner Züge geblieben? Das Eis in seiner Stimme? Erneut frage ich mich, wie meisterhaft seine Fähigkeiten der Täuschung sind. Denn egal, welche Version von ihm die echte ist, die jeweils andere ist unfassbar überzeugend. Schon wieder wächst der Knoten in meinem Bauch und ich merke, dass ich mir wünsche, dass das hier der echte Tarmo Rook ist. Dass er mir wirklich nichts antun möchte. Dennoch rät mir mein Verstand, wachsam zu bleiben. Es wäre zu einfach.

»Und was werden wir tun, wenn wir hier raus sind?«, hake ich deshalb noch einmal nach.

»Wir werden in die Akademie der Hauptstadt fliegen und ihnen zeigen, dass sie endlich das bekommen, worauf sie seit über einem Jahr warten.«

Ich starre ihn an und jetzt im Moment glaube ich nicht, dass er recht hat. Kleine Mäuse sind nicht mutig. Sie haben unendlich viel Angst. Ihnen bleibt nur keine andere Wahl. Ich möchte nicht an den Ort, an dem sie ihr Projekt durchziehen. Ich möchte meiner Bestimmung nicht zugeführt werden. Ich möchte nicht einmal in die Nähe meiner Bestimmung kommen. Ich will niemals den Wesen begegnen, die zu so grausamen Dingen fähig sind, die ...

»Key«, reißt mich seine warme Stimme aus der sich aufbauenden Panik. »Du musst nur noch ein einziges Mal funktionieren. Ein letztes Mal deine Aufgabe erfüllen, dann ist es vorbei.«

Ich nicke apathisch und bemerke enttäuscht, dass mein Hunger sich abrupt verabschiedet hat. Mein Unterkiefer zittert, als ich die alles entscheidende Frage stelle. »Und was genau ist meine Aufgabe?«

Er zögert zu lange und ich weiß, dass mein Zittern berechtigt ist. »Du musst sterben.«

15

Ich spüre seine starken Hände an meinen Schultern und registriere verwirrt, dass er mich tatsächlich schüttelt. Der schrille Alarm, der seit Minuten in meinem Kopf klingelt, wird von irgendjemandem abgestellt und lässt mich seine Stimme wieder hören.

»... geht schnell, Key, ganz sicher. Es wird nicht wehtun. Du schläfst einfach ein, sanft und ruhig.«

Ich nicke mechanisch und habe das Gefühl, dass mit dem Ende des Alarms ein weiterer Schalter betätigt wurde und ab jetzt gibt es nur noch eine einzige Anweisung: Funktionieren.

Ich werde sterben. Ich weiß nicht, warum seine Worte nicht länger Panik in mir auslösen, keinen Widerstand, keine Gedanken an Flucht. Vielleicht, weil ich es die ganze Zeit über schon gewusst habe.

Er hat ein Spiel mit mir gespielt und ich habe nie herausbekommen, was ihn dazu angetrieben hat oder worum es dabei wirklich ging. Ich war eine Figur, die er beliebig hin- und herschieben konnte. Ich habe ihm geglaubt, wenn er es wollte, und ich habe ihn gehasst, wenn er es brauchte. Nichts war jemals meine Entscheidung. Er ist ein Fae. Ein Meister der Täuschung. Und er hat mich mehr getäuscht, als ich es mir jemals hätte vorstellen können.

Aber er hat mir zugesichert, dass es schnell gehen wird. Er kann nicht lügen, also muss zumindest das stimmen. Was will ich mehr? Es wird nicht so qualvoll wie der Pranger, nicht so demütigend.

Ich durfte über ein Jahr länger leben als die anderen

Göttinnen, ich habe ein Jahr meines Lebens geschenkt bekommen. Ich sollte dankbar sein, nicht panisch oder verängstigt.

Auf sein Drängen hin zwinge ich den Rest des Frühstücks in mich hinein, wofür auch immer das noch gut sein soll, dann schlüpfe ich in die Wächtermontur, die für mich bereitliegt. Kurz frage ich mich, warum sie mir nach ihren verqueren Anschuldigungen weiterhin zusteht, aber es ist nicht mehr meine Aufgabe, Dinge zu hinterfragen. Ich muss lediglich meine Bestimmung erfüllen, sonst nichts.

Tarmo sieht mich durchdringend an, doch nicht einmal seine faszinierenden türkisfarbenen Augen können mich aus meiner Trance reißen. »Bereit?«, fragt er leise.

Nein. Ich bin nicht bereit. Niemand ist bereit zu sterben. Es kann mir keiner erzählen, dass es Menschen gibt, die im Angesicht des Todes ruhig bleiben, schon gar nicht, wenn man Stunden vorher damit konfrontiert wird. Aber wenn ich ihm jetzt sage, dass es nicht so ist, wird er anfangen, mir die Sache zu erklären. Er wird mir schildern, was er tun wird und warum. Und das kostet Zeit. Aber ich will keine zusätzliche Zeit mehr, ich möchte, dass es schnell geht.

Deshalb nicke ich, denn im Gegensatz zu ihm bin ich in der Lage zu lügen, auch wenn ich es nicht gerne tue. Er nimmt meine Hand und mein Körper funktioniert so gut, dass nicht einmal der Impuls auftaucht, sie ihm zu entziehen. Er war in seiner Nähe vom ersten Moment an ein Verräter.

»Wir schaffen das, Key.«

Noch immer weiß ich nicht, wann er beschlossen hat, dass wir ein Team sind, aber offensichtlich lässt er sich von dem Gedanken nicht abbringen. Und ja, *er* wird es schaffen. Er hat immer das geschafft, was er sich vorgenommen hat.

Als wir endlich das Zimmer verlassen, nickt Kail uns

ernst zu und setzt sich vor uns. Schweigend folgen wir ihm durch die breiten Gänge des Palastes und ich bemerke erst spät, dass es dabei stetig weiter nach oben geht. Endlose Korridore später gelangen wir an eine kleine Metalltreppe, die an einer dicken Stahltür endet. Als Kail sie öffnet und wir hinausschlüpfen, stehen wir auf dem Dach des Palastes. Und mit uns ein Hubschrauber.

Fast bin ich beeindruckt bei dem Anblick dieses alten Fluggerätes. Vermutlich gibt es bei den Menschen auf der Erde deutlich modernere Versionen. Aber die großen technischen Innovationen finden eben keinen Weg mehr nach Breyta. Also haben wir alte Helis. Und die meisten Fae stehen ja ohnehin total auf so alten Kram.

Die weitaus größere Überraschung ist jedoch der Mensch, der hinter dem Heli hervortritt – Rylan. Erst jetzt, wo sie sich wieder melden, wird mir klar, wie lange meine Stimmen schon geschwiegen haben. Und nun tun sie das Schlimmste, was sie im Angesicht meines alten Freundes tun können. Sie freuen sich.

Rylan kommt auf mich zu und wuschelt durch meine immer noch feuchten Haare. »Du siehst echt scheiße aus, Bones. Was haben die Arschlöcher da drinnen mit dir angestellt, hm?«

Er sieht aus wie immer. Mütze über seinen niemals frisierten Haaren, unordentlicher Dreitagebart, kaputtes T-Shirt, löchrige Jeans. Und eine Kippe in der Hand. Genau deshalb habe ich ihn immer gemocht. Er ist anders als alle anderen. Abseits der Norm, abseits aller Regeln. Kein Mensch in diesem verschissenen Universum raucht noch. Und es ist hier auf dem Dach des Stadtpalastes neben einem Hubschrauber mit laufenden Rotoren auch sicher nicht erlaubt. Aber Rylan war schon immer alles scheißegal. Nicht zum ersten Mal frage ich mich, wie er es mit dieser Einstellung jemals zu einem Wächter geschafft hat.

Das Schlimmste ist aber sein grundehrlicher mitleidiger Blick. In dem Moment, in dem die Tränen bereits an der Unterseite meiner Augen hervorquellen, pfeife ich meine Stimmen zurück. Welche Rolle auch immer Rylan in diesem Spiel spielt, er steckt mit Rook unter einer Decke. Er war der Einzige in all den Jahren, von dem ich dachte, dass er mich gernhat. Von dem ich dachte, dass er ehrlich zu mir war. Aber offensichtlich war auch das nicht echt.

Ich könnte mich jetzt darüber aufregen, dass ausnahmslos alles in meinem Leben eine Lüge war, alles, bis in den kleinsten Winkel meines Daseins, dass absolut nichts davon unverfälscht war. Aber wozu? Ich habe die Akten der anderen Göttinnen gesehen und jedes ihrer Leben war eine riesige Ansammlung von gelenkten und gefakten Ereignissen, warum sollte es bei mir anders sein? Und in ein paar Stunden ist es ohnehin zu Ende, jetzt ist es egal, ob es echt war oder nicht.

Mit einem müden Lächeln schüttele ich den Kopf und sehe Rylan an. »Ist nicht so wichtig«, winke ich ab. Wichtig ist schließlich nicht, was sie mir schon angetan haben, sondern das, was sie mir noch antun werden.

Tarmo verabschiedet sich von Kail. »Wir geben dir sofort Bescheid, wenn es vorbei ist, dann kannst du die Nachricht ihres Todes bekannt geben«, gibt er ihm mit auf den Weg. Der große Fae nickt ernst, wendet sich mir jedoch anschließend grinsend zu. »Viel Spaß beim Sterben, kleiner Schlüssel«, wünscht er mir sarkastisch, dann ist seine Aufmerksamkeit wieder bei Rook. »Hab mich selten so auf das Verkünden einer Nachricht gefreut.«

Er ist so schnell verschwunden, dass ich mich zum ersten

Mal frage, ob die Fae sich unsichtbar machen können. Ganz abwegig finde ich die Vorstellung nicht, würde schließlich durchaus in die Kategorie ›Täuschung‹ fallen.

Ich hätte nicht gedacht, dass mich noch irgendwas erreicht, aber als Rylan ins Cockpit steigt, bin ich überrascht. Ich habe nicht gewusst, dass er einen Hubschrauber fliegen kann. Ich habe nicht gewusst, dass er Hopetown verlassen darf. Aber ich habe so vieles nicht gewusst, dass die eine fehlende Info jetzt wahrhaftig nicht ins Gewicht fällt.

Rook zieht mich durch den Wind der Rotorblätter und schiebt mich durch die große Luke in den Hubschrauber, dann schließt er sie und setzt sich zu mir. Nur einen Moment später sitzen zwei riesige Mickymäuse auf meinen Ohren und der Lärm ist verschwunden. Dankbar für die Ruhe und die Tatsache, dass ich mich so ganz sicher nicht mehr unterhalten muss, lasse ich zu, dass er mich anschnallt. Dann lehne ich meinen Kopf an die Außenwand des Ungetüms und schließe die Augen.

Als der Hubschrauber abhebt, nimmt Rook meine Hand in seine und ich kann nicht fassen, dass es sich gut anfühlt. Seine Finger streichen beruhigend über meinen Handrücken und schicken mir kleine warme Schauer. Ich überlege, sie ihm zu entziehen, entscheide mich aber dagegen. Ich werde in ein paar Stunden sterben, ich brauche mir definitiv keine Gedanken mehr darüber machen, ob mich irgendjemand für bescheuert hält, weil ich mich von meinem Mörder beruhigen lasse. Und da meine Stimmen selig vor sich hin brummen, scheint es irgendwie okay zu sein.

Als Tarmo mir vorsichtig die Ohrenschützer abnimmt, bemerke ich, dass ich nicht mehr sitze. Ich liege zusammengekugelt auf der Bank des Hubschraubers und er war so nett, mir ein Kissen unter den Kopf zu legen. Da möchte mir aber jemand das Sterben ganz besonders angenehm gestalten.

Eine seiner Hände legt sich auf meine Taille und mit der anderen schiebt er mir eine Strähne hinters Ohr. »Du musst aufwachen, kleine Maus«, flüstert er und erst jetzt bemerke ich, wie leise es geworden ist. Offensichtlich sind wir gelandet.

Kurz ärgere ich mich, dass ich eingeschlafen bin. Dieser Flug war die erste und letzte Gelegenheit, etwas von der Welt außerhalb von Hopetown zu sehen und ich habe sie verschlafen. Aber da es ohnehin niemanden gibt, dem ich von atemberaubend schönen Landschaften berichten kann, beschließe ich, dass ich mit dieser Lücke sterben kann.

Widerwillig öffne ich die Augen und kann mir gerade noch ein Stöhnen verkneifen. Ich hatte ja keine Ahnung, *wie* bescheuert so ein Körper sein kann, aber offensichtlich soll ich in den letzten Momenten meines Lebens noch ein paar Überraschungen erleben. Großartig.

Es ist natürlich kein Kissen, auf dem ich liege, es sind seine Oberschenkel. Mein Kopf befindet sich tatsächlich auf seinem Schoß und keine einzige meiner Stimmen flüstert auch nur das kleinste Wort des Vorwurfs. ›Seid ihr eigentlich alle bescheuert?‹, motze ich sie an, aber ich ernte nur undeutliches Gebrummel und es hört sich nicht mal betreten an.

Ich versuche, das Gefühl zu ignorieren, dass seine Hand auf meiner Taille auslöst, und rappele mich ungeschickt auf. Schnell wische ich mir mit der Hand über den Mundwinkel und mein Blick huscht peinlich berührt zu seiner Hose, aber ich habe Glück. Sie ist schwarz und so kann man den feuchten Fleck nicht sehen.

»Ich habe *nicht* gesabbert«, stelle ich unmissverständlich klar.

Er grinst wissend zurück. »Nur ein bisschen.«

»Schnauze.«

Ich habe keine Ahnung, wie er es schafft, in diesem Moment noch Humor an den Tag zu legen, aber sein Glucksen ist unüberhörbar.

Ohne ein weiteres Wort öffnet er die Luke. Rylan ist nirgends mehr zu sehen, und ich bin dankbar, dass mir ein Abschied von ihm erspart bleibt. Für ein paar Sekunden schaue ich mich um. Wir sind wieder auf einem Dach, vermutlich dem der hiesigen Akademie. Die Stadt sieht von hier oben nicht viel anders aus als Hopetown, aber sie ist riesig. Keine Ahnung, ob die Häuser, die sich fast bis zum Horizont erstrecken, alle bewohnt sind. Ich kann es mir eigentlich nicht vorstellen. Das würde bedeuten, dass in Star City noch Hunderttausende von Menschen leben und davon hätten wir sicher gewusst.

Ich drehe mich um, um zu sehen, ob die Stadt in die andere Richtung die gleichen Ausmaße hat, und erstarre. Unter mir liegt keine Stadt. Unter mir erstreckt sich bis zum Horizont hin Wasser. Zum ersten Mal in meinem Leben sehe ich Vanna, das echte Meer. Und ich weiß, dass ich an keinem meiner virtuellen Ausflüge jemals etwas so Schönes betrachtet habe.

Die Sonne ist inzwischen ganz aufgegangen. Ihre Strahlen hinterlassen Milliarden winziger glitzernder Punkte auf dem dunklen Wasser, die sich auf der sich kräuselnden Oberfläche bewegen und ich kann den Blick nicht mehr davon abwenden. Nie wieder.

»Atme«, flüstert er plötzlich an meinem Ohr und ich erschrecke. Erstens, weil ich tatsächlich die Luft angehalten habe, zweitens, weil ich nicht bemerkt habe, wie nah er mir ist und drittens, weil ich spüre, wie mir eine Träne die Wange hinunterrinnt.

Wütend wische ich sie weg. Ich will keine beschissenen

Emotionen haben nur wegen ein bisschen Wasser und Sonne. Ich will mir nicht eingestehen, dass es so wunderschön ist, dass ich es gerne noch öfter sehen möchte. Das hier, das echte Meer. Keine Animation in einem Kino. Ich will den Gedanken nicht zulassen, dass ich nicht sterben möchte. Schnell wende ich mich von dem Anblick ab und gehe zu der schmalen Metalltür.

»Bringen wir es hinter uns.«

»Stopp«, hält er mich von meinem Vorhaben ab und dreht mich wieder zu ihm um. »Nichts trinken, erinnerst du dich?«

»Natürlich.« Nicht. Keine Ahnung, wann er mir das gesagt haben soll.

Seine Augen verengen sich zu Schlitzen, vielleicht hat er meine Lüge bemerkt. »Key, versprich es mir. Du darfst auf keinen Fall etwas zu trinken annehmen, egal, was sie dir anbieten, okay?«

Ich nicke. Ich werde hier auf den letzten Metern jetzt ganz sicher keine Versprechen abgeben.

»Key!«

»Ja, ich hab's verstanden«, motze ich. »Nichts trinken. Nicht, dass ich mir beim Sterben noch in die Hose mache.«

Er verdreht die Augen und schiebt mich durch die Tür. Ärgerlich schlucke ich den fetten Kloß in meinem Hals herunter. Wegen seiner scheiß Trinkansage habe ich jetzt vergessen, noch einen Blick auf das Meer zu werfen.

Kaum sind wir am Ende der schmalen Treppe angekommen, steht uns ein Fae gegenüber. Ein schmieriger Fae. Seine blonden Haare sind so akkurat zu einem Knoten gebunden, als ob er an einer Ballettaufführung teilnehmen möchte, und sein Bart scheint mit dem Geodreieck gestutzt worden zu sein. Seine geheuchelten Worte unterstreichen das Gesamtbild perfekt. »Es freut mich, Sie hier begrüßen zu dürfen, Sir. Und ganz besonders freut es mich natürlich, dass Sie in Begleitung kommen.«

»Die Freude ist ganz auf meiner Seite«, schleimt Rook. Hätte nicht gedacht, dass er dazu in der Lage ist.

Erstaunlicherweise wendet sich der fremde Fae mir zu. Ich hatte eher mit der Ignoranz-Taktik gerechnet, die die meisten Fae uns Menschen gegenüber an den Tag legen. »Herzlich willkommen in der Hauptstadt-Akademie, Key. Wir sind stolz darauf, dich hier endlich begrüßen zu dürfen.«

Ihr seid auf gar nichts stolz. Ihr seid Arschlöcher, die Menschenfrauen als Zuchtstuten missbrauchen, um verfluchte Göttinnen zu schaffen, die ihr nicht verehrt, sondern einem grausamen Schicksal zuführt, vor dem ihr eure eigenen Frauen bewahren wollt. Nur, dass ihr ihnen dabei ihr Leben vorher noch zur Hölle macht. Ihr seid ...

Ein Stups in meine linke Seite reißt mich aus meiner kleinen internen Hasspredigt und zeigt mir, dass ich besser mal antworten sollte.

»Äh ... ich ... freue mich auch«, stammele ich ziemlich bescheuert. Hey, könnte möglicherweise meine Rettung werden. Vielleicht bin ich ihnen ja einfach zu blöd, um Nachfahren für sie zu zeugen. Wobei ich das ja gar nicht brauche. Kann man auch zum Sterben zu blöd sein?

Offensichtlich stört ihn meine mangelnde Wortgewandtheit nicht, denn er lächelt mich formvollendet an. »Dann wollen wir dich mal angemessen begrüßen. Folgt mir.«

Während wir ihm durch breite Gänge folgen, die allesamt einen Glasboden haben, und damit einen beeindruckenden Blick auf sämtliche Etagen unter uns freigeben, frage ich mich zwei Dinge. Zum einen, was in seinen Augen wohl eine angemessene Begrüßung ist. Zum anderen, ob es hier schon jemals eine Frau gewagt hat, mit Rock und ohne Unterwäsche unterwegs gewesen zu sein. Genickstarre bei den Fae ist eine amüsante Vorstellung.

Nach dreimal Abbiegen kommen wir an einem ebenfalls gläsernen Fahrstuhl an, der in einem riesigen runden Lichtschacht hängt, in dem unten mehrere Wasserbecken und Grünpflanzen stehen. Höhenangst kann man sich hier eindeutig nicht leisten. Wir treten ein und der Fae drückt Etage sechs. In jedem Fall kommen wir dem Keller näher.

Als wir wieder aussteigen, präsentiert sich uns eine weitläufige Lounge, in der so riesige Sofas und Sessel stehen, dass sogar die groß gewachsenen Fae darin nicht mehr besonders groß aussehen. Sie sind aus weißem Leder und ich bin mir sicher, wenn ich mich da reinsetze, versinke ich. *Das* wäre doch mal eine interessante Art zu sterben. Todesursache: von einer Sitzlandschaft verschluckt.

Mein innerer Nerd ist offensichtlich als Einziger noch auf Empfang und bringt sehr vehement zum Ausdruck, dass ich völlig durchgeknallt bin, aber ich erkläre ihm brav, dass ich noch im Laufe dieses Tages sterben werde, und das in meinen Augen ein absolut legitimer Grund ist, um durchgeknallt zu sein.

Wir durchqueren den Raum und ich werde eindeutig von jedem Einzelnen von ihnen angestarrt. Am liebsten würde ich mich hinter Rooks breitem Rücken verstecken, aber es könnte sein, dass das meine Peinlichkeitsskala sprengt. Und ich möchte mich wenigstens mit ein bisschen Würde verabschieden.

Ich schaffe den Spießrutenlauf und hinter der Lounge öffnet sich ein weiterer Gang mit mehreren Türen zu beiden Seiten. Kurz beneide ich die Wächter, die an dieser Akademie stationiert sind. Alles hier ist hell und freundlich, weiße

Wände, hellgraue Türen, Glasböden. Bei uns in Hopetown ist es etwas bodenständiger und einfacher. Aber dafür hätte ich bei uns weiterleben können.

Ich schiebe den Gedanken beiseite und ersticke den nächsten, der mit Flucht zu tun hat. Ich komme hier nicht raus. Hier tummeln sich in jedem Stockwerk Dutzende von Fae und keiner von ihnen ist mir wohlgesonnen. Mein Schicksal ist besiegelt und meine letzte Hoffnung ist, dass seine Worte wirklich wahr waren. Es wird nicht wehtun. Sterben ist allemal besser als noch ein paar Jahre im Koma zu verbringen.

Wir treten durch die zweite Tür auf der rechten Seite ein und gelangen in einen spärlich eingerichteten Raum mit hellem Parkettboden, in dem sich außer einer normal großen Sitzlandschaft aus hellgrauem Stoff nur noch eine Vitrine mit Gläsern und Getränken befindet. Könnte sein, dass jetzt der Nicht-Trinken-Moment gekommen ist. Letztendlich ist es aber völlig piepegal, wie der Raum eingerichtet ist. Viel entscheidender ist die Wand mir gegenüber, die komplett verglast ist, denn sie gibt den Blick auf das Meer frei.

Ich kann es nicht riechen, wie oben auf dem Dach, aber der Anblick ist deshalb nicht weniger schön und der Kloß im Hals nicht unbedingt kleiner. Luke.

Ich habe ihn seit Tagen aus meinem Kopf verbannt, weil es zu sehr schmerzt, an ihn zu denken. Weil es mir zu viel Angst macht, was aus ihm wird, wenn ich nicht mehr bei ihm bin. Was für ein sicherer Ort es ist, an den Rook ihn hat bringen lassen?

Doch jetzt lässt er sich nicht länger wegschieben, denn der Wunsch, ihm hiervon zu erzählen, ist auch mit aller Macht der Welt nicht mehr zu überhören. Ich weiß, dass er es lieben würde. Luke mag Sternenhimmel, Sonnenuntergänge und Platzregen. Er würde das Meer nicht nur lieben, er würde es vergöttern. Und dennoch bin ich froh, dass er es jetzt nicht sieht, denn das würde bedeuten, dass er bei mir wäre. Und er darf um keinen Preis der Welt sehen, was mit mir geschieht.

Ich erschrecke, als sich erneut eine Hand auf meine Schulter legt, und sie gehört dieses Mal leider nicht Tarmo. Etwas beschämt registriere ich, dass ich die Handflächen an die Scheibe gelegt habe, als ob ich dem Meer damit näher wäre, als ob ich es spüren könnte. Ich würde so gerne wissen, wie es sich in Wirklichkeit anfühlt, in dem riesigen kalten Wasser unterzutauchen, aber ich werde es nie mehr erfahren.

»Es ist schön, nicht wahr?«, säuselt mir der Fae ins Ohr und erst jetzt fällt mir auf, dass er mich zwar begrüßt hat, mir jedoch seinen Namen verschwiegen hat. Natürlich.

Ich ziehe die Hände zurück und wische sie verlegen an meiner Hose ab. »Äh … ja.« Eloquenz liegt ganz klar bei tausend Prozent.

Mit einem unechten Lächeln überreicht er mir ein Champagnerglas, dessen Inhalt im Sonnenlicht golden funkelt. Erst jetzt sehe ich, dass Tarmo und er auch eines in der Hand halten und mich auffordernd ansehen.

»So, nun noch einmal hochoffiziell«, steigt der Fae in seine Begrüßungsrede ein. »Herzlich willkommen in der Hauptstadt, Key. Ich wünsche dir alles erdenklich Gute hier an der Akademie. Es ist für uns immer etwas ganz Besonderes, die Besten jedes Jahrgangs bei uns aufzunehmen und wir freuen uns schon jetzt auf deine Erfolge.«

Mööööp, mööööp, mööööp. Diese Antwort war leider falsch und hat sie ein Leben gekostet. Hier steht die Zweitbeste. Es verbleiben zwei Leben in diesem Spiel. Schön wär's. Vielleicht habe ich ja noch die Gelegenheit, die Spielidee weiterzugeben und werde post mortem reich.

Ich schaffe es, dieses ganze Schauspiel weiter durchzuziehen und den Fae nicht auf seinen Fehler hinzuweisen. Stattdessen hebe ich brav das Glas und lächele gequält, in der Hoffnung, dass es nicht falscher rüberkommt als sein eigenes Lächeln. Vermutlich ist ihm mein Gesichtsausdruck aber ohnehin so egal wie die Frauenquote an dieser Akademie, schließlich will er meine Gebärmutter und keine Zahnpastawerbung. Interessant ist, dass er sie nicht bekommen wird, wenn es nach Rook geht, aber das können die beiden später unter sich ausmachen.

»Auf dein Wohl, Key!«, sagt er laut und ein Blick von Tarmo erinnert mich an die eiserne Regel.

»Ich, also ich ...«, murmele ich begnadet wortgewandt. »Ich habe noch nie Alkohol getrunken, Sir, und ich denke nicht, dass jetzt ein guter Moment ist, um es auszuprobieren. Schließlich soll ich morgen früh hier meinen Job antreten, da sollte ich besser fit sein.«

Er hebt erstaunt die Augenbrauen. »Noch nie? Schätzchen, du bist neunzehn, du bist über ein Jahr überfällig. Ich würde sagen, es ist der perfekte Moment, um es auszuprobieren.«

Noch so ein Sch-Wort, bei dem mein innerer Alarm losgeht. Darf ich ihm für das Schätzchen eine knallen? Oder verstößt das gegen die Regeln? Und ganz abgesehen davon ist er auch ein Jahr überfällig, schließlich sollte ich hier an meinem achtzehnten Geburtstag landen und nicht fast einen Monat nach dem neunzehnten.

Doch ganz plötzlich ist da eine noch nie gehörte Stimme der Rebellion in meinem Kopf, die mir sagt, dass er recht hat. Ich werde in den nächsten Stunden sterben. Ich mache mir nichts vor. Ich weiß, dass ich ihnen nicht entkommen kann. Und vielleicht ist es nur fair so. Schließlich liegt hier in dem Keller der Akademie Megan, die eigentlich ein ganz normales Leben als Wächterin hätte haben können. Mit welchem Recht hat Rook sie für mich geopfert? Vielleicht ist das Mindeste, das ich fairerweise tun kann, mich ebenfalls zu opfern.

Ich habe keine Ahnung, warum ich hier nichts trinken darf, aber mir gefällt plötzlich die Vorstellung, Rooks Pläne zu durchkreuzen. Ihn nur ein einziges Mal scheitern zu sehen. Ihn nur einmal nicht erfolgreich sein zu lassen. Und der Moment ist eindeutig perfekt. Ich habe nämlich absolut nichts zu verlieren. Ich werde nicht mal einen Kater haben, denn entweder bin ich morgen tot oder im Koma. Also runter mit dem Zeug.

Ich nehme einen großen Schluck und noch während mich das Prickeln auf der Zunge überrascht, reißt Tarmo mir das Glas aus der Hand.

»Sir, ich denke, Key hat recht«, knurrt er mit zusammengebissenen Zähnen. »Es ist kein guter Moment. Wir sollten nichts überstürzen, zumal ich ihr die Akademie gerne noch zeigen würde, bevor sie ihren Job antritt. Schließlich sollte sie den Ort ihrer Bestimmung kennen, wenn sie sie erfüllt.«

Wow, so viel Offenheit hätte ich ihm nicht zugetraut. Die Überraschungen nehmen kein Ende. Ich überlege, ob ich ihm widerspreche, den fremden Fae habe ich ja auf meiner Seite und es wäre außerordentlich interessant zu erfahren, wer von den beiden das Duell gewinnt. Aber weder komme ich dazu, noch fühle ich mich in der Lage, denn in meinem Kopf passiert gerade ... gar nichts mehr.

Tarmo zieht mich nahezu hektisch aus dem Raum und ich höre weit entfernt die schleimige Stimme des anderen Fae, der mir viel Spaß wünscht. Benommen stolpere ich meinem Begleiter hinterher. Im Eiltempo zerrt er mich durch mehrere Gänge und in einen Fahrstuhl, mit dem es weiter nach unten geht. Natürlich. Wir nähern uns meiner Bestimmung.

Bevor es jedoch so weit ist, lande ich mit ihm in einem Büro und das Letzte, was ich noch denke, ist, dass er sich hier erstaunlich gut auskennt. Dann lehne ich mich mit dem Rücken an die Wand und rutsche unelegant auf den Boden.

In meinem Kopf ist ein Bienenschwarm unterwegs und meine Augen haben in den letzten fünf Minuten mindestens zehn Dioptrien an Sehkraft verloren. Außerdem bin ich müde, unendlich müde. Leider dringt durch meine Schäfchenwolke permanent seine Stimme und ich glaube, dass das, was er sagt, nicht nett ist. Könnten wüste Beschimpfungen sein und ich würde gerne triumphierend grinsen, weil ich ihn so in Rage gebracht habe, aber leider ist mir auch die Kontrolle über meine Gesichtsmuskeln abhandengekommen.

Plötzlich ist ein Becher an meinen Lippen und seine Hand hebt meinen Kopf an, der offensichtlich nach vorne gefallen war. »Trink«, fordert er mich grimmig auf.

»Nicherlaubd«, nuschele ich. »Nichs tringn, hassu selbs gesagt.«

»Key«, brüllt er mich durch den Nebel an. »Halt deine verdammte Schnauze und trink!«

Uups.

16

Ich habe keinen Überblick, wie viele Becher Wasser er mir einflößt, aber so ganz langsam sickert die Erkenntnis durch meine Hirnwindungen, dass ich vor dem Sterben noch mal aufs Klo müsste. Die zweite Erkenntnis ist, dass Rook mich nervt. Warum lässt er mich nicht einfach schlafen, dann kann er das mit dem Umbringen wenigstens ganz in Ruhe durchziehen? Doch offensichtlich ist es ihm wichtig, dass ich live dabei bin.

Mein Kopf ist nicht unbedingt in einem Zustand, in dem er komplizierte Themen durchdringen kann, aber er schafft es aus irgendeinem Grund trotzdem, etwa drölftausend unsortierte Fragen und Fakten rauszuhauen. Was sind Rooks Motive? Er will mich vor ihrem Projekt beschützen, doch sein einziger Schutz besteht darin, dass ich schneller sterbe als die anderen Göttinnen. Er erspart mir Monate oder Jahre im Koma, aber wenn ihm etwas an mir liegt, wenn er mich wirklich leben sehen möchte, was er ja so gerne beteuert, warum hat er mich dann hierhergebracht?

Er will mich nicht mehr leben sehen, erinnere ich mich. Er will mich tot. Warum führt er mich nicht wie alle anderen vorher ihrer Bestimmung zu? Warum gibt er ihnen nicht das Kind der besonderen Göttin, nach dem sich alle sehnen? Bin ich nur sein Werkzeug, um den anderen Fae eins auszuwischen? Nichts von dem, was er tut, ergibt für mich Sinn.

Missmutig öffne ich irgendwann die Augen und bereue es sofort. Sie funktionieren wieder einwandfrei und was sie mir zeigen, führt zu einer dritten Erkenntnis. Es war definitiv nicht schlau, sich ihm zu widersetzen.

Tarmos Augen haben ihren türkisfarbenen Rand verloren und so starren mich zwei unkontrolliert zornige, fast schwarze Iriden an. »Sag mal, spinnst du?«, schreit er unbeherrscht. »Du hattest genau *eine* Regel zu befolgen. Was ist so wahnsinnig schwierig daran, das zu tun?«

Ich zucke etwas undefiniert mit den Schultern. Im Nachhinein weiß ich nicht mehr so genau, warum ich das eine gute Idee fand.

»Verdammt, Key. Das ist es, was sie tun. Sie begrüßen dich und knocken dich aus. Hast du mir in den letzten Stunden eigentlich überhaupt mal zugehört?«

»Jap. Man kommt ja nicht wirklich drum herum.«

Tarmo steht auf und fährt sich aufgebracht durch die Haare, wobei ich undeutlich Wörter wie Wahnsinn, Sturkopf und Kirschtorte vernehme. Allerdings habe ich das dumpfe Gefühl, dass meine Ohren noch nicht wieder ganz bei der Sache sind. Schließlich holt er tief Luft und kniet sich vor mich. »Wie fühlst du dich jetzt?«, fragt er plötzlich erstaunlich sanft.

»Okay«, lüge ich.

Er nickt und zieht mich vorsichtig auf die Füße. »Dann sollten wir jetzt endlich mal mit unserer Show beginnen. Es wäre schön, wenn wir das hier heute noch hinter uns bringen könnten.«

Stimme ich voll zu.

»Meinst du, du kannst allein laufen?«

Noch einmal nicke ich, wobei ich selbst nicht weiß, ob ich lüge oder die Wahrheit sage, doch er nimmt schon meine Hand. Bevor er mit mir den Raum verlässt, hebt er sein Handgelenk, an dem auch er einen Tracker trägt.

»Rylan?«, spricht er leise in das Mikro.

»Jip.«

»In drei Minuten sind wir unten. Alles bereit?«

Ich höre ein leises Lachen am anderen Ende. »Schon länger, aber unsere aufmüpfige Göttin musste ja noch einen kleinen Ausflug ins Reich des Champagners machen.«

Hellooo? Wieso weiß er von dem Champagner und warum kennt er die Sache mit den Göttinnen? Scheiße, ich wäre am Ende meines Lebens gerne etwas aufgeklärter, aber dafür bleibt nun wohl keine Zeit. Und wenn es vorbei ist, werde ich mich vermutlich ohnehin nicht mehr darüber ärgern.

»Wie lange haben wir?«, hakt Tarmo nach, ohne auf Rylans Bemerkung einzugehen.

»Dreißig Minuten, länger kann ich sie nicht kontrollieren.«

»Okay. In einer halben Stunde am Krematorium.«

»Ich werde da sein.«

Ich nicht ... Tarmo zieht mich erneut an seiner Hand durch die Gänge zu einem Fahrstuhl und dieses Mal geht es tatsächlich in den Keller. Mein Kopf klart leider Gottes langsam wieder auf und ich merke, wie sich endgültig die Angst in mir breitmacht. Sie strahlt aus dem Knoten im Bauch bis in den letzten Winkel meines Körpers. Noch ein einziges Mal sehe ich mich um, ob sich nicht doch eine Fluchtmöglichkeit finden lässt. Aber allein seine Hand, die meine fest umklammert, wird mich niemals gehen lassen.

Meine Nasenflügel beben und ich kämpfe zum ersten Mal, seit wir hier sind, mit den Tränen. Lukes Bild taucht in meinem Kopf auf und lässt mich scharf die Luft einsaugen. Er ist dreizehn, erinnere ich mich. Er wird es irgendwie schaffen. Vor ihm haben die Menschen keine Angst, ihm werden sie helfen.

Die Fahrstuhltür öffnet sich und Tarmo sieht mich eindringlich an. »Es ist gleich vorbei. Es geht jetzt schnell, ganz bestimmt.«

Angespannt schlucke ich meine Tränen hinunter, bevor sie sich zeigen können. Seine Worte klingen so tröstend, fast zärtlich, als ob er mir verspricht, dass alles gut wird. Er lächelt mich traurig an und streicht mir eine Strähne hinters Ohr. »Ich bin bei dir, kleine Maus. Du schaffst das.«

Ich beiße mir auf die Unterlippe und nicke.

Aus dem Fahrstuhl gelangen wir in einen weiß gekachelten Gang, der von grellem Neonlicht beleuchtet wird. Nach wenigen Metern ist auf der rechten Seite eine Glasscheibe, hinter der ein Fae sitzt. Er ist dunkelhäutig und seine Haare existieren quasi nicht. Sie sind auf etwa einen Millimeter Länge geschoren, etwas, das ich noch bei keinem von ihnen gesehen habe. Alle Fae in der Stadt tragen ihre Haare lang. Ich frage mich, warum es bei ihm anders ist und was er wohl verbrochen hat, dass er hier im Keller den Pförtner machen darf, aber Tarmo begrüßt ihn freundlich.

»Niven, ich bringe die Göttin. Es ist Zeit, dass sie ihre Bestimmung erfüllt.«

Der Angesprochene nickt. »Es ist alles vorbereitet. Soll ich euch begleiten?«

»Nein«, erwidert Tarmo knapp. »Ich werde es selbst tun. Ich denke, das habe ich mir verdient.«

»Wie du wünschst.«

Aus Angst wird Panik. Zwischen meinen Schulterblättern kribbelt es wie noch nie und Schweiß bricht aus allen Poren meines Körpers. Ich will nicht sterben. Ich bin nicht bereit. Niemand ist dafür bereit, aber Tarmos Griff um meine Hand ist fester denn je.

Mit rasendem Herzschlag stolpere ich hinter ihm den Gang entlang an mehreren Türen vorbei, bis er schließlich eine öffnet und wir eintreten. Mitten im Raum ist ein Bett, daneben stehen Unmengen an medizinischen Überwachungsgeräten, so wie man es aus Krankenhausserien kennt. Alles hier ist steril, entweder weiß oder aus Edelstahl, künstliches grelles Licht erhellt den Raum, es gibt keine Fenster. Hier liegen sie? Jahrelang? Das kann nicht sein, so grausam können nicht einmal Fae sein.

Einer plötzlichen Eingebung folgend, schaue ich Rook an. »Ich will sie sehen«, fordere ich.

Er ist irritiert. »Key, lass uns das hier schnell zu Ende bringen, bitte.«

»Nein, Tarmo. Ich will sie sehen.«

»Nein, das willst du nicht.«

Ich merke, wie ich hysterisch werde. »Du wolltest mir nicht sagen, was ich denken soll, stimmt's?« Wütend entreiße ich ihm endlich meine Hand. »Megan«, kreische ich aufgelöst. »Sie liegt hier, meinetwegen. Sie hätte ein normales Leben haben können, Tarmo. Sie war keine Göttin. Du hast sie, ohne zu fragen, für mich geopfert. Ich muss sie sehen, wenigstens das bin ich ihr schuldig. Ich muss ...«

Plötzlich ist seine Hand auf meinem Mund. »Okay.«

Als er merkt, dass ich nicht weiter völlig überreizt herumschreie, nimmt er die Hand langsam wieder weg. »Ich bringe dich zu ihr, wenn du unbedingt willst, aber ich schwöre dir, du wirst es bereuen. Keiner möchte das sehen.«

»Doch«, flüstere ich. »Ich.«

Er ist hin- und hergerissen, aber vielleicht hat sogar er das Gefühl, dass er mir etwas schuldig ist, denn er nickt. Erneut greift er nach meiner Hand und wir verlassen den Raum, nur um zwei Türen weiter stehen zu bleiben.

»Bist du sicher?«, hakt er noch einmal nach.

»Todsicher.« Hammer Wortspiel.

Er öffnet die Tür und wider Erwarten ist das Licht hier gedämpft und nicht so grell wie eben. Ansonsten ist der Raum identisch, nur dass hier tatsächlich ein Mensch liegt und die Geräte drum herum leuchten oder leise piepsen. Zitternd löse ich meine Hand aus seiner und trete an das Bett heran und in dem Moment, in dem ich sie ansehe, weiß ich, dass er recht hatte. Ich bereue es.

Ihr Kopf ist kahl geschoren, ihre Haut schneeweiß und aufgedunsen. In ihrem gesamten Oberkörper stecken Nadeln und Schläuche und darunter wölbt sich ein dicker Bauch. Das hier ist nicht Megan, nicht die starke durchtrainierte Wächterin, nicht die Klassenzicke, nicht die ehrgeizige hübsche Konkurrentin. Das hier ist eine lebende Leiche.

Ich würge und schlage mir eine Hand vor den Mund, aber nichts kann den Geruch, der irgendwo zwischen Desinfektionsmittel und Verwesung liegt, aufhalten. Meine Beine geben unter mir nach und ich falle mit den Knien hart auf den kalten Boden. Sofort ist er bei mir und zieht mich wieder hoch.

Ich winde mich in seinen Armen. Panisch. Hysterisch. Am Limit. »Du musst sie hier rausbringen, Tarmo«, flehe ich ihn an. »Du musst das beenden. Du kannst es doch. Du bist einer von ihnen.«

Sein Griff wird fester, mein Spielraum kleiner, meine Stimme umso lauter. »Tarmo, hol sie hier raus. Das hat sie nicht verdient«, kreische ich völlig aufgelöst. »Erlöse sie. Hol sie hier raus, bitte!«

Ich bin mir sicher, dass inzwischen die ganze Akademie mein Geschrei hört, aber ihn rührt es nicht. Seine Arme umklammern mich unbeeindruckt und wie aus dem Nichts hält er mir plötzlich einen Lappen vor den Mund. Ein Lappen, der mein Ende bedeutet.

Mit was auch immer er getränkt ist, es raubt mir die Sinne, und zwar schneller, als jedes Getränk von ihnen es geschafft hätte. Während ich noch schreie und um mich schlage, werden meine Beine schon taub. Ein letztes Mal kämpfe ich, winde mich und versuche, ihm zu entkommen.

Aber ich bin machtlos, bin ihm völlig ausgeliefert. Bereits wenige Sekunden später bin ich nicht mehr imstande, auch nur eine einzige meiner Bewegungen zu kontrollieren. Ich bin eine Puppe, eine Marionette. Mein Verstand funktioniert, mein Körper ist gelähmt. Aus meinem Schreien wird ein Wimmern und seine Arme tragen mich aus dem Zimmer zurück zu meiner eigenen Bestimmung.

Er legt mich auf das Bett, ich spüre, wie er mir mein Shirt auszieht, wie Nadeln in meine Haut geschoben werden und wie sich eine Maske über mein Gesicht schiebt.

Dann kommt der Schmerz. Tarmo hat gelogen. Es tut weh.

Was auch immer er durch meine Adern schickt, es setzt mich in Flammen. Ich brenne. Mein Kopf ist noch wach aber mein Körper gehorcht längst nicht mehr meinen Gesetzen. Er bäumt sich auf, krampft und zittert. Er erduldet Stromschläge, Peitschenhiebe und das Brechen von Knochen. Er stirbt.

17

Den Weg ins Jenseits habe ich mir immer schön vorgestellt, friedlich, leise. Aber so ist er nicht. Es gibt kein Licht, kein warmes Gefühl im Bauch, kein Nachhausekommen.

Stattdessen ist mir kotzübel, mein Körper schmerzt, es ist eiskalt und ich werde durchgeschüttelt.

»Komm schon, kleine Maus. Komm zurück.«

Ich entdecke eine spontane Nähe zu einer unbekannten Gottheit und beginne, sie um Hilfe zu bitten. Ich möchte in Frieden sterben. Rook soll mich wenigstens im Angesicht des Todes allein lassen. Aber mein auserwählter Gott ist nicht so spontan wie ich oder das Wunschkontingent ist für heute bereits aufgebraucht.

»Hey, wir könnten dich hier jetzt wirklich wieder gebrauchen.«

Ich will nicht mehr gebraucht werden. Ich habe meinen Zweck erfüllt. Ich bin nicht länger dein Werkzeug.

Ich werde auf einen Schoß gezogen und umarmt. Minze und Rosmarin, Wärme, Geborgenheit. Scheiße ... Ich will genau das. Seine Hand streicht über meine Wange und mein Körper beruhigt sich.

»Wach auf ... bitte!«, flüstert er an meinem Ohr.

Ich bin tot, ich kann nicht mehr aufwachen.

»Du solltest doch mal die Variante mit der Ohrfeige versuchen. So'n sattes Klatschen wirkt manchmal Wunder.« Rylan, der Vorschlag passt zu ihm.

»Halt die Klappe, sonst klatscht es gleich bei dir, und zwar keinen Beifall«, knurrt es neben mir.

Moment mal, das ist von Sterben jetzt doch ein bisschen weit entfernt. Ich versuche, Tarmos Namen zu sagen, versuche, Kontakt zu ihm aufzunehmen, aber mein Mund formt keine Worte, er gibt nur leise Laute von sich. Fiepen? Wimmern? Was auch immer es ist, ihm scheint es als Signal zu reichen.

»Okay, Key, gut. Sehr gut. Jetzt mach die Augen auf, bitte.«

Das ist nun wirklich zu viel verlangt.

»Bitte, Key. Ich weiß, das ist anstrengend, aber du hast es gleich geschafft. Danach kannst du dich ausruhen, solange du willst. Jetzt musst du noch einmal mithelfen. Mach die Augen auf, los.«

Er ist unerbittlicher als jeder Ausbilder, den ich je hatte. Und ich ahne bereits, dass er nicht nachgeben wird, also kann ich es auch gleich hinter mich bringen. Leider liegen zwei Felsblöcke auf meinen Augen, die sich nicht bewegen lassen. Meine Lider flackern ein wenig, weigern sich aber, mehr zu tun.

Seine Umarmung wird fester, sein Geruch intensiver. »Mach schon«, haucht er in unseren Kokon.

Ich versuche es erneut und gebe vor Anstrengung ein Stöhnen von mir. Doch dieses Mal reicht es, es funktioniert. Meine Lider heben sich in Zeitlupe und als ich endlich das grelle Sonnenlicht weggeblinzelt habe, sehe ich in zwei wunderschöne türkisfarbene Iriden. Und sie spiegeln so viel Erleichterung, dass mein Knoten im Bauch unermesslich wächst.

»Du bist wieder da.«

Ich möchte lächeln, aber es gelingt nicht, denn ich brauche all meine Kraft, um die Schwerkraft meiner Augenlider zu überlisten.

Er setzt mir eine Flasche an die Lippen und ich trinke gierig, als ob ich damit die Erinnerung an die Flammen in meinem Körper ertränken könnte. Wir sind nicht mehr in der

Akademie, hier darf ich wieder trinken. Als das Wasser leer ist, lecke ich mir über die Lippen und schließe erneut die Augen. Mein Kopf ruht an seiner Brust und ich finde, dass das für den Moment ein guter Platz zum Schlafen ist.

Leider ist er anderer Meinung. »Hey, nicht wieder einschlafen. Du musst wach bleiben.«

»Warum?«, hauche ich tonlos.

»Weil der letzte Teil des Plans noch fehlt. Ich muss dich an einen sicheren Ort bringen.«

»Der Plan war, dass du mich tötest«, korrigiere ich ihn leise.

Tarmo sieht mich ungläubig an. »Nein, Key. Das war nie der Plan. Sie sollen *glauben*, dass du tot bist, aber du solltest nie sterben. Ich habe es dir doch gesagt, ich habe dir alles erklärt«, braust er auf.

In meinem Kopf explodiert irgendetwas und hindert mich daran, etwas zu erwidern, aber mein Schweigen ist ihm offensichtlich Antwort genug.

»Du hast mir nicht zugehört«, flüstert er entsetzt. »Willst du damit sagen, dass du mir den ganzen Tag wie ein Lamm gefolgt bist in dem Glauben, dass ich dich umbringen werde?« Obwohl seine Stimme leise ist, beweist sie, wie aufgebracht er ist, wie fassungslos.

Dennoch schaffe ich nicht mehr als ein Schulterzucken.

»Verdammt, Key. Das …« Seine Umarmung wird so fest, dass mein Tod direkt wieder in greifbare Nähe rückt. »Das darfst du nicht. Du darfst nicht sterben. Du darfst dem Tod nicht mal ins Gesicht sehen, okay?«

Er gibt mich nicht frei und zum ersten Mal, seit ich ihm begegnet bin, habe ich das Gefühl, dass auch er die Umarmung braucht. Irgendwann höre ich ein Räuspern und erst jetzt fällt mir ein, dass Rylan noch hier ist.

»Wir müssen los«, erinnert er uns.

Ich spüre Tarmos Nicken, dann löst er sich ein wenig von mir und sieht mich erneut an. »Du kannst dem Tod doch nicht einfach so in die Arme laufen, Key. Du hättest dich wehren müssen.«

»Ich … Ich konnte nicht.« Und erschreckenderweise ist das die absolute Wahrheit. Ich wäre für ihn gestorben.

Ich atme tief durch. »Wo ist dieser sichere Ort?«, frage ich und merke, dass meine Stimme langsam wieder kräftiger wird. »Ich möchte dorthin.«

Tarmo hat mich inzwischen auf die Füße gezogen und ich stehe mit wackeligen Knien an einem Strand. Es ist eine menschenleere kleine Bucht, wie ich sie nur aus Filmen und zumindest so ähnlich aus der Breakout-Area kenne, aber hier in der Wirklichkeit ist sie so viel schöner, dass es fast schmerzt. Es weht ein angenehm kühler Wind und er trägt den salzigen Geruch des Meeres zu mir herüber. Meine nackten Füße spüren die grobe Körnung des Sandes und werden immer wieder von dem kalten Wasser umspült. All die neuen Eindrücke nehmen mich völlig gefangen und lassen mich meine Frage fast vergessen.

»Er ist im Wasser«, erwidert Tarmo ruhig.

Ich sehe ihn irritiert an, mein Kopf ist längst noch nicht wieder da, wo er leistungsmäßig sein sollte. »Wie bitte?«

Rylan lacht. »So gucken sie alle das erste Mal, Bones.« Dann kommt er auf mich zu, nimmt mich in den Arm und gibt mir einen Kuss auf die Stirn. »Trau dich. Es ist nicht schlimm.«

Mit einem Grinsen dreht er sich um und geht in die Wellen. Immer weiter, immer tiefer, bis ihm das Wasser bis zu den Hüften reicht. Dann springt er kopfüber hinein und ist verschwunden.

Ich bin so verstört, dass ich ein paar Mal nach Luft schnappe, bis ich meine Sprache wiederfinde. »Aber … wie … Das geht nicht.« Okay, Sprache heißt noch lange nicht, dass auch was Schlaues dabei rauskommt.

Tarmo lächelt mich an. »Doch, geht es. Es gibt eine Stadt unter Wasser, in der wir leben.«

»Atlantis?«

»Nein«, lacht er leise. »Diese hier ist kein Mythos. Kleiner. Moderner. Und hoffentlich nur vorübergehend.«

»Wer ist wir? Wie kommt die Stadt da hin?«, hake ich nach. Ich will nicht schon wieder an einen Ort, von dem ich nicht weiß, was mich erwartet.

»Key, wir haben keine Zeit. Es ist im Moment gefährlich, sich länger an diesem Strand aufzuhalten, und wir sind schon viel zu lange hier. Ich schwöre, ich werde dir jede einzelne deiner Fragen beantworten, wenn wir da unten sind, und ich weiß, auf was ich mich da einlasse. Aber nicht jetzt, okay?«

Unsicher sehe ich ihn an. Nicht schon wieder. Er kann mich nicht schon wieder hinhalten. Ich will nicht mehr im Ungewissen bleiben. Ich will ihm nicht mehr blind folgen. Aber vor allem will ich ihm definitiv nicht vertrauen.

»Ich bin kein Lamm, Tarmo«, erinnere ich ihn an seine eigenen Worte. »Sag mir, wer da unten ist.«

Nervös blickt er sich um, dann seufzt er. »Die Rebellen, die ich aus der Stadt gebracht habe und alle, die sich uns sonst noch angeschlossen haben. Menschen, Fae, lauter Wesen, die mit den Machenschaften der Fae in Hopetown und der Hauptstadt nicht einverstanden sind. Insgesamt etwa tausend Leute. … Und dein Bruder.«

Verflucht. Er weiß genau, dass er mich damit hat. »Was für Machenschaften sind das? Geht es nur um die Göttinnen? Oder ist es noch mehr?«

»Es ist viel mehr, aber nicht jetzt.«

Wir zucken beide zusammen, als wir den Hubschrauber hören. Schnell zieht er mich zu den Steilklippen und ich falle einmal hin, weil meine Beine noch nicht wieder so viel Kraft haben, wie sie sollten. Tarmo zerrt mich erbarmungslos zurück auf die Füße und zieht mich weiter, bis wir an der steilen Wand eine Nische finden.

In letzter Sekunde. Während er mich an den Felsen presst und ich spüre, wie der harte unebene Stein an meiner Wange kratzt, höre ich den Helikopter in unmittelbarer Nähe. Tarmos Atem ist direkt an meinem Ohr und streicht heiß über meinen Hals, aber selbst das kann meinen Herzschlag nicht beruhigen. Könnte sein, dass es ihn eher noch beschleunigt.

Ich habe aufgehört, zu zählen, wie oft sich die Panik heute schon meiner bemächtigt hat, aber egal, wie oft es ist, ich gewöhne mich nicht daran, es ist jedes Mal schlimm. Mein Herzschlag ist so laut, dass er selbst den Hubschrauber übertönt und meine Kehle so eng, dass ich glaube zu ersticken.

Fragen rauschen in Endlosschleife unbeantwortet durch meinen Kopf. Suchen sie uns? Suchen sie nur mich? Haben sie seine Show durchschaut, von der ich nicht einmal weiß, was sie genau beinhaltet hat?

Und dann, als der Hubschrauber nach endlosen Minuten abdreht und sich entfernt, taucht die schlimmste aller Fragen auf. »Haben sie uns gesehen?«

»Ich denke nicht. Aber falls doch, sollten wir weg sein, wenn sie wiederkommen.«

Der Kloß in meinem Hals ist so groß, dass ich kaum schlucken kann. »Ich kann nicht ins Wasser gehen, Tarmo. Ich kann nicht schwimmen«, flüstere ich und trotz meines Zustands habe ich Kapazitäten, mich dafür zu schämen.

Noch immer spüre ich seinen Atem, der über meinen Nacken streift und dieses Mal hilft es. Seine Brust drückt gegen meinen Rücken und seine Worte schicken ein Summen durch meine Haut. »Das brauchst du auch nicht«, höre ich ihn dicht an meinem Ohr. »Ich werde es für dich tun.«

Er löst sich ein kleines Stück von mir und dreht mich vorsichtig um. Sein Blick bleibt kurz an meiner Wange hängen und ich weiß, dass sie wieder blutet. Die Haut war noch zu frisch, um gegen den Stein zu bestehen.

Nicht zum ersten Mal meine ich, Schuld in seinem Blick zu erkennen, aber sie verschwindet schnell wieder. »Es gibt eine Schleuse, durch die wir müssen. Es dauert etwa zwanzig Sekunden, mehr ist es nicht. Du musst zwanzig Sekunden die Luft anhalten, schaffst du das?«

Ich nicke. Zwanzig Sekunden sind ein Witz. Ich schaffe ein Vielfaches.

Er sieht aufmerksam in den Himmel, doch zumindest für den Moment scheint die Luft rein zu sein.

»Dann los.«

Tarmo nimmt meine Hand und gemeinsam laufen wir zum Wasser. Als er die ersten Schritte mit mir hineingeht, erstarre ich und halte ihn zurück. Es ist so eiskalt, dass es mir den Atem raubt. Meine Hose ist nach wenigen Sekunden vollgesogen und tonnenschwer und die eisigen Wellen erobern unaufhaltsam mein Shirt.

Plötzlich hören wir es erneut. Das Rattern der Rotoren kommt näher. Wenn sie uns jetzt sehen, werden sie die Stadt unter Wasser finden. Dann gibt es keinen sicheren Ort mehr.

»Ungefähr zwanzig Sekunden, Key. Stell dir vor, du musst zweimal durch die verdammte Schleuse der Akademie, mehr ist es nicht. Okay?«, beschwört er mich.

Ich nicke, dann legt er seine Arme um mich und zieht mich

unter Wasser. Die Wellen schlagen über meinem Kopf zusammen und es dauert genau zwei Sekunden, bis der eisige Schock mich völlig vereinnahmt.

Und nur einen Wimpernschlag später weiß ich, dass ich es nicht schaffen werde. Ich muss zurück an die Oberfläche, brauche Sauerstoff, Licht, Wärme. Erst zögerlich winde ich mich in seinen Armen, für einen Moment bin ich noch bemüht, gegen die Panik zu kämpfen. Dann verliere ich.

Ich schlage um mich, versuche, seiner Umklammerung zu entkommen, aber er ist so viel stärker als ich und im Gegensatz zu mir auch Herr seiner Sinne. Unerbittlich zieht er mich weiter in die Tiefe, in die Dunkelheit und zum zweiten Mal an diesem Tag habe ich Todesangst. Der Druck auf meine Lunge wird unerträglich und die einzige Erkenntnis in diesem Horror ist, dass sie dem Druck nicht standhalten wird.

Entgegen allem, was mein Gehirn mir noch an Restlogik bietet, reiße ich den Mund auf und schnappe nach Luft. Salziges Wasser füllt meine Lunge und lässt mich endgültig außer Kontrolle geraten. Fäuste, Tritte, Fingernägel, ich widersetze mich mit jedem Körperteil, das mir zur Verfügung steht. Doch egal, was ihn trifft, nichts kann seine Umklammerung lösen, nichts kann mich befreien und mir den Leben spendenden Sauerstoff liefern.

Bevor die Panik und der Kampf endgültig durch aufkommende Schwärze überlagert werden, ist das Wasser plötzlich fort. Seine Arme geben mich trotzdem nicht frei, halten mich in diesem unbekannten Nichts. Ich huste, würge und spucke literweise salziges Meerwasser und dennoch bekomme ich keine Luft.

»Atme, Key«, höre ich seine Stimme bittend an meinem Ohr, während er meinen Kopf hält und sich sein Körper an meinen Rücken presst. »Atme.«

Ich kann nicht, das Wasser ist überall. Ich ertrinke in mir selbst.

»Atme!«, fordert er jetzt lauter und es ist nicht länger eine Bitte, es ist ein Befehl.

Aber er dringt zu mir durch. Es dauert lange, bis ich meine Panik besiege und ihm Folge leisten kann, doch als meine Lunge endlich wieder frei ist, schreie ich.

Aus unerfindlichen Gründen ist mir bewusst, dass mein Ausbruch heute Morgen nur der Anfang war und jetzt der Moment ist, in dem ich komplett durchdrehe, aber ich kann es trotzdem nicht aufhalten. Es war zu viel. Tarmos Geschichte, der Verlust seiner Flügel, seine Qual, das Labor, Megans bleiche aufgedunsene Haut, namenloses Entsetzen, unermessliche Schuld. Mein Tag am Pranger und die Nacht in der Zelle, unerträgliche Schmerzen und schließlich mein Tod. Dazu der Helikopter, die Angst, dass sie mich immer noch haben wollen.

Doch nichts von dem, was mich bewegt, kann ich in Worte fassen. Also schreie ich. Ich schreie so laut und durchdringend, dass meine eigene Stimme fremd klingt. Ich schreie, bis ich vor Erschöpfung auf die Knie sinke. Ich schreie, bis meine Stimme heiser wird und mich immer wieder Hustenanfälle schütteln.

Irgendwann spüre ich, wie sein Griff um mich keinen Raum mehr lässt, fester wird, wie seine Arme mich mit einer solchen Kraft umklammern, dass sie es endlich schaffen, mich vor dem Zerbrechen zu bewahren. Ich werde leiser.

Doch sobald die Schreie verstummen, übernimmt die Übelkeit. Ich übergebe mich, habe es schon viel zu lange zurückgehalten, aber die Reste des Meerwassers helfen mir dabei, endlich alles, was mich quält, herauszuwürgen. Tarmo zerrt mich hoch und bringt mich fort. Meine Füße tragen mein Gewicht nicht, vielmehr schleift er mich über den Boden an den nächsten Ort. Ein Bad?

Dankbar lege ich den Kopf auf einer Kloschüssel ab und erbreche die gesamte letzte Woche meines Lebens. Mein Körper scheint alles, was in den letzten sechs Tagen passiert ist, vergessen und von sich geben zu wollen. Ich spucke viele Minuten nur bittere Galle, aber mein Magen gibt nicht auf, will auch die Erinnerungen, die in mir wohnen, auf diese Weise loswerden.

Irgendwann ist es vorbei, doch statt des Vergessens holt mich unsagbare Müdigkeit zu sich. Ich ignoriere den Geschmack in meinem Mund und lege mich trotz der Kälte meiner nassen Kleidung auf den nackten Boden.

Nur Sekunden später will er mich hochheben, mich forttragen, aber das darf er nicht. Nicht er, nicht jetzt. Ich bin zu nahe dran, ihm zu vertrauen, und das darf ich nicht zulassen. Noch nicht. Nicht ohne seine Antworten. »Fass mich nicht an«, würge ich heiser hervor. »Fass ... mich bitte nicht an.«

Er zögert und ich bin überrascht, als ich höre, wie seine Schritte sich schließlich entfernen. Es ist mir bewusst, dass er meine Bitten fast immer erfüllt hat, aber jetzt hätte ich es nicht erwartet.

Ich presse meine Wange an den kalten Boden und schließe die Augen. Nur ein paar Minuten, sage ich mir. Ein paar Minuten, in denen Kälte alles ist, was ich fühlen möchte. Keine Schuld, keine Angst, keine Zweifel, kein Entsetzen. Vor allem kein Entsetzen.

Während die Kälte mich in kürzester Zeit erobert, merke ich, dass sie erfolgreich ist. Alle Gefühle, die in mir getobt haben, werden unter ihrer eisigen Decke begraben, eingeschlossen und abgetötet.

Eine dunkle, bodenlose Ruhe ergreift Besitz von mir und

lässt mich mein Vorhaben vergessen, wieder aufzustehen. Es ist zu verlockend zu bleiben, die Kälte mit in den Schlaf und die Leere in meine Träume zu retten.

Ich spüre, wie ich wegdrifte, wie mein Körper schwer wird und meinen Geist fortträgt. Mit einem Lächeln nehme ich das Geschenk an.

Arme schieben sich unter meine Knie und meine Schultern und heben mich an. Ich möchte ihn wegschicken, möchte nicht zurück in diese Welt, aber außer einem leisen Wimmern kommt kein Laut über meine Lippen. Mein lebloser Körper wird gegen seine Brust gepresst und erst hier merke ich, wie sehr ich zittere.

Ich weiß nicht, ob es Sekunden oder Stunden sind, die er mich trägt, bevor er mich wieder aus seinen Armen entlässt. Entgegen jeder Vernunft wünsche ich mir seine warme Brust zurück und den intensiven Geruch von Rosmarin und Minze.

Ich spüre, wie er mir die nasse Kleidung auszieht, aber ich leiste keine Gegenwehr. Es ist nur mein Körper und er ist willenlos und schwach, gehört nicht mehr zu mir. Ich selbst bin in einer anderen Welt, und dort, wo ich jetzt bin, ist mir alles egal. Alles ist leicht. Es gibt kein Leid, keine Schmerzen, keine Grausamkeit.

Eine warme Decke wird über meinen fremden Körper gelegt, Finger streichen über meine Wange, wischen Tränen fort, von denen ich nicht einmal weiß, wo sie herkommen. Dann senkt sich ein Gewicht auf die Matratze und legt sich neben mich, ein schwerer Arm umfasst fest meine Taille und mein Körper schickt mir die Botschaft, dass es sich richtig anfühlt. Geborgen, abgeschirmt von allem, was mich quält. Mein geliebter Kokon.

Dummerweise befreit sich mein Verstand für einen Moment

unerwartet aus seinem Nebel und mischt sich ein. Ich darf meinem Körper nicht glauben, er ist ein Verräter, wenn es um seine Berührungen geht. Schon immer.

»Nimm mich nicht in den Arm, Tarmo. Bitte. Tu das nicht«, wispere ich.

»Warum nicht?«

»Weil ich dann anfangen würde, dir zu vertrauen«, gestehe ich leise.

Unter meinen halb geschlossenen Lidern meine ich, den Anflug eines Lächelns zu erkennen. »Wäre das so schlimm?«

Ich schließe die Augen, bin nicht länger in der Lage, sie offen zu halten. Meine Antwort ist nur noch ein Hauchen. »Ich weiß es nicht.«

Ich spüre, wie er meine nassen Haare aus dem Gesicht streicht, dann sind seine Finger und sein Körper verschwunden. »Schlaf jetzt, Key. Ich verspreche dir, dich heute nicht mehr zu berühren.«

Ein Versprechen. Fae können sie nicht brechen, nicht ohne Konsequenzen.

Es ist gleißend hell und heiß. Unerträglich heiß. Alles um uns herum steht in Flammen und nichts kann sie löschen. Ich öffne die Augen und sehe Luke neben mir im Bett. Er weint, er schreit, er will aus diesem Inferno entfliehen, doch es gibt kein Entkommen. Seine kleinen Hände greifen nach meinen und ziehen an mir, doch ich halte ihn zurück, nehme ihn in meine Arme. Wenn ich die Wahl hätte, würde ich für ihn brennen. Aber die habe ich nicht.

Die Feuerwand hat uns eingeschlossen, immer näher kommen die Flammen, immer enger schließt sich der Kreis. Ihr lautes Prasseln und das zerstörerische Knacken brüllen uns an, aber auch sie können das eine Geräusch nicht überdecken, das uns zerbrechen lässt – die Schreie unserer Eltern. Sie brennen. Sie sterben. Und wir werden es ebenfalls. Ich ziehe Luke noch fester in den Arm und hoffe, dass er vor mir geht. Er darf nicht am Ende alleine leiden.

»Steh auf!« Eine samtweiche Stimme durchdringt den Lärm der Flammen, aber ich kann ihr nicht folgen. »Steht auf, Key. Ihr müsst hier raus.«

Die Stimme wird drängender, fordernder und schließlich fleht sie mich an. »Bitte. Du darfst nicht sterben.«

Starke Arme ziehen mich aus dem Bett, nehmen mir meinen Bruder ab und greifen um meine kleine Taille. Dann heben wir ab. Noch nie bin ich geflogen, noch nie habe ich überhaupt an diese Möglichkeit gedacht. Seit Jahrzehnten ist niemand mehr geflogen, das ist Vergangenheit.

Und dennoch ist es wunderschön. Ich fühle mich frei und … angekommen. Als ob Fliegen schon immer zu mir gehört hätte, als ob es meine Natur wäre. Doch es geht schnell zu Ende. Kaum haben wir das brennende Haus hinter uns gelassen und sind auf der Straße, sind die Arme unseres Retters verschwunden. Kurz kniet er sich zu mir auf den Boden und ich schaue in atemberaubend schöne zweifarbige Iriden.

Ihr dunkles Zentrum reflektiert den Schein der Flammen und der türkisfarbene Rand leuchtet hell in die Nacht.

»Lauf, Key. Lauf so schnell du kannst.«

Ich sehe ihn ein letztes Mal an und kann meinen Blick nicht von seinem lösen. Er ist wunderschön. Tränen rinnen über meine Wangen. Ich möchte bei ihm bleiben, fühle mich in seiner Gegenwart sicher und behütet. Aber er ist ein Fae. Er gibt mir keine Geborgenheit.

»Lauf!«

Weinend ziehe ich meinen Bruder auf seine kleinen Füße und will ihn von hier wegbringen, aber er kann nicht mehr. Er schreit, er wehrt sich. Also nehme ich ihn auf den Arm. Er ist so schwer. Schwerer als jeder Einkauf, den ich je tragen musste, schwerer als alles, was ich jemals hochgehoben habe. Aber ich muss es schaffen. Er darf nicht brennen.

Mit heißen Tränen auf den Wangen trage ich ihn durch die engen Straßen der Vorstadtsiedlung, bis die Flammen in unserem Rücken kühler werden, bis sie uns nicht mehr gefährlich werden können. Erst dann setze ich ihn ab und gestatte mir einen Blick zurück. Unser Haus brennt, nichts und niemand ist dort noch am Leben. Unsere Eltern sind tot. Wir sind allein. Ich falle auf die Knie und beginne zu schreien.

»Schsch, es ist gut. Alles ist gut.« Eine Hand an meiner Wange, seine Stimme an meinem Ohr. Seine samtweiche Stimme, die ich über alles liebe, und ebenso oft hasse.

Er war es, der unser Leben gerettet hat. Nicht nur meins, auch das von Luke. Schon damals hat mein Körper ihn bei sich haben wollen.

Und doch dauert es lange, bis mein Atem sich beruhigt, bis die Verzweiflung der Nacht sich legt und mein Herzschlag wieder in gesunde Sphären gelangt. Während der ganzen Zeit sitzt er bei mir am Bett, hält meine Hand, wischt mir den Angstschweiß des Traumes von der Stirn.

Als seine Bewegungen schließlich stoppen und seine Hand ruhig an meinem Hals liegen bliebt, öffne ich langsam die Augen und sehe in genau die zweifarbigen Iriden, die mein Traum mir gezeigt hat.

Ich schlucke. »Du hast mir versprochen, mich heute nicht mehr anzufassen«, erinnere ich ihn mit belegter Stimme.

Er lächelt schwach. »Es ist nicht mehr heute.«

18

Ein lautes Brummen weckt mich und ich stelle fest, dass es mein Magen ist, der das Geräusch von sich gibt. Ich habe keine Ahnung, wie viele Stunden ich geschlafen habe, aber ich weiß definitiv, dass die letzte Mahlzeit zu lange her ist. Eigentlich weiß ich sogar, dass es in den letzten Tagen überhaupt keine Mahlzeiten gegeben hat. Außer einer – einmal Müsli vorm Sterben.

Träge schlage ich die Augen auf und versuche, mich zu orientieren. Das Licht ist gedimmt und alles um mich herum ist blau. Dunkel und blau. Rechts von meinem Bett besteht die Wand aus Glas und dahinter erstreckt sich tiefdunkles Wasser, von ein paar wenigen Lichtstreifen durchbrochen. Ich bin im Meer, erinnere ich mich und schon jetzt kommt es mir so unwirklich vor, dass die Sache mit der Psychiatrie plötzlich wieder akut wird.

Als meine Augen sich langsam an das Dämmerlicht gewöhnt haben, sehe ich zu meiner Überraschung Rylan in einem Sessel vor dem Fenster sitzen und er grinst mich breit an. »Hey, Bones. Endlich ausgeschlafen?«

Ich richte mich etwas ungelenk auf und bin überrascht, dass mir seit Tagen zum ersten Mal nichts wehtut bei diesem Akt. Ein Blick auf mein Handgelenk zeigt mir, dass der Tracker verschwunden ist. Rook muss ihn mir abgenommen haben, damit niemand mehr meinen Aufenthaltsort herausfinden kann. Es fühlt sich seltsam an nach all den Jahren, in denen er in jeder Minute meines Lebens zu mir gehörte. Mein leerer Arm vermittelt mir das plötzliche Gefühl des

Kontrollverlustes. Ich habe keinen Zugriff mehr auf Informationen, kann mich nicht mehr orientieren und weiß nicht einmal, welchen Tag und welche Uhrzeit wir haben. Für einen winzigen Moment keimt so etwas wie Panik in mir auf, aber ich habe zu viele andere Fragen, um mich damit zu beschäftigen. Zerknirscht sehe ich Rylan an. »Wie lange war ich weg?«

»Das willst du nicht wissen«, entgegnet er, ohne dass sein Grinsen kleiner wird.

»Warum meinen eigentlich seit ein paar Tagen alle, über meine Wünsche so genau Bescheid zu wissen?«, brumme ich unwirsch.

Rylan sieht ungerührt auf die Uhr, die, wie mir erst jetzt auffällt, unübersehbar an der Wand zu meiner Linken hängt. »Vierundfünfzig Stunden.«

Ich brauche einen Moment, um das umzurechnen. Als ich bei zwei Tagen und sechs Stunden angekommen bin, schnappe ich nach Luft. Vielleicht wissen sie irgendwie doch genau, welche Infos ich gerade verkrafte und welche nicht.

Ich versuche, mich zu sortieren, aber es will mir nicht gelingen. Zu viele Fragen tauchen auf, zu viele Erinnerungen schwappen ungeordnet über mich und viel zu viele Emotionen gehen damit einher. Allerdings gibt es da eine Sache, die sich schnell als dringlich herausstellt.

»Ich muss mal«, offenbare ich Rylan ungeschönt.

Sein Lachen ist so ehrlich, dass ich mir nicht mehr vorstellen kann, dass er gar nicht *mein* Freund ist, sondern der von Rook. Dann wandern seine Augen zum Fußende meines Bettes und er ruckt mit dem Kinn in dieselbe Richtung. »Schaffst du es allein?«, fragt er unerwartet besorgt.

»Das will ich doch hoffen, oder willst du mich ernsthaft zum Pinkeln begleiten?«

Er hebt abwehrend die Hände. »Wenn es sich vermeiden lässt, nicht.«

Ich schaffe es allein, allerdings verzichte ich dabei auf einen Blick in den Spiegel. Nach allem, was passiert ist, möchte ich mir diesen Anblick ersparen.

Danach setze ich mich wieder auf das Bett und sehe ihn mit einer Mischung aus Hoffnung und Angst an. Ich möchte nach Tarmo fragen, möchte wissen, warum er nicht hier ist, aber ich will kein sehnsuchtsvolles Mädchen sein, das nicht ohne ihn kann, ohne seinen Geruch und seinen Kokon.

»Ist Luke wirklich hier?«, beginne ich deshalb mit einer ebenso dringlichen Frage.

»Ist er. Er war in den letzten zwei Tagen schon ein paarmal bei dir, aber weder wir noch er haben es übers Herz gebracht, dich zu wecken.« Er steht auf und setzt sich zu mir auf die Bettkante. »Es geht ihm gut, Bones. Ihm gefällt es hier unten und seit er weiß, dass du hier bist, ist es noch besser geworden.«

Sein Blick wird weich. »Er hat ein paar Worte mit mir gesprochen.«

Mir schießt spontan viel zu viel Flüssigkeit in die Augen und ich schaffe es verdammt noch mal wieder nicht, sie aufzuhalten. Ich habe die letzten neun Jahre nie in Anwesenheit anderer Menschen geheult und es nervt mich, dass ich seit ein paar Tagen die Tränen all dieser Jahre nachhole.

Aber Rylan hatte noch nie ein Problem damit, wenn es mir schlecht ging. »Hey, alles gut«, tröstet er mich leise. »War ein bisschen sehr viel Scheiße in den letzten Tagen, hm?«

»Vielleicht«, gestehe ich kleinlaut.

»Komm her, Bones.« Es ist kein Vorschlag, er zieht mich einfach in seine für einen Wächter schmalen Arme und es fühlt sich genauso gut an, wie all die Jahre zuvor. Wie kann es sein, dass das nicht echt ist?

Ich genieße seine Nähe noch eine Weile, dann löse ich mich schweren Herzens von ihm. »Du solltest das nicht tun, Rylan.«

Irritiert sieht er mich an und das wiederum ruft bei mir Verwirrung hervor. Rylan ist die coolste Sau unter der Sonne. Er ist nie irritiert.

»Warum nicht?«

»Da du mit Rook gemeinsame Sache machst, vermute ich mal, dass er dich als meinen Aufpasser auf mich angesetzt hat, stimmt's? Deshalb haben sie uns bei der Patrouille nie getrennt. Du magst mich also nur, weil er es angeordnet hat. Und das ist kein guter Grund, um jemanden in den Arm zu nehmen«, erwidere ich und es kostet mich enorm viel Kraft, dabei nicht vollkommen jämmerlich zu klingen.

Er zieht seine Arme zurück und für ein paar endlose Sekunden herrscht Schweigen zwischen uns. Seine Augen werden schmal und er mustert mich aufmerksam und viel zu ernst. Verdammt, Rylan war in den letzten sieben Jahren ungefähr einmal ernst.

»Bones«, antwortet er ruhig. »Wir sind seit sieben Jahren befreundet, aber er hat mich erst vor sechs Jahren gebeten, auf dich aufzupassen.«

Ich runzele die Stirn. »Was willst du mir damit sagen?«, frage ich, um den Denkprozess abzukürzen.

»Ich mag dich nicht, weil er mich auf dich angesetzt hat. Es ist genau umgekehrt. Er hat mich auf dich angesetzt, weil ich dich mag.« In einer vertrauten Geste schiebt er mir eine meiner vermutlich sehr zotteligen Strähnen hinters Ohr. »Als du an der Akademie angenommen wurdest, hat er ein ganzes Jahr gewartet, bis er jemanden ausgewählt hat, der ein

Auge auf dich haben soll. Es war ihm wichtig, dass demjenigen wirklich etwas an dir liegt.«

»Aber …«

»Kein Aber, Bones.« Für eine Weile sieht er aus dem Fenster auf den Ozean, dann wendet er sich mir erneut zu und nimmt meine Hände in seine. »Ich weiß, dass das hier im Moment alles zu viel für dich ist, dass es Unmengen an unbeantworteten Fragen gibt, tausend Zweifel und wahrscheinlich sogar ausnahmsweise mal ein bisschen Angst. Aber da ist genau eine Sache, derer du dir sicher sein kannst«, verspricht er mir. »Du kannst ihm vertrauen.«

Ich schlucke. Noch nie hat Rylan so mit mir gesprochen. Ich konnte ihm schon immer mein Herz ausschütten, aber normalerweise tröstet er mich mit einem dummen Spruch oder irgendeinem Schwachsinn. Doch jetzt weiß er plötzlich genau, wie es in mir aussieht, ohne dass ich es ihm erzählt habe. Und nicht nur das. Er weiß offensichtlich ebenso genau, wie es um Rook steht, und ich kann nicht leugnen, dass mich diese Offenbarung gerade überfordert. Augenblicklich fechten mein Verstand und meine Stimmen einen aussichtslosen Kampf aus. Doch während meine Stimmen bei Rylans Worten in einen beseelt meditativen Singsang verfallen, haut mein Verstand mir gnadenlos all die Zweifel und Grausamkeiten der letzten Tage um die Ohren.

Und zumindest dem Verstand kann ich einen Zuhörer verschaffen. »Rylan, er hat zugelassen, dass ich an den Pranger gestellt, in eine Zelle gesperrt und ihrem Gericht zum Fraß vorgeworfen wurde, er –«

»Nein«, unterbricht er mich. »Er … es war alles, absolut alles, anders geplant, glaub mir.«

»Und wie war der Plan?«, frage ich leise. »Wieso hat er überhaupt Pläne mit mir?«

Rylan seufzt. »Willst du, dass er mich einen Kopf kürzer macht?«

»Willst du, dass *ich* es tue?«, fordere ich ihn heraus.

»Ich hasse dich«, brummt er, dann lässt er meine Hände los und geht zu einer kleinen Kommode, die links vom Bett steht. Er nimmt eine Karaffe mit Wasser und ein Glas und kommt wieder zu mir. Dankbar schenke ich mir ein und trinke. Fühlt sich direkt nach einem neuen Leben an.

Dann sehe ich ihn auffordernd an. »Also?«

»Du nimmst es in Kauf, dass er mich umbringt, stimmt's?«

»Gut kombiniert, Watson.«

Dieses typische schiefe Grinsen, das ich schon immer an ihm mochte, schleicht sich in seine Mundwinkel. »Ich aber nicht.«

Bevor ich ihm tatsächlich den Kopf abreiße, macht er einen Gegenvorschlag. »Okay, Bones. Du gehst jetzt duschen und das ist kein Vorschlag, sondern ein Befehl. Ich gebe in der Zeit Luke Bescheid, dass du wach bist. Ich denke, er hat lange genug auf dich gewartet.«

»Und ich denke, ich habe lange genug auf Antworten gewartet«, entgegne ich ärgerlich.

»Du wirst sie kriegen«, verspricht er eindringlich. »Hey, wir können uns zum ersten Mal seit einer Woche ein wenig entspannen. Du bist hier in Sicherheit. Du hast endlich Zeit, wieder fit zu werden. Und du musst essen, das hast du nämlich die letzten sechs Tage nicht getan.«

»Ich glaube nicht, dass das meine Schuld war.«

»Nein, war es nicht, aber jetzt hast du die Chance, es nachzuholen.« Sein Blick huscht über meinen Körper und ich ahne, dass ich tatsächlich ein paar Kilos verloren habe.

»Bones, versuch noch ein bisschen Geduld aufzubringen. Wir können hier endlich ein wenig durchatmen. Das haben wir alle dringend nötig und du am allermeisten.« Seine Stimme wird sanft. »Komm zur Ruhe. Die Antworten gibt er dir noch früh genug.«

Ich hole tief Luft. Er hat recht. Obwohl ich über zwei Tage geschlafen habe, habe ich das Gefühl, nicht wirklich ausgeruht zu sein. Ich bin eigentlich der Meinung, dass Antworten meine Anspannung abbauen könnten, aber ich werde sie von Rylan ohnehin nicht bekommen, also kann ich zumindest versuchen, seinen Rat zu befolgen.

Allerdings ist da dieser alberne kleine Teil in mir, der einfach keine Ruhe geben will. Er klatscht mir seine Frage immer und immer wieder um die Ohren und braucht eine Antwort. Zumindest eine.

Ich sehe beschämt auf meine Hände, die die unschuldige Bettdecke zu Würsten drehen. »Rylan?« Tief Luft holen. »Warum ist er nicht mehr hier?«

»Oje«, seufzt er dermaßen mitleidig, dass ich mich wie ein verletzter Welpe fühle. Mit einem Griff stoppt er meine Hände und rettet die Bettdecke vor einem unschönen Tod und mit der anderen zieht er mich an seine Brust. »Er war den ganzen ersten Tag und die darauffolgende Nacht bei dir, Bones. Aber er konnte nicht warten, bis du aufwachst, auch wenn er nichts lieber getan hätte. Er muss das Spiel noch eine Weile weiterspielen, muss seine Rolle ausfüllen und es fällt auf, wenn er aus Hopetown zu lange weg ist, schließlich ist er der Statthalter. Und wenn er sich eins nicht mehr leisten kann nach eurer Show, dann ist es aufzufallen.«

Er schiebt mich ein Stück von sich weg und nimmt mein Gesicht in seine Hände. »Er kommt wieder, versprochen.«

Ich nicke stumm. Meine Stimmen geben ein einheitliches Votum ab. Das wird er.

Seit mindestens fünfzehn Minuten stehe ich unter der Dusche und tue nichts, außer es zu genießen. Keine Ahnung, wem ich gerade das heiße Wasser wegnehme, aber da sich hier keine Schlange bildet, kann sich auch niemand beschweren. Inzwischen hat der frische zitronige Duft des Duschgels den ganzen Raum in Beschlag genommen und lässt mit meinem Gestank ebenfalls ein paar Erinnerungen verblassen. Zumindest für den Moment.

Ich weiß, dass sie wiederkommen, mich nachts besuchen kommen werden, ebenso wie das Feuer und die Schreie unserer Eltern immer wieder vorbeischauen. Aber jetzt gerade sind sie weit weg. Ich habe keine Schmerzen, ich rieche unwiderstehlich gut, ich habe blitzblank geputzte Zähne ... und ich habe unfassbar großen Hunger. Leider ist das ein ausreichender Grund, die Dusche dann doch zu beenden.

Widerwillig drehe ich den Hahn ab und greife nach dem weichen Handtuch, das für mich ebenso bereitliegt wie frische Kleidung und meine eigene Bodylotion. Mein Herz macht einen Hüpfer und gleichzeitig lässt der kleine Knoten im Bauch keinen Zweifel daran, dass es das erste Mal seit neun Jahren ist, dass sich jemand so viel Mühe für mich gemacht hat.

Nachdem meine Haare unter einem Turban verschwunden sind, creme ich mich ein und ziehe mir die hübsche Unterwäsche an, die zwar ganz sicher nicht meine eigene ist, mir aber ausgesprochen gut gefällt. Plötzlich höre ich nebenan eine Tür knallen und zucke zusammen. Für einen Moment bleibe ich bewegungslos stehen, dann nehme ich all meinen Mut in die Hand, halte die Luft an und ziehe die Tür einen Spalt auf.

Als ich die Bohnenstange in meinem Zimmer entdecke, stoße ich die Luft erleichtert wieder aus und öffne die Tür ganz. Kaum habe ich einen Schritt aus dem Bad gemacht, kracht mein Bruder wie ein Zug in mich hinein und ich schaffe es nur mit größter Mühe, auf den Beinen zu bleiben.

Lachend ziehe ich ihn in die Arme und frage mich augenblicklich, wie ich auch nur eine einzige Sekunde irgendwelche Antworten über ihn stellen konnte. Bevor ich jedoch in seiner Umarmung ersticke, schiebe ich ihn ein Stück von mir und nehme sein Gesicht in meine Hände. Er strahlt, was leider dazu führt, dass mir schon wieder ein Kloß im Hals wächst.

»Es geht dir gut.«

Seine hellblauen Augen leuchten und er nickt. »Ja. Hat Tarmo dir gesagt, oder?«

Vielleicht ja. Ich kann mich leider nicht erinnern. Ist wohl nicht so, dass ich ihm im Stadtpalast ständig meine ungeteilte Aufmerksamkeit geschenkt habe.

»Key ... das Meer. Es ... es ist schön. ... Wunderschön. Von oben, von unten ... überall.« Seine Stimme klingt aufgeregt. Eine Stimme, die neun Jahre lang geschwiegen hat. »Vanna, Key. Das echte Meer.«

Ich versuche zu lächeln. »Ja, Lu. Ich hab's gesehen. Es ...« Verdammt. Meine Stimme bricht und der Kloß droht mich zu ersticken. Lu ist glücklich. Er spricht. Stockend und ein bisschen holperig, einfache kurze Sätze, aber er spricht.

Wie aus dem Nichts löst sich das Gefühl in meiner Kehle in giftgrünen Neid auf und kriecht mir den Hals hinunter, um sich in mein Herz einzunisten. *Ich* wollte Lu das Meer zeigen. *Ich* wollte ihm davon erzählen. *Ich* wollte meinen Bruder glücklich machen. Wieso hat ein grausamer Fae meinen Bruder zum Sprechen gebracht und ich konnte es nicht? ›Weil er nicht grausam ist‹, flüstert das Engelchen in mir, aber ich will ihre Stimme nicht hören.

»Es ist wirklich wunderschön, Lu«, bringe ich mühsam hervor. »Verdammt, ich hatte solche Angst um dich.«

Und sie war umsonst.

Die Erkenntnis trifft mich wie eine Detonation. Ich hätte nicht aus dem Lager weglaufen und am Pranger landen müssen. Ich hätte in seinem Palast nicht versuchen müssen zu fliehen und mir die Nacht in der Zelle ersparen können. Es hätte keine Wunden und keine gebrochenen Knochen geben müssen, keine Schmerzen, keine Schreie, keine Panik. Ich hätte nicht sterben müssen.

Nichts von dem, was mir angetan wurde, wäre passiert, wenn ich nur ein einziges Mal meinen Stimmen vertraut hätte und nicht meinem Verstand. Luke ging es die ganze Zeit über gut. Nein, nicht nur gut, es ging ihm sogar besser als bei mir. Sein Trauma war an unser Zuhause gebunden. Hier im Meer beginnt es zu bröckeln. Es hat sich sicher nicht in Luft aufgelöst. Aber es beherrscht ihn auch nicht mehr vollends.

Doch die Erkenntnis, die mit seinem glücklichen Gesicht einhergeht, reißt mir den Boden unter den Füßen weg. Ich kann mit seinem Glück nicht umgehen. Oder vielmehr mit der Tatsache, dass er es ohne mich gefunden hat. Er hat mich immer gebraucht. Ich war die Einzige, die ihm Kraft geben konnte. Wieso ist in den schlimmsten Momenten meines Lebens bei ihm alles gut geworden? Wieso ist er aufgeblüht, als ich zerbrochen bin?

Plötzlich spüre ich seine dünnen Finger an meiner Wange. »Nicht weinen, Key. Bitte.«

Ich schnappe nach Luft. Ich hasse mich dafür, aber irgendeine Mauer in meinem Inneren wurde in den letzten Tagen so gründlich zerstört, dass es mir nicht länger gelingt, sie zu flicken und meine Emotionen zu kontrollieren. Neun Jahre war ich ihr Herr. Neun Jahre konnte ich über sie bestimmen. Jetzt nicht mehr.

Auch dafür gebe ich Tarmo die Schuld. Er hat diese Mauer

zerstört. Er war es, der die Tränen und den Schmerz immer wieder aus mir herausgelockt und meine Selbstbeherrschung geknackt hat. Und ich hasse das Mädchen, das dabei aus mir geworden ist.

Voller Wut wische ich die Tropfen von meiner Wange und ringe mir ein Lächeln ab. Es ist nicht Lukes Schuld. Ich sollte mich schämen für meine Gedanken, für meine Missgunst, aber sie lässt sich ebenso schlecht kontrollieren wie die Tränen.

Mein Bruder zieht mich in seine Arme und ich ihn in meine. Mühsam versuche ich, mich zu beruhigen und sein Geruch, der sich in all den Jahren von dem eines Kleinkindes zu dem eines jungen Mannes verändert hat, hilft mir ein bisschen dabei. Er spricht. Er ist glücklich. Das ist anders. Aber er ist immer noch mein Bruder.

›Ist er nicht‹, grätscht mein Verstand dazwischen und entlockt meinen Stimmen einen geschlossenen Schlachtruf. ›Doch. Und er wird es immer bleiben.‹

Als meine Tränen endlich versiegen, schiebt Luke mich ein Stückchen von sich weg und sieht mich besorgt an. »Essen, Key. ... Du bist so dünn.«

Verdammt, wann ist aus dem Kleinkind eigentlich ein so großer Kerl geworden?

»Ich weiß«, antworte ich leise. »Magst du mir zeigen, wo es was gibt?«

Luke nickt eifrig und er scheint stolz darauf zu sein, dass er sich hier besser auskennt als ich. Schnell schlüpfe ich ins Bad, wo eine Jogginghose und ein kuscheliger Hoodie auf mich warten. Als ich angezogen bin, sehe ich in den Spiegel. Meine blauen Flecken sind verschwunden, Nase und Lippen sind wieder abgeschwollen, aber trotz des vielen Schlafs sind dunkle Ringe unter meinen Augen und meine Wangen sind eingefallen. Die Haut an meinem Jochbein ist hellrosa und dünn, die Narbe über meiner Augenbraue nicht vollständig verblasst.

›Wer bist du?‹, frage ich mich still. Was ist in diesem fremden Wesen noch von Key übrig? Wo ist die Stärke hin, das Selbstbewusstsein, die festen Überzeugungen? Alles, an das ich neunzehn Jahre geglaubt habe, war falsch. Alles, was mich ausgemacht hat, ist zerbrochen.

Ich wasche mein Gesicht mit kaltem Wasser und versuche, ein wenig gesunde Röte in meine Wangen zu bekommen, aber es ist ohnehin egal. Diejenigen, denen ich vielleicht wirklich etwas bedeute, wissen, wie es um mich steht. Ein letztes Mal atme ich tief durch, bevor ich zurück zu Luke gehe. »Na dann los«, fordere ich ihn auf. »Lass uns ein halbes Schwein schlachten.«

Als ich den kleinen Trainingsraum betrete, schnappe ich nach Luft, aber es ist das Verkehrteste, was ich tun kann. Halleluja, seit wann können Dreizehnjährige einen dermaßen fiesen Schweißgeruch verströmen? Und es muss Luke sein, der ihn produziert, denn bei Rylan sehe ich nicht mal einen feuchten Fleck unter den Achseln.

»Hör auf, ihn so fertigzumachen«, bitte ich meinen Freund grinsend. »Das hält die Lüftungsanlage hier nicht aus.«

Ich habe keine Ahnung, wie so eine Stadt unter Wasser funktionieren kann, und es übersteigt auch eindeutig meine geistigen Kapazitäten, wenn Rylan es mir erklären will. Ich habe mich in den letzten vier Tagen einfach damit abgefunden, dass sie es tut. Aber bei dem Pumaduft, der mir hier entgegenströmt, stelle ich mir lebhaft vor, wie ein unschuldiges

Segelschiff an unserem Lüftungsrohr vorbeifährt und die gesamte Besatzung in Lukes Pubertistenschweiß hüllt.

Mein Bruder guckt mich böse an und ich wechsele schnell das Thema. »Wollt ihr kein Mittagessen?«

»Ich schon«, entgegnet Rylan gequält. »Aber die Bohnenstange hier hat offensichtlich Ambitionen, eine vollständige Kampfausbildung innerhalb eines Monats abzuschließen.«

»Dann sollte die Bohnenstange vielleicht ein paar Pfund drauflegen, sonst könnte es daran scheitern, dass die Kampfmontur nicht passt«, entgegne ich mit einem Zwinkern zu meinem Bruder.

Anstatt aufgrund meiner Bemerkung schleunigst in den Essenssaal zu gehen, zeigt er frech auf Rylan. »Er kann nur nicht mehr.«

Dummerweise hat er die Ausbildung noch nicht mal in Ansätzen abgeschlossen und so sieht er Rylans Manöver nicht kommen. Es dauert genau zwei Sekunden, bis Luke auf der Matte liegt und sich stöhnend vom Rücken auf die Seite wälzt.

»Das war unfair«, brummt er vorwurfsvoll.

»Nope. Das war das Leben.« Mit diesen Worten reicht Rylan ihm die Hand und zieht ihn zurück auf die Füße. »Du wirst besser«, lobt er meinen Bruder. »Nur leider zu übermütig. Ein bisschen Demut könnte dir nicht schaden.« Schmunzelnd klopft er ihm auf die schmale Schulter. »Aber die kann deine Schwester dir sicher hervorragend beibringen. Ich gehe jetzt nämlich essen.«

Ich hebe abwehrend die Hände. »Oh nein, dieser Raum ist dermaßen verpestet, dass ich ganz sicher keinen einzigen Schritt weiter gehen werde. Nicht ohne Gasmaske.«

Lachend kommt Rylan auf mich zu und strubbelt mir durch die Haare. »Wann bist du eigentlich so eine Memme geworden?« Dann gibt er mir einen Kuss auf die Stirn und verschwindet.

»Los, Key«, fordert mein Bruder mich auf. »Nur ein bisschen.«

Ich schüttele den Kopf. »Geh duschen. Und dann komm zu uns zum Essen.« Entgegen meiner Ansage mache ich ein paar Schritte auf ihn zu und reiche ihm sein Handtuch. »Weißt du, manchmal muss man über seine Grenzen gehen beim Training, das stimmt. Aber meistens bringt es nichts weiterzumachen, wenn man ausgepowert ist. Man wird immer gestresster und wütender. Und Stress und Wut sind kein guter Partner im Kampf«, belehre ich ihn ruhig. »Iss eine ordentliche Portion und mach eine Pause. Und heute Nachmittag legen wir eine zweite Einheit ein.«

Prüfend sieht er mich an. »Du auch? Kämpfst du mit?«, fragt er bittend.

›Nein‹, schreit es laut in mir, aber ich schaffe es, meine Antwort etwas zurückhaltender ausfallen zu lassen. »Ich weiß es noch nicht, Lu. Ich … ich bin furchtbar müde, weißt du?«

Ich hasse es, wenn mein kleiner Bruder mich mit diesem sorgenvollen Blick beschenkt. »Key, du schläfst immerzu. Wieso bist du müde?«, fragt er leise.

»Es wird schon wieder besser werden. Gib mir ein bisschen Zeit, okay?«

Klitschnass wie er ist, kommt er einen Schritt auf mich zu und nimmt mich in den Arm. »Ich hab dich lieb.«

Ich umschlinge ihn fest, um mein Zittern zu verbergen. »Ich dich auch, Lu.«

Wir bleiben einen Moment in dieser Umarmung stehen und zum ersten Mal in unserem Leben habe ich das Gefühl, dass ich sie mehr brauche als er.

Der harte Wasserstrahl prasselt unermüdlich auf meine Schultern und ich schließe genussvoll die Augen. Inzwischen mache ich mir keine Gedanken mehr, wo all das Wasser herkommt. Es ist da. Wenn es nach mir geht, kann ich gerne viermal am Tag duschen.

Duschen hilft. Das heiße Wasser nimmt jedes Mal meine Gedanken mit in den Abfluss und zumindest für ein paar Minuten entsteht eine willkommene Leere in meinem Kopf, die mich vorübergehend von meinen Grübeleien erlöst. Und außerdem kann man unter der Dusche weinen, ohne dass es jemand sieht.

Als meine Finger schon schrumpelig sind und das ganze Bad in feuchten Nebel gehüllt ist, drehe ich den Hahn zu und wickele mich in ein Handtuch. Seufzend setze ich mich auf den kleinen Hocker und beginne, meine Haare trocken zu rubbeln.

Ich habe in den letzten vier Tagen versucht, meinen Frieden mit Lukes neuem Verhalten zu schließen, und es ist mir weitgehend gelungen. Ich freue mich für ihn und inzwischen macht es auch mich glücklich, ihn so zu sehen. Ich habe so lange darauf gewartet, dass ich nicht mehr damit gerechnet habe, dass es wirklich passiert. Aber er spricht wieder. Und er lacht öfter.

Es hat mich viel Kraft gekostet zu verstehen, dass er mich noch immer liebt, auch wenn er mich nicht mehr so sehr braucht wie vorher. In der ersten Nacht, nachdem ich aufgewacht bin, ist er in mein Bett gekommen, so wie die letzten neun Jahre. Danach nicht mehr. Und obwohl ich weiß, dass das mit dreizehn genau so sein sollte, fühle ich mich nachts verloren und leer.

Bevor das hier alles passiert ist, gab es in meinem Leben zwei Dinge, die ihm einen Sinn gegeben haben. Ich wurde gebraucht. Ich habe die Menschen vor den Rebellen beschützt und ich habe mich um meinen Bruder gekümmert. Ich habe ihm die Kraft gegeben, sein Leben zu bestreiten. Jetzt gibt es nichts mehr.

Ich stehe auf, ziehe mir einen Slip und ein riesiges Shirt an, und gehe nach nebenan. Ich sollte mich in die Mensa begeben und mit ihnen zu Mittag essen, aber ich habe keinen Appetit. Und keine Lust auf Gesellschaft.

Was Tarmo und die Rebellen hier unten geschaffen haben, ist der Wahnsinn. Es ist faszinierend, genial und manchmal wunderschön. Fast alle Außenwände und der Boden sind aus Glas und die Unterwasserwelt und ihre Bewohner haben mir nicht erst einmal vor Ehrfurcht den Atem geraubt. Abgesehen davon ist das hier tatsächlich eine eigene kleine Welt, in der an alles gedacht wurde. Neben der Mensa existiert noch eine Bar, mehrere Gemeinschaftsräume, in denen man gemütliche und gesellige Abende verbringen kann und sogar ein kleines Kino. Es gibt eine medizinische Abteilung, verschiedene Trainingshallen in den unterschiedlichsten Größen und ein paar Klassenräume, denn Luke ist bei Weitem nicht der einzige Mensch hier unten, der noch schulpflichtig ist.

Doch sosehr ich ihre Welt mitten im Ozean bewundere, es gelingt mir nicht, mich hier wohlzufühlen. All die Menschen und Fae sind mir nach wie vor fremd und ich habe es in den letzten Tagen nicht geschafft, mit ihnen in Kontakt zu kommen, geschweige denn, Vertrauen zu ihnen aufzubauen. Kail war ein paarmal hier und auch anderen Fae bin ich begegnet, doch sie machen mir auf unerklärliche Art Angst. Ich hatte früher nie Angst vor den Fae. Aber da haben meine Wahrheiten auch noch Sinn ergeben.

Die Fae waren unsere Retter, ihre Zäune und ihre Kraft

haben uns beschützt und ich habe dazu beigetragen. Und jetzt? Jetzt sind sie eine Bedrohung. Jeder von ihnen könnte ein Spion sein, der mich bei nächster Gelegenheit zurück in die Hauptstadt bringt, um mich doch noch meiner Bestimmung zuzuführen. Denn das ist das Einzige, was ich mit Gewissheit weiß – es gibt ihr Projekt. Das ist keine Lüge.

Abgesehen von den Fae sind da noch die Rebellen, die hier leben. Im Gegensatz zu denen im Lager sind sie freundlich zu mir, doch ich schaffe es nicht, ebenso freundlich zu ihnen zu sein. Ich habe keine Kraft mehr, kann mich nicht auf ihre Gespräche konzentrieren, möchte nicht trainieren und mag nicht essen. Ich möchte allein sein. Ich möchte mich in eine Ecke verkrümeln, die Beine an die Brust ziehen und vor- und zurückschaukeln. Ich möchte meine Ruhe haben. Die anderen Bewohner gönnen sie mir, doch weder meine Gedanken noch meine Träume sind so großzügig.

Ich lasse Luke in dem Glauben, dass ich viel schlafe, aber es stimmt nicht. Ich schlafe beschissen. Ich habe so viele Albträume, wie noch nie zuvor und ich habe Angst davor, nach einem solchen Traum wieder einzuschlafen. Dennoch lockt mich jetzt die warme kuschelige Decke. Manchmal erinnert sie mich ein bisschen an seinen Kokon.

Eigentlich hasse ich Rook. Ich hasse ihn für das, was er aus mir gemacht hat, was aus meinem Leben geworden ist. Und dennoch sehne ich mich so sehr nach seiner Nähe, dass es wehtut. Und das Warten auf ihn kostet mich mehr Kraft als alles andere.

Sie jubeln, sie grölen. Egal ob alt oder jung, sie alle sind erschienen und ich habe das Gefühl, jede einzelne Stimme zu hören, die meinen Tod fordert. Sie haben mir die Augen verbunden. Meine Arme sind zum Zerreißen gespannt. Schläge, Tritte,

Knüppel, Klingen, sie lassen alles zu, es gibt schon lange keine Regeln mehr, dazu genießen sie es zu sehr, mich leiden zu sehen.

Plötzlich bleiben die Schritte aus, die das Podest des Prangers erklimmen. Totenstille breitet sich aus. Das einzige Geräusch, das ich jetzt wahrnehme, ist ein Knistern, ein Knacken. Dann kommt die Hitze. Die Flammen schlängeln sich an meinen Knöcheln empor, wandern über die Unterschenkel und erobern mein Becken. Als sie schließlich über meinen Bauch lodern, weiß ich, dass er in meiner Nähe ist – denn ich beginne zu schreien.

Noch bevor ich seine tröstenden Arme spüre, die mich in seinen Kokon ziehen, erkenne ich den Geruch von Rosmarin und Minze. Meine Schreie verwandeln sich in ein Wimmern und mein rasender Herzschlag findet nur langsam zurück in einen stolpernden Takt.

Es ist nicht das erste Mal, dass die Albträume sich miteinander vermischen, dass alles Schreckliche, das mir im Leben widerfahren ist, sich zu einem dicken Knäuel des Grauens verbindet. Aber die Wiederholung lässt das Grauen nicht kleiner werden. Die Schreie sind jedes Mal gleich laut, der Schrecken jedes Mal gleich groß.

Aber dieses Mal ist er da. Zum ersten Mal seit vier Tagen bin ich mit meinem Entsetzen nicht allein. Seine Anwesenheit ist eine solche Erlösung, dass ich aufschluchze und mich so fest an ihn presse, dass mir fast die Luft wegbleibt. Und er entlässt mich nicht einen Millimeter aus seinen Armen, bis mein Atem sich endlich beruhigt und der Traum verblasst.

Dennoch bewege ich mich nicht, möchte seine Nähe um keinen Preis der Welt hergeben. Ich habe Tarmo in jeder einzelnen Stunde, in der ich hier unter Wasser bin, gehasst. Ich habe ihm die Schuld gegeben für mein zerbrechliches, erbärmliches neues Ich. Doch je mehr ich es getan habe, umso lauter haben meine Stimmen protestiert und umso mehr haben sie sich gegen mich gestellt.

Jetzt summen sie glücklich, mein zweifelnder Verstand schläft und mein Körper hat in seiner Nähe sowieso von der ersten Sekunde an sein eigenes Spiel gespielt. Sie alle vertrauen ihm, nur ich schaffe es nicht. Allerdings ist all das im Moment nicht wichtig, denn zum ersten Mal seit vier Tagen finde ich Trost.

Irgendwann lockert sich seine Umarmung und er holt tief Luft. Als er schließlich zu sprechen beginnt, kitzeln seine Lippen und sein Atem federleicht an meiner Schläfe. »Es tut mir leid, kleine Maus. Es tut mir so leid.«

Ich bin mir sicher, dass noch kein Fae der Welt diese Worte jemals ausgesprochen hat, und aus irgendeinem Grund glaube ich sie ihm. Vielleicht, weil ich sie mir so sehr gewünscht habe.

Irgendwann meldet sich erstaunlich leise die Stimme des Klugscheißers in mir und weist mich darauf hin, dass ich nicht für die Ewigkeit an seiner Brust liegen bleiben kann. Widerwillig richte ich mich auf und sehe in seine faszinierenden Augen. Der türkisfarbene Rand ist kaum zu erkennen und ich frage mich nicht zum ersten Mal, was dazu führt, dass er unterschiedlich hell leuchtet.

»Du bist zurück«, stelle ich überflüssigerweise fest und finde, dass mein Verstand langsam mal wieder aufwachen könnte.

Sein Lächeln zeigt Erschöpfung und es erreicht seine Augen nicht. »Ich wollte nicht so lange fortbleiben, aber …« Er holt tief Luft und unterbricht für einen Moment unseren Blickkontakt. Als er sich mir wieder zuwendet, sehe ich eine Müdigkeit in seinen Augen, die ich niemals erwartet habe.

»Weißt du, wir Fae sind Meister der Täuschung, das habt

ihr alle längst herausbekommen. Aber gerade weil wir es so gut können, verdächtigen wir auch jeden anderen, es ständig zu tun. Immerzu haben wir Sorge, selbst das Opfer eines Betrugs zu werden.« Langsam hebt er die Hand, um mir eine verschwitzte Strähne aus dem Gesicht zu streichen. »Sie wollten mir nicht glauben. Es hat unendlich lange gedauert, ihre Zweifel an unserer Show auszuräumen.«

Mein Lächeln ist sicher genauso wenig überzeugend wie seins, aber er hat es verdient. »War vielleicht alles ein bisschen dick aufgetragen, hm?«

Er lacht tonlos und schüttelt kurz den Kopf. »Du bist unglaublich.«

»Nein«, entgegne ich ausnahmsweise mit fester Stimme. »Ich weiß nicht mehr, was ich bin, Tarmo. Aber ganz bestimmt nicht unglaublich.«

»Da wäre ich mir nicht so sicher«, murmelt er leise. Dann legt er sich zurück auf das Bett. »Schlaf noch ein bisschen, ich passe auf dich auf«, versichert er mir und schließt die Augen.

Es dauert nur Sekunden, bis er selbst eingeschlafen ist und ich frage mich, was er in den letzten vier Tagen alles durchlebt hat. Kennt auch er Angst? Verzweiflung? Albträume?

Jetzt im Moment ist es egal. Ich habe die winzige Hoffnung, dass seine Anwesenheit mich vor weiteren bösen Träumen bewahrt. Also lege ich mich vorsichtig neben ihn und lasse die Nähe seines Körpers zu meinem zu. Sie vertrauen ihm alle. Vielleicht kann ich es auch lernen.

19

Ich werde davon wach, dass seine Hand an meiner Wange ruht. Für einen Moment genieße ich das Gefühl, dann spüre ich, wie die Wärme seiner Magie in mein Jochbein fließt, und greife vorsichtig nach seinen Fingern, um ihn zu stoppen.

»Nicht, Tarmo. Bitte.«

Nur langsam zieht er seine Magie zurück, lässt seine Hand jedoch an meiner Wange. »Warum nicht?«

Ich schließe die Augen und brauche eine Weile, um mich zu überwinden. Dann nehme ich seine Hand von meinem Gesicht und sehe ihn an. »Du darfst das nicht immer tun«, weise ich ihn zurecht. »Wenn ein Fae so geschwächt ist, wie du, sollte er seine Kraft nicht unnötig verschwenden. Du brauchst sie für andere Dinge.«

»Ich verschwende sie nicht«, stellt er richtig.

Mein Lächeln ist etwas schwach. »Du weißt genau, was ich meine, also hör mit der Wortklauberei auf. Der Knochen ist verheilt und die Wunde geschlossen. Ich habe keine Schmerzen. Es gibt keinen Grund mehr, es zu beschleunigen. Der Rest kann auf ganz normalem Weg heilen. Gib ihm Zeit.«

Er entzieht mir seine Hand und streicht sich die Haare aus dem Gesicht. »Du könntest mir die Gelegenheit geben, mein schlechtes Gewissen zu beruhigen«, bittet er.

Ich richte mich auf. »Ich denke nicht, dass du ein schlechtes Gewissen haben musst, weil ich eine Idiotin bin«, entgegne ich etwas zu bissig.

In dem Bruchteil einer Sekunde bildet sich eine tiefe Falte auf seiner Stirn. »Du bist keine Idiotin.«

»Nenn' es, wie du willst, Tarmo. Das dümmste Schaf unter der Sonne, der sturste Esel oder die hohlste Nuss. Es ist egal, *was* ich bin, Fakt ist, ich bin selbst schuld. Nichts von dem, was mir passiert ist, wäre geschehen, wenn ich nur ein einziges Mal von meinem hohen Ross hinabgestiegen wäre und eine andere Wahrheit als meine eigene zugelassen hätte.«

Ich bin schon wieder laut geworden und atme einmal tief durch, um mich zu beruhigen. »Ich allein habe zu verantworten, was ich getan habe. Also begrab' dein schlechtes Gewissen.«

»Sag mal, spinnst du? Hast du in den letzten vier Tagen irgendwas genommen, was dein Denkvermögen zerschossen hat?«, faucht er mich an. »Ich hatte genau *eine* Aufgabe in meinem Leben und die hieß, dich zu beschützen. Und hast du auch nur ansatzweise das Gefühl, dass mir das gelungen ist?«

»Ja, habe ich. Denn wenn du es nicht getan hättest, wäre ich verbrannt, als ich zehn Jahre alt war. Und danach hast du wohl kaum noch eine Chance gehabt«, gifte ich zurück. »Schließlich habe ich jeden Versuch von dir, mir zu helfen, erfolgreich vereitelt.«

»Wer hat dir das eingeredet?« Seine Stimme ist drohend, als würde er jeden, der es getan hat, in Stücke reißen.

»Niemand. Ich hatte vier Tage lang ausreichend Zeit, die Fakten in meinem kranken Hirn zu sortieren.« Hm, vielleicht habe ich gerade offiziell meine Unzurechnungsfähigkeit bestätigt. »Hör einfach auf, dir die Schuld zu geben, okay?«

Seine Augen werden schmal. »Aber du darfst es? Du darfst dir für jeden Scheiß die Schuld geben?« Sarkasmus geht schon wieder steil.

»Ja, darf ich. Ich habe es mir nämlich wirklich verdient.«

Er springt aus dem Bett und zieht mir die Decke weg. »Zieh dich an«, befiehlt er barsch. »Wir müssen reden.«

»Oh, jetzt plötzlich?«, höhne ich. »Seit zehn Tagen erfahre ich kein Wort von dir und jetzt hast du es auf einmal eilig? Woher der Sinneswandel?«

Mein Sarkasmus übersteigt seinen heute bei Weitem, aber meine Gemeinheiten auch. Ich weiß, dass er im Stadtpalast versucht hat, mit mir zu reden. Ich weiß, dass er mir im Archiv Antworten präsentiert hat. Und ich weiß, dass ich ihm in absolut wichtigen Momenten nicht einmal zugehört habe. Aber es ist so viel einfacher, ihm die Schuld zu geben, als sie auch noch auf mich zu nehmen.

Er schmeißt mir Leggings und einen Hoodie aufs Bett und sieht mich eindringlich an. »Weil ich Angst habe, dass du endgültig völlig durchknallst. Und das würde ich gerne vermeiden.«

Mir brennt eine patzige Antwort auf der Zunge, die absolut unter der Gürtellinie liegt, aber meine innere Stimme der Vernunft gebietet mir, zu schweigen. Ich verziehe frustriert das Gesicht, schnappe mir die Klamotten und verschwinde im Bad.

Es gibt absolut keinen Grund dazu, er hat mich gefühlt öfter nackt als angezogen gesehen und jetzt bin ich nicht mal nackt. Ich könnte mich in seinem Beisein anziehen, aber ich will es nicht.

Ich sehe in den Spiegel und entdecke einen Wust aus ungeordneten Haaren. Leider sieht es *in* meinem Kopf genauso chaotisch aus wie darauf. Warum tue ich das? Warum bin ich so? Ich will Antworten. Er will sie mir geben. Warum kann ich sie nicht endlich dankbar annehmen?

›Weil du Angst davor hast‹, zwitschert der Arschloch-Klugscheißer fröhlich. Ich würde ihm gerne eine knallen, aber er hat recht. Wenn ich ehrlich bin, habe ich in den Tagen im Palast schon viel zu viele Antworten bekommen. Ich bin nicht bereit für weitere Schreckensnachrichten. Ich habe schon jetzt keinen Boden mehr unter meinen Füßen und ich weiß nicht, wie viel tiefer ich noch fallen kann, ohne endgültig zerstört zu werden.

Minutenlang bürste ich akribisch meine Haare, bis nicht ein einziger Knoten übrig geblieben ist. Schließlich hole ich tief Luft und richte mich an meine Stimmen. ›Steht mir bei, okay? Oder haltet die Schnauze. Ihr werdet schon wissen, was das Richtige ist.‹ Dann wende ich mich vom Spiegel ab und gehe zurück in mein Zimmer, von dem ich nicht einmal weiß, ob es bei all den riesigen Shirts, die dort leben, vielleicht seins ist. Aber auch das ist jetzt nicht wichtig.

Als ich aus dem Bad komme, sitzt er in einem der beiden Sessel und sein Blick ruckt zu mir hinüber.

»Also gut«, beginne ich zögerlich. »Ich … Ich denke, es könnte helfen, wenn ich die ganze Version der Geschichte kennen würde. Ich meine … *deine* Version. Magst du mir deine wahre Geschichte erzählen?«, frage ich mit zitternder Stimme.

Er sieht mich sekundenlang ausdruckslos an. Keine einzige Regung verrät, was in ihm vor sich geht. Dann wendet er völlig unvermittelt den Blick ab und sieht in die unendlichen Weiten des Ozeans.

›Du Idiotin‹, zetert eine Stimme in mir und sie hat recht. Er hat es mir angeboten und anstatt es anzunehmen, habe ich ihn so was von vor den Kopf gestoßen, dass ich definitiv keine Antworten mehr verdient habe.

»Entschuldige«, stammele ich schnell. »Das war blöd. Du … du brauchst nicht …« Ich hole tief Luft.

»Doch«, entgegnet er leise und sieht mich wieder an. »Doch.«

Er steht auf und lässt mich mit einem grenzwertig verwirrten Gesichtsausdruck mitten im Raum stehen. Mit wenigen

Schritten ist er an dem alten Holzschrank, in den ich noch nie geschaut habe. Beim Öffnen entpuppt er sich als eine Mischung aus Aktenschrank und Bar, und ich vermerke für mich, dass ich bislang nie gesehen habe, dass er Alkohol trinkt. ›Hey, du hast überhaupt noch nicht viel von seinem Leben gesehen‹, erinnert mich der Klugscheißer.

Langsam greift Tarmo zu einer Flasche, die nach Rotwein aussieht und schenkt zwei Gläser ein. Uups, ich habe mich abgesehen von einem megabekloppten Schluck Champagner selbst auch noch keinen Alkohol trinken sehen, aber bei all dem, was sich in den letzten Wochen in meinem Leben verschoben hat, ist das sicher die geringste Veränderung.

Er verharrt einen Moment vor dem Schrank, als ob er mit sich ringt, dann schließt er die Türen, bedeutet mir mit einem Nicken, mich zu setzen und reicht mir das langstielige bauchige Glas. Offensichtlich bemerkt er sehr viel eher als ich, dass ich es hoch konzentriert anstarre, denn er beginnt, leise zu lachen. »Soll ich dir lieber ein Wasser holen? Oder irgendwas anderes?«

Ertappt wende ich meinen Blick von dem Getränk ab und kann peinlicherweise nicht verhindern, dass meine Wangen chamäleongleich ihre Farbe verändern. »Ich, äh, nein ... ist schon gut.« Nicht besonders eloquent. Sein belustigtes Grinsen macht die Situation wahrhaftig nicht besser, zumal es verdammt sexy ... Stopp! Ich greife etwas zu schwungvoll nach dem Glas und kann gerade noch verhindern, dass sich die rote Flüssigkeit über meinen Pulli ergießt. Dann zucke ich mit den Schultern. »Ich habe schon ganz andere Sachen überlebt.«

Sein Grinsen verschwindet und Mitleid schleicht sich in seinen Blick, eine Regung, die mich noch immer bei ihm irritiert. Ich ermahne mich, meine bescheuerten Vorurteile endlich aus dem Kopf zu kriegen, setze mich und nehme vorsichtig einen kleinen Schluck.

Ich bin überrascht, wie samtig und weich er schmeckt. Mein zweites Ich kriegt einen kurzen Lachflash, weil ich den Wein mit den gleichen Attributen beschreibe, wie seine Stimme, doch ich ignoriere den Ausbruch. Plötzlich habe ich dicke rote Beeren auf meiner Zunge, die es in Hopetown so selten gibt, dass ich mich kaum an ihren Geschmack erinnern kann. Dazu kommt zähflüssiger Honig und trotzdem schmecke ich keine Süße. Nur Schwere. Wohltuende, wärmende Schwere.

»Hey, alles okay?«, holt mich seine leise Stimme zurück und ich merke erst jetzt, dass ich die Augen geschlossen habe.

Ich öffne sie und schenke ihm ein breites Lächeln. »Ja. So was von okay.« Stimmungswechsel zu hundert Prozent vollzogen.

Ich gebe zu, dass mein Lächeln breit war, dafür ist seins umso schöner. »Er scheint dir zu schmecken.«

»Ja«, entgegne ich lachend. »Ich würde womöglich so weit gehen zu behaupten, dass ich noch nie so etwas Gutes getrunken habe.«

Er lächelt zufrieden und nimmt selbst einen genussvollen Schluck. »Dann sollte ich die Schranktüren wohl besser abschließen, wenn du das Ende meiner Geschichte erleben möchtest.«

Fast hätte ich mich verschluckt und augenblicklich erstirbt jede fröhliche Regung in meinem Gesicht. »Du wirst sie mir erzählen?«

Sein Nicken ist seine einzige Antwort, dann holt er tief Luft.

»Wie du sicher herausgefunden hast, bin ich im Winterreich geboren, am Hof des Fürsten«, beginnt er schließlich.

»Ist er so böse, wie die Menschen sagen?« Erste Unterbrechung nach genau einem Satz. Herzlichen Glückwunsch, Key.

Ich habe das Gefühl, dass er nur mit Mühe ein Augenrollen unterdrücken kann, doch er redet erstaunlich ruhig weiter. »Ist er nicht, aber lass uns jetzt nicht über die Anderwelt sprechen. Ich werde dir von ihr erzählen, wenn du möchtest, aber nicht heute.« Schmunzeln. »Sonst könnte es sein, dass eine Flasche Wein nicht reicht.«

Er nimmt einen Schluck, dann spricht er weiter. »Meine Familie hat an seinem Hof gelebt, aber das bedeutet nicht automatisch, dass wir ein Leben in Reichtum und Unbeschwertheit verbracht haben. Die Hierarchien bei den Fae sind starr und wir standen am untersten Ende. Ich habe also sehr früh erfahren, was Hunger und Kälte bedeuten können.«

Für eine Sekunde schäme ich mich, weil ich ihm insgeheim immer abgesprochen habe, sich in Lukes und meine Situation hineinversetzen zu können. Ich habe ihn für den verwöhnten arroganten Fae gehalten, der noch nicht einen Tag in seinem Leben mit Unwegsamkeiten zu tun hatte.

»Trotzdem würde ich behaupten, eine schöne Kindheit gehabt zu haben. Ich hatte die ungeteilte Liebe meiner Eltern. Meine Mutter hat meine Geburt überlebt und das war ein so großes Geschenk, dass mein Vater das Leben seiner Frau niemals durch eine zweite Schwangerschaft gefährdet hätte. Damit haben die beiden zum ersten Mal gegen die Regeln der Herrschenden verstoßen.«

Ich sehe ihn nachdenklich an. Das klingt nicht nach einem Happy End. »Was für Regeln?«

Er fährt sich mit der Hand durch den Nacken und scheint damit die Verspannungen der ganzen letzten Tage lösen zu wollen. »Die Fae sind schon lange nicht mehr dazu bestimmt, ewig zu existieren. Wir haben es nur unserer Unsterblichkeit zu verdanken, dass wir noch in so großer Zahl bestehen«, erklärt er sachlich. »Über die Hälfte unserer Frauen sterben bei der Geburt eines Kindes, das heißt, mit jedem Kind, das geboren wird, erhalten wir uns gerade Mal selbst. Vermehren tun wir uns nicht, denn natürlich ist das gewaltige Geschenk der Unsterblichkeit daran gebunden, dass nichts dazwischenkommt. Aber das tut es, andauernd. Wir Fae sind seit vielen Tausend Jahren ein ziemlich rachsüchtiges und kriegerisches Volk. Immer wieder töten einige von uns in blinder Wut, nur wegen Kleinigkeiten, weil sie in ihrem Jähzorn vergessen, dass wir besser auf unsere Leben aufpassen sollten.

Abgesehen davon gieren aber auch zu viele von uns nach Macht. Und es gibt in der Anderwelt leider nicht viele Möglichkeiten, eine einflussreiche Position zu erreichen, denn die sind ja bereits von Unsterblichen besetzt. Also ist es oft der einzige Weg, einen Konkurrenten skrupellos aus dem Weg zu räumen.«

Ich hänge an seinen Lippen. Ich hatte einen kurzen Abriss seines Lebens erwartet und keinen tiefen Einblick in die Welt der Fae.

»Und vielleicht ist das sogar gut so. Versteh mich nicht falsch, ich befürworte es wahrhaftig nicht, sich unbedacht und kaltblütig zu ermorden. Aber die Götter werden sich etwas dabei gedacht haben, dass nicht wir, sondern die Menschen in der Überzahl sind. Allerdings denken längst nicht alle Fae so wie ich. Die Mehrheit ist eher eifrig dabei, jedes Klischee über uns zu bestätigen, nur deswegen sind wir überhaupt hier. Denn in ihrer Machtgier hat ihnen die Anderwelt irgendwann nicht mehr gereicht, zumal sie sich in den letzten Jahrtausenden sehr verändert hat. Sie wollten die Welt der Menschen. Mindestens Breyta, gerne auch noch einen Teil der Erde. Aber dazu mussten wir uns vermehren. Also haben die Machthabenden ein Gesetz erlassen, welches jede Frau, die die Geburt ihres Kindes überlebt hat, verpflichtet, weitere Kinder zu bekommen. Sie hatten die Überzeugung, dass das Überleben einer Geburt eine Art Auslese ist, dass einmal Überleben immer Überleben bedeutet.«

Er seufzt, die Erinnerung an seine Welt scheint ihn zu berühren. »Aber das tut es natürlich nicht. Vielmehr ist eine zweite Schwangerschaft quasi ein fester Deal mit dem Tod. Für die herrschenden Fae war das jedoch kein Grund, das Gesetz abzuschaffen.« Er macht eine Pause, braucht einen Moment, um den roten Faden wiederaufzunehmen.

»In deiner Welt wären meine Eltern so etwas wie Rebellen gewesen«, fährt er schließlich fort. »Sie haben nach außen hin so getan, als würde es einfach nicht klappen, aber in Wirklichkeit haben sie es nie wieder versucht. Es gibt bei uns so etwas wie Verhütung nicht, also haben sie ihre Liebe geopfert, um das Leben meiner Mutter zu retten. Und es war nicht der einzige Gesetzesbruch.

Aber es ist in der Anderwelt nicht so viel anders als hier in eurer Welt, auch dort werden Abtrünnige verfolgt. Irgendwann haben sie herausgefunden, dass meine Eltern sich von den Herrschern abgewendet haben und haben sie hingerichtet.« Sein Blick wird für einen Moment abwesend, die Erinnerung nimmt ihn gefangen. »Ich durfte dabei zusehen.«

Ich ziehe scharf die Luft ein und mir läuft ein Schauer über den Rücken. »Wie alt warst du?«, frage ich leise.

»Zwölf.«

»Tarmo, das ... es tut mir so leid«, flüstere ich und finde selbst, dass es hohl klingt, doch ich kann das, was ich fühle, nicht in Worte fassen, kann die Grausamkeit nicht benennen.

»Ich glaube kaum, dass es dir leidtun muss«, belehrt er mich mit einem Lächeln. »Und ich hatte deutlich mehr Glück als du, denn im Gegensatz zu dir hat der Winterfürst mich aufgenommen und für mich gesorgt.«

Warum habe ich nur das Gefühl, dass es das nicht besser macht, zumal ein nicht unbedeutender Hauch von Sarkasmus in seinen Worten mitschwingt?

»Um deine Frage zu beantworten, der damalige Fürst war nicht besonders grausam und er gehörte auch nicht zu denen, die die Welt der Menschen für sich beanspruchen wollten. Aber er hat es geduldet, hat nie etwas dagegen unternommen und sich mit den neuen Gesetzen arrangiert. Und er hat die Gelegenheit genutzt, einen zwölfjährigen Jungen bei sich aufzunehmen, um ihn mit seinem Gedankengut zu füttern, um zu verhindern, dass aus dem Kind ein Aufrührer wird wie seine Eltern. Er wollte mich formen.«

Obwohl mich seine Geschichte unendlich traurig macht, weil sie sehr alte Gefühle in mir an die Oberfläche holt, muss ich lächeln. »Aber er hat es nicht geschafft.«

Tarmo lacht kurz auf. »Sei froh, dass er das nicht mehr hören kann, wir Fae können nicht gut damit umgehen, wenn wir getäuscht werden.«

»Oh, das tut ihr lieber selbst, stimmt's?«, necke ich ihn.

Aus seinem Lachen wird ein schräges Grinsen. »Nicht halb so oft, wie du glaubst.«

»Ich denke nicht, dass ich dir das abnehme«, füge ich schmunzelnd hinzu. Ich nutze den kurzen gelösten Moment, um noch einen weiteren Schluck Wein zu trinken, und muss ziemlich viel Konzentration aufbringen, um meine Augen nicht erneut vor Wonne zu schließen.

»Das solltest du aber«, ermahnt er mich sanft. »Wie dem auch sei, mein Leben in der Anderwelt ist in wenigen Sätzen erzählt. Ausbildung an seinem Hof, immer von ihm begünstigt, schnell und erfolgreich aufgestiegen. Dorthin, wo ich wollte. Ich wollte nach ganz oben, um zu verstehen, wie sie denken und um herauszufinden, wo sie verletzlich sind. Er hat mir zu hundert Prozent vertraut und mich in den engsten Kreis aufgenommen und genau das war mein Ziel.«

Und genau das ist der Grund, warum *ich* ihm nicht vertrauen kann. Er tut Dinge, um Ziele zu erreichen. Er täuscht, lügt und hintergeht. Warum sollte das bei mir anders sein? Für welches Ziel benutzt er mich gerade?

›Kann diesem unerträglichen Scheißkerl namens Verstand mal jemand die Fresse polieren?‹, donnert der Kackenhauer in meinem Kopf.

›Meine Güte‹, weise ich ihn zurecht. ›Kann da bitte mal ein etwas gewählterer Tonfall angeschlagen werden?‹

›Sie haben seine Flügel abgeschnitten, weil er zu dir wollte‹, schaltet sich der Klugscheißer dazu. ›Er hat sie für dich geopfert.‹

›Vertrau' ihm endlich. Er hat es verdient.‹ Eindeutig Engelchen.

Klappe halten. Alle miteinander.

Leicht gestresst schließe ich die Augen und massiere meine Schläfen.

»Alles okay?«, höre ich sofort Tarmos besorgte Stimme.

»Ja. Ja, alles okay.« Ich tippe mit einem Zeigefinger an meine Stirn. »Ist nur … gerade ein bisschen viel Traffic da drinnen.«

Für eine Weile sieht er mich nachdenklich an. »Sie sind wirklich in deinem Kopf, stimmt's?«, fragt er vorsichtig nach.

»Wo lieferst du mich ein, wenn ich jetzt ja sage?«

»Nirgends.« Er beugt sich ein wenig vor und nimmt meine Hände in seine. »Ich versuche nur, zu verstehen, wie es für dich ist. Was da drinnen los ist.«

Ich atme tief durch, lege den Kopf in den Nacken und sehe

für einen Moment an die Decke. »Leider manchmal ein bisschen mehr, als mir lieb ist«, gestehe ich leise.

Sein Blick bleibt an meinen Augen hängen. »Möchtest du eine Pause machen?«

»Um ihnen die Gelegenheit zu geben, richtig loszulegen? Ganz bestimmt nicht.« Ich rolle mit den Augen und ringe mir ein Lächeln ab. »Erzähl' weiter«, bitte ich ihn dann. »Wann bist du in unsere Welt gekommen?«

Er zögert einen Moment, bis er wieder spricht. »Ich war einer der Ersten. Allerdings waren meine Gründe nicht die gleichen wie die der anderen.« Sein Blick wandert zum Ozean und es sieht aus, als ob er seine Erinnerungen erst aktivieren muss. »Die Menschen in Breyta waren so geschwächt wie noch nie, das war die Gelegenheit, in eure Welt einzudringen und sich einen Platz dort zu sichern. Zu dem Zeitpunkt hatte ich nicht die leiseste Ahnung von ihren Plänen. Ich wusste nichts von ihrem Projekt.«

Sein Blick findet zu mir zurück und sucht meine Augen. »Ich musste mitgehen, um herauszufinden, was sie genau vorhaben. Ich kannte die Menschen zu dem Zeitpunkt kaum, weil ich bis dahin wenig Gelegenheit hatte, in die Zwischenwelt zu reisen. Doch das war auch egal. Kein Wesen hat es in meinen Augen verdient, in seiner eigenen Welt unterjocht oder aus ihr vertrieben zu werden. Ich hatte keine Ahnung wie, aber ich wollte das verhindern.« Er schmunzelt und trinkt einen Schluck Wein. »Klassischer Fall von Größenwahn und die Verstrickung in zu viele Projekte. Es war ja nicht so, dass ich bezüglich der Faefrauen und der sinnlosen Gesetze der Anderwelt schon irgendwas erreicht hatte.«

Ich lache leise. »Das war gerade Selbstkritik.«

»Verdammt«, flucht er theatralisch. »Ich dachte, du merkst es nicht.«

»Ich merke so einiges«, gebe ich an.

»Hatte ich befürchtet.« Er grinst noch eine Weile, dann wird er wieder ernst. »Ich habe erst nicht begriffen, warum sie euch geholfen haben. Wenn sie Breyta hätten übernehmen wollen, hätten sie nur ein wenig länger warten müssen, bis eure letzten Bastionen auch gefallen wären. Dennoch habe ich ihre Interessen geteilt. Ich wollte wirklich helfen, wollte euch vor den Verbannten beschützen und den Krieg beenden. Deswegen habe ich geholfen, die Akademie aufzubauen, darum habe ich euch ausgebildet. Damit ihr euch irgendwann selbst beschützen könnt. Wir Fae haben tatsächlich einer Menge von euch das Leben gerettet und ich war stolz, daran beteiligt zu sein. Ich hatte zum ersten Mal das Gefühl, etwas Sinnvolles, Gutes tun zu können, ohne meine Überzeugung zu verleugnen. Ich hatte das großartige Ziel, euch zu neuer Stärke zu verhelfen, damit die Verbannten nicht gewinnen würden. Erst Jahre später habe ich erfahren, dass sie eure Frauen zum Züchten benutzen wollten. Das waren ihre wahren Beweggründe, die Menschen in Breyta vor dem Untergang zu retten und euch zu beschützen. Damit ihr ihnen vertraut und damit sie die Besten unter euch auswählen können. Als ich das begriffen hatte, war es schon zu spät. Und ich war sehr allein mit meinen Ansichten. Dennoch wollte ich ihr System stürzen, ihr Projekt beenden.«

Er nimmt einen großen Schluck Wein und lässt ihn lange in seinem Mund, bevor er ihn herunterschluckt. »Aber ich war dumm und arrogant. Wie hatte ich mir nur einbilden können, allein ein ganzes System stürzen zu können?«

In seinen Augen ist Wut, selten habe ich erlebt, dass er so viele seiner Emotionen zeigt.

»Warum hast du dich nicht den Rebellen angeschlossen,

wo du das System der Fae doch so verabscheut hast?«, frage ich vorsichtig.

Er räuspert sich. »Weißt du, wenn man unsterblich ist, führt das manchmal dazu, dass man nicht besonders schnell denkt«, gibt er betreten zu.

Irritiert sehe ich ihn an. »Ich hatte bislang nicht das Gefühl, dass du ein Problem mit deinem Denkvermögen hast.«

Er verdreht die Augen. »Was ich meine, ist, wir haben unendlich viel Zeit, da sucht man nicht immer fieberhaft nach einer Lösung. Manchmal wartet man einfach ab, bis sich eine bietet. Und ich war so blöd, nicht mal das zu sehen.«

»Sei nicht so hart mit dir«, entgegne ich ironisch.

»Ich meine es ernst. Die Rebellen sind nicht von Beginn an aktiv gewesen, aber als sie es wurden, habe ich ihnen nicht geholfen, sondern die Akademie weiter unterstützt. Die Ausbildung der Wächter lag jahrelang in meiner Hand und ich habe viel zu spät bemerkt, dass ich meine potenziellen Verbündeten bekämpft habe. Menschen, die das gleiche Ziel hatten wie ich, auch wenn ihre Gründe andere waren. Ich hätte mich so viel eher mit ihnen zusammentun sollen«, kritisiert er sich selbst.

»Du hast es getan«, besänftige ich ihn. »Nur das zählt.«

Schon wieder ein Augenrollen. »Danke für die Absolution, aber werd' nicht zu nett, okay? Das ist nicht gut für mein Ego.«

Belustigt hebe ich die Augenbrauen. »Das werde ich schon zurechtstutzen, wenn es übermütig wird.«

»Glaub ich dir aufs Wort.« Sein Blick löst sich von mir und er sieht auf den Ozean. »Manchmal frage ich mich, ob ich mich jemals mit ihnen zusammengetan hätte, wenn Aiven mir nicht die Augen geöffnet hätte.«

»Wer ist Aiven?«

Er schenkt mir ein zerknirschtes Grinsen. »Derjenige, der seinen Job versaut und es nicht geschafft hat, dich im Lager festzuhalten.«

»Chase?«

»Du wusstest sicher, dass das nicht sein richtiger Name ist, oder?«

»Ich hab's mir zumindest gedacht«, gestehe ich schmunzelnd. »Er hat ihn zu bereitwillig verraten.«

»Es war für ihn irgendwann schwierig, namenlos mitten unter den Rebellen zu leben, also hat er sich einen ausgesucht.«

»Warum verratet ihr eure Namen nicht?«

Erstaunlicherweise zuckt er mit den Schultern. »Keine Ahnung. Ist so 'n mystisches Fae-Ding. Ehrlich gesagt gibt es keinen Grund dafür.«

»Nicht dein Ernst«, erwidere ich ungläubig. »Und ich dachte immer, dass man mit eurem Namen so etwas wie eine Zauberwaffe gegen euch in der Hand hat.«

Belustigt hebt er eine Augenbraue. »So was denkt ihr über uns?«

»Oh, wenn man keine Informationen bekommt, bastelt man sich selbst welche.« Ich nehme einen weiteren Schluck Wein und mustere ihn aufmerksam, diesen Mann, mit dem ich zum ersten Mal ein offenes Gespräch führe. Eins, in dem er mir von sich selbst erzählt, sich erklärt, sich entschuldigt. Eins, in dem ich nicht Angst habe, von ihm manipuliert zu werden. »Benutzt du deinen richtigen Namen? Heißt du wirklich Tarmo?«

»Was glaubst du?«

»Keine Ahnung. Ich … er passt zu dir.«

Er lehnt sich entspannt zurück, lässt den Wein in seinem Glas kreisen und mich zappeln. Leider sieht er dabei verdammt … heiß aus. Also sehe ich ihn genussvoll und ungeniert an und warte.

Nach einer Weile lächelt er und es könnte sein, dass dabei in meinem Inneren kurz die Sonne aufgeht. »Es ist mein richtiger Name«, gesteht er schließlich, ohne dass sein Lächeln in irgendeiner Weise leidet. »Ich hatte keine Lust, mir einen neuen zu suchen. Allerdings stimmt der Nachname nicht, wir Fae haben keine Familiennamen, also musste ich da kreativ werden. Immerhin habe ich mich wegen meiner fehlenden Flügel als Mensch ausgegeben, da wäre es seltsam gewesen, keinen zweiten Namen zu haben.«

Die Erwähnung seiner Flügel lässt mich kurz zusammenzucken und nimmt dem Moment den Zauber. Die Sonne geht wieder unter. »Also«, versuche ich den Faden erneut aufzunehmen, »wie bist du zu den Rebellen gekommen?«

Er seufzt kurz und ich ahne, dass er lieber weiter über unverfänglichere Dinge gesprochen hätte. Aber er hat mir Antworten zugesichert, also möchte ich sie auch bekommen. »Als ich endlich kapiert habe, dass wir auf derselben Seite stehen, habe ich begonnen, die Rebellen offiziell aus der Stadt zu schaffen und den endlosen Weiten der ungeschützten Wüste auszuliefern. In Wirklichkeit habe ich sie mit allem versorgt, was sie zum Leben brauchten.«

»Du machst das erst seit einem Jahr?« Wie kann man in so kurzer Zeit so viel aufbauen?

»Nein. Natürlich nicht. Wir agieren schon über zehn Jahre im Hintergrund. Seit ich Statthalter bin, ist es nur leichter geworden. Wir können die Rebellen ganz offiziell und mit den Trackern viel schneller ausfindig machen und sie in das Lager in der Wüste bringen. Keiner ahnt, dass sie dort ein gutes Leben haben. Die meisten Fae sind zu arrogant, um auch nur in Erwägung zu ziehen, dass ihr Plan gerade den Bach runtergeht und die Welt da draußen durchaus lebenswert ist.«

Er schluckt und ich werde nervös. Hatte Chase, also Aiven, doch recht mit seiner Behauptung? Kommt jetzt eine der Schreckensnachrichten, vor der ich Angst habe? Eine zu viel, die ich nicht mehr ertragen kann? »Was willst du damit sagen?«, flüstere ich.

»Key, die Menschen haben keine dreißig Jahre gebraucht, um den Krieg zu verkraften«, offenbart er mir möglichst schonungsvoll. »Ein Krieg, der im Übrigen lange nicht so viel Zerstörung mit sich gebracht hat, wie euch erzählt wird. Breyta hat sich längst erholt. Die ehemals Verbannten haben die meisten Dörfer wiederaufgebaut, die Felder werden seit Jahrzehnten bestellt und sie haben eine hervorragende Infrastruktur. Sie haben ein eigenes, gut funktionierendes Rechtssystem und bevor du fragst: Nein, es laufen nicht Hunderte oder Tausende Schwerverbrecher in eurer Welt herum.« Er holt tief Luft, als ob er zum letzten Schlag ausholt. »Die Menschen außerhalb der Städte haben überhaupt keinen Grund und auch kein Interesse mehr, euch anzugreifen. Sie führen ein glückliches Leben da draußen. Ein friedliches.« Das Mitleid in seinem Blick killt mich. »Es gibt seit zwei Jahrzehnten keinen Grund mehr, euch in Hopetown einzusperren.«

»Das kann nicht stimmen.« Manchmal sind seine Erzählungen wirklich voller Fehler. »Wir werden angegriffen, jeden verdammten Tag. Es gibt Rebellen, ich war bei ihnen und du hast zugegeben, dass ihr sie versorgt. Wenn Breyta so aufgeblüht ist, warum gehen sie dann nicht raus in die Welt und leben so friedlich, wie du sagst?«

»Weil sie ihre Heimat zurückwollen. Sie wollen ihre Familien nicht im Stich lassen und die Fae endgültig aus eurer Welt vertreiben. Sie haben kein Interesse daran, den Menschen in dieser Stadt zu schaden, nicht einmal euch Wächtern. Seit wir uns mit ihnen verbündet haben, greifen sie nicht mal mehr mit voller Wucht an, sie halten sich zurück. Sie sind ebenso stark, wie die meisten von euch.«

Nein. Das kann nicht stimmen. Wir sind ... »Ihr gebt jedem von uns zweimal im Jahr euer Blut zu trinken. Das würdet ihr nicht tun, wenn es nicht nötig wäre. So selbstlos seid ihr nicht.«

»Da hast du recht«, stimmt er mir überraschenderweise zu. »Aber es ist schon lange nicht mehr unser Blut, das ihr bekommt. Das war es nur die ersten Jahre.«

»Was ist es dann?« Meine Stimme zittert verräterisch. »Was gebt ihr uns, wenn es nicht euer Blut ist?«

Er atmet tief durch und ich sehe ihm an, dass ihm die Antwort selbst nicht gefällt. Aber das macht sie nicht weniger schlimm. »Es ist nichts. Placebo. Roter Saft mit den Aromen von Orangen und Honig, dazu ein paar ätherische Öle, um den Duft zu reproduzieren. ... Seit über fünfzehn Jahren.«

Das heißt, ich habe noch nicht ein einziges Mal echtes Faeblut getrunken. »Also war es auch nicht dein Blut an dem Tag, als du mich vom Pranger geholt hast?«

Die Schuld fegt für einen Wimpernschlag durch sein Gesicht. »Doch, Key, das war es. Keine zusammengebraute Flüssigkeit der Welt hätte dich an dem Tag noch retten können.«

Die Erinnerung an den Pranger jagt mir kalte Schauer über den Rücken. Seine vorherige Aussage hingegen geht weiter und gibt mir das Gefühl, zu Eis zu werden. Wir brauchen ihre Hilfe nicht. Ihre Zäune. Es müsste Hopetown, so wie es ist, gar nicht mehr geben. Keine Rebellen. Keine Wächter. Keine Fae.

»Nein«, entgegne ich tonlos. »Nein. Sag, dass das nicht wahr ist.«

Sein Kopfschütteln ist so minimal, dass ich es übersehen

könnte, würden nicht seine vernichtenden Worte folgen. »Ich wünschte selbst, dass es so wäre. Aber es ist wahr.«

»Nein, Tarmo. Ist es nicht. Es muss einen Grund geben, dass sie noch da sind. Dass wir nicht reisen dürfen.« Ich spüre, wie sich ein riesiger Klumpen in meinem Bauch formt. »Ich durfte nie raus. Ich habe vor sechs Tagen zum ersten Mal das Meer gesehen. Ich … sag, dass es nicht nur ihr Projekt ist«, flehe ich ihn an. »Sag, dass sie uns nicht nur deswegen einsperren.«

Sein Schweigen ist die schlimmste Antwort, die er geben kann, aber ich will es nicht akzeptieren. »Sag es«, brülle ich ihn an und meine Augen füllen sich mit Tränen. Ich schlage die Hände vors Gesicht, um sie zu verstecken.

Ich spüre, wie er einen Arm um mich legt und mit dem anderen meine Beine anhebt. Einen Moment später finde ich mich auf seinem Schoß wieder, mein Kopf ruht an seiner Brust. »Sag es. … Bitte«, flüstere ich ein letztes Mal, obwohl ich längst weiß, dass er es nicht kann. Es wäre eine Lüge.

Minutenlang streicht er mir beruhigend über den Rücken und ich weigere mich, dem niemals schweigenden Scheißkerl von Verstand in meinem Kopf zuzuhören. Kritik kann ich jetzt nicht gebrauchen. Ich will Tarmo bei mir haben. Ich will ihm vertrauen. Aber vor allem möchte ich in seinem schützenden Kokon bleiben, möchte nicht, dass er mich jemals wieder loslässt, weil seine Arme all das Grauen der Welt in dem Bruchteil einer Sekunde aussperren.

Irgendwann stoppt seine Hand die Bewegung an meinem Rücken und er hält mich nur noch fest. Der Kokon wird enger, sicherer, sein Duft nach Kräutern füllt ihn völlig aus und lässt mich ruhiger werden.

Ich bewege mich ein paar Millimeter und meine Wange wischt über einen nicht unbedeutenden nassen Fleck auf seinem Shirt. Ich schniefe und hebe den Kopf. »Tut mir leid«, nuschele ich kleinlaut und versuche den … oh verdammt, ist das wirklich Schnodder an seinem Shirt?

In dem Bruchteil einer Sekunde haben meine Wangen die Farbe des Weines auf dem Tisch angenommen und ich wische dezent an seinem Oberteil herum, was ihm ein leises Lachen entlockt.

»Hey, schon in Ordnung. Ich habe noch ein, zwei mehr davon«, entschärft er die Situation. Dann schiebt er seinen Zeigefinger unter mein Kinn und hebt es so weit an, dass ich ihn ansehen muss. Seine Augen sind so wunderschön, dass ich nach Luft schnappe.

Er streicht mir die Haare aus dem Gesicht und lässt seine Hand anschließend an meinem Hals liegen. »Ich …«, stammelt er und es ist äußerst seltsam, ihn um Worte ringen zu hören. »Ich denke, ich habe gerade dein ganzes Leben infrage gestellt«, gesteht er schließlich schuldbewusst. »Da habe ich ein paar Flecken auf meinem Shirt wohl verdient.«

Seine Nähe beruhigt mich so weit, dass ich wieder lächeln kann. »Du hättest weit mehr verdient«, murmele ich. »Aber ich denke, wir können es für heute dabei belassen.«

Ich sehe das Leuchten der türkisfarbenen Ringe in seinen Augen, noch bevor das Lächeln sein Gesicht erreicht. »Ich hätte nicht gedacht, dass eine Wächterin so viel Gnade kennt.«

»Ich stecke halt voller Überraschungen«, erwidere ich mit einem schiefen Grinsen und wundere mich, dass er wieder ernst wird.

»Das tust du, kleine Maus. Randvoll.«

Ich kann meinen Blick nicht von seinen Augen abwenden. Die Ringe funkeln, als ob tausend Sterne am Himmel explodieren und das ist so atemberaubend schön, dass ich vielleicht bereit wäre, auf den Rest seiner Geschichte zu verzichten. Zumindest für den Moment.

»Atme«, fordert er mich sanft auf und erst jetzt merke ich, dass ich seit tausend Sekunden die Luft anhalte. Ich hole zitternd den notwendigen Sauerstoff in meine Lunge und schaffe es dennoch nicht, den Blick von ihm abzuwenden.

Ich weiß, dass jetzt eigentlich der Moment wäre, mich wieder in meinen eigenen Sessel zurückzubewegen, aber meine Synapsen geben diese Information offensichtlich nicht an meinen Körper weiter. Ein kleiner Schubs würde vermutlich helfen, doch er bleibt aus. Stattdessen ruht seine Hand noch immer an meinem Hals und schickt ein warmes Kribbeln über meine Haut.

Endlose Sekunden vergehen, in denen meine Welt sich auf seine Augen, seine sanfte Berührung und meinen viel zu schnellen Herzschlag reduziert. Dann wendet er urplötzlich den Blick ab und atmet tief durch. Das ist dann wohl der Schubs, auf den ich gewartet habe. Doch anstatt wieder etwas mehr Distanz zwischen uns zu bringen, greift er an mir vorbei nach meinem Weinglas und reicht es mir, wobei das Fehlen seiner Hand an meinem Hals ein Gefühl hinterlässt, als hätte er stattdessen einen Eisbeutel an der Stelle geparkt.

»Möchtest du den Rest der Geschichte noch hören?«, erkundigt er sich fast vorsichtig, als habe er Angst, dass ich ablehne.

Die Frage braucht ein wenig, bis sie meine Hirnwindungen erreicht hat, doch schließlich schaffe ich es, ein winziges Lächeln zu produzieren. »Natürlich.«

Augenblicklich spüre ich sein erleichtertes Aufatmen und bin überrascht, dass er wirklich ein ›Nein‹ in Erwägung gezogen hat. Dann greift er nach der Flasche, um sich ein zweites Glas einzuschenken und räuspert sich. »Nachdem die Grausamkeit ihrer Idee und ein paar deutliche Worte von Aiven mich endlich aus meiner Starre und Lethargie geholt haben, habe ich begonnen, den Rebellen nicht nur zu helfen. Ich habe sie … angeführt. Sie waren damals ein ziemlich chaotischer Haufen«, fügt er grinsend hinzu.

»Glaub ich gern.«

»Ich habe also in den letzten zwölf Jahren zweierlei getan. Zum einen habe ich begonnen, den Hühnerhaufen zu organisieren, zum anderen haben wir diesen Ort hier aufgebaut. Wir brauchten einen geheimen und sicheren Rückzugsort und der war ganz bestimmt nicht vor den Toren der Stadt, direkt vor den Augen der Machthaber.« Er nimmt einen kleinen Schluck Wein, bevor er fortfährt. »Letztendlich hat *Dschinni* mich auf die Idee mit der Unterwasserwelt gebracht. Die meisten Fae mögen Wasser nicht besonders. Sie würden niemals freiwillig hineingehen. Unsere Flügel verkleben, wenn sie nass werden, genau wie bei Insekten und das schreckt uns ab.« Er stößt ein tonloses Lachen aus. »Das Problem habe ich inzwischen nicht mehr.«

Ich bin so verwirrt, dass ich seinen schwarzen Humor für den Moment verdränge. »Wer oder was zur Hölle ist *Dschinni*?«

Sehr schiefes Lächeln. »Mein Wassergeist.«

Ich richte mich auf, um ein bisschen Abstand zwischen uns zu bringen. »Dein. Wassergeist.«

Er zuckt mit den Schultern. »Ist das schlimm?«

Äh. Ich überlege einen Moment. »Nein. Nur verwirrend.«

»Du weißt, dass wir Fae oft Naturgeister im Gefolge haben?«, versucht er mich zu entwirren.

Ich nicke, dennoch nimmt meine Stirnfalte bedrohliche Ausmaße an.

»Mir hat sich vor etwa einhundertzwanzig Jahren ein Wassergeist angeschlossen und glaub mir, das ist nicht immer ein Geschenk. Aber abgesehen davon, dass er eine unerträglich hyperaktive Nervensäge ist, gibt er sich leider auch alle zehn oder zwanzig Jahre einen neuen Namen. Er meint, das würde der Unsterblichkeit etwas die Langeweile nehmen.«

Ich hebe in Zeitlupe meine Augenbrauen, so hat das Fragezeichen auf meiner Stirn ausreichend Zeit zu wachsen. »Und er nennt sich aktuell *Dschinni?* So wie dieser blaue aufgepumpte Geist aus Aladdin?« Einer der wenigen Filme, die es noch in unser Archiv geschafft haben, bevor der Kontakt zur Erde abgebrochen ist.

Tarmo hebt entschuldigend beide Hände. »*Ich* habe ihm den Namen schließlich nicht gegeben. Aber du kannst ihn gerne dafür auslachen, vielleicht ändert er ihn dann endlich.«

»Ist er hier?«, frage ich erschrocken und sehe mich ziemlich bescheuert im Zimmer um.

»Nein.«

»Woher kannst du dir da so sicher sein?«

»Weil ich ihn sehen könnte.«

»Oh. Natürlich.«

»Die Geister schließen sich uns an, indem sie sich uns zeigen«, beginnt er entgegenkommend zu erklären. »Wir suchen sie uns nicht aus.«

Klingt nicht nur nach Vergnügen. »Und? Glück gehabt? Oder in die Scheiße gegriffen?«, versuche ich Dschinnis Wesen zu erörtern.

»Es gibt schlimmere ... Also bis auf die Sache mit den Namen ist er ein feiner Kerl. Wie gesagt, eine zappelige Landplage, aber er ist okay.«

»Und wieso reiht man sich freiwillig in die Liste der bescheuerten Namen ein?«, erkundige ich mich ehrlich interessiert.

»Oh, bis wir hier in Breyta angekommen sind, stand er ganz unbescheiden auf die Namen von Göttern und Titanen und diversen Herrschern aus der Anderwelt. Und dann hat er angefangen, das Fernsehen für sich zu entdecken und Disney lieben gelernt. Vor etwa zehn Jahren hat er sich schlussendlich mit diesem dicken blauen Geist aus der Flasche identifiziert.«

Ich ersticke fast an dem Versuch, nicht zu lachen.

»Hey, das ist nicht lustig«, brummt er beleidigt. »Er spricht von Seelenverwandtschaft.«

Okay, Selbstbeherrschung ade. Ich pruste los und bin froh, dass mich einer seiner Arme hält, sonst würde ich vermutlich vor Lachen von seinem Schoß fallen.

Sein eigenes Lachen hingegen ist so unvergleichlich schön, dass ich mich fast verschlucke. Hustend beruhige ich mich langsam wieder und sein Blick wird so sanft und eindringlich, wie ich es noch nie bei ihm gesehen habe. »Es ist schön, dich lachen zu sehen«, gesteht er mir plötzlich. »Du tust es viel zu selten.«

Ich presse die Lippen zusammen und schlucke. Ich lache wirklich nicht oft. Das gibt mein Leben nicht unbedingt her. Es war die letzten neun Jahre von Durchhalten, Überleben und Kämpfen geprägt, da bleibt nicht viel Luft für spaßige Momente. Nachdenklich sehe ich ihn an. »Du aber auch nicht, stimmt's?«

Er lächelt schief. »Erwischt.«

Unsere Blicke verhaken sich ineinander und für ein paar Sekunden steht die Welt still. Der türkisfarbene Rand seiner Augen sprüht Funken und seine weichen Lippen sind nicht weit genug entfernt, als dass ich sie ignorieren könnte. Mein Herz startet aus dem Stand in den gestreckten Galopp und da sein Arm noch immer um meinen Rücken liegt, bin ich mir sicher, dass er es spüren kann.

Meine Fantasie bekommt Flügel und ich frage mich, wie es sich wohl anfühlt, wenn diese Lippen meine berühren. Wenn sie an meinem Hals entlangwandern und seine langen schlanken Finger sich in meinen Haaren vergraben. Wenn zwischen seiner Hand und meinem Rücken kein dicker Pulli wäre, sondern seine Finger auf meine Haut treffen. Ob seine Berührung überall dieses Kribbeln hervorrufen würde.

Es klopft und wir ziehen beide gleichermaßen erschrocken die Luft ein. Er schließt die Augen und seine Umarmung wird für eine winzige Sekunde fester, dann hebt er mich von seinem Schoß und geht zur Tür, um zu öffnen. »Ich hoffe, es ist wichtig«, grollt er Unheil verkündend. »Wenn ich mich recht erinnere, wollte ich heute nicht mehr gestört werden.«

Ich erkenne in dem Türspalt ein fremdes Gesicht und bin wie jedes Mal im Angesicht eines Fae hier unter Wasser irgendwo zwischen irritiert und hysterisch.

Zu allem Übel flüstert der Bote dermaßen leise, dass ich kein Wort verstehe. Aber immerhin scheint es tatsächlich wichtig zu sein, denn Tarmo macht keine Anstalten, ihm den Kopf abzureißen. Stattdessen schlägt er mit seiner rechten Faust gegen die Wand und flucht leise. »Ich bin in zehn Minuten da«, sichert er flüsternd zu.

Der andere nickt und verschwindet ohne ein weiteres Wort in Richtung Gang. Tarmo schließt langsam die Tür und verharrt noch einen Moment dort. Dann dreht er sich zu mir um und sieht mich eindringlich an. »Nein, du möchtest nicht wissen, was er gesagt hat.«

Mir klappt kurz die Kinnlade runter, aber meine Stimmen verbieten mir unter Androhung von Gesang lebenslanger Karnevalslieder, auch nur eine einzige Frage zu stellen. »Stimmt«, entgegne ich deshalb knapp.

Ungläubig sieht er mich an und wartet offensichtlich noch auf ein ›Aber‹, doch er hört keins. Meine Stimmen haben recht. Es war vermutlich keine gute Nachricht, sonst hätte er anders reagiert. Und ich bin absolut bereit dazu, schlechte Nachrichten für heute zu ignorieren.

Tarmo ist mit drei Schritten bei mir und nimmt mein Gesicht in seine Hände. »Es ist … Es gab einen kleinen Zwischenfall und ich …«

»Ist schon in Ordnung«, antworte ich mechanisch. »Ich komme schon zurecht.«

»Nein, Key. Es ist nicht in Ordnung, aber … es ist wichtig.« Er rauft sich die Haare, was ich schade finde, weil das Verschwinden seiner Hände schon wieder diese Kälte auf meinen Wangen hinterlässt. »Verdammt«, flucht er unschön und presst sich für einen Moment die Handballen auf seine Augen. Als er sie wieder herunternimmt, sieht er mich fast verzweifelt an. »Ich würde lieber bei dir bleiben. Es war erst der Anfang. Es gibt noch so viel, was du wissen solltest, aber ich muss da jetzt rausgehen und mich um den Scheiß kümmern.«

Plötzlich sind es nicht nur seine Hände, die nach mir greifen. Er zieht mich fest in seine Arme und legt seinen Kopf auf meinen Haaren ab. Sein Geruch strömt ungefiltert auf mich ein und besänftigt mich dermaßen, dass ich Dinge sage, die ich eigentlich nicht sagen möchte. »Geh ruhig. Ich warte.«

Zögernd löst er sich von mir und verlässt ohne ein weiteres Wort den Raum. Als die Tür leise ins Schloss fällt, zucke ich zusammen. Mir ist kalt. Ich bin allein.

20

Ich stehe gefühlte siebentausend Sekunden lang unschlüssig herum und starre auf die Tür. Als mein Hirn mir endlich signalisiert, dass sie vorerst geschlossen bleibt, setze ich mich in den Sessel, den ich am Anfang unseres Gesprächs mal belegt habe und greife nach meinem Weinglas.

Ich weiß nicht, was das da eben zwischen uns war, aber ich sollte dringend darüber nachdenken. Ich bezweifle, dass der Wein mir bei diesem Vorhaben hilft, dennoch nehme ich die letzten zwei Schlucke. Der samtweiche Geschmack erdet mich überraschenderweise ein bisschen und ich schaffe es tatsächlich, meine Gedanken wieder in Gang zu bringen. Leider entwickeln sie sich innerhalb von Sekunden zu einem Chaos, in dem es mir nicht mehr gelingt, Gedanken und Stimmen auseinanderzuhalten.

Nach unzähligen Minuten und einer sehr unfreundlichen Ansage kann ich sie endlich zum Schweigen bringen. Übrig bleibt eine einzelne Erkenntnis. Er hat mich schon wieder zurückgelassen.

Er hatte mir Antworten versprochen, auf alles, aber selbst er hat gesagt, dass ich sie noch längst nicht bekommen habe. Dennoch ist er gegangen. Schon wieder ist irgendetwas wichtiger, als ich es bin. *Immer* ist etwas anderes wichtiger.

Bevor meine Wut sich so richtig entfalten kann und ich mir womöglich noch eingestehe, dass ich hier gerade einen Eifersuchtsanfall habe, erinnern mich meine Stimmen daran, dass er lieber bei mir bleiben wollte. Ist er aber nicht …

Seit seine Arme fort sind, ist mir furchtbar kalt. Ich könnte mich einfach hinlegen, dick einmummeln und wärmen, zumal die Müdigkeit mir bereits wieder schwer zu schaffen macht. Doch alles in mir sträubt sich, jetzt in dieses Bett zu gehen. Das Bett, in dem er vorhin mit mir gelegen hat. Mich gehalten und meinen Albtraum vertrieben hat.

Plötzlich finde ich nichts mehr an diesem Ort faszinierend oder brillant. Die Dunkelheit des Ozeans ist bedrohlich und einengend. Das Zimmer scheint um viele Quadratmeter geschrumpft zu sein und ich ahne, dass ich gleich eine Panikattacke bekommen könnte. Zwischen meinen Schulterblättern kribbelt es wie verrückt und ich habe nur noch einen einzigen Wunsch: Ich muss hier weg.

Ich springe förmlich aus dem Sessel, gehe zur Tür und trete in den schwach beleuchteten Gang. Mein Kopf ist so randvoll mit Worten, dass ich nicht darüber nachdenken kann, wohin ich eigentlich gehen möchte. Also vertraue ich meinen Füßen, die mich lenken. Sie tragen mich immer weiter, weit fort von meinem Zimmer. Ich laufe durch endlose stille Gänge, in denen niemand mehr wach ist, nur begleitet von einem leisen Rauschen und dem schwachen Licht der Lampen.

Dann lande ich plötzlich in einer Sackgasse und stehe vor einem Trainingsraum, der erstaunlich groß für die Unterwasserstadt ist. Zögerlich drücke ich den Knopf neben der Tür und sie öffnet sich geräuschlos. Der Schein vom Gang reicht, um mich zu orientieren, und nach einer Weile entdecke ich etwas, das mir helfen könnte.

Meine rechte Faust schnellt auf den riesigen Sandsack zu und ich erschrecke bei dem Schmerz, der mir durch die Knöchel schießt. Mit einem Lächeln lasse ich die linke folgen. In diesem Augenblick ist der Schmerz ausnahmsweise etwas Gutes. Er vertreibt alles aus meinem Kopf, was mich quält. Meine

Fäuste prasseln auf das feste Leder, immer und immer wieder. Schnell. Hart. Erbarmungslos. Und meine Muskeln erinnern sich an die Bewegung. Sie genießen die Vertrautheit und übernehmen die Führung. Sie prügeln jede einzelne Emotion der letzten zwölf Tage aus mir heraus. Längst ist mir nicht mehr kalt, stattdessen rinnt mir Schweiß den Rücken herunter und tränkt das dünne Shirt unter dem Hoodie. Mein Atem geht schwer. Unnatürlich laut hallt er von den Wänden wider. Meine Lunge brennt, es ist zu lange her, dass mein Körper auf diese Weise gefordert wurde, aber ich heiße den Schmerz weiter willkommen, weil er mich vom Denken abhält.

Mein Kopf ist restlos leer. Es gibt nur noch meine Fäuste, die das tun, was sie schon so lange nicht mehr tun konnten. Und mein Kopf ist glücklich. Irgendein Winkel im Gehirn zeigt mir, dass meine Knöchel bluten, aber das haben sie schon oft. Blut bedeutet Schmerzen. Und während meine Fäuste immer weiter auf ihren Gegner eindreschen, verlasse ich diese Welt. Mein Geist geht auf Wanderschaft und ist endlich frei.

Irgendwann werden meine Bewegungen langsamer, schwerer, es ist, als ob ich mich mit jedem Schlag durch frisch angerührten Kuchenteig kämpfen muss, als ob unsichtbare Fesseln mich zurückziehen und unendlich großen Widerstand leisten. Aber das darf ich nicht zulassen. Ich darf nicht aufhören. Sobald ich stoppe, werden die Gedanken wiederkommen. Die Fragen. Die Zweifel. Die Angst. Ich muss mich weiter bewegen.

Ihr Zug wird fester, ihre Kraft ist unermesslich. Die Fesseln umschlingen mich, zwingen mich zurück in diese Welt. Ich schreie, winde mich aus ihrem Griff, aber alles Kämpfen hilft nicht. Sie besiegen mich. Sie reißen mich zu Boden, doch selbst dort geben sie mich nicht frei.

Ich höre meine Schreie in weiter Ferne, ich muss kämpfen,

muss wieder weg aus dieser Welt. Aber ich verliere. Langsam kommt mein Geist zurück, nimmt die Halle wieder wahr und das schwache Licht aus dem Gang. Die Schreie gehen in Schluchzen über, das meinen Körper zum Beben bringt. Ich möchte nicht hier sein, möchte nicht denken.

»Hör auf, bitte«, dringt eine vertraute Stimme zu mir durch. »Es ist alles gut.«

Nein, ist es nicht. Ich will weg. Ein letztes Mal bäume ich mich auf, doch mein Verstand funktioniert längst wieder so gut, dass ich weiß, es ist umsonst. Er hat mich so fest in seiner Umklammerung, dass ich keine Chance habe, ihm zu entkommen. »Hör bitte auf, Bones. Ich bin hier. Hör auf.«

Es ist gut, dass ich bereits vor Tagen aufgehört habe zu zählen, wie oft ich schon zusammengebrochen bin, denn so verändert dieser Moment keine absolute Zahl. Wir sitzen mitten im Trainingsraum auf einer der Matten, Rylan hinter mir, während seine Arme und Beine mich noch immer umschlingen und mein Kopf an seiner Brust lehnt. Es dauert viele Minuten, bis ich ruhiger werde, bis das Beben nachlässt, aber die ganze Zeit wiegen mich seine Arme langsam hin und her. Als ich es endlich schaffe, mich umzusehen, entdecke ich bereits die ersten Lichtstrahlen, die sich den Weg bis in das Dunkel des Ozans suchen.

Und plötzlich weiß ich, was mir fehlt – Licht. Ich sehne mich so sehr danach, dass es wehtut. »Rylan?«, flüstere ich heiser.

»Hmm.«

»Ich will hier raus.«

Eine halbe Stunde später sitzen wir im hellen Sand an die Felswand der Bucht gelehnt und genießen den warmen Schein der Morgensonne auf unserer Haut. Rylan ist bereits bei seiner zweiten Zigarette angekommen, offenbar ist Rauchen unter Wasser nicht nur verboten, sondern vollkommen unmöglich und er hat einen leichten Nachholbedarf.

Natürlich gibt es einen etwas weniger dramatischen Weg zwischen ›Klein-Atlantis‹ (wie ich die Stadt in Ermangelung eines anderen Namens nenne) und dem Strand, als wir ihn bei unserer Ankunft genommen haben. Die Schleuse bleibt, aber bei klarem Verstand ist es mir problemlos gelungen, sie zu passieren. Was es heute hingegen zusätzlich gibt, sind wasserdichte Seesäcke, in denen wir Handtücher, unsere Kleidung und Essen und Getränke mitgenommen haben.

Ich merke, wie ich mit jeder Minute, in der die Sonne meine Haut berührt, ruhiger werde und einen inneren Frieden wiederfinde, den ich seit Tagen nicht mehr gespürt habe. Es ist, als ob ich durch das Licht und die Wärme endlich einen Teil meiner Kraft wiedererlange, etwas, das mir im Dunkel des Ozeans nicht gelungen ist. So viel Kraft, dass ich bereit bin, ein paar Fragen zu stellen, auch auf die Gefahr hin, dass die Antworten nicht alle positiv ausfallen.

»Rylan?«, beginne ich vorsichtig. »Darfst du mir wirklich nichts erzählen?«

Seine Antwort kommt eher schleppend. »Na ja, sagen wir mal, ich habe keine Schweigepflicht, aber er hat, was dich angeht ... ganz gerne die Zügel in der Hand.«

Ich wende den Blick zu meinem Freund. »Damit sich niemand mir gegenüber mit der Wahrheit verplappert?«

»Nein, Bones«, entgegnet er und lässt ein episches Seufzen folgen. »Du vertraust ihm immer noch nicht, stimmt's?«

Ich fühle mich ertappt, aber auch im Recht. »Rylan, wie soll ich ihm vertrauen, bei allem, was passiert ist?«, entgegne ich deshalb ein wenig verzweifelt. »Du kennst ihn offensichtlich seit Jahren und all die anderen da unten auch, ganz zu schweigen von den Fae, die sich da tummeln. Ich bin ihm vor zwölf Tagen zum ersten Mal leibhaftig begegnet und ich … er …« Ich schließe die Augen. Nicht schon wieder Tränen. »Ich würde mal behaupten, er hat sich seitdem nicht nur mit Ruhm bekleckert«, schiebe ich leise hinterher. »Abgesehen davon, dass er ganz gerne durch Abwesenheit glänzt.«

Rylan legt einen Arm um meine Schultern und zieht mich zu sich heran. Für ein paar Minuten sitzen wir schweigend in der Sonne und ich finde mich mit jeder verstreichenden Sekunde damit ab, auch heute keinen Antworten zu bekommen. Vielleicht sollte ich endlich lernen, zu akzeptieren, dass mir die Kontrolle über mein Leben völlig entglitten ist.

›Dann solltest du schleunigst versuchen, sie zurückzuerlangen‹, haut mir meine heimliche Motivatorin um die Ohren, aber ich knebele sie kurzerhand. Ich bin noch nicht so weit.

»Der Druck der Fae wurde im Laufe des letzten Jahres immer größer«, beginnt Rylan völlig überraschend zu sprechen. »Sie wollten dich um jeden Preis für ihr Projekt haben. Natürlich war es ihnen scheißegal, ob du Erste oder Zweite deines Jahrgangs warst. Tarmo hatte kaum noch Möglichkeiten, dich weiter so zu beschützen, wie bisher. Deshalb musste er handeln. Er wollte dich in seiner Nähe haben, an seiner Seite, es hat nicht mehr gereicht, dass ich ein Auge auf dich habe.«

Er holt tief Luft und fährt mit den Händen durch seine noch feuchte Chaosfrisur. »Es war geplant, dass die Rebellen dich gefangen nehmen, damit er dich dann offiziell für tot erklären kann. In Wirklichkeit wollte er dich hierherbringen, in Sicherheit. Aber es ist vom ersten Moment an alles schiefgelaufen.«

Er verzieht das Gesicht zu einer entschuldigenden Grimasse. »… du hattest es zu eilig. Du hast es ihm ein bisschen schwer gemacht, dir sicheres Geleit zu geben. Tarmo war nicht mal in der Stadt, als die Fae dich geschnappt haben, Bones. Er war mit Kail hier unter Wasser. In dem Moment, in dem er davon erfahren hat, ist er zurückgekommen und hat den Befehl gegeben, dich dort wegzuholen. Und glaub mir, *keiner* wollte in seiner Nähe sein, bis es so weit war. Er hat getobt wie ein Irrer. Hätte er nicht ein paar sehr besonnene Köpfe um sich gehabt, wäre das Arschloch von deinem Ex jetzt in tausend Stücken in der Wüste verteilt.«

Ich sehe ihn ungläubig an und versuche, die letzte Information zu verarbeiten, aber Rylan zuckt bereits mit den Schultern. »Und was die Nacht in der Zelle angeht, …«

»Ich weiß«, unterbreche ich ihn. »Die war meine eigene Schuld. Ebenso wie die Tatsache, dass ich ihm nicht zugehört habe, als es um meine Showeinlage in der Hauptstadt ging.«

»Hey, du machst dir deshalb jetzt aber nicht ernsthaft Vorwürfe, oder?«

Dieses Mal zucke ich mit den Schultern. »Wem denn sonst, hm? Aber das ist okay. Da ich niemandem außer mir selbst damit geschadet habe, halten sich die Gewissensbisse in Grenzen.«

»Du hast ’n Knall, weißt du das?«

»Jap. Das sagen die mir da oben jeden Tag«, entgegne ich sarkastisch und tippe an meine Stirn.

Rylan sieht mich eine Weile nachdenklich an, dann schiebt sich ein kleines Schmunzeln in seine Mundwinkel. »Könnte ich wohl mal einen Termin mit denen machen? Ich würde da gerne ein paar Sachen klären.«

Ich muss lachen. Für den Moment hat er die Dramatik ein wenig rausgenommen, was mich dazu bringt, mich an die nächste Frage zu trauen. »Wissen noch andere Wächter aus Hopetown über die ganze Sache Bescheid?«

»Nein«, erwidert er und irgendwie bin ich froh darüber.

Das macht es ein bisschen besser. »Die Wächter sind absolut loyal den Fae gegenüber, das weißt du genau. Es war schon riskant, mich anzusprechen, aber vermutlich war ich bereits damals nicht besonders regimekonform.«

»Na ja, wenn er sich auch nur ansatzweise im Vorfeld mit dir beschäftigt hat, wusste er wahrscheinlich, welches Erbe in dir schlummert.«

»Das wusste er mit Sicherheit.« Rylan grinst schief, doch in seinen Augen erkenne ich den Anflug von Traurigkeit. Wir haben seit Ewigkeiten keine Bemerkung mehr zu seinem Vater gemacht.

Rylans Dad war ein Schmuggler. Er hat es immer irgendwie geschafft, von den wenigen Sachen, die den Weg von der Erde zu uns gefunden haben, etwas abzubekommen. Er hatte irgendwelche dubiosen Kontakte, bei denen er sogar Wünsche aufgeben konnte. Als Kinder besaßen Rylan und Ruby immer ein paar mehr Dinge als die anderen. Sie hatten Hörspiele, die sonst keiner hatte, Sneaker, die es in Hopetown schon lange nicht mehr gab und Süßigkeiten, für die andere eine Niere gespendet hätten. Bis sein Dad aufgeflogen ist und die Fae ihn verbannt haben. Rylan hat mir irgendwann erzählt, dass er früher immer davon ausgegangen ist, dass er verraten wurde. Er war zu gut, um aufzufliegen. Heute denkt er anders darüber. Er glaubt, dass seine Beurteilung der väterlichen Schmugglerfähigkeiten nur seinem kindlichen Super-Hero-Faktor geschuldet war. Und seine Behauptung, sein Dad sei verraten worden, war ein hervorragender Schutzschild, wenn andere mit dem Finger auf ihn gezeigt oder hinter seinem Rücken über den Schmugglersohn hergezogen haben. Ich habe mich tatsächlich schon öfter gefragt, ob Rylans kleinkriminelle Zigarettenbeschaffung ein geheimer Versuch ist, den Fae zu zeigen, dass er besser ist als sein Dad, gerissener.

Seine eigene kleine Rebellion gegen ein System, das ihm seinen Vater genommen hat.

Aber jetzt ist nicht der Moment, um über seine Beweggründe oder den Verlust seines Dads zu sprechen. »Ich frage mich bis heute, wie du es geschafft hast, der Beste deines Jahrgangs zu werden. Eigentlich hätten sie dich feuern müssen, anstatt dich auszuzeichnen.«

»Tja«, entgegnet er mit einem süffisanten Lächeln und zwinkert mir machomäßig zu. »Wenn man von Natur aus so genial und großartig ist, können einem selbst die Fae nicht widerstehen.«

»Ist klar.« Trotz meines Lachens schießt mir plötzlich ein Gedanke durch den Kopf, über den ich seit Jahren nicht mehr nachgedacht habe. »Hast du meinetwegen den Job in der Hauptstadt abgelehnt? Oder ... hat er dich dazu gezwungen?«, frage ich kritisch. Ich möchte nicht, dass ihm diese Chance genommen wurde, weil er auf mich aufpassen sollte. Er hätte dort wirklich einen guten Job bekommen. Und er hätte am Meer gelebt.

»Ja. Und nein«, lautet seine widersprüchliche Antwort. »Ja, ich habe ihn deinetwegen abgelehnt, aber ich hatte auch ein paar andere triftige Gründe. Bones, meine Familie lebt in Hopetown, meine Mom und Ruby. Und abgesehen davon wollte ich keine Karriere machen in einem Laden, der ... na ja, eben so ein Scheißprojekt am Laufen hat.« Er lächelt zaghaft. »Und er hat mich nicht gezwungen. Das war nicht nötig.«

Ich sehe ihn dankbar an und er wuschelt mir als Antwort durch meine Haare, was mich aus unerfindlichen Gründen immer beruhigt.

»Außerdem habe ich auch in unserer Akademie ein paar Extras abgefischt«, erklärt er dann.

»Zum Beispiel einen Pilotenschein?«

»Zum Beispiel.«

Für eine Weile starre ich einfach nur aufs Meer. Fragepause. Ich weiß nicht, wo seit Neuestem der Neid in mir herkommt, und ich würde ihn gerne wieder aus meinem Leben verbannen, aber er ist ziemlich renitent. Und vielleicht hat er sogar gute Gründe dafür.

Rylan ist seit vier Jahren mit der Ausbildung fertig. Er darf seit vier Jahren die Stadt verlassen, darf fliegen und er hat wahrscheinlich schon hundert Mal das Meer gesehen. Und er hat es geschafft, das vor mir zu verheimlichen, genau wie alles andere. Ich habe ihm immer vertraut, er war neben meinem Bruder der Einzige, dem ich mein Vertrauen geschenkt habe. Ich war da ziemlich wählerisch. Und er? Er hatte so viele Geheimnisse vor mir, dass ich mich frage, was von all dem, was er mir in den letzten Jahren erzählt hat, überhaupt wahr war.

Plötzlich spüre ich seine Finger an meinem Kinn und er dreht meinen Kopf wieder zu sich. »Hey«, spricht er mich leise an und in diesem einen Wort liegt so viel Entschuldigung, dass mein Neid sich augenblicklich zurückzieht. »Ich musste ihm schwören, dir nichts zu erzählen. Und es hat mir ganz sicher nicht gefallen, okay?«

Ich nicke verhalten.

»Bones, ich habe nicht vor vielen Dingen Angst, aber ich wollte um keinen Preis der Welt herausfinden, was er mit mir tut, wenn ich diesen Schwur breche. Du weißt, wie die Fae zu beschissenen Versprechen stehen.«

Mein Nicken wird ehrlicher, auch wenn das Lächeln noch etwas schief ist. »Es tut mir leid, Rylan. Es ist nur ... es ist alles so ... neu. Anders.«

Er streicht mir ein paar Strähnen hinter das Ohr, die der Wind inzwischen trocken gepustet hat. »Ist wahrscheinlich so, als würde dir jetzt jemand sagen, dass es die Anderwelt gar nicht gibt, hm?«

»Ich glaube, damit könnte ich besser umgehen …«, gestehe ich ehrlich. »Weißt du, bis vor zwei Wochen, da hat alles in meinem Leben einen Sinn ergeben. *Ich* habe einen Sinn ergeben. Es war nicht immer alles toll, was ich tun musste, aber es war immerhin zu etwas gut. Und jetzt … bin ich irgendwie nichts. Ich sitze da unten im Ozean und … und … weiß nicht mehr, wer ich bin. Was ich bin. Ich fühle mich völlig nutzlos und überflüssig und habe keine Ahnung, wem ich noch trauen kann und was das Richtige ist.«

Ich schlucke. Die nächste Erkenntnis tut weh und ich habe bislang vermieden, sie in dieser Klarheit zuzulassen. »Nicht mal Luke braucht mich noch«, gestehe ich leise. »Mein Bruder ist groß und glücklich und … scheiße.«

Ich verliere den Kampf gegen die Tränen nun doch und lasse sie ungehindert über die Wangen fließen. Meine heimliche Motivatorin flüstert mit zartem Stimmchen, dass es jetzt langsam mal gut ist mit dem Selbstmitleid, aber ich tue so, als ob ich sie nicht höre.

»Okaaaay«, antwortet er gedehnt. »Das klingt nach einer Großbaustelle.«

Ich verziehe entschuldigend das Gesicht, er hingegen fischt sich eine weitere Zigarette aus der Tasche und zündet sie an. »Also erstens«, beginnt er, nur um sich anschließend Zeit für ein paar Rauchkringel zu nehmen, »braucht dein Bruder dich sehr wohl noch. Er braucht dich vielleicht für andere Dinge als vorher. Zum Reden, zum Trainieren, für gute Ratschläge. Aber vor allem als große Schwester. Er vermisst dich, Key. Glaub mir.«

Ich beiße mir schuldbewusst auf die Unterlippe. Ich habe Luke in den letzten Tagen so oft abgewiesen, wie in meinem ganzen Leben noch nicht. »Es tut mir leid für ihn, ehrlich. Er hat das nicht verdient, dass ich nicht für ihn da war, aber da unten in diesen endlosen Weiten des Ozeans bin ich irgendwie nicht ich selbst. Für ihn ist das Leben dort leichter und für mich ist es viel schwieriger als sonst. Es ist, als ob mir das Wasser Energie raubt.« Bislang war ich mir dessen gar nicht bewusst, aber seit ich hier im Sonnenlicht sitze, fühle ich mich irgendwie stärker und das, obwohl ich andauernd flenne.

Rylan sieht mich kritisch an. »Ich glaube, das solltest du Tarmo dringend erzählen.«

»Warum?«, frage ich irritiert. »Denkst du, ich habe die Unterwasserdepression erfunden?«

»Ich weiß nicht, was ich denke, aber es ist sicher nicht gut, wenn du dich da unten nicht wohlfühlst, denn ich fürchte, dass wir da noch eine ganze Weile unsere Zeit verbringen werden.«

Ich atme tief ein und schenke dem Stimmchen mit dem Selbstmitleidrüffel für einen Augenblick Gehör. »Es ist okay, Rylan. Ich schaff das schon.« Entschlossen schniefe ich den letzten Ausbruch weg. »Vielleicht solltest du mich im Moment nicht ganz so ernst nehmen.« Für ein paar Sekunden halte ich seinem kritischen Blick stand, dann wende ich mein Gesicht der Sonne zu. »Und erzähl' Tarmo nichts davon, bitte.«

»Bones, ich –«

»Nein, Rylan. Bitte. Ich möchte nicht …« Dass er mich so sieht? Dass er denkt, ich wäre ein Schwächling? Dass er sich wieder um mich kümmert? Doch, genau das möchte ich. Und deshalb darf er es nicht wissen. Es ist die einzige Möglichkeit, mich vor ihm zu schützen. »Sag es ihm einfach nicht, okay? Versprich es mir.«

Rylan seufzt und ich kann es ihm nicht verdenken. »Ich

dachte, diese ganze Geheimniskrämerei wäre endlich vorbei«, gesteht er genervt.

Ich schlucke, weil ich ihm jetzt ebenso eine Lüge abpresse, wie es der verdammte Fae die ganzen letzten Jahre über getan hat. Aber diese eine Lüge muss sein. Wenn Tarmo erfährt, dass es mir nicht gut geht, wird er vermutlich zurückkommen. Zumindest, wenn alles, was Rylan mir erzählt hat, stimmt. »Nur dieses eine Mal, ja?«, bitte ich ihn deshalb leise.

Ich spüre, wie er sich neben mir anspannt und ahne, dass er sich vorstellt, was Tarmo mit ihm tun wird, wenn er von seiner Täuschung erfährt. Aber falls er es herausfindet, muss er sich an mich wenden, schließlich habe ich sie eingefordert.

»Nur das eine Mal«, stimmt er mir nach einer Weile zu. »Und ich verspreche gar nichts.«

»Du hast eindeutig zu viel Zeit mit den verdammten Fae verbracht«, weise ich ihn leise lachend zurecht. »Aber trotzdem danke.«

»Für dich immer«, erwidert er schmunzelnd und ich bin froh, dass er nicht sauer auf mich ist.

Ein paar Minuten lang schweigen wir und ich überlege, ob ich es für heute bei den Antworten belassen soll. Aber da sind noch ein oder zwei Sachen, die wichtig sind und außerdem habe ich Sorge, dass wir zurückmüssen, sobald ich nichts mehr wissen will.

»Was hattest du in der Hauptstadtakademie bei meiner Todesinszenierung für eine Aufgabe?«, frage ich deshalb ziemlich unvermittelt. »Du hast doch nicht nur den Helikopter geflogen, oder?«

»Nein, habe ich nicht«, gesteht er erstaunlich schnell. Offensichtlich ist es ihm inzwischen egal, ob er etwas ausplaudert. Dann wandelt sich sein Gesichtsausdruck zu einem sehr selbstzufriedenen Grinsen. »In dem besonderen Fall war *ich* für die Täuschung zuständig und nicht sie.«

»Was meinst du damit? Was hast du getan?«

»Ich habe mich in die medizinischen Geräte eingehackt und sie manipuliert. Schließlich mussten sie deinen Tod bestätigen. Nachdem du ausgeknockt warst, hat eine ziemlich dramatische Piepserei da unten angefangen.« Jetzt grinst er nicht mehr. Vermutlich hat er auf den Überwachungskameras gesehen, was geschehen ist, und ich gehe mal davon aus, dass er den Anblick nicht besonders schön fand. »Und dann habe ich ihnen ein paar interessante falsche Bilder in ihre Kameras gespeist. Sollte ja nicht unbedingt jeder mitkriegen, dass du nicht im Krematorium, sondern im Hubschrauber gelandet bist.« Es folgt eine dramaturgisch wichtige Pause. »Zusammengefasst will ich es mal so sagen: Ich habe die Fae richtig gefickt.«

Ich lächele schief und sehe meinen alten Freund nachdenklich an. »Kann es vielleicht sein, dass du ein viel größerer Nerd bist, als du mich die letzten Jahre hast glauben lassen?«

»Nein«, kommt es sehr ironisch empört von meinem Gegenüber. »Oder siehst du hier irgendwo eine riesige Hornbrille?«

Ich muss lachen. »Du als Meister der Täuschung und der Technik trägst doch sicher Kontaktlinsen.«

»Ich muss dich enttäuschen. Kein Nerd.« Der hellblaue Fleck in seinem Auge beginnt schelmisch zu funkeln. »Einfach nur ein genialer Hacker.«

Endlich finde ich mein Lachen wieder. Rylan ist so unfassbar überzeugt von sich. Er würde eher an den Weihnachtsmann glauben, als seine eigenen Fähigkeiten infrage zu stellen.

»Fühlt sich irgendwie gut an«, lasse ich ihn wissen. »Der große Nerd hat über mich gewacht. Könnte ich mich dran gewöhnen.«

Er drückt seine letzte Zigarette im Sand aus und legt mir einen Finger auf die Nasenspitze. »Gewöhn' dich lieber nicht dran, schließlich gibt's da einen noch viel größeren Nerd, der jetzt gerne über dich wacht.«

Ich sehe Rylan nachdenklich an und beiße mir auf die Unterlippe. »Tut er das wirklich?«, frage ich leise.

Seine dunklen Augen ruhen lange auf mir und ich fürchte schon, wieder keine Antwort zu bekommen, doch plötzlich holt er tief Luft. »Er würde für dich sterben, Bones«, versichert er mir ernst. »Und er würde für dich töten. Er hat es in der Vergangenheit getan und er würde es jederzeit wieder tun.« Langsam nimmt er meine Hände in seine. »Ich weiß, dass es dir noch schwerfällt, ihm zu vertrauen und das ist okay. Aber vielleicht kannst du es eines Tages glauben.«

21

»Oooh, armer kleiner Mann«, tröstet Rylan meinen Bruder. »Taschentuch?« Die Ironie tropft aus allen Poren.

»Ist doch wahr«, beschwert sich Luke. »Sie ist kleiner als ich, sie trainiert nicht ... und sie ist so dünn. Wieso gewinnt sie?«

Ich grinse ein wenig selbstgefällig. »Erfahrung?«

Mein Bruder brummt zur Antwort und macht sich über eine riesige Nudelportion her. Sein Blick wandert missmutig durch den Essenssaal, der sich zunehmend füllt und bleibt schließlich an einem jungen Rebellen hängen, der etwa in seinem Alter ist. »Morgen kämpfe ich gegen Liam. Bei dem bin ich nicht der Sandsack.«

»Aber der bringt dir auch nichts bei«, wirft Rylan in die Runde, nur um sich anschließend an Lukes Teller zu bedienen. Sein eigener ist bereits leer.

»Hey, lass das. Ich muss essen.« Er grinst breit. »Und wenn ich schwerer bin, werde ich mich auf sie draufsetzen, um zu gewinnen.«

»Interessante Taktik. Könnte allerdings sein, dass ich dir dann einen Dolch in den Hintern ramme«, gebe ich zu bedenken. Wobei ich bemerke, dass die Sätze meines Bruders inzwischen längst nicht mehr so holperig und einfach sind, wie in den ersten Tagen.

»Lieber gewinnen mit einem Dolch im Hintern als verlieren gegen ein Fliegengewicht. ... Und nimm deine Finger aus meinen Nudeln«, faucht er in Rylans Richtung, als der sich ein zweites Mal bedient.

Ich lege Luke beruhigend eine Hand auf seinen Unterarm und schiebe Rylan den Rest von meiner Portion rüber, die er ohne Zögern annimmt. Ich muss bei diesem Gespräch dringend die Notbremse ziehen, sonst kippt die Stimmung und Lu bekommt ernsthaft schlechte Laune.

Nachdem Rylan und ich heute von unserem kleinen Ausflug zurückgekommen sind, habe ich mich zum ersten Mal gut genug gefühlt, um mit Luke zu trainieren, und es war für uns beide wie ein Befreiungsschlag. Wir hatten so viel Spaß wie schon lange nicht mehr und zum ersten Mal, seit wir hier unten sind, habe ich wieder die absolute Vertrautheit und die enge Bindung zu meinem Bruder gespürt.

Leider ist das Ganze nach hinten raus nicht so gut für ihn ausgegangen und das schmiert Rylan ihm seit einer Viertelstunde zentimeterdick aufs Brot. Während ich wahnsinnig froh war, endlich wieder bei Kräften zu sein, wurden Lukes Erwartungen innerhalb eines Nachmittags komplett zerstört. Die Tatsache, dass er gegen seine kleinere und leicht angeschlagene Schwester nicht den Hauch einer Chance hatte, hat sein neu gewonnenes Ego dann doch etwas erschüttert.

Dennoch bin ich mir sicher, dass er sich in kürzester Zeit wieder erholt. Mein Bruder hat in den wenigen Tagen hier bei den Rebellen wirklich irre viel gelernt und hat an Kraft zugelegt, aber vor allem ist er unfassbar ehrgeizig. Das war er schon immer. Er hat die Fähigkeit, sich gnadenlos in Dinge zu verbeißen, wenn sie ihn interessieren und offensichtlich heißt sein neues Interessengebiet Kampftechniken. Sehr zu meinem Leidwesen interessiert ihn Schule nicht, das hat sich auch hier unten nicht geändert.

»Hey, Lu«, versuche ich seine Stimmung wieder etwas aufzuheitern. »Mach dir nichts draus. Selbst Rylan ist manchmal zu schwach für mich.«

Mein bester Freund hält für zwei Sekunden die Luft an, dann wendet er sich an meinen Bruder. »Sie lügt.«

»Oooh, brauchst *du* jetzt ein Taschentuch? Tut die Wahrheit so sehr weh?«, drehe ich den Spieß um und entlocke ihm damit nicht nur einen erhobenen Mittelfinger, sondern auch ein ehrliches Lachen.

Mein Bruder ist äußerst froh, endlich nicht mehr das Ziel unserer Späße zu sein und auch er beginnt zu grinsen. »Wisst ihr, dass ihr wie ein altes Ehepaar seid?«

Ich schaue ihn schräg an und hebe eine Augenbraue. Meine sarkastische Antwort bleibt mir jedoch im Hals stecken, als ich sehe, dass ein Fae den Raum betritt und mit suchendem Blick am Eingang steht. Jegliche Fröhlichkeit, die ich bis eben noch empfunden habe, fällt von mir ab und wird lückenlos durch aufkeimende Panik ersetzt. Das Kribbeln zwischen meinen Schulterblättern setzt sich als Gänsehaut auf dem kompletten Oberkörper fort und mein Körper kann sich nicht entscheiden, ob er flüchten oder unter den Tisch kriechen will. Also bleibe ich völlig erstarrt sitzen.

»Bones, was ist los?«, erkundigt sich Rylan besorgt, dem mein plötzlicher Stimmungswandel nicht entgangen ist.

Ich schlucke, schließe für einen kurzen Moment die Augen und versuche, meine Atmung in normale Bahnen zu lenken. »Da ist … am Eingang … er …«

Verflucht, mein Sprachzentrum hat gerade Feierabend gemacht. Während ich einerseits probiere, mich irgendwie unsichtbar zu machen, starre ich den Neuankömmling andererseits an wie ein paralysiertes Kaninchen. Ich habe seinen Namen vergessen, aber nicht sein Gesicht. Er ist riesig, dunkelhäutig und kahl geschoren. Und er hat gefunden, was er gesucht hat. Er kommt auf mich zu.

Ich springe von unserer Bank auf und mein Instinkt übernimmt. Überhaupt nicht mehr paralysiert renne ich Haken schlagend um die Tische herum und auf den Ausgang zu. Dummerweise sind Ein- und Ausgang dieselbe Tür und ich komme ihm bei meiner Flucht viel zu nahe. Er streckt den Arm aus und greift nach mir, erwischt mich jedoch nur am Shirt. Dennoch reicht es, um mich zurückzureißen und aus dem Gleichgewicht zu bringen. Ich strauchele kurz und packe seinen Arm, bekomme dadurch wieder festen Stand und nutze das, um ihm die Beine unter dem Körper wegzutreten. Eine Sekunde später bin ich frei. Ich danke den Göttern für die Erfindung des Überraschungsmoments, dann renne ich.

Ich fliege durch die gläsernen Gänge und habe nur ein Ziel – die Schleuse. Ich muss hier raus. Dieses Rebellenversteck ist wie ein Fuchsbau, verwinkelt und sicher, allerdings nur so lange, wie der Ausgang frei ist. Schafft er es, mir den zu versperren, gibt es für mich kein Entkommen mehr. Ich verfluche Tarmo und seinen Dschinni-Geist und alle Rebellen dieser Welt für diese scheiß Unterwasserstadt, die eine einzige Sackgasse ist. Dann schiebt sich mir eine Wand in den Weg und ich pralle ungebremst dagegen.

Die Wand stöhnt und ich taumele zurück. Einen Wimpernschlag später greifen zwei starke Hände nach meinen Oberarmen und bewahren mich vor einem peinlichen Sturz auf den Hintern. Leider hält meine Dankbarkeit nur genau drei Sekunden an, denn dann hebe ich den Blick und sehe mich einem weiteren Fae gegenüber. Kail.

Ich neige meinen Kopf, um an ihm vorbeizuschauen. Der rettende Ausgang ist höchstens zwanzig Meter entfernt. »Bitte Kail, lass mich durch«, versuche ich es auf die diplomatische Art.

»Nein. Jedenfalls nicht, wenn du vorhast, das U-Boot hier allein zu verlassen.«

»Sag nicht, dass er dir verboten hat, mich gehen zu lassen.«

Als ich sein breites Grinsen sehe, kann er sich die Antwort eigentlich sparen. »Wer bin ich, dass ich seine Besitzansprüche infrage stelle?«

Wozu waren über hundert Jahre Kampf für die Emanzipation gut, wenn so ein hirnamputierter Fae mit einem simplen Befehl alles wieder zunichtemachen kann? Wütend reiße ich mich aus seinem Griff los. Er ist eindeutig das kleinere Übel im Gegensatz zu dem Kerl in der Mensa und ich vermute längst, dass ich ihm trauen kann, aber so ganz will mein Verstand das noch nicht akzeptieren. Vor allem jetzt nicht, denn ich höre schnelle Schritte hinter mir durch den Gang hallen und ich bin mir viel zu sicher, wem sie gehören.

Mein Körper schreit nach Flucht. Ich blicke einen winzigen Augenblick lang hinter mich, doch es ist noch niemand zu sehen. Scheinheilig blicke ich Kail an. »Wahrscheinlich bist du einfach nur ein großer Idiot.« Dann ducke ich mich unter seinem Arm hindurch und renne auf die Schleuse zu.

Ich weiß, dass die Fae unglaublich stark sind. Wir haben während unserer Ausbildung mit ihnen trainiert und nicht ein einziges Mal hat sie auch nur einer von uns besiegt. Was ich bislang nicht wusste, war, dass sie sich dabei zurückgehalten haben.

Der Griff um mich, der mich nach genau vier Metern Flucht umschlingt, toppt alles, was ich bisher erlebt habe. Mir bleibt definitiv null Spielraum, um mich zu bewegen. Kein Millimeter. Ich dachte, dass Tarmo mich in den letzten Tagen schon das eine oder andere Mal fest umklammert hat, um genau zu sein, jedes Mal dann, wenn ich einen Zusammenbruch hatte, aber das hier ist anders. Endgültiger. Ich werde diese Unterwasserwelt nicht verlassen. Nicht, solange er es nicht will.

Aus dem Augenwinkel sehe ich, dass mein Verfolger um die Ecke biegt und stehen bleibt. Ist Kail ein Verbündeter von ihm oder ein Hindernis?

Ich konzentriere mich auf die Arme, die mich festhalten und auf den Körper in meinem Rücken und erst jetzt merke ich, dass er auf mich einredet. »Scheiße, Key, beruhig dich. Bitte. Tarmo bringt mich um, wenn ich dir wehtue, also komm endlich runter und sag mir, was los ist.«

Meine Muskeln entspannen sich ein wenig bei seinen Worten und zum zweiten Mal in nur fünf Minuten bete ich zu einer höheren Macht. In diesem Fall darum, dass ich mich in Kail nicht täusche. Während ich den dunkelhäutigen Fae anstarre, atme ich ein paarmal tief durch und schaffe es tatsächlich, mein Sprachzentrum wieder zu aktivieren.

»Er. Er ist los.« Nicht unbedingt wortgewandt, aber verständlich.

Sehr, sehr vorsichtig lockert Kail seinen Griff um mich und dreht mich an den Schultern zu sich um. »Was ist mit ihm?«, erkundigt sich Tarmos Vertrauter fast irritiert. »Was hat er getan?«

Ich stutze und ziehe die Stirn kraus, um meine Gedanken zu sortieren. »Er hat … er war …« Herrje, mein Sprachzentrum scheint einen Wackelkontakt zu haben. Noch einmal hole ich tief Luft, ich muss unbedingt Sauerstoff ins Hirn bekommen. »Er war in der Hauptstadt, Kail. In der Akademie. Er war da unten bei den Frauen«, sprudelt es wenig ausgefeilt aus mir heraus. »Er hat zugesehen, wie ich … gestorben bin.« Der letzte Satz ist nur noch ein Flüstern und die Erinnerung an den Moment, in dem mein Körper im Keller der Akademie die tödlichen Qualen erlitten hat, lässt mich erzittern.

Völlig unvermittelt zieht Kail mich erneut in seine Arme, doch dieses Mal hält er mich nicht von der Flucht ab. Dieses

Mal bewahrt er mich vor einem weiteren Zusammenbruch. Mein Kopf ruht an seiner Brust und seine Hände umschlingen fast sanft meine Schultern. Es ist nicht wie bei Tarmo, aber es fühlt sich trotzdem sicher an, beschützend, beruhigend.

Als mein Zittern endlich aufhört, höre ich leise seine Stimme an meinem Ohr. »Das ist Niven, Key. Und keiner von uns hasst die machthabenden Fae so sehr wie er.« Seine Hand fährt langsam über meinen Rücken und als wäre ich ein Kind, kniet er sich vor mich auf den Boden und sieht mir in die Augen. »Er hat deine Mutter geliebt. Mehr als jedes andere Geschöpf dieser Erde.«

Stillstand. Pause. Ich bin mir zu hundert Prozent sicher, dass selbst das Rauschen des endlosen Meeres für einen Moment stoppt. Das ist allerdings auch das Einzige, dessen ich mir sicher bin. Ich starre den dunklen Fae eine Ewigkeit schweigend an und in meinem Kopf herrscht nichts als Leere.

Irgendwann bemerke ich, dass meine Stimmen aktiv werden und versuchen, die Leere zu füllen.

›Oh, und wenn er dein Vater ist?‹ Die durchgeknallte Irre, danke dafür.

›Er ist selbst für einen Fae ausgesprochen gut gebaut, meint ihr nicht? Ich frage mich, was er mit diesen Muskeln so alles anstellen kann?‹ Das war jetzt nicht wirklich der Nerd, oder? Die Bemerkung fällt wohl kaum noch in den Bereich technische Analyse.

›Ich finde insgesamt schon, dass er etwas gruselig wirkt.‹ Natürlich, der Zweifler.

›Der ist voll hübsch, Key. Und wenn er nicht dein Papa ist, könnte er doch …‹

›Klappe halten‹, brülle ich den hyperaktiven Gummiball an. ›Und das gilt für alle.‹

›Aber …‹

›Ausnahmslos! Wenn sich noch ein Einziger von euch so unqualifiziert zu Wort meldet, reiße ich ihm die Zunge raus.‹

›Da versucht man zu helfen und dann …‹

›Ich meine es ernst‹, drohe ich meiner Motivatorin. ›Ich brauche eure Hilfe nicht. Nicht jetzt.‹

Fast kann ich ihre eingeschnappten Gesichter vor mir sehen, die eine oder andere von ihnen hat vermutlich die Arme vor der Brust verschränkt und zieht einen Schmollmund, aber das ist mir gerade völlig wurst. Ich kann keine Stimmen in meinem Kopf gebrauchen, den benötige ich jetzt nämlich dringend zum Denken.

»Du brauchst keine Angst vor ihm zu haben, Key. Er würde dir nie im Leben etwas antun«, dringt jetzt Kails Stimme zu mir durch und schafft es endlich, die Starre zu durchbrechen.

Ich blinzele ein paarmal, bis es mir gelingt, den Blick von Niven zu lösen und auf Kail zu richten. »Er ist aber nicht mein Vater, oder?«, frage ich ziemlich blöd, denn dann sähe meine Hautfarbe vermutlich noch dunkler aus.

Sein schiefes Lächeln unterschreibt den Denkfehler. »Nein, ist er nicht.«

Fünf Minuten später betrete ich mit Kail, Niven und Rylan einen gemütlichen Raum mit einer riesigen Sitzlandschaft und frage mich kurz, wann mir der Männerüberschuss hier wohl mal auf die Nerven geht. Die einzige Frau, mit der ich in den letzten zwölf Tagen gesprochen habe, war Helen und die war jetzt wirklich keine Plaudertasche.

Aufmerksam sehe ich mich um. Der Raum ist viel kleiner als die Gemeinschaftsräume, die ich bislang betreten habe und dadurch deutlich gemütlicher. »Wo sind wir hier?«, frage ich Kail, der sich bereits auf eines der einladenden Sofas hat fallen lassen.

Der sieht erstaunlicherweise etwas verlegen aus bei seiner Antwort. »Es ist eigentlich ein Raum, der nur für uns Fae reserviert ist.«

Sofort ziehen sich meine Augenbrauen grimmig zusammen. Es gibt da so ein paar Trigger in meinem Leben, die ich nicht ausschalten kann und einer davon ist der, dass die Fae sich das Beste immer selbst unter den Nagel reißen.

»Ihr lasst alle Rebellen zusammen in riesigen Sälen hocken und in Mehrbettzimmern schlafen und ihr Fae zimmert euch hier so eine schnuckelige Lounge hin?«, zische ich ihn wütend an.

»Nein, tun wir nicht«, erwidert er fast resigniert. Ich vermute mal, dass er den Vorwurf nicht zum ersten Mal hört. »Der Raum ist ziemlich neu. Wir leben hier unten grundsätzlich genauso, wie alle anderen auch und ich muss mir noch heute mit diesem Miesepeter ein Zimmer teilen, was wirklich kein Geschenk ist«, brummt er mit Blick auf Niven. Zu meinem Erstaunen reagiert der darauf mit einem Grinsen, eine Regung, die ich nie im Leben in seinem finsteren Gesicht erwartet hätte. Kail seufzt kurz und fährt dann fort. »Aber du bist nicht die Einzige, die uns Fae immer noch nicht vertrauen kann.«

Oh, sieht man mir das so deutlich an? Ich sollte dringend an meiner Außenwirkung arbeiten.

»Besonders die Neuankömmlinge haben oft ein Problem mit uns und sie brauchen einen Ort, wo sie unter sich sein können. Nur unter Menschen. Deshalb haben wir letztes Jahr diesen Raum hier neu gebaut, damit wir uns zurückziehen können und sie zumindest einmal am Tag frei reden können, ohne vermeintliche Lauscher.«

Oh, okay. »'tschuldigung«, nuschele ich etwas beschämt, weil ich wie immer zu schnell mit meinen Vorwürfen war. Dann lasse ich mich ebenfalls in die weichen Polster fallen, bitte Rylan, der bereits Getränke aus der Bar verteilt, um ein großes Glas Bitter Lemon und lehne mich erschöpft zurück.

Als endlich alle sitzen und etwas Ruhe in meine aufgewühlten Gedanken einkehrt, bemerke ich, dass Niven mich aufmerksam ansieht. Zum ersten Mal wage ich es, den Blick zu heben und zurückzuschauen, und treffe auf ein warmherziges Lächeln. Unsicher versuche ich mich ebenfalls an einem. »Es tut mir leid, Niven. Ich ...«

»War nicht so 'n toller Tag, an dem wir uns das erste Mal begegnet sind, hm?«

Jetzt wird mein Lächeln ehrlich, allerdings gepaart mit einem Kopfschütteln. »Nein, ich fürchte nicht.«

Noch immer sehe ich ihn aufmerksam an und bin viel zu sprachlos. Vielleicht sitzen hier gerade ausnahmsweise Leute, die bereit wären, mir ein paar Fragen zu beantworten, aber jetzt, wo sich die Möglichkeit bietet, wollen sie mir nicht über die Lippen kommen.

Kurz überlege ich, ob ich einen Fehler gemacht habe, als ich Luke zurück in den Trainingsraum geschickt habe, anstatt ihn mit hierher zu nehmen. Vielleicht hat auch er die Antworten verdient, die ich mir erhoffe, aber ich weiß nicht, wie viele davon er ertragen kann. Ich weiß ja nicht einmal, ob ich sie ertrage.

Natürlich habe ich in den letzten Tagen mit meinem Bruder geredet. Ziemlich oft sogar. Er ist zu alt, um ihn wegen allem, was geschehen ist, einfach im Dunklen zu lassen. Rylan hatte ihn ohnehin schon halbwegs eingeweiht, als ich noch im Stadtpalast war. Luke weiß inzwischen, was ich bin und damit auch, dass wir keine leiblichen Geschwister sind. Aber das macht für uns beide keinen Unterschied. Er weiß sogar in Ansätzen von dem Deae-Projekt, allerdings haben wir die gruseligen Details darüber bei unseren Berichten ausgelassen. Ebenso wie den Pranger, die Nacht in der Zelle und die unangenehmen Begleiterscheinungen bei meinem Tod. Vielleicht findet er ein paar Dinge davon später noch heraus. Aber für den Moment glaubt er, dass die letzten sichtbaren Überreste meiner Verletzungen von der Gefangennahme bei den Rebellen stammen. Und damit hat er definitiv genügend zu verarbeiten. Also ist er beim Training eindeutig besser aufgehoben.

Verlegen nippe ich an meinem Glas. Wie fängt man ein Gespräch mit einer Person an, die man bis vor einer halben Stunde für jemanden gehalten hat, der einem nach dem Leben trachtet? Wie fragt man denjenigen nach seiner großen Liebe, die auf grausame Weise umgebracht wurde?

»Key?«, reißt mich Kails Stimme schließlich aus meinen Gedanken. »Möchtet ihr zwei einen Moment allein sein?«

Erschrocken sehe ich ihn an. Die Sache mit dem Feind ist noch nicht so ganz aus meinem Kopf und die Vorstellung, mit diesem fremden Hünen allein in einem Raum zu sein ist alles andere als beruhigend. »Nein, ich denke nicht.« Fragend sehe ich zu Niven hinüber. »Wird ja schließlich nicht so 'n peinliches Vater-Tochter-Gespräch, oder?«

Er lacht leise. »Nein. Obwohl ich das vielleicht besser könnte.« Mein Unterkiefer fällt nach unten und bleibt stehen, was mich nicht unbedingt zu einem eloquenten Gesprächspartner macht. »Key«, bringt er mich zurück zu den Tatsachen und zu einem geschlossenen Mund, »du bist deiner Mutter wie aus dem Gesicht geschnitten und wann immer ich dich in den letzten Jahren gesehen habe, habe ich *sie* in dir gesehen. Manchmal frage ich mich tatsächlich, ob die Dinge für mich einfacher wären, wenn du meine Tochter wärst.«

Als ob er meinen inneren Schreck bemerkt, schiebt er schnell eine Erklärung hinterher. »Keine Angst, ich habe nicht vor, dich zu adoptieren, falls du das befürchtest«, lacht er. »Und ich werde mich auch nicht in dein Leben einmischen.« Er stutzt kurz. Fällt ihm vermutlich gerade selbst auf, dass er das mit seiner Beihilfe zum vorgetäuschten Mord schon getan hat. »Weißt du, ich bin wirklich froh, dass das Spenderarschloch, das sich dein Vater nennt, keine Spuren in deinem Gesicht hinterlassen hat. Aber es ist mir fast unmöglich, nicht an sie zu denken, wenn ich dich sehe.«

Ich nicke, denn ich selbst finde das auch beruhigend. Die Vorstellung, eines Tages einem Fae über den Weg zu laufen, dem ich ähnlich sehe, ist gelinde gesagt schräg. »Ich frag dich jetzt mal lieber nicht, wie sie so war, oder?«

Er holt tief Luft. »Sie war atemberaubend schön, klein, zart, eine Elfe durch und durch. Aber sie war auch verdammt witzig und liebevoll und dennoch unglaublich mutig und stark. Soweit ich das beurteilen kann, bist du ihr sehr ähnlich. ... Und der Rest ist nicht für fremde Ohren bestimmt.«

»Also ab hier keine weiteren Infos über meine Mutter?«, versichere ich mich und ernte ein entschlossenes Kopfschütteln. Ich schmunzele. Das war immerhin mehr, als ich mir erhofft hatte. So langsam entspanne ich mich und das führt dazu, dass mein Hirn endlich Fragen produziert. Leider sind die wenigsten davon einfach oder unpersönlich.

»Seid ihr bereit, mir ein paar Dinge über mich zu erzählen, oder hat er euch das auch verboten?«

Während ich bei Niven Irritation entdecke, verschränkt Kail die Arme vor der Brust und zieht eine Augenbraue hoch. »Glaubst du ernsthaft, dass wir *so* große Idioten sind?«

Ich zucke vorsichtshalber mit den Schultern und bekomme aus dem Nichts ein Kissen ins Gesicht gepfeffert.

Lachend greife ich danach und umschlinge es mit meinen Armen vor dem Bauch. Irgendwas zum Festhalten ist gerade ganz gut.

Dann räuspere ich mich. »Bin ich unsterblich?«, falle ich mit der Tür ins Haus.

»Ja, das bist du«, kommt die prompte Antwort von Kail, »zumindest, wenn sie dich nicht in ihre Finger kriegen.«

»Danke für den aufmunternden Zusatz. Ich fühle mich direkt großartig und unbesiegbar.« Und etwas aus der Fassung. Unsterblich. *Ich. Bin. Unsterblich.* Immer und immer wieder hallt das Wort durch meine Hirnwindungen. Irgendwann merke ich, dass meine Lippen es lautlos formen, als ob sie probieren möchten, wie es schmeckt. Als ob sie sich daran gewöhnen wollen. Leider merke ich auch, dass mich sämtliche Anwesenden anstarren, als ob mir gerade Hörner gewachsen wären.

Betreten greife ich nach meinem Bitter Lemon und räuspere mich. »Meint ihr, ich habe irgendwelche magischen Fähigkeiten?«, versuche ich mich an die anderen Fragen zu erinnern. Ich denke, die Verarbeitung meiner Unsterblichkeit muss ich für eine Weile in die Warteschleife hängen.

»Wir haben keine Ahnung«, gibt Niven kleinlaut zu. »Sowohl Fae als auch Elfen haben welche und es ist davon auszugehen, dass du irgendein Erbe abbekommen hast, aber es hat noch nie ein Kind aus einer solchen Verbindung gegeben, deshalb wissen wir es nicht. Es könnte schließlich auch sein, dass sich die Fähigkeiten gegenseitig blockieren«, gibt er zu bedenken.

»Okay, also ihr seid Meister der Täuschung. Ich habe nicht unbedingt das Gefühl, dass das in meiner Natur liegt, aber lassen wir uns überraschen.« Für den Moment bin ich selbst erstaunt, dass ich so locker mit der Situation umgehe, allerdings merke ich schnell, dass das Kissen vor meinem Bauch bereits mit dem Tod ringt. »Was haben die Elfen für Magie?«

Die beiden Fae zögern einen Moment, dann erbarmt sich erneut Niven zu einer Antwort. »Sie ist der unseren gar nicht so unähnlich. Wir Fae täuschen die Menschen, indem wir optische Illusionen erzeugen. Wenn wir nicht wollen, dass ihr unsere Flügel seht, seht ihr sie auch nicht. Wir können ranziges Essen lecker aussehen lassen und trockenes Gestrüpp wie einen prachtvollen Park. Wir arbeiten mit dem, was da ist, und verändern es.«

Er streicht sich mit der Hand über den kahl geschorenen Kopf und nimmt einen Schluck von seinem Brandy, bevor er fortfährt. »Die Fähigkeiten der Elfen gehen weiter. Auch sie können andere Wesen täuschen, aber sie tun es über ihren Geist. Sie verwandeln nicht die Umgebung, sondern das Innere eines Menschen. Sie dringen in deinen Kopf ein und verzaubern dich. Sie verändern deine Wahrnehmung und deine Wünsche. Wenn sie wollen, dass du Brokkoli magst, dann magst du ihn auch.«

Verdutzt sehe ich ihn an. »Ziemlich lahmes Beispiel.«

Er grinst. »Lass deiner Fantasie freien Lauf«, fordert er mich auf, »und du wirst dir in kürzester Zeit wünschen, nicht von ihrer Fähigkeit gewusst zu haben. Wenn sie einen starken Geist haben, können sie alles mit dir tun.«

Das klingt in der Tat beängstigend, aber er hat recht. Allerdings habe ich nicht in Ansätzen das Gefühl, dass ich schon ein einziges Mal in meinem Leben in der Lage war, jemandem etwas aufzuzwingen, das er nicht wollte. Scheint ja nicht besonders weit her zu sein mit dem Vermächtnis meiner Eltern.

»Ich werde später eine Ideensammlung machen«, versprecheich leicht ironisch. Dabei fällt mir jedoch direkt ein weiterer Punkt ein, der mit Erbe zu tun hat. Ich weiß nur wenig über Elfen, aber einer Sache bin ich mir ziemlich sicher. »Elfen haben auch Flügel, oder? Genau wie ihr.«

Die beiden nicken stumm, sie ahnen vermutlich, worauf meine nächste Frage abzielt. Ich stelle sie trotzdem, allerdings sehr leise. Es ist eine der Antworten, vor der ich mich fürchte. »Warum habe ich dann keine?«

Kail seufzt vernehmlich und schenkt mir einen mitleidigen Blick, den ich jetzt so gar nicht gebrauchen kann. »Sie haben sie dir nach deiner Geburt abgeschnitten«, eröffnet er und sein Mitleid breitet sich nun auf seine Stimme aus. Allerdings auch ein nicht zu verachtender Anteil von Wut. »Sie wollten auf diese Art vertuschen, was du wirklich bist.«

Prompt meldet sich der vertraute Ameisenhaufen zwischen meinen Schultern, den ich gerade beginne, neu zu bewerten. *Es ist okay, Key. Es geht auch ohne Flügel,* höre ich Tarmos Stimme in meinem Kopf. Er hat es natürlich gewusst. Ich schlucke und für einen Moment habe ich keine Lust mehr, noch weitere Fragen zu stellen. Stattdessen lasse ich das Kissen auf den Boden sinken und resümiere zunächst mal die Antworten, die ich bereits bekommen habe. Ich bin unsterblich, ich habe möglicherweise magische Fähigkeiten und wenn sie mir meine Flügel nicht genommen hätten, könnte ich fliegen.

Seltsamerweise verursacht nichts davon in mir Neugierde. Stattdessen macht mir die Vorstellung Angst, dass ich eines Tages herausfinden werde, zu was ich in der Lage bin. Es macht mir Angst, irgendwann nicht mehr die Person zu sein, die ich neunzehn Jahre lang gewesen bin. Die Person, die mit zehn Jahren liebevolle Eltern verloren hat, die Person, die mein Bruder so sehr gebraucht und geliebt hat und die Person, die Rylans beste Freundin war.

Ich umklammere das Kissen wieder ein wenig fester. Ich frage mich, wie mein Leben verlaufen wäre, wenn ich es von Anfang an gewusst hätte, wenn ich im Bewusstsein meines wahren Wesens aufgewachsen wäre. Unter Geschöpfen, die keine Geheimnisse vor mir haben und die meine Fähigkeiten nicht verstecken. Meine Mutter wäre vielleicht so ein Geschöpf gewesen.

»Warum habt ihr sie nicht gerettet?«, frage ich mit zitternder Stimme.

Ich hätte nicht gedacht, dass ausgerechnet Niven mir diese Frage beantwortet, aber er räuspert sich als Erster. »Mich selbst haben sie sofort nach ihrer Gefangennahme außer Gefecht gesetzt«, beginnt er leise. »Ich durfte ein paar Monate in demselben gastfreundlichen Etablissement verbringen, in dem sie auch Tarmo einquartiert haben. Ich hatte also keine Chance, sie da eigenhändig rauszuholen.« Noch immer ist es ungewohnt, in ihren Gesichtern Emotionen zu sehen, doch selbst bei Niven hinterlässt die Verzweiflung und die Schuld Spuren, die unübersehbar sind.

»Tarmo und ich hatten leider auch keine«, nimmt Kail ihm die weitere Erzählung ab. »Sie haben sie besser bewacht als einen Goldschatz. Sie haben sie nicht einmal im Labor untergebracht, sondern in den Privatgemächern des Statthalters. Es hat Monate gedauert, bis wir uns so weit in sein Vertrauen geschlichen hatten, dass wir etwas hätten unternehmen können. ... Aber da war es bereits zu spät. Hätten wir sie dort rausgeholt, wäre sie gestorben und du mit ihr. Das hat Tarmo nicht zugelassen.«

»Er hat sie nicht erlöst, nur um mich zu retten?«, hauche ich fassungslos.

»Sie hat es so gewollt, Key«, versichert mir Niven. »Sei dir sicher.«

Ich habe keine Ahnung, woher er das so genau weiß, aber ich will es auch nicht mehr erfragen. Meine Finger krallen sich inzwischen so fest in das Kissen, dass es kurz davor ist, sich in einen Diamanten zu verwandeln.

Überraschenderweise ergreift Kail noch einmal das Wort. »Wir haben uns geschworen, es bei dir besser hinzukriegen, kleiner Schlüssel. Und ich hoffe, dass uns das auch gelungen ist.«

Ich ringe mir ein Lächeln ab. »Da ich hier sitze und mit euch rede, wart ihr offensichtlich erfolgreich«, lobe ich sie schmunzelnd. Dann richte ich meinen Blick auf Niven. »Weißt du, warum ich solche Schmerzen hatte, als ihr mich lahmgelegt habt?« Selbst die Erinnerung daran schickt mir Phantomschmerzen durch meinen Körper. »Tarmo hat mir gesagt, dass ich einfach einschlafe, dass es nicht wehtut.« Er muss es wirklich geglaubt haben, sonst wäre es ihm nicht über die Lippen gekommen.

Zum ersten Mal, seit wir hier sitzen, rührt sich Rylan. Er stellt sein Bier auf dem Tisch ab und stützt die Ellenbogen auf den Knien auf. »Das haben wir alle gemeinsam verkackt«, gesteht er. »Du hast noch Reste von ihrem scheiß Betäubungsmittel in dir gehabt und wir haben unsere Dosis auf die Schnelle nicht verändert.« Er schaut schuldbewusst in die Runde. »Und keiner von uns hatte ernsthaft eine Idee, wie wir die Mittel bei dir dosieren müssen, schließlich hat es noch nie ein Wesen wie dich gegeben.«

Ich lache tonlos. »Freut mich, euer Versuchskaninchen gewesen zu sein«, erwidere ich. »Und danke, dass ihr mich nicht umgebracht habt.«

Die drei verfallen in kleinlautes Gemurmel und ich schüttele schmunzelnd den Kopf. Da sitzen zwei unsterbliche Fae und ein Riesennerd und keiner schafft es, mir in die Augen zu sehen. Ich stehe auf und erlöse sie. »Ich würde jetzt gerne schlafen gehen«, eröffne ich ihnen. »Ich denke, noch mehr Infos sprengen meinen Arbeitsspeicher.«

Dann nehme ich das ruinierte Kissen unter den Arm und wende mich zur Tür. »Soll ich dich bringen?«, fragt Kail.

»Nein. Du sollst dich noch ein bisschen mit den anderen schämen.«

22

Müde sehe ich meinen Bruder an, dessen Gesichtszüge im Schlaf so jung wirken, wie ich sie in Erinnerung habe. Seine Haare sind in den letzten Wochen länger geworden und beim Training bindet er sein Oberhaar inzwischen zu einem kleinen Knoten zusammen, was ihn wie eine Miniausgabe eines Fae wirken lässt. Ich lächele bei dem Gedanken, dass er ausgerechnet hier sein Glück gefunden hat.

Obwohl ich ihm gestern Abend nicht mehr von dem Gespräch erzählt habe, hat er gespürt, wie aufgewühlt ich war und ist in stiller Übereinkunft mit in mein Bett geschlüpft. Und vielleicht habe ich ihn zum ersten Mal seit dem Tod unserer Eltern mehr gebraucht als er mich. Weil er mein Bedürfnis nach etwas Vertrautem stillen konnte. Nach einem Anker, der mich ein bisschen in meiner alten Welt festhält und der mir zeigt, dass noch ein wenig von der Key da ist, die ich früher war. Ich bin seine große Schwester, und auch wenn das auf dem Papier eine Lüge ist, wird es sich immer so anfühlen.

Ich kann den Impuls nicht unterdrücken, ihm eine seiner langen blonden Strähnen aus dem Gesicht zu streichen und entlocke ihm damit ein leises Brummen. Was wird nun aus uns? Wie geht all das hier weiter? Ich kann nicht mein ganzes Leben unter Wasser verbringen und mich verstecken, das wäre nur ein neues Gefängnis. Und außerdem liebe ich dazu die Sonne zu sehr.

Dennoch glaube ich nicht, dass ich auch nur einen einzigen Schritt in meine Heimatstadt setzen kann, ohne dass die

Fae mich verfolgen. Ich weiß nicht, wie glaubwürdig mein Tod war, doch selbst wenn unsere Show sie überzeugt hat, werden sie mich jagen, sobald sie mich wieder entdecken.

Nicht zum ersten Mal frage ich mich, was Tarmo und die anderen vorhaben. Inzwischen glaube ich ihnen, dass Breyta wieder bewohnbar ist, und es ist ein seltsamer Gedanke, dass uns unsere Welt plötzlich offenstehen soll. Und wir vielleicht sogar auf die Erde können, um sie kennenzulernen. Aber der Gedanke ist nicht nur ungewohnt, er macht mir auch Angst. Soll ich nach neunzehn Jahren wirklich zum ersten Mal da hinausgehen? Was erwartet mich dort? Wie viel ist von der Welt übrig, die es in unseren Geschichtsbüchern gab? Und gibt es jemanden, der mich bei diesem Schritt begleitet? Oder muss ich ihn ganz allein gehen?

Luke hat sich in Hopetown nie besonders wohlgefühlt, er hat ebenso wenig gute Erinnerungen an die Stadt wie ich. Und dennoch ... Es ist die einzige Heimat, die wir haben und mittlerweile kann ich die Aussage von Aiven gut verstehen, dass die Rebellen nicht gehen, weil sie ihr Zuhause zurückhaben wollen.

Ich spüre, wie mir eine einzelne Träne die Wange hinunterrinnt. Auch das ist neu für mich und es fällt mir schwer zu akzeptieren, dass ich so aus dem Gleichgewicht geraten bin, dass Tränen plötzlich zu mir gehören.

Ich merke, wie Luke unruhig wird und nur wenige Augenblicke später die Augen öffnet. Verschlafen grinst er mich an. »Hey, Superheldin. Guten Morgen.«

Wow, ich hätte nicht gedacht, dass dieser eine Sieg beim Training gestern mich direkt wieder zu einer Heldin macht. Ich lache und wische die Träne verlegen weg. »Ich weiß nicht so recht«, gebe ich zu bedenken. »Gibt es Superheldinnen, die ständig flennen?«

Er überlegt kurz und gähnt noch einmal herzhaft. »Vielleicht haben deine Tränen besondere Superkräfte und du solltest anfangen, sie zu sammeln.«

Ich knuffe ihn in den Oberarm. »Spinner.«

Er grinst, gibt mir einen kurzen Kuss auf die Wange und steht auf, um im Bad zu verschwinden. Wo nimmt er nur plötzlich diesen Elan her? Ich selbst fühle mich total matschig, aber vermutlich steckt mir die vorletzte Nacht noch in den Knochen. War wahrscheinlich nicht meine beste Idee, sie mit Boxen zu verbringen.

Als Luke wieder aus dem Bad kommt, pelle auch ich mich aus den Laken und gehe mich frisch machen. Duschen schenke ich mir, schließlich kenne ich meinen Bruder und er wird nach dem Frühstück wieder trainieren wollen. Seltsamerweise fehlt mir zum ersten Mal seit sieben Jahren der Antrieb dazu. Bislang kannte ich das Gefühl nicht, keine Lust auf Bewegung zu haben, aber ich sollte dringend meinen neu erwachten Schweinehund überwinden, sonst versanden all die Jahre harten Trainings irgendwann im Nichts und meine Muskeln verwandeln sich endgültig in Pudding.

Als wir nach dem Frühstück tatsächlich in der Trainingshalle stehen, registriere ich erneut einen deutlichen Männerüberschuss. Neben meinem Bruder hat auch sein neuer Kumpel Liam den Weg in die Halle gefunden, dessen Outfit abgesehen von der dunklen Haarfarbe mit dem von Luke nahezu identisch ist. Offensichtlich ist mein Bruder nicht der Einzige, der sich ausgerechnet die Fae als Vorbild ausgesucht hat. Bei den beiden stehen zwei weitere Jungs, die sich ebenso als seine Mitbewohner entpuppen und sich mit den Namen Lennox und Louis vorstellen. Ich frage mich, ob die Zimmer hier nach Alphabet vergeben werden, komme jedoch nicht dazu, den Gedanken zu verfolgen, weil sehr zu meinem Leidwesen jetzt auch Kail die Halle betritt. Das riecht nach einem harten Training und mein Schweinehund beginnt lautstark zu knurren. Leider hat niemand hier im Raum Angst vor ihm und so zieht er sich nach wenigen Sekunden jaulend in eine Ecke zurück.

Wir beginnen uns warm zu laufen und absolvieren anschließend ein kurzes, aber heftiges Zirkeltraining. Erst jetzt lässt Kail uns gegeneinander antreten. »Lennox gegen Liam«, teilt er uns in Gruppen ein, »und Key nimmt die anderen beiden.« Ich grinse. Ich gegen zwei Halbstarke, das klingt machbar.

Ist es auch. In den nächsten fünfzehn Minuten schafft mein Bruder ein paar effektive Angriffe, aber er hat, genau wie gestern, keine Chance. Sein Kumpel Louis ist etwas kleiner als er, also ungefähr mit mir auf Augenhöhe und hat zudem noch falschen Respekt vor mir, was ihn zu zaghaft sein lässt. Ein ums andere Mal hebele ich ihn bei seinen Angriffen aus und schicke ihn auf die Matten.

»Komm schon, Louis«, versucht Kail ihn aus der Reserve zu locken. »Da geht mehr. Sie ist nur ein Mädchen.«

Ich weiß genau, dass seine Ansage Taktik ist und mich wütend und unaufmerksam machen soll, aber er hat trotzdem Erfolg damit. »Ich zeig dir gleich mal, was das Mädchen mit kleinen Jungs so macht«, drohe ich angefressen in Kails Richtung und handele mir augenblicklich die Strafe für meine Widerworte ein.

»Okay, Superwoman.« Ist das heute Thementag? Oder hat er sich mit meinem Bruder abgesprochen? »Dann du gegen alle vier. Sollte ja kein Problem für dich sein, oder?«

Nein, sollte es nicht. Im Rebellenlager habe ich vier ausgewachsene Männer innerhalb einer Minute ausgeknockt, da wird es wohl nicht so schwierig sein, vier kleine Jungs auf die Matten zu schicken. Ich nicke Kail grimmig zu und bringe mich in Position.

Die Jungs sind weder besonders gut trainiert noch in irgendeiner Form aufeinander abgestimmt, aber sie sind eindeutig übermotiviert. Alle gleichzeitig stürmen sie auf mich zu. Ich verpasse Liam einen schmerzhaften Faustschlag in die rechte Flanke und ducke mich unter Lennox' erstem Angriff hindurch. Mit einer blitzschnellen Drehung wende ich mich zu Louis um und treffe ihn mit meinem Fuß am Oberarm. Einen Wimpernschlag später schießt die Faust meines Bruders auf mich zu, aber ich greife nach seinem Arm und hänge mich mit meinem gesamten Gewicht daran, um ihn zu Boden zu ziehen und in einer geschmeidigen Rolle auf den Rücken zu befördern. Schnell rappele ich mich auf und werde augenblicklich von einem kräftigen Arm um meinen Hals gestoppt. Mit dem Ellenbogen vollziehe ich einen Stoß nach hinten, was den gewünschten Effekt hat und Lennox' Griff lockert. Ich drehe mich aus seiner Umklammerung und hole mit der rechten Hand aus, als mich von links Liams Faust an der Schläfe trifft.

Nur eine Sekunde später liege ich am Boden und der Kampf ist zu Ende. Während die Jungs sich abklatschen und ihren Sieg feiern, sehe ich in Kails besorgtes Gesicht. Ich stehe auf, schnappe mir mein Handtuch und verlasse unter seinem bohrenden Blick wortlos die Halle. Ich habe seit drei Jahren keinen Kampf mehr verloren. Gegen niemanden.

Feuchter warmer Nebel füllt das gesamte Bad und ich bin froh, dass der Spiegel, den ich erst vor wenigen Momenten frei gewischt habe, bereits wieder beschlägt. Ich weiß nicht, warum ich mir meinen Anblick noch immer antue, aber irgendeine selbstzerstörerische Ader in mir zwingt mich, es weiter täglich zu tun.

Meine Augen liegen in tiefen Höhlen, die Haut ist abgesehen von der frischen rosafarbenen Stelle an meinem Jochbein fahl und grau und meine Wangen eingefallen. All das beunruhigt mich und ich kann mir nicht erklären, wie es dazu gekommen ist, aber es gibt etwas, das viel beängstigender ist als das – es sind meine Augen.

Sie haben ihr Leuchten und jedes noch so kleine Funkeln verloren. Von dem einstigen Sternenhimmel, der mich immer ausgemacht hat, ist nur trübes Dunkel übrig. Die grünen Sprenkel verblassen, die meisten sind bereits ganz verschwunden.

Erschöpft setzte ich mich auf den kleinen Hocker und schlüpfe in eine warme Jogginghose und zwei Pullis. Mir ist kalt, wie immer hier im Dunkel des Ozeans und ich weiß, dass es noch schlimmer wird, wenn ich das völlig überhitzte Bad verlasse. Meine Hände fahren wie von selbst über mein Gesicht, als ob sie die immerwährende Müdigkeit damit wegwischen könnten, aber das gelingt schon lange nicht mehr.

Seit meiner Niederlage gegen die Jungs sind drei Tage vergangen und seitdem ist mein Zustand mit jeder einzelnen Stunde, die verstreicht, schlechter geworden. Ich weiß nicht, was mit mir passiert. Ich weiß nicht, was es ausgelöst hat. Und es macht mir furchtbare Angst.

Nach den wenigen Stunden am Strand mit Rylan ging es mir gut. Richtig gut. Für genau einen Tag. Die Niederlage gegen meinen Bruder und seine Mitbewohner am nächsten Morgen war ein erstes Zeichen, dass irgendetwas mit mir ganz und gar nicht stimmt. Ich war müde, ja, aber ich war an der Akademie ständig müde. Trotzdem habe ich nie verloren.

Ich habe versucht, es auf meinen Gesamtzustand zu schieben, habe mir eingeredet, dass die Verletzungen vom Pranger und aus der Zelle doch mehr Spuren hinterlassen haben, als mir lieb ist. Aber eigentlich habe ich vom ersten Moment an gewusst, dass ich mich damit belüge.

Wir haben an dem Nachmittag nach meiner Niederlage ein weiteres Mal trainiert und bereits da fiel es mir schwer, gegen meinen Bruder noch zu bestehen. Ich hatte mehr als einen erschreckenden Moment, in dem ich es nur meiner Erfahrung zu verdanken hatte, dass er mich nicht besiegt hat. Rylan ist an dem Tag nicht da gewesen, aber ich habe Kails Blicken entnommen, dass mein Zustand definitiv nicht unbemerkt geblieben ist.

Seit dem Tag geht es mit genau diesem Zustand rapide bergab. Ich habe keine Ahnung, was die Veränderung ausgelöst hat und warum sie so schnell fortschreitet. Es fühlt sich an, als ob mein Körper in rasendem Tempo altert, als ob er zerfällt.

Immer und immer wieder frage ich mich, was sich seit unserem kleinen Ausflug verändert hat und ob es etwas gab, das diesen eigenartigen Prozess in Gang gesetzt hat, doch ich finde keine Antwort. Ich war in den ersten Tagen hier unten auch oft müde und abgeschlagen, allerdings habe ich mich da wirklich noch von meinen Verletzungen erholt, was jetzt nicht mehr der Fall ist.

Heute habe ich es endgültig nicht mehr geschafft, mit Luke zu trainieren. Und ich hatte nicht den Hauch einer Chance, meinen Zustand Rylan und ihm gegenüber noch zu vertuschen. Wie schon zu Beginn meiner Zeit hier unten musste ich Luke vertrösten und das schmerzt mich am meisten. Ich wollte es so sehr, wollte wieder für ihn da sein.

Rylan hatte recht, Luke hat mich vermisst und er hat jede

einzelne Minute unseres Trainings in den letzten Tagen genossen. Heute habe ich den beiden nur noch zugeschaut und es ist unendlich bitter, mir einzugestehen, dass selbst das anstrengend war. Mir fehlten die Konzentration und die Kraft, um ihren Späßen und Wortgefechten zu folgen, geschweige denn darüber zu lachen. Immer wieder bin ich zwischendurch eingenickt und mit jedem Mal, das sie mich geweckt haben, wurden ihre Blicke besorgter.

Ich verbiete mir, an den einen Abend zu denken, den ich mit Tarmo hier hatte. An die wenigen Stunden, in denen plötzlich eine zarte Vertrautheit zwischen uns war. Mein Lachen war das Letzte, worüber wir vor seinem Aufbruch gesprochen haben. Jetzt ist es mit ihm fort, heute gleicht ein einfaches Lächeln bereits einer Höchstleistung.

Wie immer, wenn ich in den letzten Tagen an ihn denke, kommt eine Bandbreite an Gefühlen in mir hoch, die unmöglich alle der gleichen Person gelten können. Angst, dass meine Zweifel an ihm doch berechtigt sind. Sehnsucht, die so furchtbar schmerzt, wenn ich an seine türkis sprühenden Augen denke. Hoffnung, dass ich ihm wirklich etwas bedeute, so wie Rylan es gesagt hat. Und Wut. Immer wieder Wut, weil er mein Leben auf den Kopf gestellt hat, weil er einen anderen Menschen aus mir gemacht hat, weil er mich auf seine ganz eigene Art gebrochen hat. Und weil er jetzt nicht hier ist. Vielleicht wüsste er, was mit mir passiert. Vielleicht wüsste er, was zu tun ist.

Im Moment ist jedoch selbst die Wut auf ihn erschöpft. Es hat mir noch immer niemand erzählt, warum er an dem Abend gehen musste und warum er so lange fort ist. Abgesehen davon sind sie alle seit zwei Tagen fort, Niven und Kail und selbst Rylan hat sich nach dem Training heute verabschiedet. Er muss seinem Job als Wächter wieder regelmäßig nachgehen, um keine Aufmerksamkeit auf sich zu ziehen. Aber es ist mir recht so. Je weniger sie von meinem Zustand mitkriegen, je weniger können sie petzen.

Manchmal frage ich mich, wie Tarmos Pläne für die Zukunft aussehen, ob er eine Lösung für mich hat oder zumindest eine Idee. Dabei möchte ich ehrlich gesagt gar nicht, dass er weiter in meinem Leben rumpfuscht, schließlich habe ich es früher auch allein hinbekommen und das definitiv besser als er. Aber in meinem Kopf klafft in Bezug auf die Zukunft ein riesengroßes Loch.

Schwerfällig stehe ich auf und gehe nach nebenan. Wie erwartet, empfinde ich die Temperatur hier als eisig und mein Blick wandert sehnsüchtig zu dem großen Bett mit der flauschigen Daunendecke. Noch nicht. Mein Appetit hat in den letzten Tagen ebenso gelitten wie meine Energie, aber inzwischen bin ich so dünn, dass selbst ich mich dazu ermahne, wenigstens ein bisschen zu essen.

Bevor ich mich der Tür zuwende, mache ich den Fehler und schaue mich noch einmal im Zimmer um. Meine Augen bleiben wie von einem riesigen Magneten angezogen an dem großen Ohrensessel hängen und nur einen Wimpernschlag später führen mich meine Füße dorthin und lassen meinen Körper in die weichen Polster fallen. Müde ziehe ich die Beine an die Brust und fische nach der Wolldecke, in die ich mich umständlich einwickele. Nur zehn Minuten, schärfe ich mir ein, dann wird es wieder gehen. Ich lehne meinen Kopf an die Rückenlehne und schließe die Augen. Bereits wenige Sekunden später weiß ich, dass ich nicht mehr aufstehen werde.

»Key, wach auf. Bitte.« Die leise Stimme klingt noch immer ein bisschen neu und ungewohnt, aber vor allem viel zu besorgt. Ich spüre ein leichtes Rütteln an meiner Schulter und er wiederholt seine Bitte vermutlich nicht zum ersten Mal. »Key, du musst aufwachen. Wach endlich auf.« Ich kann den flehenden Ton und seine damit verbundene Angst nicht ignorieren und öffne müde die Augen. Trotzdem sehe ich keine Erleichterung in dem Blick meines Bruders.

»Hey«, versuche ich ihn zu beruhigen, aber meine Stimme zittert verräterisch. »Alles okay. Ich wollte nur kurz ein Nickerchen machen. Ich komme schon.« Ich ringe mir ein Lächeln ab. »Ich hoffe, ihr habt mir noch was übrig gelassen.«

Luke runzelt kurz die Stirn, dann schwillt das Mitleid in seinem Gesicht auf ein Maß an, das ich ihm schleunigst verbieten sollte. »Key«, beginnt er vorsichtig. »Es ist Mitternacht. Das Essen ist vier Stunden her.«

Ich schlucke. »Wie lange bist du schon hier?«

Er zögert und sein Blick wandert zu einem Teller mit ein paar Häppchen, der auf dem kleinen Beistelltisch steht. »Ich habe dir Essen vorbeigebracht, aber ich wollte dich nicht wecken und habe gewartet, aber du ...« Der Rest des Satzes bleibt in der Luft hängen und ich erkenne Angst in seinem Gesicht. »Key, was ist mit dir?«, bricht es plötzlich aus ihm heraus und zum ersten Mal, seit er hier unten ist, ist er in vollem Ausmaß wieder da. Mein kleiner Bruder, für den das Leben an sich eine Herausforderung ist, der mich braucht.

Ich schnappe nach Luft, um nicht aufzuschluchzen. Dann stemme ich mich aus dem Sessel hoch und nehme ihn an die Hand. Ich muss das jetzt schaffen. »Komm her, Großer«, bitte ich ihn und ziehe ihn zu dem breiten Bett. Als wäre es nie anders gewesen, legen wir uns nebeneinander und ich nehme ihn so fest in den Arm, wie es mein kraftloser Körper noch zulässt.

»Es wird wieder besser, Lu«, versichere ich ihm. »Es sind nur die Nachwirkungen von den Verletzungen, weißt du? Ich brauche ein bisschen Zeit. Ich …« Ich breche ab, es ist völlig bescheuert, ihm das zu erzählen. Er weiß, dass ich lüge. Ich habe es noch nie gut gekonnt. Das ist wohl mein Fae-Erbe. Aber die Wahrheit kann ich nicht aussprechen. Die Wahrheit darf er nie erfahren.

Ich habe nicht den Hauch einer Ahnung, was mit meinem Körper passiert und warum es so schnell geht. Ich weiß nicht, wie viel Zeit mir noch bleibt. Das Einzige, dessen ich mir sicher bin, ist, dass ich es nicht aufhalten kann. Die Wahrheit ist, wenn nicht bald ein Wunder geschieht, werde ich sterben. Und dieses Mal ist es keine Show.

Vorsichtig streicht er mir mit seinen Fingern über die Wange und wischt eine Träne fort, die sich dort gezeigt hat.

»Schlaf, Key. Es ist okay.« Unsere Umarmung wird fester und ich weiß nicht, wer von uns beiden sie in diesem Moment mehr braucht. »Schlaf jetzt. Ich bin bei dir.«

Seine Worte stürzen mich endgültig über die Klippe, denn es sind meine. Die Worte, die ich neun Jahre lang jeden Abend zu ihm gesagt habe.

»Bones, komm schon«, drängt mich mein bester Freund. »Mach die Augen auf, sonst wirst du mich bis Weihnachten nicht mehr los. Also kürzen wir es ab, klar? Ich glaube, du hast besseres vor, als dir die nächsten drei Monate mein Genöle anzuhören.«

Ehrlich gesagt nicht, aber sein endloses Geplapper nervt mich. Zumal es nicht zu ihm passt. Rylan ist kein großer Redner. Er findet immer die richtigen Worte, doch für gewöhnlich sind es nicht viele.

Mühsam öffne ich meine Augen und sehe gleich in zwei

besorgte Gesichter. Na super, Luke hat Verstärkung geholt. »Okay, erste Schale geknackt«, informiert Rylan meinen Bruder mit einem Zwinkern, als ob ich ein Computer wäre, in dessen Inneres er eindringen will. Ich ahne, was nach der ersten Schale kommt, und bin mir sicher, dass die Challenge deutlich größer ist. »Hey, guten Morgen«, wendet sich mein Freund jetzt mir zu. »Wie geht es dir? Meinst du, du kannst mit uns frühstücken kommen?«

Nope, meine ich nicht. Sage ich aber nicht. »Frühstück hört sich super an«, kommt mir die Lüge ausnahmsweise leicht über die Lippen, dabei katapultiert mich schon allein die Vorstellung, das warme Bett zu verlassen, in die Nähe eines hysterischen Anfalls. Aber Lukes erleichtertes Lächeln gibt mir ausreichend Ansporn, meine Emotionen zu deckeln.

Das laute Gebrüll des Widerwillens in meinem Inneren ignorierend, schlage ich die Bettdecke zurück und werde von eiskalter Luft begrüßt. Immerhin sorgt die dafür, dass ich endgültig hellwach bin. Ich richte mich auf, schwinge meine Beine etwas lahm über die Bettkante und stehe auf. »Gebt mir zwei Minuten, ja? Ein Besuch im Bad könnte Wunder wirken.«

Rylan grinst entschieden zu frech. »Sehe ich genauso.«

Ich strecke ihm etwas kindisch die Zunge raus und mache mich auf den Weg. In der Hoffnung, dass die beiden meinen unsicheren Gang nicht bemerken, überbrücke ich die wenigen Schritte bis zu dem kleinen Nebenraum und schließe die Tür hinter mir. Und ich habe definitiv keine Ahnung, wie ich ihn je wieder ohne Hilfe verlassen soll.

Ich schaffe es irgendwie, den halben Meter bis zum Waschtisch zu überwinden, kralle mich zitternd daran fest und spare mir zum ersten Mal den Blick in den Spiegel. Ich will mich nicht sehen. Stattdessen würde ich mir gerne die

Zähne putzen, aber ich weiß, dass meine Beine mich nicht mehr halten werden, sobald ich meinen Griff von dem Becken lösen werde.

Die Erkenntnis trifft mich wie ein Faustschlag und sie lässt mich auch genauso zu Boden gehen. Langsam sinke ich auf die Knie und nehme meine Hände von der weißen Keramik, dann lege ich mich auf den kleinen Läufer und schließe die Augen. Es ist vorbei. Was auch immer in den letzten Tagen von mir Besitz ergriffen hat, es hat mich besiegt.

Ich sollte in Panik verfallen, sollte dagegen ankämpfen und um Hilfe bitten. Aber nicht das kleinste Persönchen in meinem Inneren erhebt seine Stimme und fordert mich dazu auf. Sie sind ohnehin sehr leise geworden in letzter Zeit. Vielleicht lohnt es sich ja nicht mehr, mit mir zu diskutieren. Vielleicht haben sie das Ende viel eher akzeptiert als ich.

Trotz meiner zwei Pullis dringt die Kälte des Meeres zu mir durch und wie immer schafft sie es, meine Gedanken ruhigzustellen. Ich rolle mich so klein wie möglich zusammen, um das Zittern ein wenig zu mildern, doch es hilft nicht. Schwäche und Kälte sind alles, was meinen Körper ausfüllt und das Einzige, was ich tun kann, ist darauf zu warten, dass sich erlösende Dunkelheit dazugesellt.

23

Aufgebrachte Stimmen, Flüche, Arme unter meinem Körper. Schnelle Schritte, warme Decken, die sich über mich legen und Wasser an meinen Lippen, das sie mich zwingen zu trinken. Weiche Hände an meiner Wange, ein schlanker, vertrauter Körper, der sich neben mich legt. »Bitte, Key, wach auf. Du darfst nicht weggehen.« Arme, die mich umschlingen. »Lass mich nicht allein. Bitte.«

Seine Worte zerbrechen etwas in mir und ich wünsche mir nichts mehr, als ihn noch einmal anzuschauen, ihn zu trösten und ihm durch seine blonden Haare zu streichen. Mühsam öffne ich die Augen und sehe in sein junges Gesicht, in dem sich unendlich große Angst spiegelt. Mit letzter Kraft hebe ich meine Hand und lege sie an seine Wange. »Ich bin hier, Lu. Ich gehe nicht weg. Versprochen«, flüstere ich und weiß nicht, warum mir Lügen plötzlich so leicht über die Lippen kommen. »Aber vielleicht musst du mich festhalten.«

Ich spüre seine Arme um meinen Oberkörper und nehme seinen Geruch überdeutlich wahr. Der Geruch, der mich mein Leben lang begleitet hat. Dann gleite ich, in Gesellschaft zahlloser Tränen, die unter meinen geschlossenen Lidern hervorquellen, in den Schlaf.

»Wir müssen ihn holen, und zwar schnell«, schält sich Kails Stimme plötzlich aus dem leisen Gemurmel hervor und ich hasse ihn dafür, mich aus dem Schlaf zu reißen.

»Er bringt uns um, wenn er sie in diesem Zustand sieht.«

Rylan. Und wenn sie von dem reden, von dem ich glaube, dass sie es tun, hat er vermutlich recht.

»Oh und du meinst, das tut er nicht, wenn sie uns unter den Fingern wegstirbt?« Hmm, ich bin wohl nicht die Einzige, die Sarkasmus ganz gut beherrscht.

»Schnauze.«

Ich schmunzele innerlich kurz über die alles überlagernde Harmonie in diesem Raum, dann schwinden meine Sinne wieder und ich bin froh, dass ich über Kails letzten Satz nicht mehr nachdenken muss.

Schnelle Schritte, ein Gewicht neben mir auf der Matratze und eine Hand auf meiner Stirn. Jemand greift nach meinem Handgelenk und scheint den Puls zu fühlen, dann werden mir die warmen Decken genommen und die schützenden Pullis nach oben geschoben. Ich spüre kaltes Metall auf meinem Oberkörper und wenn ich könnte, würde ich demjenigen, der da neben mir sitzt, die Prügel seines Lebens verpassen. Kann ich aber nicht. Stattdessen höre ich Laute, die ich so gerne jemand anderem zuschreiben würde, die aber ganz sicher niemand, der noch einen Funken Würde in sich trägt, von sich geben würde.

Schließlich werde ich wieder angezogen und zugedeckt und nehme die zitternde Stimme meines Bruders nur allzu deutlich wahr. »Was hat sie? Kannst du ihr helfen?«

»Nein. Ich weiß es nicht«, lautet die Antwort einer unbekannten weiblichen Stimme, gepaart mit einem Seufzen. »Wir können nur hoffen, dass er es weiß. ... Und dass sie durchhält, bis er da ist.«

Ich hasse ihre ständigen Störungen, möchte keine Hände und keine Stimmen mehr um mich herum haben. Ich weiß nicht, wie oft sie schon nach mir gesehen haben, weiß nicht, wie viele Personen hier waren, aber ich weiß, dass diese besondere Störung jetzt wirklich eine Frechheit ist.

Ich höre in weiter Ferne Geschrei und Gerumpel und würde demjenigen, der es verursacht, gerne sagen, dass man sich in der Gegenwart kranker und müder Menschen so nun wirklich nicht benimmt. Leider sagt mein Verstand mir überdeutlich, dass ich es nie im Leben bis zu der nervigen Person schaffen werde.

Es dauert mir persönlich viel zu lange, bis der Jemand selbst zu der Erkenntnis kommt und sein Gebrüll verstummt. Dankbar versinke ich in der entstandenen Stille, nur um im nächsten Moment wieder eine Hand an meiner Wange zu spüren. Und einen warmen Atem an meinem Ohr. Und Rosmarin. Und Minze.

»Hey, kleine Maus. Mach die Augen auf, komm schon.« Oh nein, heute nicht mehr. »Key, ich trete dir höchstpersönlich in den Arsch, wenn du es nicht tust, also gib dir verdammt noch mal ein bisschen Mühe.«

Ein bisschen? So viel Mühe, wie ich brauche, kann ich in allen Welten des Universums nicht zusammenkratzen.

»Sieh mich an«, fleht er. Würde ich gerne. Sogar sehr gerne. »Bitte.« Leider nein.

Seine Finger streichen mir vorsichtig über die Stirn, schieben ein paar Haare hinter mein Ohr und bleiben schließlich an meinem Hals liegen. Dann geschieht nichts mehr. Froh, dass er seine Forderungen endlich eingestellt hat, konzentriere ich mich auf seinen Geruch und hoffe, dass es so bleibt. Doch plötzlich spüre ich weiche warme Lippen auf meinen und augenblicklich gerät mein Körper in solchen Aufruhr, dass die entstehende Energie ausreichen würde, um eine ganze Stadt zu beleuchten. Ich schlage die Augen auf.

Das hätte ich besser lassen sollen, denn nur eine Sekunde später ist sein Mund fort und hinterlässt ein seltsames Kribbeln auf meinen Lippen. Ich fahre mir mit der Zunge darüber, aber es lässt sich nicht wegwischen. »Hast du das gerade wirklich getan?«, flüstere ich und sein schiefes Lächeln ist Antwort genug.

»Was bei Prinzessinnen funktioniert, kann bei kleinen Mäusen nicht verkehrt sein«, lässt er mich leise wissen.

Ich würde ihn gerne bitten, es noch einmal zu tun, würde ihm gerne sagen, wie weich seine Lippen sich anfühlen, doch der Energieschub ist bereits aufgebraucht. Meine Lider werden schwer und ich weiß, dass sie sich gleich wieder senken werden, denn ich kann ihr tonnenschweres Gewicht nicht länger halten. »Was ist mit mir, Tarmo?«, hauche ich deshalb schwach. Er ist meine letzte Hoffnung. »Warum bin ich …«

Er schüttelt den Kopf und ich ahne, dass das kein gutes Zeichen ist. »Ich weiß es nicht«, gesteht er unendlich leise und noch nie war eine Emotion so deutlich in seinem Gesicht zu sehen, wie die unermessliche Verzweiflung, die sich jetzt dort zeigt. »Ich weiß es nicht, Key.«

Ich versuche mich an einem Lächeln, möchte ihm sagen, dass es okay ist, dass es nicht seine Schuld ist, dass es mir so geht. Doch der unsichtbare Gegner fordert seinen Sieg gnadenlos ein. Müde schließe ich meine Augen. »Bleibst du jetzt bei mir?«, flüstere ich die erbärmlichste aller Fragen, aber selbst meine Stimmen schweigen zu meinem würdelosen Betteln, so wie sie es seit Tagen tun.

Seine Arme greifen nach mir und ziehen mich mitsamt den Decken auf seinen Schoß. »Ja, kleine Maus. Ich bleibe«, versichert er mir und seine Stimme füllt meinen Kokon sanft und weich aus. Mein Kopf ruht an seiner Brust und ich spüre seinen schnellen Herzschlag. Er ist hier. Es ist mir egal, was mit mir passiert.

»Du kannst sie in diesem Zustand nicht durch die Schleuse bringen, das bringt sie um«, höre ich Kails aufgebrachte Stimme durch meine schützende Hülle.

»Hierbleiben und rumsitzen bringt sie auch um, oder hast du den Eindruck, dass meine Anwesenheit in den letzten vier Stunden irgendeine Verbesserung bewirkt hat?«

What? Vier Stunden?

Schnauben. Manchmal wird eine wortgewandte Antwort auch überbewertet. Dennoch wird sie nachgeliefert. »Oh, und du meinst, den Prozess zu beschleunigen ist eine gute Idee?«

»Ich meine, dass wir von guten Ideen alle ziemlich weit entfernt sind«, brummt es an meiner Schläfe. »Es ist eher ein letzter verzweifelter Versuch.«

»Bist du dir sicher, dass sie ihr helfen können?«

Die Wartezeit bis zu seiner Antwort ist eindeutig zu lang. »Ich weiß es nicht, aber wenn es noch jemand kann, dann sind sie es.«

Wer jetzt? Ich wende mein Gesicht ein Stückchen näher zu ihm, doch statt Auflösungen für die Rätsel in ihrem Gespräch erhalte ich nur eine festere Umarmung.

Dann sind die warmen Decken plötzlich fort und trotz seiner Nähe und seiner Körperwärme beginne ich augenblicklich zu zittern. Wenn er mich jetzt wirklich durch die Schleuse bringt, werde ich erfrieren. Wie so oft in seiner Gegenwart entfährt mir ein Wimmern, und sein Griff um mich verstärkt sich.

»Du schaffst das, Key. Ich bin bei dir. Halt durch.«

Ich wünschte, ich könnte seinen Worten Glauben schenken, aber meine Zweifel übersteigen meinen Glauben im Moment bei Weitem. Doch weder kann ich ihm das sagen, noch kann ich mich gegen sein Vorhaben wehren.

Mit schnellen Schritten werde ich von ihm durch die Gänge getragen, bis er schließlich anhält und plötzlich eine Hand nach meiner greift. »Versprich mir, dass du wiederkommst, Key.« Die Stimme meines Bruders zittert verräterisch und ich weiß, ohne ihn anzusehen, dass er weint. »Ich warte hier auf dich.« Seine Lippen legen sich auf meine Wange und lösen einen weiteren Tränenschub aus.

Ich atme zitternd ein und kratze alles an Kraft zusammen, was noch in mir ist. »Ich hab dich lieb, Lu.«

»Ich dich auch.« Dann ist er fort und meine Verzweiflung wird so unermesslich groß, dass sie meinen kaputten Körper zu sprengen droht.

Wenige Sekunden später bittet Tarmo mich, tief Luft zu holen. Das eiskalte Wasser umschlingt mich wie eine gigantische Würgeschlange und raubt mir die letzten verbliebenen Sinne. Wie schon beim ersten Mal packt mich die Panik und dieses Mal benötigt er nicht viel Kraft, um mich daran zu hindern, mich aus seinem Griff zu befreien. Doch anders als bei unserer ersten Durchquerung der Schleuse, erlebe ich nicht mehr, wie sich meine Lunge mit rettender Luft füllt. Diesmal ertrinke ich.

Dunkelheit und Kälte sind das Erste, das ich wahrnehme und erneut bin ich überrascht, dass der Tod alles andere als friedlich ist. Dieses Mal ist er noch ätzender und unverschämter als beim letzten Durchgang. Hektisch werde ich aus meinen eisigen Klamotten geschält und seine Stimme redet unglaublich nervtötend auf mich ein. Seine Worte dringen nicht bis zu mir durch, aber sie halten mich leider trotzdem davon ab, in erlösender Schwärze zu versinken. Seine Worte und mein

Zittern. Wie lange dauert es, bis man erfroren ist? Bei mir höchstens noch drei Sekunden.

Bevor es jedoch so weit ist, findet von irgendwoher eine warme Decke zu mir und ich bin auf seinem Arm. Mein Zittern hört dennoch nicht auf, aber Erfrieren scheint keine unmittelbare Bedrohung mehr zu sein. Wir setzen uns in Bewegung und ich habe nicht den Hauch einer Idee, wo er mich hinbringt. Warum bin ich in den entscheidenden Momenten meines Lebens eigentlich nie auf Empfang?

Nach endlosen Minuten, in denen mich das Wiegen seiner Schritte und sein Murmeln zuverlässig Richtung Schlaf befördern, bleibt er stehen. Dann kommt der Sprung.

Wo auch immer wir uns befinden, es geht in eine bodenlose Tiefe. Schwerelos falle ich in seinen Armen und werde von einer solchen Leichtigkeit umfangen, dass ich sicher bin, dieses Mal auf dem Weg ins Totenreich zu sein. Doch statt eines Lichts, das mich empfängt, ist es urplötzlich einfach wieder vorbei. Die Dunkelheit bleibt, es gibt keine Landung und keinen Aufprall. Als hätte es den Sprung nie gegeben, beschleunigt Tarmo erneut seine Schritte, bis wir schließlich langsamer werden und ich das Gefühl habe, mit ihm einen Raum zu betreten. Und leider werden wir dort nicht sehr freundlich empfangen. Wen auch immer er aufgesucht hat, ist nicht besonders glücklich, ihn zu sehen.

»Was ist mit ihr? Was hast du ihr angetan?«, knurrt eine weibliche Stimme, die mir seltsamerweise bekannt vorkommt.

»Ich weiß es nicht, Niamh. Ich habe das getan, was das einzig Sinnvolle war. Ich habe sie geheilt, sie aus dieser verfluchten Akademie geholt und an einen sicheren Ort gebracht, also hör auf, dich so aufzuspielen, und sag mir lieber, was mit ihr los ist«, schießt Tarmo zurück.

Für ein paar Augenblicke herrscht Schweigen und ich

merke, wie die Dunkelheit an mir zerrt und mich zu sich holen will. Dann werde ich auf einem weichen Lager abgelegt und das Verschwinden seines Körpers lässt mich aufschluchzen. Beruhigend streicht er mir über die Wange und legt eine weitere Decke über mich, die mein Beben jedoch nicht stoppen kann.

Als sie wieder beginnen zu sprechen, klingen ihre Stimmen aus weiter Ferne und verschmelzen zu einem verschwommenen Getuschel, das ich nicht mehr verstehe. Dankbar nehme ich wahr, dass schwarzer Nebel beginnt, mein Bewusstsein zu fluten, bis die wütende Stimme der Frau mich wieder aus meiner Erlösung reißt.

»Du verdammter Hornochse. Du hast sie nicht in Sicherheit gebracht. Du hast sie dem Tod direkt in die Arme geschickt und sie dabei die meiste Zeit auch noch allein gelassen. Am liebsten würde ich dir dein vertrocknetes Erbsenhirn aus der Nase zerren und in andere Körperöffnungen stecken, da kann es nicht so viel Schaden anrichten.«

Da würde ich vielleicht sogar mitmachen, aber jetzt wäre ich ihr dankbar, wenn sie mich endlich schlafen lassen würde. Ihr Gezeter kann ich gerade nicht so gut gebrauchen.

»Niamh, bitte. Ich habe es nicht gewusst. Ist ja nicht so, dass ihr mich darüber informiert hättet. Du weißt, dass ich sie niemals …«

»Halt die Klappe. Verschwinde einfach für heute, okay? Ich weiß nicht, ob wir sie noch retten können, aber *du* kannst es ganz sicher nicht mehr, also verzieh' dich und komm so schnell nicht wieder.«

»Nein. Ich werde sie jetzt mit absoluter Sicherheit nicht allein bei euch zurücklassen und …«

»Doch, Tarmo. Genau das wirst du tun.« Ihre Stimme kippt und wirkt bei dem nächsten Satz plötzlich drohend. »Geh mir aus den Augen, Fae.« Sie spuckt das letzte Wort aus wie ein giftiges Insekt.

Ich höre, wie er tief Luft holt, doch seine Erwiderung wird von einer neuen, dieses Mal männlichen Stimme im Keim erstickt.

»Er bleibt«, stellt der Neuankömmling ruhig und nüchtern fest und auch diese Stimme hat etwas Vertrautes. »In der Nacht kann er ihr besser helfen als wir.«

Ich höre ein unterdrücktes Schnauben, welches vermutlich von der Motzerin kommt. Dann nehme ich Schritte wahr, die sich meinem Lager nähern und wünschte, ich hätte noch die Kraft, meine Lider zu heben. Wo bin ich hier?

Plötzlich ist der Mann ganz nah. Ich spüre seine warme Hand auf meiner Schulter, und ohne dass ich die Augen öffne, weiß ich, dass er mich aufmerksam betrachtet. Er spricht jetzt leise und doch verstehe ich jedes seiner besorgten Worte. »Hilf ihr durch die letzten dunklen Stunden, Fae. Bei Sonnenaufgang übernehmen wir.« Die Schritte entfernen sich, aber bevor sie endgültig fort sind, funkt eine weitere Frau dazwischen. »Du solltest beten, dass du Erfolg hast. Sonst wird sie nicht die Einzige sein, die die Nacht nicht überlebt.« Eisige Schauer laufen mir bei ihrer Drohung über den Rücken. Was für Menschen sind das, von denen er meint, dass sie mir helfen können und die dennoch so abweisend sind?

Nur wenige Sekunden später schließt sich leise eine Tür und augenblicklich nehme ich Minze und Rosmarin in unmittelbarer Nähe wahr. Dann schieben sich seine Arme unter meinen Körper und heben mich mitsamt den Decken hoch. Mein Kopf fällt gegen seine Brust und aus irgendeinem Grund weiß ich, dass er die nächsten Stunden dort liegen bleiben wird. Er wird nicht fortgehen.

Tarmo setzt sich mit mir im Arm, wickelt mich fester in

die wärmende Wolle und verstärkt seine Umarmung. »Bleib bei mir, kleine Maus«, flüstert er und ich spüre seinen aufgebrachten Herzschlag an der Schläfe. »Bitte bleib bei mir.« Sein Kopf senkt sich und seine Lippen legen sich auf meine Stirn. »Versprich es mir.«

Ich würde es. Gerade jetzt würde ich ihm alles versprechen. Aber mein Körper ist bereits tot. Er kann es ihm nicht mehr sagen. Und hier in seinem sicheren Kokon kann auch mein Verstand endlich ruhen. Ich lasse alle Gedanken los und versinke in endlosem dunklem Nichts.

24

›Komm zurück, Key.‹ Ein Chor in meinem Kopf. ›Du bist stark, du schaffst das. Vertrau uns. Komm zurück.‹

Er ist nicht mehr da. Sein Körper und sein Geruch sind verschwunden und ihr Fehlen tut mir so sehr weh, dass ich schreien möchte. Ich möchte meine Wut in die Welt hinausschreien. Will ihn verfluchen, weil er mich wieder allein gelassen hat und mich selbst ebenfalls, weil ich mich ohne ihn so leer fühle und die Abhängigkeit von ihm hasse, wie nichts anderes auf der Welt.

Doch mein Körper bewegt sich nicht einen Millimeter und kein einziger Laut verlässt meine Lippen. Ich bin lebendig und gleichzeitig tot.

›Komm zurück, Key. Vertrau uns. Komm zurück.‹

Nette Vorstellung. Aber nicht jetzt. Mühsam versuche ich ohne funktionierende Sinne meine Umgebung irgendwie wahrzunehmen. Ich liege auf dem Rücken und bin … nackt. Mir persönlich hätte es gereicht, dass Tarmo mich direkt bei unserem ersten Aufeinandertreffen mehr oder weniger nackt gesehen hat. Ist jetzt nicht unbedingt die Traumvorstellung meines Lebens, dass mich jeder textilfrei kennenlernt. Obwohl ich mir nicht mal sicher bin, ob ich noch von Leben sprechen kann. Ich bin ein wacher Geist in einer leblosen Hülle und ich habe keine Ahnung, wie lange ich den Zustand ertragen kann, bevor ich komplett irre werde. Das einzig Gute ist, dass ich zum ersten Mal seit Tagen nicht friere. Trotz meiner Blöße ist mein Körper warm und fühlt sich an, als ob die Strahlen der Sommersonne ihn eingewickelt haben.

›Du bist stark, Key. Du schaffst das. Vertrau uns. Komm zurück.‹

Ich kenne diesen Chor und ich würde ihn jetzt gerne ins Weltall blasen, doch noch nie war ich so machtlos gegen ihn, wie in diesem Moment. Meine Stimmen sind sich oft einig, aber das hier ist völlig neu. Eine geballte Ladung Einigkeit. Sie vereinnahmen alles von mir. Sie füllen meinen Kopf so sehr aus, dass mein Verstand und meine eigenen Gedanken in ein winziges Eckchen gequetscht werden und keine Chance auf Entkommen haben.

›Bitte‹, flehe ich sie schließlich leicht genervt an. ›Verzieht euch. Ihr wart die ganzen letzten Tage verdammt ruhig und wo immer ihr gewesen seid, da war es sicher schön. Also gönnt euch noch ein bisschen Auszeit und lasst mich schlafen.‹ Nicht extrem diplomatisch, aber das sind sie ja auch eher selten.

›Du darfst wieder schlafen, das versprechen wir.‹ Oh, die heimliche Motivatorin meldet sich, vielen Dank dafür. ›Nur noch nicht jetzt. Du musst mitmachen, sonst können wir dir nicht helfen.‹

Ich mache hier ganz bestimmt nichts mit. Mein Körper ist nach wie vor jenseits jeder Kontrolle. Ich schaffe es nicht mal, ihnen den Stinkefinger zu zeigen, also werde ich hier sicher kein Ringelpiez mit ihnen tanzen. ›Später‹, vertröste ich sie. ›Ich mache später mit. Und jetzt Ruhe.‹

›Nein, Key. Genau umgekehrt‹, tönt die durchgeknallte Irre in meinem Inneren. ›Wir lassen dich erst wieder schlafen, wenn du hier ein bisschen kooperierst. Und bevor du auch nur daran denkst zu diskutieren – vergiss es. Wir sind uns einig.‹

Ich. Hasse. Sie. Und nehme das zum Anlass, zu schweigen. Entgegen ihrer Aussage diskutieren wir hier nämlich schon viel zu lange. Vielleicht hören sie ja auf, wenn die Diskussion zu einseitig wird.

›Biiiitte, Key. Nur was trinken. Ist nicht so schwer. Geht schnell. Mach schon, wir haben schließlich auch noch was anderes vor. Äh, ich jedenfalls, aber ich darf nicht, bevor du nicht trinkst. Also komm, los. Hopp, hopp.‹

Bitte nicht. Bitte nicht der hyperaktive Gummiball. Da haben sie ja genau die Richtige an die Front geschickt. Sie durchbricht meinen Widerstand in nur drei Sekunden.

›Nur trinken?‹, lenke ich schnell ein. ›Wirklich nicht mehr?‹

›Nur trinken, versprochen‹, erklingt so ziemlich die einzige Stimme, die ich selbst in diesem Moment noch gernhabe. Mein Engelchen schafft es fast immer, mich zu besänftigen.

›Meinetwegen.‹ Kampf verloren.

Ich spüre, wie sich eine Hand unter meinen Kopf schiebt und mir ein Becher an die Lippen gelegt wird. Langsam lässt man mir eine fast zähe Flüssigkeit in den Mund laufen und auf meiner Zunge explodiert eine verlockende fruchtige Süße, die ich noch nie geschmeckt habe. Ohne zu wissen, was sie mir da einflößen, bin ich bereit, den Becher bis auf den letzten Tropfen zu leeren.

›Geht doch‹, haut ausgerechnet die unangenehme Stimme der Schuld dazwischen und ich könnte ihr spontan den Saft wieder vor die Füße kotzen.

›Lass sie in Ruhe‹, herrscht sie der Engel an. ›Es ist mehr, als wir erwartet haben.‹

Mein Kopf wird vorsichtig auf ein weiches Kissen gebettet und eine zarte Hand umschließt meine. ›Schlaf, Key. Wir geben dir später mehr.‹

Erst jetzt wundere ich mich, dass meine Stimmen mir etwas zu trinken geben können. Vielleicht bin ich ja noch viel durchgeknallter, als ich dachte. Aber ich komme zum Glück nicht mehr dazu, das zu hinterfragen, denn in dem Bruchteil einer Sekunde befolge ich die Anweisungen des Engelchens.

Sein Geruch erreicht mich, lange bevor ich seine Hand wahrnehme, die sich fest um meine geschlossen hat.

»Du solltest sie zu dir nehmen«, bittet die Stimme leise, die ich Niamh zuordne und die mich so ganz ohne Gezeter stark an meinen Engel erinnert. Jeder Vorwurf ist verschwunden, stattdessen klingt sie jetzt warm und verständnisvoll. »Ich weiß nicht, was das zwischen euch ist, und will es auch definitiv nicht genauer wissen, aber sie reagiert extrem stark auf dich. Es ist besser, wenn sie ... deinen Körper in ihrer Nähe hat.«

Ups, das Eingeständnis fiel wohl schwer.

»Warum schickt ihr mich dann immer wieder fort?«, höre ich meinen Fae leicht angepisst fragen und kann mir lebhaft vorstellen, wie sehr ihn das herrische Weibsvolk hier nervt.

»Weil sie die Verbindung zu uns nicht aufnimmt, wenn du in ihrer Nähe bist. Sie kann im Moment nicht zeitgleich zu uns und zu dir Kontakt halten, dazu hat es sie bei dir eindeutig zu sehr dahingerafft.«

Schnauben, Knurren. Oje, zu viel Kritik.

»Krieg dich ein. Tagsüber gehört sie uns. ... Aber nachts kannst du ihr besser helfen, da kommen wir noch nicht an sie ran.« Ich höre Schritte und ein zweites Gewicht senkt sich auf meine Matratze. »Sie ist stark, Tarmo«, besänftigt sie ihn. »Dass sie überhaupt noch lebt, liegt an dem Faeblut, das durch ihre Adern fließt. Keine von uns hätte diesen Zeitraum überlebt. Aber die Tatsache, dass sie schon nach einem einzigen Tag wieder etwas wahrnimmt, dass sie auf uns reagiert, zeigt, was für eine gewaltige Geisteskraft sie hat. Ihr Körper wird noch eine Weile brauchen, aber ihr Geist ist bereits wach, das spüren wir.«

»Will ich wissen, was du mir damit sagen willst?«

»Keine Ahnung, aber du kommst eh nicht drum herum.«

Sein Stöhnen spricht mir ausnahmsweise aus der Seele. »Lass raus.«

Sie zögert und ich kann nicht behaupten, dass mir das gefällt. »Es könnte sein ... ich ... Okay, du weißt, dass wir seit Hlíns Tod keine Mutterseele mehr gefunden haben. Wir alle waren uns sicher, dass sie es nicht sein kann, weil sie ein Halbblut ist, aber jetzt ...«

»Sag nicht, dass ihr *die* Art von Verbindung zu ihr aufgenommen habt«, knurrt er.

»...«

Oh, wohl doch. Leider kann ich mich an keine Verbindung zur Außenwelt erinnern außer ein paar Bechern mit megaleckerem Saft. Aber offensichtlich scheint das ein Problem zu sein, denn Tarmos Stöhnen ist imposant.

»Vielleicht hat das arme Ding uns alle seit neunzehn Jahren in ihrem Kopf und keiner hat sich jemals zurückgehalten, weil wir es nicht wussten«, gesteht Niamh leise.

Sein Griff um meine Hand wird fester. »Damit könntest du leider verdammt recht haben.«

»Dann sollte ihr schleunigst jemand beibringen, damit umzugehen, bevor sie völlig durchdreht.«

»Könnte sein, dass das schon das ein oder andere Mal passiert ist«, gesteht er und wenn ich seinen Tonfall richtig deute, klingt er tatsächlich zerknirscht.

»Ja, aber das liegt nicht an uns, sondern an den Vollpfosten, mit denen sie die letzten zwei Wochen verbracht hat.«

Wenn ich könnte, würde ich grinsen. Die Frau wird mir immer sympathischer.

»Im Gegensatz zu euch haben die Vollpfosten sich die letzten zweieinhalb Wochen um ihr Überleben gekümmert und wenn ihr euch nur ein einziges Mal hättet blicken lassen, wäre sie jetzt vermutlich nicht in diesem Zustand. Schon mal darüber nachgedacht?«

»Pfff.«

Kritikfähigkeit gehört dann eindeutig nicht zu ihren Stärken.

»Und abgesehen davon bin ich wohl kaum der Richtige, um ihr den Umgang mit euch zu erklären. Das ist so was von euer Aufgabenbereich«, stellt er fauchend klar.

»Das ist es und wir fangen damit an, sobald sie dazu in der Lage ist. Und jetzt leg dich zu ihr und halt die Klappe.«

Das kam schnippisch. Ich vermute, sie kennt das Wort Kritikfähigkeit nicht mal.

»Und es würde helfen, wenn sie noch einen Becher von dem Nektar trinkt. Falls du das schaffst, rede ich morgen vielleicht noch mit dir.«

Tarmo schnaubt und plötzlich ist sein Gewicht neben mir fort. »Wow, wie edel von dir.« Endlich mal wieder Sarkasmus. »Aber vergiss es. Wenn ich das schaffe, nehme ich sie morgen mit.«

»Oh nein, du scheiß arroganter Fae. Du wirst morgen früh schön wieder in deine beschissene Unterwasserwelt verschwinden. Und zwar allein.«

»Verzieh dich, Niamh. Es ist dunkel. Meine Zeit, nicht deine«, weist er sie kühl auf ihre Abmachung hin. Damit kann man die Situation dann wohl als eskaliert bezeichnen.

Einen Moment später erklingt ein nur wenig verhaltenes Türknallen und sie ist offensichtlich fort. Ruhe legt sich über uns, aber nicht über meine Gedanken. Ich hasse diesen toten Körper mehr denn je. Ich habe so viele Fragen im Kopf, dass ich damit Quizsendungen für die nächsten hundert Jahre füllen könnte. Ich muss mit ihm reden, ich muss endlich aus diesem verdammten Körper raus.

Ich habe nicht viel von dem verstanden, was Niamh eben gesagt hat. Eigentlich gar nichts, aber sie hat davon gesprochen, dass ich eine Verbindung zu ihnen aufgenommen habe. Arrrgh, wenn ich könnte, würde ich mir die Haare raufen. Die einzige Verbindung, die ich heute hatte, waren meine Stimmen. Zugegebenermaßen klingt die Stimme der kritikunfähigen Frau der meines Engelchens extrem ähnlich. Aber wenn sich meine Stimmen jetzt auch noch materialisieren, lasse ich mich endgültig einweisen.

Plötzlich setzt er sich wieder neben mich und streicht mir vorsichtig über die Wange. »Hey, kleine Maus. Ich brauche deine Hilfe«, eröffnet er mir leise und sein Gesicht ist so nah, dass ich seinen Atem auf meiner Haut spüre. »Du musst wirklich ganz, ganz schnell wieder aufwachen, okay? Dieser Zickenkrieg bringt mich sonst um.«

Während ich innerlich breit grinse, legt er mir den besagten Becher an die Lippen und ich trinke gierig. Das Zeug ist nicht nur unverschämt köstlich, es wirkt auch wie ein Energydrink und fast kann ich spüren, wie ein Kraftschub durch meine Adern fließt. Es ist nicht das erste Mal heute und ich weiß aus der Erfahrung leider, dass er nicht lange anhalten wird. Aber für den Moment ist er da und ich muss diesen Moment dringend nutzen.

Es wundert mich, dass er ihrem Befehl folgt, und sich zu mir legt. Erst jetzt nehme ich dankbar wahr, dass ich unter einer warmen Decke liege und ihm nicht hüllenlos präsentiert wurde. Er hingegen steht offensichtlich auf hüllenlos, denn er hebt meine Decke an und schiebt sich darunter. Schweigend legt er seinen Arm um mich und zieht mich zu sich heran und ich frage mich augenblicklich, wie mir jemals kalt sein konnte.

Die nackte Haut seines Oberkörpers schmiegt sich an meinen und mein Körper reagiert dermaßen stark auf ihn, dass der Energydrink in einer gigantischen Explosion in jede Faser meines Seins geschossen wird. Unendlich langsam schaffe ich es, ihm mein Gesicht zuzuwenden, und es erscheint mir nach einer Ewigkeit der Bewegungslosigkeit wie ein Sieg über mich selbst. Dann öffne ich den Mund.

Ich kann ihm keine Fragen stellen, so weit bin ich noch lange nicht, aber ich möchte ihm ein Lebenszeichen geben. Ich will ihm zeigen, dass ich ihn höre, dass es sich richtig anfühlt, ihn bei mir zu haben. Und dass ich ihn nicht wieder gehen lassen möchte. Ich hole tief Luft. Vielleicht gelingt mir ja ein einziges Wort. Nur eins.

»T…mo«, wispere ich so leise, dass selbst ich es kaum höre, doch er hat seit so vielen Stunden darauf gewartet, dass seine Sinne zu tausend Prozent auf Empfang sind.

Ich spüre, wie er scharf die Luft einzieht und sich seine Umarmung fester um mich schließt. Dann legen sich seine Lippen auf meine Schläfe. »Da bist du ja endlich wieder«, flüstert er. »Ich habe dich vermisst.«

›Ich dich auch‹, möchte ich ihm sagen, doch der Energieschub ist verpufft. Ich schiebe meinen Kopf noch ein wenig dichter an seine Brust. Ich sollte über die Mutterseele nachdenken. Über personifizierte Stimmen. Über Energy-Nektar. Aber alles, was ich noch schaffe, ist, einmal kräftig Rosmarin und Minze einatmen. Dann drifte ich in schläfrige Schwärze. Auf dem Weg dahin denke ich, dass ich die zweite Hälfte seines Namens irgendwie gerne mag. Mo.

»Tarmo, es wird Zeit. Du musst gehen.« Engelchen Niamh ist erstaunlich freundlich nach dem letzten filmreifen Abgang. Fragt sich nur, wie lange noch.

Mein Geist ist seit geraumer Zeit wieder wach, allerdings habe ich nicht versucht, das Tarmo zu zeigen. Noch immer liegt er genauso dicht bei mir wie in dem Moment, in dem ich eingeschlafen bin, und ich möchte diesen Zustand nicht durch eine Bewegung gefährden. Ich sollte mich deswegen armselig fühlen, aber über den Punkt bin ich schon eine ganze Weile hinweg.

»Nein, Niamh. Ich werde nicht gehen.«

»Tarmo«, fährt sie ihn scharf an und damit endet der Waffenstillstand nach genau drei Sekunden. »Wir haben eine Abmachung, und du wirst dich ...«

»Haben wir nicht. Es ist nicht so, dass ich eurem blöden Tag-Nacht-Konzept jemals zugestimmt habe.« Leider führt ihre bescheuerte Diskussion dazu, dass er sich jetzt aufrichtet und das Bett verlässt, und das Einzige, wofür ich dankbar bin, ist, dass mein Körper keine peinlichen Geräusche produziert bei seinem Verschwinden.

»Niamh, es ist nicht so, wie ihr denkt«, fährt er einlenkend fort. »Ich glaube, dass wir ihr zusammen am besten helfen können. Sie hat gestern Abend bei mir den Nektar getrunken und sie hat sogar ein Wort gesprochen. Sie hat aus meiner Nähe Kraft geschöpft, warum sollte das am Tag anders sein?«

»Es wird Aeryn nicht gefallen, wenn du bleibst«, räumt sie fast drohend ein.

»Das ist mir scheißegal, es geht hier nicht um Aeryn und ihre verqueren Befindlichkeiten.«

Niamh zögert und ich hoffe, dass das ausnahmsweise ein gutes Zeichen ist und sie darüber nachdenkt, ihn bleiben zu lassen. Denn das ist es, was ich möchte. Leider fällt ihre Antwort jedoch anders aus. »Tarmo, ich wäre vielleicht bereit, es auszuprobieren, aber du weißt, wie sie tickt. Sie wird es nicht zulassen.«

»Also gut, dann nehme ich sie mit. Da ich jetzt weiß, was Key fehlt, kann ich ihr genauso gut selbst helfen.«

Okay, so geht das nicht weiter. Sie können nicht die ganze Zeit über mich bestimmen, als ob ich nicht da wäre. Mein Geist ist wach und in irgendwelchen kryptischen Andeutungen hat sie das gestern auch zugegeben. Und ebendieser Geist dreht langsam durch, weil er keinen Kontakt aufnehmen kann, um seine eigenen Wünsche zu äußern. Obwohl ... Sie hat davon gesprochen, dass sie eine Verbindung zu mir aufgenommen haben.

›Nein, Key, denk gar nicht erst dran‹, ermahnt mich mein Verstand. ›So durchgeknallt bist du nicht.‹

Doch. Bin ich. Die einzige Verbindung, die ich gestern hatte, waren meine Stimmen. Und Niamh ist eindeutig mein Engelchen, zumindest, wenn sie nicht gerade zetert. Und sie haben mir etwas zu trinken gegeben. Ich weiß, dass es völlig irre ist, aber ich glaube, dass die seltsamen Frauen, die sich gestern um mich gekümmert haben, meine inneren Stimmen sind. Und wenn ich damit recht habe, kann ich mit ihnen sprechen.

›Niamh?‹, frage ich vorsichtig ins Nichts hinein. ›Hörst du mich?‹

›Ja, Key. Das tue ich.‹ Fast kann ich ein Lächeln in ihrer Stimme hören. ›Schon immer.‹

Ich schlucke und wenn ich genügend Kontrolle über meinen Körper hätte, würde ich aufkeuchen bei der Bestätigung, dass zu meinen Stimmen tatsächlich lebende Wesen gehören. ›Lasst ihn bitte bleiben‹, flehe ich würdelos. ›Es stimmt, was er sagt. Er gibt mir Kraft.‹

Ich höre, wie sie tief durchatmet. ›Bist du dir sicher?‹

›Ja.‹

Als sie nicht gleich antwortet, bekomme ich Angst, dass sie meiner Bitte nicht nachkommt, aber plötzlich vernehme ich ein Seufzen. ›Farlan hat so was schon vermutet.‹ Und egal wer Farlan ist, ich mag ihn.

»Niamh, was ist los?«, höre ich Tarmos irritierte Stimme. Da er unseren inneren Dialog nicht mitbekommen hat, dauert ihr Schweigen für ihn schon viel länger als für mich.

Mein Engelchen seufzt. »Du kannst bleiben. Ich werde es Aeryn schon irgendwie beibringen.«

»Oh, und woher der Sinneswandel?«, bohrt er nachdenklich weiter.

»Sie selbst hat mich darum gebeten.«

»Key?«, höre ich seine ungläubige Frage. »Sie ... hat mit dir gesprochen?«

»Das hat sie.« Sie atmet noch einmal tief durch und ich vermute, dass ihr das unangenehme Gespräch mit besagter Aeryn bevorsteht. »Ich werde den anderen Bescheid geben. Und jetzt bring sie raus. Die Sonne hat schon viel Kraft.« Schnell verlassen ihre Schritte den Raum und ich könnte schreien, weil ich noch etwa tausend Fragen hätte, die ich jetzt wieder nicht stellen kann. Und leider gehört Tarmo eindeutig nicht zu meinen Stimmen, mit ihm habe ich diese Verbindung nicht. Dafür aber eine andere.

Er setzt sich zu mir und legt seine Hand an meine Wange. Seine Wärme fühlt sich tröstend an und lässt meine aufgewühlten Gedanken zur Ruhe kommen.

»Danke, kleine Maus«, flüstert er, während er seine Arme

unter meinen Körper schiebt und mich hochhebt. Dankbar nehme ich wahr, dass ich ausnahmsweise mal nicht nackt bin, und lehne meinen Kopf an seine Brust. Gerne geschehen.

Tarmo tritt mit mir ins Freie und ich genieße augenblicklich die wärmenden Sonnenstrahlen und eine zarte Brise, die meine Beine umspielt. Nach ein paar Schritten setzt er sich mit mir hin und ich beschließe, mich für heute in Geduld zu üben. Irgendwann werde ich meine Fragen schon beantwortet bekommen. Jetzt gerade ist es eindeutig wichtiger, wieder zu einem funktionstüchtigen Körper zurückzufinden. Ich trinke einen weiteren Becher mit Nektar, der mir verabreicht wird, nutze den kurzen Energieschub, um wohlig zu brummen, und gebe mich auf seinem Schoß dem Schlaf hin.

Er sitzt hinter mir und umschlingt mich mit seinen Armen. Mein Rücken lehnt an seiner breiten Brust und mein Kopf ruht an seiner Schulter. Es könnte ein perfekter Moment sein, wären da nicht mehrere warme Hände, die überall auf meinem Körper liegen und ein unangenehmes Prickeln auf der Haut hinterlassen.

Ich winde mich ein wenig und bin erstaunt, dass ich mich tatsächlich bewege. »Ruhig, Key. Es ist gleich vorbei«, höre ich Niamh. Das will ich stark hoffen, denn diesen Ameisenstaat auf meiner Haut würde ich gerne schnell loswerden. Zu allem Überfluss legt sich schon wieder ein Becher mit Nektar an meine Lippen und inzwischen finde ich das Zeug nicht mehr ganz so lecker wie am Anfang. Doch es verfehlt seine Wirkung nicht. Im Gegenteil. Es ist der Booster, der das Fass zum Überlaufen bringt. Seine Körpernähe, die fremden Hände und jetzt noch das Getränk versetzen meinen Körper in solchen Aufruhr, dass es kaum zu ertragen ist.

Fast panisch drehe ich mich unter ihren Händen weg, aber sie lassen nicht von mir ab. Stattdessen finden sie das, was mit mir passiert, offensichtlich super. »Sehr gut, Key. Weiter so. Du machst das gut.«

Was jetzt? Wo auch immer ich hier bin, die Wesen um mich herum mögen anscheinend unklare Andeutungen und haben eine seltsame Vorstellung davon, was gut für mich ist, aber ich bin nicht mehr länger bereit, ihre Ansicht zu teilen.

»Nein«, stöhne ich leise. »Lasst mich.«

»Komm schon, Key.« Oh, Motivatorin am Werk. »Nur noch ein bisschen. Du schaffst das. Ein bisschen geht noch.«

Nein, geht es nicht. Ihre Hände sind unerträglich, inzwischen steht mein Körper in Flammen und meine Haut verbrennt unter ihrer Berührung.

Ich wimmere und winde mich. Tarmo, warum lässt du das zu? Doch anstatt mich vor ihren Händen zu schützen, wird sein Griff um mich fester. »Nein«, schreie ich schließlich und reiße die Augen auf. »Nein!«

Augenblicklich verschwinden ihre Hände und nur seine Umarmung bleibt. Schwer atmend blinzele ich gegen helles Sonnenlicht und warte, bis das Kribbeln auf der Haut endlich abebbt. Dann lehne ich meinen Kopf erschöpft zurück an seine Schulter, schließe meine Augen und lausche meinem Atem, der sich nur langsam beruhigt.

Als es endlich so weit ist, hebe ich die Lider erneut und sehe mich sechs Frauen gegenüber, deren Blicke freundlich und aufmerksam auf mir ruhen. Sie sind allesamt ziemlich klein, weisen aber ansonsten von ihrem Äußeren her keinerlei Ähnlichkeiten miteinander auf. Eine von ihnen tritt an mich heran und setzt sich auf den Rand der Liege, auf der ich mich mit Tarmo befinde. Sie hat ihre dunklen langen Haare zu einem einfachen Zopf gebunden, trägt eine braune Pluderhose und dazu ein kurzes weißes Top. Vorsichtig legt sie eine Hand an meine Wange und erstaunlicherweise löst sie in keiner Weise das Kribbeln von eben aus. »Willkommen zurück«, begrüßt sie mich. Es ist mein Engelchen.

Ich bin mir sicher, der Irrenanstalt noch nie so nahe gewesen zu sein, aber darum kann ich mich jetzt nicht kümmern, denn alles, was in diesem Moment wichtig ist, sind ihre Augen. Sie sind so dunkel wie meine eigenen und mit Dutzenden goldener Funken durchsetzt. Zwei Sternenhimmel in einem zarten schmalen Gesicht.

»Du bist eine Elfe«, stelle ich mit belegter Stimme fest, obwohl ich keine Ahnung habe, wie ich zu der Erkenntnis komme.

»Das bin ich«, bestätigt sie mit einem Lächeln. »Ich bin Niamh.« Langsam greift sie nach meiner Hand und umschließt sie. »Und ich bin wirklich froh, dass der Idiot in deinem Rücken es nicht geschafft hat, dich umzubringen.«

Okay, vielleicht ist jetzt der Moment für ein paar erste Antworten. »Was hat er damit zu tun? Er war nicht mal bei mir, wie sollte er mich da umbringen?«, fühle ich mich bemüßigt, ihn ein wenig zu verteidigen.

Auf Niamhs Stirn bildet sich eine kleine zornige Falte. »Du hast das Blut einer Elfe in dir, Key. Einer Lichtelfe. Und wenn der Vollhonk ein einziges Mal sein Erbsenhirn benutzt hätte, wäre ihm vielleicht aufgefallen, dass in unserem Wesen das Wort Licht drinsteckt.«

Sie schenkt Tarmo einen bösen Blick und ein wütendes Schnauben, das so gar nicht zu ihrer zarten Erscheinung passt. Dann wendet sie sich wieder mir zu. »Wir Elfen brauchen Licht zum Leben, natürliches Licht. Wenn man es uns nimmt, sterben wir. Und zwar normalerweise sehr viel schneller als du.«

Sie schickt einen letzten brummigen Blick zu dem Fae hinter mir, der mich so ganz nebenbei immer noch so fest umschlungen hält, als ob er in jedem Fall verhindern möchte, dass sie mir zu nahe kommt. »Du hast es nur dem Fae-Anteil in dir zu verdanken, dass du noch unter uns bist.«

»Heißt das, ihr habt mich gestern einfach in die Sonne gelegt, um mich wieder aufzutanken?«, erkundige ich mich irritiert.

Sie grinst etwas schief und zuckt mit den Schultern. »Ja. Na ja, nicht ganz. Wir haben dich drei Tage lang in die Sonne gelegt, um dich wieder aufzutanken.«

Oh, und wer übernimmt die Kosten für so eine Therapie? Key, ermahne ich mich selbst, kein guter Moment für bescheuerte Gedanken.

»Was war das für ein Nektar, den ihr mir gegeben habt?«, kriege ich meine Hirntätigkeit wieder halbwegs auf Spur. Es gäbe im Moment sicher eine Menge wichtigerer Fragen, aber seltsamerweise muss ich als Erstes wissen, was geschehen ist, seit ich bei ihnen bin.

»Es gibt hier in unserer Welt einen Strauch, wir nennen ihn den Lichtstrauch. Er trägt das ganze Jahr über winzige dunkelblaue Beeren, aus denen wir Nektar herstellen. Der Trank spendet Kraft und holt jemanden, der in der Dunkelheit gefangen ist, zurück ins Leben. Daher der Name.«

»Und was war das eben? Was habt ihr mit mir gemacht?«

Sie seufzt, offenbar weiß sie, wie unangenehm es für mich war. »Wir haben dir einen Teil unserer Energie übertragen«, erklärt sie fast beschämt. »Du hast furchtbar lange geschlafen, Key. Wir mussten dich dringend zurückholen, sonst hätten dich irgendwann weder Sonne noch Nektar retten können, weil deinem Körper einfach Nahrung fehlt. Du wärst uns schlichtweg verhungert.« Sie blickt kurz zu den anderen Elfen, die sich inzwischen etwas zurückgezogen haben. »Ich weiß, dass es sich schrecklich angefühlt hat, aber wir mussten alles, was eine stärkende Wirkung auf dich hat, auf einmal benutzen. Unsere Energie, den Nektar und ...«

»Seine Nähe«, vollende ich ihren Satz leise.

»Ja.«

Zum ersten Mal, seit ich wach bin, regt sich Tarmo hinter mir. Er dreht mich ein wenig in seinen Armen und streicht mir sanft über die Wange. »Und jetzt solltest du dringend etwas essen, kleine Maus«, ermahnt er mich.

Ich nicke stumm, denn eigentlich glaube ich nicht, dass ich das schaffe. Ich bin wach und mein Körper scheint in Ansätzen wieder meinen Anweisungen zu gehorchen, aber ich fühle mich so schwach, dass ich vermutlich nicht mal einen Löffel zum Mund führen kann.

Tarmo scheint meinen skeptischen Blick richtig zu deuten. »Wir kriegen das zusammen hin, keine Sorge.«

»Du hast mir jetzt aber nicht gesagt, dass du mich füttern wirst, oder?«

Er grinst anzüglich. »Eigentlich nicht, aber die Vorstellung ist durchaus verlockend.«

»Untersteh dich«, fauche ich ihn an, was nur dazu führt, dass er mich auslacht.

Tarmo hebt mich hoch und trägt mich fort von der Liege und ich versuche, der Umgebung so viel Aufmerksamkeit zu schenken, wie mein Zustand es zulässt. Schließlich bin ich bei den Elfen. Ich bin in der Anderwelt.

Ich bemühe mich, aufgrund dieser Tatsache nicht auszuflippen, und sehe mich um. So weit das Auge reicht, ist hier nichts als sattes frisches Grün, das sich endlos über weite Wiesen und Obstbaumplantagen verteilt und in einiger Entfernung in verwunschene Wälder übergeht.

Wir befinden uns am Rande eines kleinen Dorfes und die Architektur der Elfen als verspielt zu bezeichnen wäre eine maßlose Untertreibung. Kein Haus sieht aus wie das andere und die meisten würden in Breyta überhaupt nicht als Häuser durchgehen. Es gibt keine geraden Wände und keine Symmetrie, Fenster- und Türöffnungen sind mal rund, mal eckig und mal passen sie sich an die Form der Äste an, aus denen sie gebaut sind. Die Behausungen verschmelzen nahezu mit der Natur. Manche nur durch ein moosbewachsenes Dach, aber eine Vielzahl von ihnen ist in Hügel hineingebaut oder verschwindet unter gigantischen Baumwurzeln, einige wenige sind sogar in luftiger Höhe in den ausladenden Kronen zu finden.

Bevor mir vor lauter Staunen die Augen aus dem Kopf fallen oder ich wieder vergesse zu atmen, verlangsamt Tarmo seine Schritte und setzt sich schließlich mit mir auf eine Bank an einen alten hölzernen Tisch unter einem Apfelbaum. Wow, mehr Kinderbuch-Idylle geht nicht. Nahezu zeitgleich kommt ein groß gewachsener, fast schlaksiger Elf mit einem blonden Strubbelkopf aus der Hütte, die zu dieser Sitzgruppe gehört. Er trägt eine kleine Schüssel in der Hand und einen Krug in der anderen, von dem ich hoffe, dass er nicht schon wieder Nektar enthält, denn so langsam beginne ich wirklich, dieses süße Zeug zu hassen. Nachdem er seine Mitbringsel direkt vor mir auf dem Tisch abgestellt hat, setzt er sich mit einem warmen freundlichen Lächeln auf die gegenüberliegende Bank, auf der inzwischen auch Niamh Platz genommen hat, und sieht mich aufmerksam an. »Hi, ich bin Farlan.« – mein Nerd.

In meiner Brust breitet sich ein warmes Gefühl aus und irgendwie fühlt sich all das hier seltsam nach zu Hause an, was mich völlig verstört. Zumal ich es ihm zu verdanken habe, dass Tarmo direkt nach unserer Ankunft bei mir bleiben durfte. Er war es, der Niamh davon abgehalten hat, ihn fortzuschicken, und der erkannt hat, dass der Fae mir auch helfen kann. Ich schenke ihm ebenfalls ein Lächeln und denke, dass ich innerlich Abbitte leisten muss. Er scannt die Leute nicht, bis sie nackt sind. Er passt nur genauer auf als alle anderen. Und ich sollte ihm dringend dafür danken.

Jetzt komme ich allerdings nicht dazu, denn eine höchstens einen Meter zwanzig kleine kindliche Elfe kommt an den Tisch gehüpft und sieht mich erwartungsvoll an. »Hast du schon probiert, Key? Das ist mein Lieblingsgericht, weißt du? Und falls du es nicht sooo gerne magst, würde ich mich anbieten, dir –«

»Enya!«, fährt Niamh tadelnd dazwischen und damit weiß ich dann auch, wie mein fünfjähriger Naseweis heißt. »Das Essen ist für Key und sie braucht es wirklich dringender als du.« Damit hat sie vielleicht recht, denn unter dem Kleid der rot gelockten kleinen Elfe zeichnet sich ein deutliches Bäuchlein ab, das nicht mehr ausschließlich der Kategorie Babyspeck zugeordnet werden kann. Dennoch schenke ich ihr einen verschwörerischen Blick. »Ich bin mir sicher, da bleibt was für dich übrig.«

Enya zeigt mir ein strahlendes Lächeln, lässt sich neben Farlan auf die Bank plumpsen, stützt die Ellenbogen auf den Tisch und legt ihren Kopf in die Hände. »Dann gucke ich dir zu.«

Eine Viertelstunde später bettele ich um Gnade. Ich habe meine Beine an die Brust gezogen und die nackten Füße ruhen auf der Bank. Tarmo sitzt hinter mir und hat noch immer einen Arm um mich gelegt, wobei ich nicht weiß, ob er mich damit stützen möchte oder ob das Ganze langsam eher Richtung Besitzanspruch geht. Vielleicht ist da in naher Zukunft mal ein klärendes Gespräch nötig.

Die Elfen haben mir eine Art Brei aufgetischt, der süß und fruchtig schmeckt und allein der Geschmack suggeriert mir, dass er mit einem Happen tausend Kalorien in meinen entkräfteten Körper pumpt. Aus genau dem Grund habe ich nach dem fünften Löffel bekannt gegeben, dass ich satt bin. Leider interessiert das niemanden. Inzwischen sind wir bei Löffel Nummer zwölf und wenn hier nicht gleich irgendjemand klein beigibt, werde ich ihnen den Brei rückwärts ein zweites Mal auf dem Tisch präsentieren. Zum Glück ist mein Begleitgetränk wenigstens Wasser, allerdings ist es nicht so, dass besonders viel davon den Weg in mein Inneres findet. Denn da ist definitiv kein Platz mehr.

Aber abgesehen von dem Füllstand meines Magens scheint auch das geballte Powerpaket der Elfen langsam aufgebraucht zu sein. Ich bin unendlich müde und damit in dem glücklichen Zustand, Niamhs Drängen nach einem weiteren Löffel einfach nicht mehr wahrzunehmen. Enyas Augen leuchten aufgrund der übrig gebliebenen Menge wie ein fünfhundert Watt Strahler und von mir aus kann sie jetzt übernehmen. Niamhs Stimme verschwimmt immer mehr und kommt inzwischen aus weiter Ferne. Ich spüre nur noch Tarmos Nähe und rieche frische Kräuter, die so gar nicht zu dem süßen Brei passen wollen. Völlig erschöpft lehne ich mich an ihn und schließe die Augen, was Farlan zum Anlass nimmt, mich zu erlösen.

»Lass sie schlafen, Niamh. Für den Anfang ist es genug.«

Ich höre verschwommen eine brummelige Antwort, dann steht Tarmo mit mir auf dem Arm auf und bringt mich vermutlich zurück zu der Liege, wo er mich behutsam ablegt. Ich ahne, dass ich mich hier innerhalb weniger Atemzüge wieder verabschieden werde, aber ich sammele noch einmal die letzte Energie in meinem Körper zusammen.

»Luke?«, frage ich leise. Er muss wissen, dass ich lebe. Er darf nicht länger Angst um mich haben.

»Er weiß Bescheid«, beruhigt Tarmo mich. »Ich habe ihm einen Boten geschickt.«

Federleicht fahren seine Finger über meine Wange. »Schlaf jetzt, kleine Maus«, bittet er mich sanft. »Ich werde hier sein, wenn du aufwachst.«

Und mit diesem Wissen dauert es nur Sekunden, bis ich seiner Bitte folge leiste.

25

Ich stehe an einer Klippe oberhalb des Vanna und blicke gebannt auf das Zusammenspiel von untergehender Sonne und Wellen. Das Funkeln fasziniert mich und ich glaube nicht, dass ich jemals genug davon bekommen werde, mir das breytische Meer anzusehen. Dennoch kann es mich im Moment nicht beruhigen. Ich bin wütend. Und das ist noch harmlos ausgedrückt. Ich bin so stinksauer, dass ich kurz vor einem Mord stehe.

»Bitte, Key, komm endlich rein«, versucht Tarmo zum wiederholten Mal mich zu besänftigen, doch egal wie weich oder wie flehend seine Stimme klingt, dieses Mal hat er es verkackt.

»Lass mich in Ruhe«, grolle ich dem dunklen Blau entgegen. Ich sehe keinen Sinn darin, mich zu ihm umzudrehen. So viel Aufmerksamkeit hat er nicht verdient. »Geh dir bei irgendjemand anderem dein Ego polieren, bei einem kleinen Mäuschen, das darauf steht, bevormundet zu werden. Ich stehe dafür nicht mehr zur Verfügung.«

Ich weiß, dass ich ihn mit der Verunglimpfung meines Kosenamens unter der Gürtellinie treffe, aber genau das will ich. Ich will ihm wehtun. Ich will ihm beweisen, dass ich weder seinen Schutz noch seine Bevormundung brauche. Vielmehr will ich ihm zeigen, dass beides mich unendlich ankotzt.

Ich höre, wie seine Schritte sich entfernen, und dennoch verspüre ich keine Erleichterung. Es ist falsch, was hier passiert. Wir sollten gemeinsam aufs Meer sehen. Wir sollten froh sein, dass ich am Leben bin und diesen Umstand zumindest einen kurzen Moment lang feiern. Wir sollten unsere Zweisamkeit endlich zum Reden nutzen. Doch nichts dergleichen geschieht. Und ich weiß genau, dass ich diejenige bin, die schuld daran ist. Aber nach seiner letzten Aktion schaffe ich es einfach nicht, wieder auf ihn zuzugehen. Geschweige denn, ihm zu verzeihen.

Wir sind nicht mehr bei den Elfen. Tarmo hat meinen Tiefschlaf nach der ersten Mahlzeit dafür genutzt, mich klammheimlich wieder aus der Anderwelt rauszuschaffen. Und so muckelig, wie meine Stimmen sind, hat er mit ihnen deshalb vermutlich fast einen Krieg angezettelt, aber da dieser Umstand sie mal wieder zu einem allgemeinen Schweigegelübde animiert hat, kann ich sie auch nichts dergleichen fragen. Genau das ist der Punkt.

Er hat mich schon wieder irgendwohin geschafft, ohne mich zu fragen. Er hat mir wieder verwehrt, eigene Entscheidungen zu treffen. Und er hat mir wieder die Gelegenheit genommen, Antworten zu bekommen. Antworten, die ich nicht nur dringend brauche, um nicht durchzudrehen, sondern die ich in meinen Augen auch so langsam verdient habe. Vielleicht wäre er jetzt sogar bereit, sie mir zu geben. Möglicherweise hat er mich tatsächlich extra hierhergebracht, um mit mir zu reden. Aber unter diesen Umständen möchte ich von ihm keine Antworten bekommen.

Seit drei Wochen bin ich ein Ball in seinem Spiel und kenne weder die Regeln noch den Gewinn, zumal sich beides gefühlt täglich ändert. Und wieder bin ich an einem Punkt, an dem ich ihn dafür hasse. Ich weiß nicht einmal, wo ich bin. Angeblich nur etwas mehr als fünfzig Kilometer nördlich von der Bucht, in der die Unterwasserstadt liegt, aber das hilft mir herzlich wenig. Zu Fuß und allein komme ich da wohl kaum hin, zumal ich keinen Tracker mehr besitze, der mich navigieren könnte. Noch so ein Punkt, mit dem er mich hilflos und unselbstständig werden lässt.

Ebenso wenig gelange ich zurück in die Welt der Elfen. Ich bin mir sicher, dass es volle Absicht war, mich bewusstlos oder schlafend dort rein- und rauszubringen und mir so den Zugang nicht zu zeigen und genau das macht mich so wütend. Alles, was er tut, vergrößert meine Abhängigkeit von ihm und das werde ich nicht einen Tag länger zulassen.

Wir befinden uns in einem einsamen Haus oberhalb einer Klippe und wenn ich nicht so miese Laune hätte, würde ich zugeben, dass dieses Haus ein absoluter Traum ist. Aber meine Laune *ist* mies, und deshalb werde ich heute ganz sicher nichts von mir geben, was auch nur im Ansatz darauf hindeutet, dass mir irgendetwas hier gefällt. Zumal die Lage dieses Unterschlupfs durchaus ambivalent ist. Weit und breit ist kein anderes bewohntes Gebäude auszumachen und so viel Sicherheit diese Einsamkeit für mich auch bedeutet, so viel Machtlosigkeit demonstriert sie mir. Ich komme hier ohne ihn nicht weg.

Als ich heute Nachmittag aufgewacht bin, lag ich auf der Terrasse des Hauses in der Sonne, noch immer mit dem kurzen Kleid der Elfen. Nächster Punkt auf meiner Liste. Ich hätte gerne mal wieder ein paar eigene Klamotten. Hauchdünne mit Blumenranken bestickte Kleider mögen praktisch sein, wenn man Sonne tanken muss, aber Kleider sind einfach nicht mein Ding.

Im ersten Moment war ich überwältigt von der Aussicht und der Schönheit der Natur, in der dieses Haus steht. Ich habe so etwas noch nie gesehen und das satte Grün im Kontrast zu den Klippen und dem dunkelblauen Meer hat mir vor Ehrfurcht fast schon wieder die Tränen in die Augen getrieben.

Nachdem ich mich ein wenig beruhigt hatte, hat Tarmo mir eine Kleinigkeit zu essen gebracht und ich war ihm ehrlich dankbar, dass es etwas Herzhaftes war. Die Elfen scheinen echt auf süß zu stehen, aber ich bin eher Team Chips und Würstchen, daher hat mich seine Mahlzeit für eine Weile milde gestimmt. Das war's dann aber auch an positiven Punkten. Danach haben wir nur noch gestritten.

Ich fühle mich erstaunlich fit, die Sonnentherapie scheint schnell zu wirken, jetzt wo der Bann einmal gebrochen ist. Deshalb habe ich ihn gebeten, mich zu meinem Bruder zu bringen. Tarmo hat fast einen Anfall bekommen, als ich den Wunsch ausgesprochen habe. Er will mich unter keinen Umständen jemals wieder unter Wasser sehen, was ich für völlig überzogen halte. Ich kann dort locker zwei bis drei Tage verbringen, ich muss danach nur ebenso lange ans Tageslicht, aber er will es partout nicht einsehen. Meine Verzweiflung darüber ist so groß, dass ich sie weder greifen noch beschreiben kann.

Ich muss zu Luke. Ich weiß, dass er ihn informiert hat, dass es mir besser geht, aber es ist etwas anderes, es zu wissen, oder mit eigenen Augen zu sehen. Der Abschied von ihm steckt mir noch so schmerzhaft im Gedächtnis, dass ich dem ein neues Bild entgegensetzen muss. Ich muss ihn in den Arm nehmen können und muss ihm selbst zeigen, dass ich wieder da bin.

Tarmo hat mir angeboten, ihn herbringen zu lassen, aber genau das hat das Fass bei mir zum Überlaufen gebracht. Ich will nicht, dass er andauernd Dinge für mich tut. Ich will die Dinge *selbst* tun. Ich will mein Leben nicht länger aus der Hand geben.

Ehrlich gesagt, bin ich mit der Tagesordnung nach diesem Punkt vor lauter beleidigtem Schweigen nicht mehr weitergekommen. Und deshalb bin ich auch selbst schuld an der Tatsache, dass ich keine weiteren Antworten bekomme.

Ich fröstele und weiß, dass ich meinen Widerstand, das Haus zu betreten, in naher Zukunft aufgeben muss. Es ist Ende September und jetzt, wo die Sonne untergegangen ist, ist der Wind nicht mehr angenehm, sondern viel zu frisch. Prompt höre ich Schritte hinter mir und weiß, dass er dieses Mal keine Ruhe geben wird, bis er mich im Haus hat. Zu meinem Erstaunen bittet er mich jedoch nicht, zu ihm zu kommen. Stattdessen hält er mir ein flaches rechteckiges Gerät unter die Nase, das mich an die Mobiltelefone aus den Filmen der Erde erinnert.

»Dein Bruder möchte dich sprechen«, informiert er mich knapp und reicht mir das unbekannte Gerät, bevor er sich abwendet und zurück ins Haus geht.

Ich schaue ihm einen Moment perplex hinterher, dann setze ich mich auf einen nahe gelegenen Felsen und sehe unsicher in das Display. »Luke?«, frage ich vorsichtig, als ich sein Gesicht darin erkenne.

»Key, du bist wieder da«, bringt mein Bruder gepresst hervor und nur Sekunden später brechen wir beide in Tränen aus. Er fängt sich als Erster von uns und findet ein paar Worte. »Key, ich hatte solche Angst um dich«, bricht es aus ihm heraus und lässt die Erinnerung an die letzten Momente unter Wasser erneut aufbrechen.

»Ich weiß, Luke. Ich weiß. ... Ich auch«, flüstere ich und gestehe ihm damit zum ersten Mal die Wahrheit. Lautstark schniefe ich und wische mir ein paar Tränen fort, wobei meine Augen viel zu schnell Nachschub produzieren. »Es geht mir jetzt gut, Lu. Es ist alles wieder in Ordnung. Ich war bei den Elfen, weißt du? Es ist wunderschön dort, es würde dir gefallen«, sprudelt es etwas ungeordnet aus mir heraus. »Auch wenn sie manchmal ein bisschen zickig sind«, lache ich.

»Das hat Kail auch behauptet«, erwidert er und steigt in mein Lachen mit ein.

Es tut so gut, ihn lachen zu sehen, und ich wäre jetzt unendlich gerne bei ihm. »Ich vermisse dich, Luke.«

»Ich dich auch, Key. Wir besuchen dich morgen, okay? Rylan und ich, wir kommen vorbei. Sie sagen, es ist heute Abend zu gefährlich, weil schon wieder irgendwas passiert ist, aber ich weiß nicht, was.«

Ich nicke stumm. »Die Scheißkerle sind nicht besonders gesprächig, hm?«

»Nein«, stimmt er mir zu. »Leider nicht.«

Für einen Moment schweigen wir und saugen den Anblick des anderen in uns auf.

»Key?«, durchbricht Luke die Stille irgendwann. »Ihr habt euch gestritten, stimmt's?«

Ich lächele schwach. »Ja.«

Er holt tief Luft und ich merke, wie unsicher er ist. »Du solltest nicht mit ihm streiten. Er ... er hatte genauso große Angst um dich wie ich. Er hat immerzu Angst um dich, weißt du? Ich denke, ... also ich ...«

»Was?«, frage ich sanft.

»Ich denke, er müsste auch mal in den Arm genommen werden.«

Mir entfährt ein kurzes leises Lachen, dann bahnen sich erneut Tränen den Weg über meine Wangen. Ich lege zwei Finger auf meine Lippen und halte sie anschließend vor das Display. »Danke, Lu.«

Er lächelt. »Wir sehen uns morgen.« Dann ist die Verbindung beendet.

Ich bleibe noch eine Weile auf dem Felsen sitzen und sehe

auf das Meer, in dem sich jetzt der Mond spiegelt. Die Wellen rauschen leise und sanft an den Strand und der Wind hat nachgelassen. Es ist ein so friedlicher Ort, wie ich ihn hier in Breyta noch nie in meinem Leben gesehen habe.

Und mit diesem Frieden um mich herum lasse ich ganz, ganz langsam einen leisen Gedanken zu, den ich den gesamten Tag unter meiner Wut begraben habe. Er will mich nicht bevormunden. Es ist nicht sein Ziel, dass ich hilflos bin. Er kennt nur keinen anderen Weg, um seiner Angst um mich Herr zu werden.

Zum ersten Mal heute schleicht sich ein echtes Lächeln in mein Gesicht. Ich denke, es ist an der Zeit, ihm einen Weg zu zeigen. Einen, in dem mein Wort ein Gewicht hat, in dem wir Entscheidungen zusammen treffen. Einen Weg, den wir gemeinsam gehen können.

Langsam erhebe ich mich und drehe mich zu dem wunderschönen Haus um. Der Wind gewinnt noch einmal an Kraft und das Rauschen der Wellen wird von einem Moment auf den nächsten verstörend laut. Dann werde ich von hinten zu Boden gestoßen und falle hart auf meine nackten Knie. In dem Augenblick, in dem mir ein letzter Schrei über die Lippen kommt, werde ich grob gepackt und in die Luft gehoben.

26

Tarmo

Unsere Schreie zerreißen die Stille der Nacht. Nicht ihre Lautstärke, aber die Verzweiflung, die mit ihnen in die Welt geschickt wird. Noch nie habe ich meine Flügel so schmerzlich vermisst, wie in diesem Moment. Noch nie habe ich mich so hilflos gefühlt, so unnütz. Ich muss ihr folgen, muss sie ihren Entführern aus den Klauen reißen und sie endgültig in Sicherheit bringen. Ich muss sie retten.

Zwei Sätze hämmern in meinem Schädel, lassen mich keinen klaren Gedanken mehr fassen, bringen meine Welt zum Einstürzen und ziehen mich in einen Strudel aus Verzweiflung und Panik. *Ich habe versagt. Ich habe mein Versprechen gebrochen.*

Ein Versprechen, das ich ihrer Mutter gegeben habe. Freiwillig, sie hat mich weder darum gebeten noch mich dazu gezwungen, obwohl sie es vermutlich gekonnt hätte. Die Elfe hatte einen so starken Geist, wie ich ihn bislang bei keinem Wesen der Anderwelt gespürt habe. Vielleicht war sie unter dem Einfluss der Medikamente nicht mehr in der Lage, jemanden zu manipulieren. Vielleicht hat sie es aber auch nicht getan, um das neue Leben in ihr zu schützen. Denn Hlín wusste, was dieses Leben bedeutet. Und zumindest in den ersten Wochen konnte sie selbst durch den Nebel des Komas mit uns in Kontakt treten. Sie hätte mich zu einem Versprechen drängen können, doch sie hat es nicht getan. Es war nicht nötig.

Dennoch habe ich dieses Versprechen soeben gebrochen. Key war so wütend und sie hatte mehr als einen Grund, mich zu hassen. Mit jedem Vorwurf, den sie mir an den Kopf geworfen hat, hatte sie recht. Ich habe sie bevormundet. Ich habe ihr Antworten vorenthalten. Ich habe sie von mir abhängig gemacht.

Den schlimmsten Vorwurf hat sie nicht einmal ausgesprochen. Ich habe sie verletzt. Ich habe vor lauter Angst um sie ihre eigenen Gefühle immer und immer wieder mit Füßen getreten.

Voller Schuld sehe ich in den Nachthimmel, dorthin, wo sie verschwunden ist. Ich wollte ihr nur ein wenig Freiraum geben, wollte ihr eine Pause von mir gönnen und warten, bis ihre Wut auf mich abgeebbt ist, bis sie mir die Gelegenheit gibt, alles zu erklären. Stattdessen haben sie jetzt unbekannte Monster in ihrer Gewalt, von denen ich weder weiß, wer sie sind, noch was sie mit ihr vorhaben. Ich ahne es, aber mein Verstand ist nicht bereit, diese Vorahnung zu akzeptieren. Was er hingegen akzeptiert, ist die Erkenntnis, dass ich ab jetzt einen Wettlauf gegen die Zeit antrete. Einen Wettlauf gegen das Vergessen.

Das Vergessen ist das Schicksal der Fae, unsere Schwachstelle. Lügen kommen uns einfach nicht über die Lippen, wir können sie nicht aussprechen, nur deshalb sind wir so wortgewandt. Es bleibt uns gar nichts anderes übrig, als ausweichende Antworten zu geben, als Worte zu verdrehen.

Versprechen hingegen können wir entgegen der weit verbreiteten Annahme brechen. Das Schicksal will es jedoch, dass wir zur Strafe unser Gedächtnis verlieren.

Jeder Fae kennt alle existierenden Synonyme für das Wort *versprechen.* Wir können Dinge zusichern, beteuern, geloben. Wir können unser Ehrenwort geben, einen Eid schwören oder uns für etwas verbürgen, ohne dass uns etwas geschieht. Und kein Einziger von uns würde leichtfertig oder aus Versehen etwas versprechen. Doch *wenn* wir dieses eine Wort ganz bewusst benutzen, ist es ein Gelübde. Es ist die Entscheidung, sein eigenes Leben zu verwirken, wenn man versagt.

Ich habe diese Entscheidung vor neunzehn Jahren getroffen. Um mich selbst jeden Tag und jede Minute daran zu erinnern, wie wichtig meine Aufgabe ist.

Vor neun Jahren wäre es beinahe schon einmal passiert. Denn die Ungerechtigkeit jeglicher Magie will es, dass das Schicksal auch dann zuschlägt, wenn wir nicht selbst die Schuld an einem gebrochenen Versprechen tragen.

Als ich kurz nach dem Tod ihrer Eltern im Gefängnis gelandet bin, hatte ich keine Möglichkeit mehr, Key zu beschützen. Und auch damals stand ihr Leben auf der Kippe. Wie sollte ein zehnjähriges Mädchen sich selbst und ihren kleinen Bruder auf den Straßen Breytas durchbringen? Doch für einen solchen Fall hatte ich vorgesorgt. Kail wusste Bescheid.

Ich habe ihn direkt nach Keys Geburt in mein Versprechen eingeweiht. Als er nach meinem Geständnis endlich damit fertig war, mich als den größten Idioten der gesamten Anderwelt zu beschimpfen, hat er mir sein Wort gegeben, sich um sie zu kümmern, falls ich es mal nicht kann. Denn das reicht. Ich muss sie nicht immer selbst beschützen. Ich kann auch dafür sorgen, dass es jemand anders übernimmt. Es fühlt sich richtiger an, wenn ich es selbst tue, aber es ist nicht zwingend notwendig.

Kail war schon damals mein bester Freund und nach diesem Vorfall natürlich ebenfalls unter der Beobachtung der herrschenden Fae. Er konnte nicht viel tun, aber immerhin so viel, dass mir meine Erinnerungen geblieben sind. Er hat den Auszubildenden in der Pizzeria bestochen, damit er Key regelmäßig Essen abknapst. Er hat rein zufällig eine warme

Decke an der Straßenecke deponiert, an der die beiden Kinder jeden Abend vorbeigekommen sind. Er hat den Passanten Münzen zugesteckt, die sie Key und Luke beim Betteln überlassen haben.

Doch jetzt? Ich sehe in den sternenklaren Himmel dieser wunderschönen Welt, obwohl ich weiß, dass ich Key dort nicht finden werde. Und kein Kail und kein Rylan dieser Welt können mich vor dem Verlust meiner Erinnerungen bewahren. Denn dieses Mal ist sie außerhalb unserer Reichweite. Sie ist an einem unbekannten Ort, an dem sie niemand von uns mehr beschützen kann.

Zitternd gehe ich ins Haus und schließe die Terrassentür. Dann greife ich nach einem Blatt Papier und einem Stift. Die Erinnerungen verschwinden nicht chronologisch und nicht in einem vorgegebenen Tempo. Sie halten sich an keine Regeln. Ich kann mir nicht vorstellen, Key jemals zu vergessen, kann nicht glauben, dass ich ihr wunderschönes und faszinierendes Gesicht irgendwann nicht mehr vor meinem inneren Auge sehe. Aber ich weiß, dass es in jeder Sekunde passieren kann. Mit zitternden Fingern setze ich den Stift auf das Papier und beginne zu schreiben.

Key.

Du riechst nach Sonne und Zitrone.

Deine Augen sind schöner als jeder Sternenhimmel, dunkel, mit unzähligen grünen Sprenkeln.

Deine Lippen sind voll und samtig und sie schmecken so verlockend wie dunkelrote verbotene Trauben.

Deine Haut hat die Farbe eines von Sonnenlicht durchfluteten Herbstwaldes. Sie ist warm und weich wie Seide und sie hinterlässt bei jeder Berührung ein Prickeln unter meinen Fingern.

Ich muss dich finden.
Ich muss dich beschützen.
Ich darf dich nicht vergessen.
Ich –

Ich … bin nicht sicher, ob ich die drei Worte, die in meinem Kopf herumschwirren, wirklich aufschreiben soll. Sie sind noch zu neu, zu ungewiss.

Ich habe bereits geschworen, Key zu beschützen, als sie noch nicht einmal geboren war. Ich wollte den Posten als ihr Bewahrer nicht nur übernehmen, um das Projekt zu unterwandern. Ich wollte ihn, weil ich Sorge hatte, dass irgendeiner der herrschenden Fae in Breyta herausfindet, was die Geburt dieses Wesens bedeutet. Welche Macht mit ihr einhergeht. Weil ich vom ersten Moment an befürchtet habe, dass sie zu einem Werkzeug wird.

Deswegen wollte ich es besser machen als sämtliche Bewahrer vor mir. Sie alle hatten die Aufgabe, ihre Göttinnen zu beschützen und keiner von ihnen hat es getan. Sie haben lediglich ihre Pflicht erfüllt, diese unschuldigen Mädchen ihrer grausamen Bestimmung zuzuführen. Aber Keys Bestimmung ist eine andere. Und um ihr Leben wirklich zu schützen, darf niemand jemals davon erfahren. Nicht einmal sie selbst.

Neunzehn Jahre lang habe ich alles getan, um mein Versprechen einzulösen. Ich habe sie aus der Ferne beobachtet. Meine schützende Hand über sie gehalten oder zumindest dafür gesorgt, dass andere es für mich tun. Neunzehn Jahre, in denen ich zielorientiert aus der Distanz gehandelt habe, schon allein aus Eigennutz, um neben ihrem Leben auch meine Erinnerungen zu erhalten. Neunzehn Jahre, in denen sie eine Aufgabe war. Eine unendlich wichtige. Eine lebensfüllende. Eine, die mir am Herzen lag. Aber trotzdem immer bloß eine Aufgabe.

Natürlich war ich nicht blind. Ich habe sehr wohl bemerkt, dass aus dem niedlichen kleinen Mädchen irgendwann eine attraktive und starke junge Frau geworden ist. Aber auf meine Gefühle, geschweige denn auf meine Beweggründe hatte ihre Entwicklung keinen Einfluss. Bis zu dem Tag, an dem ich sie zum ersten Mal in meinen Armen gehalten habe.

Der Moment, in dem ich erfahren habe, dass sie am Pranger stand und dort die Regeln missachtet wurden, hat einen allerersten Riss in meine professionelle Hülle gerissen. Vielleicht, weil ich um mein eigenes Leben gefürchtet habe. Aber vor allem, weil ich es nicht ertragen habe, dass dieses mutige und kämpferische Wesen gedemütigt wird. Dass ihr jemand wehtut.

Als ihr Kopf nur wenige Stunden später zum ersten Mal an meiner Brust lag, ist diese Hülle endgültig zersprungen. Als ihr Körper sich bebend an meinen gepresst hat, ist etwas in mir erwacht, von dem ich nie geglaubt hätte, dass sie es hervorlocken würde.

Plötzlich wollte ich wissen, ob der schwache Hauch von Sonne und Zitrone stärker wird, wenn er nicht mehr von ihrem Blut und ihrer Angst überlagert wird. Ich wollte spüren, wie sich ihre gebräunte Haut unter meinen Fingern anfühlt und wie ihre Stimme klingt, wenn sie lacht. Ich wollte ihr schimmerndes Haar zwischen meinen Fingern hindurchgleiten lassen und ihre Augen betrachten, wenn die Sterne darin beginnen zu leuchten. Ich wollte sie nicht mehr nur beschützen. Ich wollte sie riechen, spüren, schmecken. Ihr zuhören. Sie kennenlernen. Aber die Zeit und die Umstände haben gegen uns gespielt.

Es gab sie in den letzten Wochen, diese winzigen Momente, in denen ich das Gefühl hatte, dass meine Nähe auch bei ihr Gefühle hervorgerufen hat. Gefühle, die jenseits von Wut, Angst oder Trost lagen. Die zu verwirrend und neu waren, um sie uns einzugestehen. Es gab die kurzen Augenblicke, in denen sie alles um uns herum vergessen konnte, und nur wir beide existiert haben. Aber wir hatten nicht genug Zeit, um mit diesen unerwarteten und verzwickten Gefühlen ins Reine zu kommen. Um sie zu akzeptieren. Geschweige denn, um etwas zu benennen, das jenseits von Neugier und Zuneigung ist.

Das erste Mal habe ich über dieses Etwas nachgedacht, als Key bewusstlos am Strand in meinen Armen lag. Als sie nach ihrem vorgetäuschten Tod endlich die Augen geöffnet hat und die Erleichterung wie eine Flutwelle über mich hinweggeschwappt ist. Als sie mir gesagt hat, dass sie für mich gestorben wäre. Als ein Ausmaß an Entsetzen in mir explodiert ist, das ich noch niemals vorher so empfunden habe.

Seitdem sind zwei Wochen vergangen. Zwei Wochen, in denen dieses Etwas in mir gewachsen und gereift ist, in denen es immer wieder anklopft und sich Gehör verschaffen will. In denen es sich danach sehnt, von ihrer Gegenwart genährt zu werden. Von ihren gesprenkelten Augen neugierig angesehen zu werden. Mir ihre scharfzüngigen Bemerkungen anzuhören und mich immer wieder infrage zu stellen. Sie glücklich und befreit lachen zu sehen oder sie festzuhalten, wenn ihre so lange angestauten Tränen sich einen Weg bahnen. Zwei Wochen, in denen die Angst, sie zu verlieren, sich so fest in mir eingenistet hat, dass sie mich in manchen Momenten des Tages zu verschlingen droht.

Wie an dem Tag, als ich sie in meinem Zimmer unter Wasser leblos in meinen Armen gehalten habe und die Verzweiflung, ihr trotz meiner Magie nicht mehr helfen zu können, einen Schmerz in meiner Brust ausgelöst hat, der nur von einem zersplitterten Herzen stammen konnte. Als die Furcht, nie wieder ein befreites Lachen in ihrem Gesicht zu sehen, so übermächtig wurde, dass ich die Kontrolle verloren und sie geküsst habe. Ein letztes Mal setze ich den Stift auf das Papier. Es gibt dieses Etwas in mir. Und es ist unendlich wichtig, es in meiner Erinnerung zu bewahren.

Ich liebe dich.

Ich falte den Zettel und stecke ihn in die Tasche meiner Lederhose. Ich hoffe inständig, dass ich ihn nie benutzen muss, dass die Erinnerung an sie bleibt, bis ich sie gefunden habe. Denn genau das werde ich tun – sie finden. Es ist die einzige Möglichkeit, mein Versprechen neu zu besiegeln und meine Erinnerungen wiederzuerlangen. Doch weder meine Erinnerungen noch ihre wahre Bestimmung sind der Grund, weshalb ich sie suchen werde. Der Grund ist nur sie selbst.

Danksagung

Das war er, der Auftakt zur Fallen Courts-Reihe, und ich kann gar nicht sagen, wie dankbar ich bin, dass du ihn in deinen Händen hältst. Dass du Breyta kennenlernen wolltest. Und dass du Key und Tarmo dein Vertrauen geschenkt und sie durch die ersten Höhen und Tiefen begleitet hast.

Man sollte meinen, dass ich bei meiner zweiten Reihe ein bisschen gelassener geworden bin und darauf vertrauen könnte, dass diese Geschichte Menschen findet, die sie lesen und lieben. Aber dem ist natürlich nicht so ... Vielleicht, weil ich selbst meine Key so unglaublich dolle liebe und sie einen riesengroßen Platz in meinem Herzen hat. Und weil ich mir nichts mehr wünsche, als dass sie auch in euren Herzen ein kleines Eckchen findet, in das sie einziehen kann. Wahlweise dürfen sich dort natürlich auch Tarmo oder Rylan einnisten ;)

Die Idee zu dieser Reihe kam mir während eines Portugalurlaubs, als die Lifeguards Feierabend gemacht haben und von den letzten Strandbesuchern mit Applaus und Standing Ovations verabschiedet wurden. Ich fand diese Geste nicht nur sehr wertschätzend, sondern auch sehr bewegend – und in diesem Moment war Key geboren. Eine starke Prota, die dafür lebt, ihre Stadt und die Menschen, die sie liebt, zu beschützen. (Und möglicherweise habe ich die Strandszene ja ganz zu Beginn des Buches in die Metro verlegt ...)

Seitdem sind drei Jahre vergangen. Key und Tarmo haben eine lange Reise hinter sich und sind inzwischen durch viele

Hände und Köpfe gegangen, ohne die es sie in ihrer jetzigen Form nicht geben würde.

Mein erster Dank geht deswegen an das liebe Loomlight Team. Mein erstes Manuskript von Keys Geschichte war eigentlich eine Dystopie und ich bin euch unendlich dankbar, dass ihr (obwohl sie in ihrer ursprünglichen Form nicht in euer Programm gepasst hätte) so sehr an die Idee geglaubt habt, dass wir sie umgedacht und gemeinsam eine neue Welt erschaffen haben. Danke, dass unsere gemeinsame Reise weitergeht.

Ein ganz besonderer Dank geht raus an meine Lektorin Anki, die Fragen gestellt hat, die mir nie in den Sinn gekommen sind, die Key so genommen hat, wie sie ist, und unzählige erfrischende Lachsmileys im Manuskript verteilt hat. Und die mein Hirn auf Hochtouren gebracht und so aus der Slow Burn Sache erst das Beste rausgekitzelt hat.

Einen riesengroßen Dank schicke ich an Christin für das unfassbar schöne Cover. Du hast es auch dieses Mal wieder geschafft, die richtige Stimmung einzufangen, der Geschichte den perfekten Rahmen zu geben und die Bücherregale glücklich zu machen. Meins grinst bis über beide Ohren.

Und natürlich ein Dank von Herzen an Janina, Carla, Denise und Angelina, meine wundervollen Testleserinnen (die trotz katastrophaler technischer Bedingungen nicht aufgegeben haben …). Ich habe jeden eurer Kommentare, jede Frage und jeden Lacher geliebt. Danke für eure Mühe, eure Begeisterung und eure Liebe zur Geschichte. Und wie ihr Tarmo und Rylan untereinander aufteilt, müsst ihr leider selbst klären ;D

Ein besonderer Dank geht ebenfalls an meine liebste Brotjob-Kollegin Annika. Deine unerschöpfliche Schnipsel-Liebe ist meine größte Motivation und sorgt zuverlässig für mein allabendliches Glücksgefühl. Wobei unsere leicht skurrile

WhatsApp Konversation ein wohlgehütetes Geheimnis bleiben sollte :D

Und zu guter Letzt schicke ich ein riesiges Dankeschön an meine Familie. Fürs tapfere Erdulden meiner Stimmungsschwankungen, fürs stoische Beantworten seltsamer Fragen und fürs Zurückholen in die Realität, wenn meine Gedanken in einer fremden Welt festhängen. Ihr seid meine ganz persönlichen Helden.

Content Note

Breyta ist eine frei erfundene Fantasy-Welt, in der ihr liebenswerte Charaktere kennenlernen und in dunkle Geheimnisse eintauchen könnt. Insbesondere den Fae, die in dieser Welt leben, mangelt es jedoch nicht an Grausamkeit. Also wirst du in dieser Geschichte einige Inhalte finden, die potenziell belastend sein können. Dazu gehören:

Aspekte von Tod und Gewalt
Folter
Inhaftierung
Missbrauch weiblicher Personen aufgrund ihres Geschlechts
Sexueller Missbrauch
Nahtoderfahrungen
Kriegserinnerungen
Tod von Familienmitgliedern (beschrieben)
Traumata
Mutismus

Bätcke, Tine
Fallen Courts 1 - Conquer
ISBN 978-3-522-50852-0

Umschlaggestaltung: Giessel Design
unter Verwendung von Bildern von Shutterstock.com: Olha Kornienko / Android Boss / Romolo Tavani / Arunsri Futemwong / marinat197 / Mariia Chimytova / STOCKMAMBAdotCOM
Reproduktion: DIGIZWO Kessler + Kienzle GbR, Stuttgart
Druck und Bindung: CPI Books GmbH

MIX
Papier | Fördert gute Waldnutzung
FSC® C083411